# 川江评论

## 梅松武新闻作品集

梅松武 著

四川人民出版社

图书在版编目（CIP）数据

川江评论：梅松武新闻作品集 / 梅松武著. —
成都：四川人民出版社，2023.3
ISBN 978-7-220-12897-4

Ⅰ.①川…　Ⅱ.①梅…　Ⅲ.①评论性新闻-作品集-
中国-当代　Ⅳ.①I253

中国版本图书馆 CIP 数据核字（2022）第 213146 号

CHUAN JIANG PING LUN：MEISONGWU XINWEN ZUOPIN JI

# 川江评论：梅松武新闻作品集

梅松武　著

| | |
|---|---|
| 出 品 人 | 黄立新 |
| 策划统筹 | 刘姣娇 |
| 责任编辑 | 汤 梅 |
| 封面设计 | 李其飞 |
| 版式设计 | 张迪茗 |
| 责任印制 | 祝 健 |

| | |
|---|---|
| 出版发行 | 四川人民出版社（成都三色路 238 号） |
| 网 址 | http://www.scpph.com |
| E-mail | scrmcbs@sina.com |
| 新浪微博 | @四川人民出版社 |
| 微信公众号 | 四川人民出版社 |
| 发行部业务电话 | (028) 86361653　86361656 |
| 防盗版举报电话 | (028) 86361653 |
| 照 排 | 四川胜翔数码印务设计有限公司 |
| 印 刷 | 四川机投印务有限公司 |
| 成品尺寸 | 170mm×240mm |
| 印 张 | 28.5 |
| 字 数 | 400 千 |
| 版 次 | 2023 年 3 月第 1 版 |
| 印 次 | 2023 年 3 月第 1 次印刷 |
| 书 号 | ISBN 978-7-220-12897-4 |
| 定 价 | 138.00 元 |

# 记者的追求与史笔

## （代序）

本文于 2001 年 11 月 9 日在《四川日报·天府周末》版记者节特辑见报，第一次向社会公开阐释了我的新闻理念："以'史家笔'写新闻，新闻不朽。"当时，我已经获得高级编辑职称，担任四川日报社经济新闻部副主任，获得"四川省十佳新闻工作者"称号，《四川日报·天府周末》主编戴善奎约我为记者节撰写了这篇感想。它真实地记录了我的新闻理念，真实地反映了大学本科四年学习历史专业对我的新闻人生和新闻理念所产生的潜移默化的深远影响。2003 年底，四川日报社深化干部人事制度改革，对中层干部实行竞聘上岗。当时，我没有准备竞聘演讲稿，便把两年前写的这篇感想拿出来宣读了一遍，居然获得满堂喝彩，引起所有评委的共鸣（评委中包括省委组织部、宣传部有关负责人和四川日报报业集团党委成员），结果是我以出乎预料的最高分，走上《四川日报》"时政·评论"理论部主任岗位。几个月以后（2004 年 3 月），四川日报社老社长李半黎与世长辞，享年 91 岁。现在，再次把这篇旧文拿出来，放我的新闻作品正文之前，既是对李半黎社长和老一辈川报人的感恩与怀念，也是对自己的新闻人生和新闻追求有所感悟与纪念，姑谓之"代序"吧。

我的书房里挂着一条横幅："正义直言史家笔"，常常引起来访者的赞美。这是当代著名书法家、四川日报社老社长李半黎（1913 年 11 月—2004 年 3 月）书赠我的，落款时间是"庚午秋"。

那是 1990 年秋天，我从四川大学毕业分配到四川日报社工作快 10 年了，我向李老求字纪念。李老爽快地答应了我，而且亲自拟定横幅内容。我如获至宝，把它看作是老一辈新闻工作者对我的期望和鼓励。

"千金难买半黎字。"李老书赠我的横幅也许不是孤品，他今天也许记不得这件事了。但是，我一直把它视为珍品，认为它寄托着李老自己的追求，体现着老一辈新闻工作者的人格和人生追求。在我看来，邹韬奋是这样的人，范长江是这样的人，邓拓是这样的人，李半黎也是这样的人。新闻的生命在于真实，记者的天职在于直言。记者的作品不仅要敢于说真话，而且要显善惩恶，使真、善、美及其创造者名垂青史，使假、丑、恶及其创造者无所遁形。在国家和民族艰难曲折的发展道路上，记者是"侦察兵"，新闻是"冲锋号"，为人为事为文，都要真实可信，才有存在价值。因此，我把李老书赠我的横幅挂在书房墙上，当作自己的"座右铭"。

今天的新闻就是明天的历史，在这一点上，新闻与历史在本质上是一样的事物。新闻以事实说话，历史以史实昭示后人，两者都要求事实准确，陈述真实，记者之"笔"与史家之"笔"并重。我在大学里学的是历史专业，对于南史氏的故事、董狐的故事、司马迁的故事并不陌生。我能够掂量"史家笔"的分量有多重，也能够体会"正义直言"的意味有多深。实际上，从当记者的第一天起，我就立下誓言：一定要当一名说真话的记者。我看重记者的独立人格，看重时代赋予我的历史使命，看重党和人民对我的培养教育，我不想为自己留下遗憾。每写一篇新闻评论、深度报道，我都要问一问自己：它经得起历史的检验吗？对于假、大、空的东西，我自己不写，也劝别人少写。在别人看来，我也许是一个不识时务的"书呆子"，但我至今不悔。

作为记者的一种追求，"正义直言史家笔"是一种崇高的境界。良史以实录直书为贵，不掩恶，不虚美，具有"史才""史学""史识"三长。范文澜写史，博学卓识，文如其人，令人钦敬，他有一句名言："板凳需坐十年冷，文章不写一句空。"陈寅恪治史，纵贯古今，横通中外，"合中西新旧学问"以求通解通识，为学为人都达到了很高的境界。新闻记者若能兼备史家的

"才""学""识"，那么，他的宏观视野，他的求是态度，他的新闻敏感，他的新闻成就，他的人格与人生都将进入一个新的境界！

以"史家笔"写新闻，新闻不朽！

梅松武

2022 年 3 月于成都

# 目 录
CONTENTS

# 跳出四川看"米袋子"

|《川江评论》 开栏的话|

高度体现于观点，观点创造影响

"把观点喊响，体现党报独到而高人一筹的思辨力，影响读者，引导舆论"，是新闻竞争中党报宣传的着力点，也是新一轮改版中我们努力的方向。从即日起，《四川日报》在一版推出《川江评论》，旨在对近期全国范围内发生的重大新闻事件，百姓关注度高的社会热点、焦点、难点问题进行梳理，及时展开个性化评论。本栏目追求：以深刻思辨聚焦社会热点，反映主流声音；以独到观点解析宏观大势，引导社会舆论。

这一方天地，是你我共同的家园。有你的参与，才会有旺盛的生命力。

天道酬勤，人勤春早。一场突如其来的冰雪灾害肆虐巴蜀大地，对春耕生产造成严重影响。广大农村基层干部和农民不仅关注冰雪对春耕生产的危害，而且关注"米袋子"的市场波动。用农民的话说："很想多种粮，又怕粮食多；多了卖给谁，谁能解我忧？"

农村基层干部和农民对"米袋子"的市场波动特别敏感，这是传统农业

向现代农业转型的关键时期出现的好现象。现代农业发展必须以市场为导向，种什么、种多少、卖给谁、价格高低，主要由市场需求决定。在四川农民的印象中，改革开放以来，"米袋子"已经出现过几次大的市场波动，每次波动之后总要出现"卖粮难"。"谷贱伤农"，增产不增收，这是农民最担心的。现在的问题是，2007年我省粮食迎来历史上第六个高产年，但粮价不仅没有跌下来，反而同步上涨。农民关心的是，近期粮食价格上涨原因何在？怎样把握"米袋子"的市场走势？还会出现"卖粮难"吗？

回答这些问题，需要站在经济全球化和区域经济一体化的高度，密切关注国际国内市场新变化。

随着工业化、信息化、城镇化、国际化的快速发展，我国的农产品供求形势正在发生深刻变化。特别是在充分开放合作背景下，四川已经不是盆地的四川，而是西部的四川、全国的四川、面向全球的四川。对四川来说，分析把握"米袋子"的市场走势，要有开放的视野和全球化眼光。只有跳出四川看"米袋子"，才能看到国内外市场对农产品的需求在快速增长，坚信"米袋子"里也能淘出"金娃娃"！

跳出四川看"米袋子"，四川的粮食供求平衡比较脆弱。目前，尽管我省粮食产量保证全省城乡人民口粮供应绰绰有余，但粮食供给还是出现了区域性变化和结构性变化。我省用于加工转化的粮食大多依靠从省外调入，每年调入量在60亿公斤左右；一旦国内外粮食市场出现供求偏紧情况，从省外调入粮食就会出现波动，供求形势就会发生变化。因此，粮食安全这根"弦"始终不能松。

跳出四川看"米袋子"，我国粮食仍处于供求偏紧状态。我国只拥有占世界7%的耕地，却要养活占世界22%的人口，人均粮食占有量从1996年的412公斤下降到2006年的378公斤。我国城市化率每年提高1.3个百分点，每年新增城镇人口1500万至2000万。特别是工业化进程加快，带动以大宗农产品为主的原料需求不断增加。无论是从现实情况看，还是从长期形势看，我国粮食安全压力将越来越大，通过国际市场平衡国内供给的风险也越来越大。

现在的新情况是，国际粮食市场出现了粮价飙涨。联合国粮农组织最近提供的研究报告指出，全球粮食储备已减少到 30 年来的最低水平。据统计，自 2006 年 9 月以来，世界主要粮食品种价格普遍上涨，其中，小麦和玉米的价格达到了近 10 年来的最高点。分析国际粮食市场新走向，市场需求增加已成为粮价上涨的长期动力。为了应对"石油价格暴涨"和保护生态环境的战略目的，许多国家利用玉米生产燃料乙醇，2007 年美国用于生产乙醇的玉米是 2006 年的两倍。国际食物政策研究所预测，如果全世界坚持执行当前的生物燃料扩展计划，粮食价格还会上涨。

全球生物能源的发展，增加了农产品的市场需求，对中国的农业发展既是挑战也是机遇。应对挑战，我国采取限制以主要粮食为原料生产液体燃料的稳健发展战略是正确的。但是，农产品价格上涨是全球性的。对中国来说，即使当前不发展生物能源，国内粮食价格也会随国际市场变化而变化。专家认为，当前我国农产品价格上涨，有一半左右的因素与全球粮价上涨有关。关键是，我们应该抓住机遇，进一步调整农业产业结构，促进粮食生产发展，从"米袋子"里淘出"金娃娃"。

总而言之，粮食生产正面临前所未有的市场机遇。抓紧春耕备耕，农民兄弟！国家发改委 2 月 8 日已宣布，今年继续在稻谷、小麦主产区实行最低收购价政策，并适当提高最低收购价水平。"放眼全球化，需求在增多；又有最低价，何愁卖不脱？"

（《四川日报》2008 年 2 月 19 日 1 版）

# 立足市场看肉价波动

送走"金猪"之年，防止明显通胀仍然是宏观调控的首要任务。春节期间，端起碗来吃肉，放下筷子算账，尽管收入增长幅度超过两位数，但消费者感受最深的仍然是买猪肉的花费更贵了，而养猪农民感受最深的也是花费在猪身上的开支越来越大。与消费者担心肉价上涨不同，农民更担心肉价下跌，对春节后补栏有后顾之忧。一些养猪户反映，最大的担忧是怕猪得病。农民说，现在的猪"娇贵"得很，投入这么大，一旦猪肉价格跌下来，还能赚钱吗？

消费者与生产者的不同期待，反映出一种共同的市场导向。改革开放以来，走在市场最前沿的是猪肉价格，"菜篮子"中最敏感的也是猪肉价格。从取消肉票的那一天起，猪肉价格的涨涨跌跌，给我们上了一堂又一堂生动的市场导向课。正是这种涨涨跌跌的价格波动引导着猪肉市场的供求变化。套用股市上一句流行语，没有只涨不跌的猪肉，也没有只跌不涨的猪肉。想当年，凭票供应猪肉，肉价倒是不涨不跌，但春节每人只有半斤肉可买，那种穷日子谁还想过？

立足市场看肉价波动，2007年以来猪肉价格上涨过快，首先是受猪肉市场周期性波动规律的影响，根本原因是猪肉供不应求。改革开放以来，我国生猪发展经历了6次大的波动。据测算，生猪生产波动1%，猪肉价格就会波动7%。农民有一种说法，即"养猪两年赚两年亏一年平"，意思是猪肉市

5年一个波动周期。现在，这个波动周期在缩短，波动幅度在扩大。2007年，全国猪肉价格上涨48.3%，成为拉动居民消费价格上涨的"领头羊"。在这种情况下，为了保障低收入群众的生活，政府对城镇低保对象给予补贴，这是非常必要的。

立足市场看肉价波动，猪肉供不应求的深层原因，主要是前两年养猪比较效益低，无利可图。据调查，仔猪的生长期一般为6个月，生产1公斤猪肉大约需要5公斤到7公斤谷物。2006年上半年，生猪价格低迷，5月份最低为5.96元/公斤，养猪处于全行业亏损状态。到去年5月，玉米价格涨到每公斤1.55元。想一想，当生猪价格每公斤不到6元的时候，农民卖猪亏本、不卖更亏本！

立足市场看肉价波动，令四川养猪业雪上加霜的，是2005年夏季发生的那一场谈"猪"色变的猪链球菌疫情。当时，全国性的猪肉需求突然萎缩，川猪出川受阻，猪价持续下跌。后来，又发生了全国性的高致病性蓝耳疫情，更使许多养猪户"血本无归"，不少养猪户甚至宰杀小猪、母猪，如同股市"跳水"，竞相"割肉"。养猪户没有想到的是，当他们宰杀小猪、母猪的时候，猪肉市场供不应求大势已定，转眼间，肉价就暴涨起来！眼睁睁看着肉价涨，不少养猪户却无猪可卖、无猪可养，踏空了这一波"大牛市"！

立足市场看肉价波动，稳定猪肉价格走势，关键在于扩大市场供给，发展生猪养殖。2007年12月19日，国务院常务会议决定，继续实行并增加能繁母猪补贴，扩大能繁母猪保险覆盖面，加大扶持生猪规模养殖力度。现在的问题是，春节期间生猪出栏多，存栏减少，急需补栏，但养猪成本还在上涨。以目前昂贵的饲料价格和仔猪价格，再加上最近发生大范围冰雪灾害造成牲畜较高的死亡率，农民养猪的风险在加大。由此看来，政府调控肉价的着力点，还是应该放在稳定生猪生产上，既要采取措施，鼓励农民抓紧补栏，也要未雨绸缪，解除农民养猪的后顾之忧。

总之，猪肉价格波动是市场经济的一种规律，但暴涨暴跌对吃猪肉的和养猪的都不是好事。随着国家宏观调控政策的落实，尽管猪肉价格尚有下降

空间，但由于养猪成本大幅增加，猪肉价格已很难再回到过去的水平，也不能再回到"猪贱伤农"的水平。四川养猪"两头在外"，更应该站在经济全球化、区域经济一体化的高度，坚持用市场的眼光、开放的视野、统筹的思路加强和改善肉价调控。

面对市场，无论涨跌，吃肉的人和养猪的人都要多一分清醒、多一分理解、多一分平衡！

（《四川日报》2008 年 2 月 21 日 1 版）

# "高地"建设"高"在哪里

## ——论用"高地"建设引领四川未来发展

从雪山走来，向大海奔去，川江奔腾不息。

每当想起李冰治水的情景，就对养育我们的四川有一种可亲而又可叹的情怀。由古而今，继往开来，建设辐射西部、面向全国、融入世界的西部经济发展高地，将引领四川走向未来，走向全面小康！我们为之振奋，充满期待，信心满怀！

站在新的起点，省委确立建设西部经济发展高地的战略定位；站在新的起点，四川人民最关心"高地"建设。最近到企业农村采访，听基层干部群众心声，围绕"高地"建设的话题，大家讨论热烈。为什么要用"高地"建设引领四川未来发展？"高地"建设"高"在哪里？正是在深入思考中，我们的思想观念在碰撞中转变，发展思路在交融中深化，一种同心同德、共谋跨越的创新创业激情在巴蜀大地熊熊燃烧！

"高地"建设之"高"，首先是战略定位更高。用"高地"建设引领四川未来发展，正是站在中国现代化建设"三步走"的战略高度，全面审视四川走向全面小康的历史方位所做出的战略选择。经济发展总是以一定的时空为坐标的。从新中国成立到1978年的30年间，由于三线建设重点西移，四川发展速度总体上高于东部地区。改革开放30年来，四川的经济发展尽管仍然是历史上最快的时期，但却已经被东部地区远远抛在后面。最明显的拐点发生在1992年邓小平同志南方谈话后几年时间，东部地区生产总值年增长率为

18%以上，而我们的发展速度仅相当于东部地区的50%。尽管四川去年生产总值已突破1万亿元，居全国第9位，但全省人均生产总值、工业化水平、城镇化水平、财政收入占生产总值比重、城乡居民收入等主要发展指标，都低于全国平均水平。不是我们没有发展，而是我们的发展速度没有别人快；不是我们没有发展目标，而是我们的发展水平没有别人高。要缩小四川与东部发达地区的差距，首先要在发展速度上赶上或超过东部地区。根据改革发展的新要求和四川人民的新期待，省委九届四次全会明确了"加快发展、科学发展、又好又快发展"的全省工作总体方向，形成了"一主、三化、三加强"的基本思路，确立了建设西部经济发展高地的战略定位。登高望远，全面小康就在我们身边。

"高地"建设之"高"，是发展的起点更高，发展的目标更高。党的十七大提出今后13年发展的新要求，有一个重要的变化，就是把国内生产总值翻两番调整为人均国内生产总值翻两番。按照这一目标，到2020年我国人均国内生产总值将达到5000美元。对四川来说，要实现这一奋斗目标，还有很长的路要走。与建设西部经济发展高地相适应，省委确立了实现全面小康"三步走"的新目标：第一步，到2010年，人均国内生产总值达到18000元左右；第二步到2015年，人均国内生产总值达到31000元左右；第三步，到2020年，人均国内生产总值达到55000元左右，接近或达到当年全国水平。"三步走"，三个台阶；跨越爬坡，全面小康就在我们脚下。

高地建设之"高"，还需要从空间坐标上来把握。置身于经济全球化和区域经济一体化的时代，四川已不是盆地的四川，而是西部的四川、中国的四川、面向世界的四川。在西部，无论是土地面积，还是人口、资源、环境、发展条件和市场潜力，四川都占有比较优势，在实施西部大开发战略中具有特殊地位。正如省委书记刘奇葆指出的那样，找准四川在西部发展中的定位，也就找准了四川在全国发展大格局中的定位。着眼西部放眼全国，只有打好西部这一副牌，我们的发展才能处于更优势的地位，扩展更广阔的空间。因而，建设西部经济发展高地，需要牢牢把握的关键词就是：辐射西部、面向全国、融入世界！

　　总之，"高地"建设是四川发展的"牛鼻子"，对四川未来发展具有全局性的引领作用。打造"一枢纽、三中心、四基地"，建设西部经济发展高地，前景无限美好。现在的关键问题是，我们的思想起点要高，我们的精神状态要好，我们跨越爬坡的立足点要实。只有进一步解放思想，才能锐意进取，与时俱进！

　　"三十年河东，三十年河西。"四川的"太阳神鸟"，该是起飞的时候了！

（《四川日报》2008 年 4 月 15 日 1 版）

# 最重要的是解放思想

## ——再论用"高地"建设引领四川未来发展

"会当凌绝顶,一览众山小。"与登高望远相通的是,思想解放的深度,决定经济发展的速度,决定改革开放的力度。

站在新的更高的起点,推进西部经济发展高地建设,最重要的是解放思想。

以解放思想推动"高地"建设,关键是思想起点要高。改革开放以来,我们取得的一切成绩和进步的根本原因,归结起来就是开辟了中国特色社会主义道路,形成了中国特色社会主义理论体系。这个理论体系是马克思主义中国化的最新成果,是我们党最可宝贵的精神财富,当然是指导我们建设西部经济发展高地的思想基础,这是任何时候都不能动摇的。对四川而言,现在的主要问题是,我们在发展中遇到了发展不平衡、不协调的突出矛盾和与东部地区差距越来越大的严峻挑战;城乡二元结构突出、初级阶段特征更为明显仍然是四川最大的实际;发展不足、发展水平不高仍然是四川最大的问题;实现什么样的发展、怎样发展的问题,特别突出地摆在我们面前。从四川实际出发,科学定位区位功能,积极创造区位优势,打造经济发展高地,迫切需要我们进一步解放思想,着力创新发展理念,拓宽发展思路,转变发展方式,破解发展难题。思想决定思路,思路决定出路。在这里,一个具有特殊意义的"先导工程",就是深入学习贯彻科学发展观,在解放思想中进一步统一思想,最大限度地形成加快发展、科学发展、又好又快发展的共识。

没有共识，哪有共建？没有共建，哪有共享？如果说，在改革开放之初，解放思想具有"拨乱反正""正本清源"的功效，那么现在进一步解放思想，则要进一步集中全体人民的智慧，动员和引导广大干部群众同心奋进、共图跨越，为夺取全面建设小康社会新胜利而努力奋斗。

以解放思想推动"高地"建设，要坚持以人为本与促进社会和谐的高度统一。构建社会主义和谐社会，一个极其重要的任务，就是建设社会主义核心价值体系，增强社会主义意识形态的吸引力和凝聚力，形成奋发向上的精神力量和团结和睦的精神纽带。与"高地"建设相适应，我们要高度重视建设社会主义核心价值体系，坚持把以人为本贯穿始终，把共同发展作为目标，更加尊重人民主体地位，充分发挥人民的首创精神，走共同富裕道路，促进人的全面发展，做到发展为了人民、发展依靠人民、发展成果由人民共享。建设西部经济发展高地，是全省各族人民的共同事业和根本利益所在。在这个过程中，人与人和谐共处、人与社会和谐共进、人与自然和谐共生，是我们的追求。

以解放思想推动"高地"建设，要始终保持实事求是、与时俱进的精神状态。解放思想和实事求是是根本一致的，都是主观和客观相一致，但前者更注重振奋精神，后者更强调尊重实际。以解放思想推动"高地"建设，特别需要我们保持邓小平同志一再提倡的那样一种精神状态：一是开动脑筋，勤于思考，破除迷信，振奋精神；二是认准方向，敢闯敢干，勇于探索，勇于创新；三是尊重实践，善于总结，艰苦创业，崇尚实干。应该说，这样一种精神状态本身就是邓小平人生经历的升华，是他从四川走向世界、从平凡走向卓越、从挫折走向成功的力量源泉。从邓小平、朱德等老一辈革命家的身上汲取力量，我们的"高地"建设需要高人一筹的大智大勇和快人一步的爬坡精神！与"高地"建设相适应，省委要求我们进一步解放思想，破除盆地观念，强化开放意识；破除内陆观念，强化前沿意识；破除自满观念，强化进取意识；破除休闲观念，强化爬坡意识。诚如此，我们的"高地"建设还有什么困难不能克服？还有什么障碍不能跨越？

总而言之，最重要的是解放思想，振奋精神。正如温家宝总理指出的那样，新时期的解放思想应该突出三个方面：第一，要继续破除迷信，反对本本主义，只有这样，才能使我们的国家永远保持生机和活力；第二，要坚持实践是检验真理的唯一标准，鼓励大胆的探索、实践和创新；第三，要使每个人，特别是领导干部的思想得到解放，也就是说要有独立思考、批判思维和创造能力。只有这样，我们的事业才会不断前进！也只有这样，我们的"高地"建设才能不断攀高！

（《四川日报》2008 年 4 月 18 日 1 版）

# 最大的动力是改革开放

## ——三论用"高地"建设引领四川未来发展

"问渠哪得清如许，为有源头活水来。"

与思想解放同步展开的是改革开放，与经济全球化顺势而动的是改革开放。

站在新的起点，用建设西部经济发展高地这一战略定位引领四川未来发展，最大的机遇是改革开放，最大的动力是改革开放。

"改革是中国的第二次革命"；"我们要赶上时代，这是改革要达到的目的"。

每当想起改革开放的总设计师邓小平同志这些振聋发聩的话，我们对改革开放就有一种使命感。30年来，沿着他老人家开辟的中国特色社会主义道路，全面改革的进程势不可挡地展开了，全面开放的大门毅然决然地打开了。改革开放惊涛拍岸，创新创业激情燃烧，创造财富的源泉充分涌流。社会主义市场经济的大潮来势之猛、席卷之广、活力之大，让人有一种"翻天覆地"的感觉。

每当想起广汉市向阳乡率先摘下"人民公社"牌子那一壮举，我们就对四川人民"敢为天下先"的改革创新精神充满了自豪感。1979年到1982年，四川是全国注目的"改革之乡"，改革先发效应明显，经济发展快于全国。1983年到1991年，改革重心由农村转向城市，四川在全国较早实行股份制改革试点。遗憾的是，我们的产权市场培育没有与企业内部机制创新和技术创

新紧密结合，不少股份制试点企业缺乏自主创新能力，逐步沦为"壳资源"。20 世纪 90 年代，我们错过了一些机遇，与东部地区的差距拉大。不进则退，不改则废。四川人民清楚地看到，正是改革的力度、开放的程度，决定着经济发展的进程和质量。

改革开放是发展中国特色社会主义的强大动力。当改革开放进入攻坚破难的关键时期，我们需要深入思考的是，为什么过去有的改革"墙内开花墙外香"？为什么总是"冲出夔门方成龙"？怎样才能变"天府之国"为"天府之域"？人往哪里走？钱从何处来？这里既有一个市场化配置资源的体制机制问题，也有一个对外开放合作的发展战略问题；既有一个转变发展方式的根本任务问题，也有一个统筹兼顾的根本方法问题。当前，要按照贯彻落实科学发展观和构建社会主义和谐社会的要求，进一步深化改革开放，为"高地"建设提供强大动力。

以改革开放推动"高地"建设，根本出路在充分开放合作。置身于经济全球化和区域一体化的时代，开放也是改革。我省开放合作的潜力很大，特别是随着外资西进、内资西移的趋势加快，承接产业转移的机遇难得。省委提出实施"三向拓展、四层推进"的开放合作战略，战略意义十分重大，我们要坚定不移地加速推进。

以改革开放推动"高地"建设，根本任务是转变发展方式。四川正处于工业化初期向中期转变的关键时期，长期形成的结构性矛盾和粗放型增长方式使我们面临人口、资源、环境的瓶颈制约。在四川，早期工业、中期工业和新兴工业并存，中等发达、初步发展和欠发达的区域并存，城乡二元结构更为明显。为破解发展难题，省委提出"一主、三化、三加强"的基本思路，这是从根本上转变发展方式的新思路。要把工业化、城镇化与农业现代化统筹起来，实现良性互动、联动推进。这就需要统筹推进城乡综合配套改革，建立以工促农、以城带乡的长效机制，形成城乡一体化发展新格局。

以改革开放推动"高地"建设，根本方法是统筹兼顾。要处理好城乡发展、区域发展、经济社会发展、人与自然和谐发展、国内发展和对外开放的关系，实现经济社会的全面协调可持续发展。特别要处理好政府与市场的关系，进一步深化行政体制改革和社会保障体制改革，增强改革措施的协调性，坚持把改善民生作为正确处理改革发展稳定关系的结合点，使改革始终得到人民的拥护和支持。

新时期最鲜明的特点是改革开放，新时期最显著的成就是快速发展，新时期最突出的标志是与时俱进。抚今追昔，继往开来，只有改革开放才能发展中国。改革开放，正推动我们的"高地"建设与时代同行！

（《四川日报》2008 年 4 月 22 日 1 版）

## 最顽强的坚持需要最坚强的信心

　　最危急的时刻，需要最顽强的坚持；最顽强的坚持，需要最坚强的信心。

　　正当抗震救灾最危急的时刻，胡锦涛总书记来到四川灾区，看望和慰问灾区群众，给灾区人民带来了最大的安慰和最坚强的信心。在特大灾难面前，胡锦涛总书记和我们大家一样悲痛。余震中，塌方旁，瓦砾上，帐篷里，一路走来，总书记动情地对乡亲们说："我们要坚强，要有信心，有勇气！中央已经号召全党和全国军民紧急行动起来，投入抗震救灾斗争。我们一定要尽全力抢救受困群众，尽全力医治受伤群众，尽全力安排好灾区群众生活，下一步还要尽全力帮助乡亲们恢复生产、重建家园。"这四个"全力"充分表达了党中央、国务院举全国之力抗震救灾的坚强信心，是对灾区群众最大的安慰。国脉血脉相连，党心民心相通。灾区广大干部群众和救灾官兵深受鼓舞，信心倍增。

　　最顽强的坚持，需要最坚强的信心。我们的信心来自党中央、国务院的坚强领导，来自省委、省政府打赢抗震救灾这场硬仗的坚强决心。在突如其来的特大地震灾害面前，党和政府是灾区人民的主心骨。温家宝总理在灾情发生后第一时间赶赴都江堰地震灾区，现场开会，靠前指挥，表现出一个抗震救灾总指挥在灾害面前坚强、冷静、临危不惧的大智大勇，深深感染和鼓舞了灾区人民的救灾信心。我们听到了温总理在四川灾区发出的动员令：向历史负责，向人民负责；人民生命高于一切，以人为本是救灾的核心；把人员伤亡降到最低限度，是当务之急，重中之重；只要有一线希望，就要尽百倍的努力。在党中央、国务院领导下，四川省委、省政府紧急动员，全力以赴救灾。正如省委书记刘奇葆说的那样，山河可以改变，道路可以阻断，房屋可以摧毁，但摧毁不了我们抗震救灾的坚强决心，摧毁不了我们救助灾区人民的坚强决心，摧毁不了我们在废墟上重建美好家园的坚强决心。面对灾情，我们悲痛万分，但我们有坚强的领导能力、快速的救援能力、科学有序的应急能力，我们有抗震救灾的必胜信心！

最顽强的坚持，需要最坚强的信心。我们的信心来自全国军民的万众一心、众志成城。灾情就是命令，时间就是生命。在 10 万平方公里的重灾区，我们看到 10 多万解放军武警官兵与死神展开了一场惊心动魄的生死决战。疾进，疾进，疾进！突破，突破，突破！搜救，搜救，搜救！坚持，坚持，坚持！一个个幸存者从废墟中刨出来了！一个个生命从死神手中抢出来了！我们看到全国各地的医疗队来了！我们看到台湾香港澳门同胞和海外侨胞捐赠的救援物资来了！我们都是志愿者！我们都是四川人！四川有难，八方支援！有钱出钱，有力出力，有血献血！面对灾难，我们万分悲痛，我们万众一心，众志成城！

最顽强的坚持，需要最坚强的信心。我们的信心来自灾区干部群众最顽强的自救与互救。灾难就是考验，救援就是责任。我们看到，在汶川，在北川，在青川，一个个乡镇夷为平地，成百的灾民自救互救，创造了一个个死里逃生的奇迹！我们看到，在都江堰，在崇州，在彭州，在什邡，在绵竹，一所所学校受灾严重，老师们带着成百的学生手拉着手，顽强地走出了死亡谷。

最顽强的坚持，需要最坚强的信心。这次发生在四川汶川等地的特大地震灾害，其破坏之严重、人员伤亡之多、救灾难度之大都是历史罕见的，抗震救灾正面临十分严峻的困难局面。危急关头，我们必须化悲痛为力量，必须要有最坚强的信心和勇气。我们坚信，有党和政府的关怀，有全国军民的援助，我们一定能坚持到底，渡过难关。

（《四川日报》2008 年 5 月 22 日 2 版）

# 以人为本：抗震救灾的一面旗帜

生命重于泰山，生命创造奇迹。

举国哀悼的日子已经过去，悲痛的眼泪尚未擦干，我们抗震救灾的意志更加坚强。13亿中国人民用人类历史上最大规模的哀悼仪式，送别了在地震中遇难的同胞，中国人心目中的"人"更加光彩夺目，一个国家、民族对生命的尊重和关爱升华到一个新的高度，全世界看到了一个坚强自信、开放透明、以人为本的中国！

以人为本，是我们党和国家的执政理念，是科学发展观的核心，是抗震救灾的一面旗帜。汶川大地震发生后，党和政府与灾区人民同呼吸、共患难、共命运，第一时间公布信息，第一地点到重灾区靠前指挥，第一目标抢救生命，第一次设立哀悼日降半旗祭奠受灾群众，第一次开放国际救援队伍进入灾区，充分体现了以人为本的理念，表现出对人民负责、对生命敬畏、对世界开放的时代精神。这次特大地震灾害，其破坏之严重、人员伤亡之多、救灾难度之大，都是历史罕见的。抗震救灾千头万绪，核心是以人为本，救人是第一位的任务。"人民生命高于一切"；"只要有一线希望，就要尽百倍的努力"。在党中央、国务院的坚强领导下，全党和全国军民紧急动员起来，举全国之力抗震救灾。省委、省政府有力、有序、有效地组织开展抗震救灾，以最快的速度不惜一切代价救人，灾区各级党组织和广大党员在最危急关头，带领群众奋力自救互救，尽最大努力减少人员伤亡。抗震救灾，我们万众一心、不屈不挠、友爱互助、自强不息，体现的正是以人为本的理念！

"人的根本就是人的本身。"面对灾难，没有什么能比救出生命更为重要。10多万解放军武警官兵和数万白衣天使组成的救援队伍已覆盖重灾区的所有村镇。到灾区采访，我们看到的最揪心、最艰难的场面是救人，救人，救人！我们听到的最贴心、最温暖的安慰是"活着就好，活着就好！"我们从来没有这样强烈地感受到人的生命如此脆弱、如此坚强、如此可贵！即使生命存活的极限期已经过了，我们对幸存者的搜救仍然没有放弃，仍然不断出现生命奇迹。你看，被困179小时，汶川映秀水力发电总厂发电部副主任、羌族同胞马元江被救出来了！被困196个小时，绵竹市金华镇水沟磷矿和城墙岩磷矿的三名矿工被救出来了！被困深山216个小时，成都电力巴蜀电站金河一级电站女职工崔昌会被救出来了！坚持，坚持，坚持！正是在不屈不挠、永不放弃的坚持中，我们已经从废墟中抢救出8万多幸存者的生命，这是世界救灾史上的空前奇迹！

"人的价值在于创造价值。"面对灾难，没有什么比关爱生命更有价值。危急时刻，生死关头，团结就是力量，互救更有希望，群众是真正的英雄。一个篱笆三个桩，一个好汉三个帮。灾难带来苦难和伤痛，也激发爱心和力量。到灾区看一看，到幸存者中走一走，你会看到有多少母亲用自己的胸脯保护孩子，你会听到有多少老师张开双臂保护学生，你会遇到很多从全国各地赶来的志愿者。我们都是四川人！我们都是中国人！地动天不塌，大灾有大爱。面对灾难，我们用心灵安慰心灵，用生命关爱生命，凝聚成万众一心、不屈不挠、友爱互助、自强不息的抗震救灾精神，创造了一个个令人感动的生命奇迹！正如胡锦涛总书记指出的那样，我们心连心，同呼吸，共命运，就没有克服不了的困难。胜利一定属于英雄的中国人民！

总而言之，以人为本是抗震救灾的一面旗帜。无论是抢救被困人员，还是医治伤员，无论是安置受灾群众，还是恢复重建，抗震救灾工作始终要坚

持以人为本。我们要把以人为本落实到抗震救灾的每一个细节，继续发扬抗震救灾精神，坚决打赢抗震救灾这场硬仗！

（《四川日报》2008年5月25日2版，获得2008年度四川新闻奖一等奖）

## 大爱无疆：抗震救灾的不朽丰碑

大悲铸大爱，大爱铸国魂。

在突如其来的地震灾难面前，我们刻骨铭心地感受到了生离死别的悲痛，我们有目共睹地看到了灾区人民与死神抗争的大智大勇，我们异口同声地喊出了同舟共济、共渡难关的最强音。

大爱无疆，超越生死，超越自我。每个人的生命都是珍贵的，最能感受生命的是血脉和亲情。面临毁灭性的地震灾难，父母之恩、夫妻之情、子女之爱，你中有我，我中有你，最牵挂你的人是我，最可爱的人是你，只要你能活下去，我愿献出我的生命。生命有限，亲情永恒，血脉能创造奇迹。在生离死别那一刻，一个老奶奶用尽全身力气将外孙女推出了死亡线，自己却被埋在废墟下失去了生命。废墟中，一个母亲用胸脯保护着孩子的生命，她走了，她身下的孩子得救了。医生打开包裹孩子的被子，发现里面放着一部手机。手机中有一条写好的短信："亲爱的宝贝，如果你活着，一定要记住我爱你。"这是世界上最伟大的母爱。生死关头，有多少父母、多少夫妻、多少兄弟姐妹，用如此惨烈的自我牺牲展现爱的奉献，用如此博大的胸怀超越血浓于水的爱！

大爱无疆，超越生死，超越自我。每个人的生命都是珍贵的，能感应生命的不只是血脉关系。大难来临，师道如父道，爱生如爱子，最关心你的人是我，最有前途的人是你，你们都是我的孩子，只要你能活下来，我愿"摘

下我的翅膀，送给你飞翔"。汶川县映秀镇小学 29 岁的张米亚老师跪伏在废墟上，双臂紧紧搂着两个学生。两个孩子活着，而用血肉之躯撑住钢筋水泥的张老师却永远地离开了学生。乡亲们怎么也掰不开他因拼死护着孩子而变得僵硬的双臂。这是世界上最崇高的师道，这是世界上最伟大的父爱。如此震撼人心的情景出现在灾区的一所又一所学校，谭千秋、吴忠洪、瞿万容、钱富波、向倩、何智霞……他们离去时都与张米亚一样俯身向下，双臂紧紧护着学生。更令人震惊的是，安县佳欣幼儿园老师张红梅，来回几次将 10 余名孩子抱出了教室，当她抱着最后一名孩子想冲出教室时，房间突然倒塌，她和她怀里的孩子同时遇难。人们把他们的遗体从废墟中刨出来时，发现那抱着的最后一名孩子是张红梅的儿子。爱的奉献在师生中传递，爱的超越在抗震救灾中升华到一个新的境界。

大爱无疆，超越生死，超越自我。每一个人的生命都是珍贵的，大难来临时总要有人站出来救人，总要有人坚守岗位。使命如山，责任如山，许许多多参与救援的解放军武警官兵、白衣天使和战斗在抗震救灾第一线的领导干部和共产党员，他们的家也在灾区，他们却来不及救自己的亲人。他们的眼里，"哪一个人的妈妈，都是我们的妈妈"；"哪一个人的孩子，都是我们的孩子"；"我们都是一家人。"从"最美的警花"蒋敏到最忙最累的民政局长王洪发，再到武警成都支队政委李丕金，他们的家都在重灾区，家中都有几名甚至十多名亲人遇难！他们明知自己的亲人遇难，却来不及看上一眼，来不及帮上一把，他们心里流着血，却像钉子一样"钉"在工作岗位上，履行自己的天职。他们都是最坚强的人，是最可爱的共产党员。没有他们履行天职，谁去救那么多废墟中的幸存者？谁来医治那么多受伤的伤员？谁去安置那么多受灾群众？使命如山，责任如山，我们都有一个共同的愿望："尽可能让活着的人好好活着"；"纪念死者最好的方式，就是与活着的人一起战斗！"

大爱无疆，超越贫富，超越时空，超越民族。抗震救灾，全世界的目光都在关注我们，全国人民的心都与我们一起跳动。从企业家上亿元捐款到拾荒老人的百元小钞，从国际救援队伍和救援物资的纷至沓来到全国各地的对口支援，奉献的都是同样的爱心。爱在，希望就在！爱在，和谐就在！爱在，和平就在！

大爱无疆，多难兴邦。地震灾区的废墟上，高高地矗立着一座万众一心、不屈不挠、友爱互助、自强不息的不朽丰碑！

（《四川日报》2008 年 5 月 28 日 2 版）

## 重建家园　燃起生活的希望

泰山压顶不弯腰，关键是挺起不屈的脊梁；灾难面前不低头，关键是燃起生活的希望。

面对突如其来的地震灾难，有一种悲痛叫力量，有一种倒下叫站起，有一种微笑叫坚强，有一种境界叫自救！挺起不屈的脊梁，燃起生活的希望，我们自强不息，重建家园！

抗震救灾最危急的关头，全世界的目光都在关注四川。"汶川挺住！""四川挺住！""中国挺住！""一方有难，八方支援！""一线希望，百倍努力！"20多天来，在党中央、国务院和省委、省政府的坚强领导下，我们万众一心、不屈不挠、友爱互助、自强不息，共同渡过了最危急的关头，目前正在抓紧恢复灾区生产生活，逐步转入灾后重建。此时此刻，我们要对战斗在抗震救灾第一线的每一个解放军武警官兵、白衣天使、志愿者说一声"谢谢！"对灾区幸存下来的每一个干部群众道一声"祝福！"我们都是四川人，我们都是一家人，我们遭遇的是人类最痛苦的灾难。但是，面对灾难，生活仍将继续，逝者为生者承担了死亡，生者则要承担更多的责任和坚强。我们幸存下来了，就要挺起不屈的脊梁，更有意义地好好活下去，这是我们的责任，我们的使命！这是对死难者亲人的最好安慰，也是对救援灾区、关心灾区的每一份爱心的最好感谢！

挺起不屈的脊梁，燃起生活的希望，我们自强不息，重建家园。一次重大的灾难也是一次心灵的洗礼，越是苦难越是坚强，越是苦难越是团结，越是苦难越是奋进，这就是中华民族不屈的脊梁。这次地震灾难中，倒下去的是砖瓦，站起来的是勇气，是坚强，是信心。你看，全国人民和我们手拉手共患难，党和政府与我们心连心同呼吸，我们并不孤单。我们不能忘记，胡锦涛总书记和温家宝总理来到灾区与受灾群众那一次次握手，那一次次交谈，那一遍遍叮嘱："要面向光明的未来，昂起倔犟的头颅，挺起不屈的脊梁，燃起那颗炽热的心，向前，向光明的未来前进。"面对如此博大的关爱，我们有什么理由不更加坚强地生活？自立者强，自强者立。以自信战胜自卑，以自爱共铸大爱，让我们从"心"开始，振奋精神，重建家园。

挺起不屈的脊梁，燃起生活的希望，我们自强不息，重建家园！孩子是家庭的希望，也是我们国家的未来。这次地震灾难中，受苦最多的是孩子，最震撼人心的是孩子。三岁多的郎铮一个敬礼感动中国，废墟中的邓清清打着手电筒看书感动世界。从"断臂少年"白乐潇到"可乐男孩"薛枭，从废墟中的"微笑女孩"高莹到"我是班长"的救人小英雄林浩，多少"川娃子"以惊人的勇敢、坚强、机智和微笑，让我们看到了一个家庭、一个国家的未来和希望！昨天，废墟中的孩子们深受苦难，他们的每一滴眼泪，每一处伤痛，都让我们心碎！今天，幸存的孩子们渴望生活，渴望读书，渴望回家，他们的每一个笑容，每一声朗读，都让我们安慰！孩子在，希望就在！孩子好，一切都好！一切为了孩子，我们艰苦奋斗，重建家园！

挺起不屈的脊梁，燃起生活的希望，我们自强不息，重建家园。在10万平方公里的地震灾区，受灾最重的是农村，损失最大的是农民。重建家园，重点在农村，难点在农村，当前最紧迫的是千百万受灾农民的生活安置和生产自救。到灾区采访，在大山深处，在峡谷两旁，看到一个个村庄遭受灭顶之灾，不少农民家破人亡，几乎一无所有，但他们仍然待人亲切慷慨，表现出惊人的自救和互助能力。看到灾区农民那一双双悲伤而不悲愤、痛苦而不压抑、无奈而不绝望的眼睛，国外记者称赞他们是"人类的一座丰碑"。在安县，有一位老父亲把分散在不同安置点的11口人招呼回家，在自己的田里搭

起帐篷，开展生产自救。许多农民说："日子还是要好好过，遭多大的灾也要种地啊！"多么好的灾区群众啊，你们是四川人民的英雄，是抗震救灾的脊梁！

灾难面前不低头，关键是燃起生活的希望。多难兴邦，实干兴邦；抗震救灾，以人为本，让我们挺起不屈的脊梁，艰苦奋斗，重建家园！

（《四川日报》2008 年 6 月 3 日 2 版）

# 由灾后重建想到"抗震兴川"

灾后重建，规划先行；以人为本，抗震兴川。

当前，抗震救灾正处于安置受灾群众和恢复重建前期准备阶段，国务院有关部门和灾区各级政府正在抓紧编制灾后恢复重建规划。按照党中央、国务院部署，准备用三年时间在"十一五"初步完成重建的主要任务，在"十二五"继续巩固发展。胡锦涛总书记指出，地震灾后恢复重建是百年大计，要从长计议，经得起实践和历史的检验。多难兴邦，多难砺党。对四川而言，灾后重建的过程必将是以科学发展观为指导，加快发展、科学发展、又好又快发展的过程。坚定不移"两手抓"，坚持省委九届四次全会重大部署和奋斗目标不改变，坚持实现全省今年主要目标任务的决心不动摇，展现在我们面前的是一条迎难而上的抗震兴川之路。

恢复重建规划是实施恢复重建的基本依据。由于灾害损失的严重性和灾区的地理特性、民族特性、文化特性等多种因素，恢复重建规划既不同于一般的区域发展规划，也不同于过去的经济社会发展规划。编制恢复重建规划，必须以地震灾害损失、灾区范围、地质地理条件和资源环境承载能力的科学评估和论证为依据。这次地震灾难不仅对灾区造成了毁灭性的破坏，而且给恢复重建带来了前所未有的严峻挑战。正是灾后重建的艰巨性、长期性决定了灾后重建在四川未来发展中具有全局性和战略性意义，决定了灾后重建在全国一盘棋中的特殊位置。举全国之力，集全国之智；一方有难，八方支援；

自力更生，艰苦奋斗。在四川，恢复重建挑战前所未有，机遇前所未有。目前，我省正在抓紧编制"1＋9"重建规划，即灾后重建总体规划和城镇体系、农村建设、城乡住房建设、基础设施建设、公共服务设施建设、生产力布局和产业调整、市场服务体系、防灾减灾和生态修复、土地利用等专项规划。由此可见，恢复重建任务之重，发展机遇之大，对四川未来发展影响之深远。我们必须全面贯彻落实科学发展观，以科学的态度、开放的视野、创新的思维，抓住机遇，用好机遇，艰苦奋斗，自强不息。

由灾后重建想到抗震兴川，以人为本、民生优先是贯穿各个环节的一条红线。为政之要在于安民。过渡性安置是灾后恢复重建的基础工作，必须把早日恢复灾区群众的正常生活放在优先位置，坚持以安置住房建设为重点，把群众安居放在首位。恢复重建中，必须确保人民群众生命财产安全，优先解决群众教育、医疗等公共服务和就业、收入等民生问题，优先安排与群众密切相关的公共服务设施的重建，千方百计为灾区群众排忧解难，帮助灾区群众恢复生产、勤劳致富。

由灾后重建想到抗震兴川，必须坚持加快发展、科学发展、又好又快发展。发展是党执政兴国的第一要务。灾后重建不是简单恢复原貌，既要坚持恢复重建与易地新建相结合，也要坚持立足当前与兼顾长远相结合，在发展思路上要有战略眼光，在发展理念上要有前瞻性。特别是要把恢复重建与工业化、城镇化结合起来，与建设社会主义新农村结合起来，与交通、水利等基础建设和产业发展结合起来。最重要的是，要紧紧抓住国家支持这一新机遇，充分利用对口支援这一新机制，加快改革开放，加快产业结构调整，加快西部经济发展高地建设，尽快形成新的产业布局和新的发展模式。

由灾后重建想到抗震兴川，保护生态、保护环境使命如山。这次强烈地震引起的塌方、泥石流，造成河流改道、河道堵塞，已经对灾区的生态环境造成极大破坏，甚至可能严重损害灾区生态系统的基础。灾后恢复重建应当遵循经济社会发展与生态环境保护相结合的原则，实施过渡性安置应当避免对自然保护区、饮用水资源保护区以及生态脆弱区造成新的破坏，恢复重建时的城镇、乡村选址和建设工程选址，应当避开生态脆弱的区域。生态安全重于泰山！

由灾后重建想到抗震兴川，恢复重建是当务之急，也是百年大计。只有以人为本，尊重科学，才经得起实践和历史的检验；只有不畏艰险、百折不挠，才能为子孙后代立下不朽的丰功伟绩。

（《四川日报》2008年7月8日1版）

# 灾后重建话机遇

机遇是一种流动的资源，也是一种以变应变的创新意识。面对国际金融危机的冲击和汶川地震灾后重建的严峻挑战，我们要变压力为动力，化危机为机遇，特别是需要树立以变应变的机遇意识。事不避难，知难不难；与时俱进，随机应变。对于四川人民而言，当前必须以与时俱进的精神状态抓住机遇，从战略和全局的高度加快灾后重建。

灾难不改复兴志。灾难经济学的研究表明，灾难也是刺激经济增长的"催化剂"。日本阪神大地震、美国加利福尼亚和阿拉斯加的地震都刺激了当地经济发展。我国唐山、丽江地震灾后重建的实践也表明，灾后重建既是一项长期艰巨的任务，也可以成为受灾地区重新定位、实现跨越式发展的新起点。从灾难中走过来的人更加懂得造福于世，更加具有"危"中求"机"、化"危"为"机"的应变能力和创新意识。

立足创新看重建，灾后重建是灾区发展振兴的历史机遇。正是由于汶川地震灾难的损失前所未有，灾后重建的挑战和机遇也前所未有。灾后重建规划以优先解决民生问题为基点，着力推进住房重建、设施重建、产业重建、城镇重建和生态重建"五个重建"，规模之大，在四川历史上从未有过，在全国救灾史上也从未有过。大量的重建资金投入灾区，不仅给灾区带来前所未有的发展机遇，而且对四川的科学发展和加快建设西部经济发展高地具有长远的全局性推动作用。我们一定要抓住灾后重建这样一个特殊的历史机遇，进一步调整灾区发展的空间布局与产业结构，重塑经济社会发展的内生机制，培植自我再生的造血功能，形成新的经济增长点和新的发展模式。正如省委书记刘奇葆指出的那样，大灾之后的恢复重建，是一个原地起立的过程，是一个发展起跳的过程，既有鲜明的个性，也具有普适的共性。对四川而言，"抓灾后重建就是抓发展"。

立足创新看重建，灾后重建是当前扩大内需的市场机遇。把灾后恢复重建放在全国发展的宏观背景下和国际金融危机的市场环境中去谋划，就会发现灾后重建是启动内需的当务之急和重中之重，是确保整个国民经济平稳较快增长的客观需要。从需求看，地震灾区受灾群众的基本生活与生产需求创造了巨大的内需增量。投资需求方面，我省在已开工 4580 余个灾后恢复重建项目基础上，力争今年内再开工 2000 个项目，完成投资 3600 亿元。仅基础设施重建，将至少增加水泥需求 5000 万吨以上，对玻璃、钢材等其他建材的需求也将会有很大的拉动作用。特别是要充分运用市场机制，吸引和调动社会力量参与和支持灾后重建，由此拉动的市场需求和"衍生效应"不可估量。我们要把恢复重建作为加快灾区发展的重要契机，作为促进全国发展的强大引擎，奋力加快重建，促进经济增长。

立足创新看重建，灾后重建是创新体制机制的改革机遇。改革创新是新时期最鲜明的特点，也是灾后重建的最大动力。灾后重建是一项系统工程，还有许许多多过去没有遇到的困难和问题需要在改革创新中破解。最重要的是在科学发展观指导下，坚持统筹兼顾的根本方法，妥善处理好恢复与提升、当前与长远、政府与市场、物质与精神、困难与机遇的关系，通过体制机制创新寻求新突破。灾后重建要充分运用市场机制调动力量、整合资源，建立政府主导、社会参与、市场运作、多元投资的重建机制。特别是要把加快形成城乡经济社会发展一体化新格局作为根本要求，在灾后重建中联动推进农业产业化与新型工业化、新型城镇化，在统筹城乡发展改革上取得重大突破。汶川大地震的余震尚未平复，绵竹汉旺广场那座著名的时钟永远定格在灾难来临的那一刻。但时间没有停留，四川人民灾

后重建的脚步正在加快。从灾难走向卓越，展现在四川人民面前的是千载难逢的抗震兴川的战略机遇！

灾后重建，浴火重生；机不可失，时不我待！

（《四川日报》2008 年 11 月 28 日 1 版）

# 对口支援话机制

立足创新看重建，有一个对口支援的机制问题。在改革开放 30 年的时代背景下，在"全国一盘棋"的发展大局中，对口支援是灾后重建的坚强后盾，也是灾后重建的特有机制。正是对口支援这一重大决策，充分展示出中国特色社会主义的伟大力量，引发我们深入思考抗震救灾的体制机制创新。

"一方有难，八方支援；自力更生，艰苦奋斗。"每当想起胡锦涛总书记在地震灾区写下的这十六个大字，就忘不了抗震救灾斗争中那些感人至深的生命奇迹和爱心奉献。灾区人民有目共睹的是，"一省一市帮一重灾县（市）"这一对口支援新机制，把承载着无数爱心的涓涓细流汇聚成奔涌的江流大川，转化为灾后重建的强大动力。山东省—北川县、广东省—汶川县、浙江省—青川县、江苏省—绵竹市、北京市—什邡市、上海市—都江堰市……正是对口支援把东部 18 个省市与我省 18 个重灾县（市）紧紧连在一起，这在中国历史上是第一次。灾区人民听到了"兄弟携手、重建家园"的最强音，看到了对口支援的强大力量。

对口支援，贵在统筹。举全国之力抗震救灾，最大的特点是集中力量办大事，根本方法是统筹兼顾。对口支援，一声令下，全国响应。福建省紧急部署，为对口支援的彭州灾区提供过渡安置房。广东省急事急办，以最快的速度解决 4 所中学和映秀小学学生的异地复课。上海市采取滚动实施的办法推进援建项目，启动第一批项目、研究第二批项目、准备第三批项目。对口

支援各省市加快受灾群众住房建设进度，优先解决灾区群众的基本生活条件，先期援建康复医院和儿童福利机构设施，广泛开展劳务输入输出和人才培训，等等。透过对口支援，我们看到一个大写的"人"字被放在第一高度。以人为本，民生优先；科学规划，分步推进；统筹兼顾，突出重点。这就是独具中国特色的灾后重建中的对口支援。

对口支援，贵在互助。对口支援充分展现了中国特色社会主义制度的优越性，集中体现为人与人之间的相互帮扶。到灾区看一看就会发现，对口支援中那一双双互助之手是那样温暖，对口支援的眼光是那样长远，对口支援的胸怀是那样博大，对口支援的脚步是那样急切。在汶川，广东省着力提高灾区长远发展能力，务求使对口支援取得最大效益和最好效果。在北川，山东省围绕再造一个新北川的目标，努力建设一个现代化、生态型新县城。在青川，浙江省采取统分结合的方式保障对口支援有力有效，积极调动社会各方面力量多渠道、多形式参与对口支援。各省市的对口支援已经与灾区人民血脉相连。

对口支援，贵在互动。援建不是代建，更不是包建。在"输血"的同时，我们如何培育"造血"功能？面对大量的外援，怎样发挥灾区人民重建家园的积极性？灾区人民的自力更生、生产自救，如何与对口支援实现"无缝对接"？大量灾后重建的经验都证明，在灾后重建中越是尊重受灾群众的主体地位，越是充分发挥受灾群众的主体作用，灾后重建就越有成效和可持续性。对口支援，互动是金，项目是金。对四川而言，关键是把灾后重建与充分开放合作结合起来，紧紧抓住对口支援的机会，同援建方加强合作，在互动中争取主动，以项目为依托，加快建设合作园区。特别是要结合灾后重建大力招商引资，进一步把对口支援机制与资金投入的政策支持机制、市场运作机制、社会参与机制结合起来，真正形成多元协作的长效机制，在共建中互动，在互动中共建。

立足创新看重建，灾后重建的四川的确是机遇的四川、开放的四川、日新月异的四川。站在改革开放30年的时代高度，我们必须把灾后重建放在全国发展的大背景中去谋划，以改革创新的精神状态用好用活对口支援这个特有机制，由此进一步形成灾后重建的多元协作机制和长期合作机制，以开放合作推动灾后重建，促进科学发展。

（《四川日报》2008 年 12 月 1 日 1 版）

# 心理重建：我们身边的"爱心工程"

"这是心的呼唤，这是爱的奉献。"每当听到《爱的奉献》这支歌，就想起地震灾区那一只只紧握的手，那一双双渴望的眼睛，那一声声心灵的呼唤！

汶川大地震发生几个月以来，"百日攻坚"捷报频传，"千日奋战"大幕拉开，灾区生产生活正在恢复常态。触景生情，痛定思痛，不少人的心理问题凸现出来，灾区干部群众的心理重建再次成为社会关注的焦点。为此，省委组织部近日专门发出通知，以强制休假、轮换工作、心理抚慰等多种方式，给灾区干部更多关爱。平武县着手研究保护干部身心健康的系统方案，包括精神抚慰、分批培训、休假等内容。广元市则从"心"开始，着眼于"情"，立足于"爱"，让灾区干部轻装前行。

再坚强的人也有脆弱的时候，再顽强的拼搏也需要心理呵护。抗震救灾中，灾区干部承担了比群众更大的精神压力，不少干部家里亲人伤亡，家庭财产损失巨大，他们强忍悲痛，坚守岗位，表现得非常坚强。但是，他们也是人，他们的痛苦也需要疏导。心理专家说，别看他们那么坚强，他们心里也有创伤，也需要别人理解和关怀。到灾区走一走就会发现，有些人的心理问题已经凸现出来，例如，不想吃东西，感觉疲劳、失眠、心慌等等，这些症状是受灾环境中必然出现的正常反应。专家认为，地震灾后的心理干预越早越好！

重建家园首先要重建心灵家园。心理学研究表明，人的心理是有结构的，就像身体有结构一样。当灾难发生时，悲惨情景会突破人的心理防线，侵入心理结构，并迅速或逐渐瓦解心理结构。当心理结构被瓦解时，人会出现急性的精神状态，内心紧张不断积蓄，甚至进入一种失衡状态，这就是心理危机。如果一个人在遭遇重大灾难后，不做心理干预，表面上似乎渡过了难关，但可能会留下心理创伤，影响以后的社会适应能力。还有一些人，长期无法度过心理危机，甚至出现严重心理障碍。所谓心理重建，就是要帮助遭遇灾难的人们加固和重塑心理结构，顺利度过心理危机，提高心理健康水平。汶川特大地震发生后，心理重建迅速成为全社会关注的焦点。各地的心理工作者赶赴灾区，对受灾群众进行心理干预，取得明显效果。现在的问题是，心理重建是一个艰巨而漫长的过程，需要从长计议，统筹推进。短期心理辅导干预是暂时性的，长期的心理治疗需要多方力量参与，提供综合解决方案。就整个灾区而言，制定整体联动、协调一致的心理重建方案，建立行之有效的运行机制，这是需要引起各方面高度重视的。

心理重建不能不急，也不能太急，要像中医那样把脉问诊，辨证施治，因时因地因人而异。许多研究表明，灾难过后很多人会出现暂时的心理障碍，但问题严重的是少数，大多数伤痛都可以治愈；每个人都不同程度地具备自我缓解精神刺激的恢复能力。充分发挥人的自我恢复潜能，日常生活中首先要保证充分的睡眠和休息，然后需要救护者和志愿者与受灾者充分对话。特别是要主动梳理自己的思路和情绪，说出心里想说的话。你的心，我的心，万众一心；你的爱，我的爱，化痛为爱！

正如歌曲《牵手》所呼唤的那样：“因为爱着你的爱，因为梦着你的梦，所以悲伤着你的悲伤，幸福着你的幸福。”穿越灾难，迎接明天，我们心相通、情相牵、意相连，我们患难与共一路走来，我们就在你身边！

（《四川日报》2008 年 11 月 5 日 C1 版）

# 灾害管理要警钟长鸣

今年进入夏季以来，防洪救灾与抗旱减灾并重，极端天气灾害与安全事故交错发生，灾害管理受到各级政府和社会各界高度重视。特别是近期南方发生的严重洪涝灾害再一次警示我们：灾害管理要警钟长鸣。

灾害是自然与社会相互作用的结果，灾害管理是一个复杂的社会系统工程。我国的灾害管理经历了救灾、防灾减灾、综合减灾等几个阶段，目前正进入应急管理阶段。2003 年，鉴于 SARS 新型传染病的威胁，以及频发的各类突发事件，国家决定建立以"一案三制（应急预案、应急体制、应急机制、应急法制）"为核心的应急管理体系，并于 2007 年颁发实施了《突发事件应对法》。在这套制度体系中，各类"灾害"被抽象为"突发事件"；突发事件应对则相应地被称为"应急管理"。以此为标志，在制度层面，我国的灾害管理适应了以人为本和构建和谐社会的新要求。

灾害管理贵在一个"急"字。突发事件往往造成大量的人员伤亡、财产损失，影响社会稳定，必须当机立断、争分夺秒，以最快的速度抢救人民生命财产，以最有效的应急措施稳定社会秩序。进入新世纪后，我国自然灾害和安全事故的数量、死亡人数都呈上升趋势，加强灾害管理尤为迫切。看一看 2008 年应对南方雨雪冰冻灾害和汶川大地震，就会知道建立应急管理体系有多么重要！

灾害管理贵在一个"预"字。"预则立，不预则废。"防灾减灾，未雨绸缪；预防为主，有备无患。2003 年"SARS"事件后，我国着手建立应急管理体系，其中最重要的环节就是各级政府和相关部门都制定了各类应急预案。现在的问题是如何把各类应急预案落实到社区、乡村、学校、街道和基层企事业单位，真正做到"纵向到底、横向到边"。从应急预案在实践中的效果看，自然灾害最适宜搞应急，公共卫生事件实施应急管理的效果也较好，但事故灾难特别是社会安全事件的应急管理还需要进一步加强或改进。应急管理能有效控制事态，但不能根本解决问题。比如今年的西南大旱，检验出抗旱应急机制存在薄弱环节，也反映出农村水利设施的不足。抗旱救灾，需要着眼长远，与山水田林路的综合治理和战略治理相结合。

灾害管理贵在一个"责"字。在应急管理体系中，问责制是一个核心问题，问责的重点是应急管理中的行政不作为或行政失当。比如，2004 年，四川查处沱江污染事件，也追究了一些领导干部的行政责任；2008 年，三鹿奶粉三聚氰胺事件中，又有一批领导干部被问责。近年，我们在实行问责制方面积累了不少经验，值得很好总结。

"生于忧患而死于安乐。"灾害管理最重要的是增强忧患意识，最根本的是提高防患能力。正是在这个意义上，灾害管理的警钟必须时时刻刻敲响。

（《四川日报》2010 年 7 月 4 日 1 版）

# 更加科学有力地抗震救灾

芦山 7.0 级地震抗震救灾目前正处于关键时刻。中共中央政治局常务委员会 23 日下午召开会议，进一步全面部署四川芦山抗震救灾工作，要求把抗震救灾作为当前一项十分重要而紧迫的工作，以更加有力的举措、更加科学的方法，坚决完成好抗震救灾这项重大任务，把灾害损失减少到最低程度。这是党中央对芦山地震灾区的深切关怀，是对抗震救灾工作的最新部署。

认真贯彻落实党中央和国务院抗震救灾指挥部的部署，四川省抗震救灾指挥部重点研究了抓好防治次生灾害和受灾群众安置等工作，推动抗震救灾更加科学有力地进行。

芦山地震是汶川特大地震之后四川遭受的又一次强烈地震，造成人员重大伤亡和财产巨大损失。地震呈现出震级高、破坏大、余震多、救援难等特点，特别是部分灾区曾在汶川特大地震中受到重创，二次地震带来的心理伤害、生命财产伤害和基础设施毁坏，更加大了抗震救灾的难度和紧迫性。面对突如其来的地震灾难，党中央、国务院高度重视，省委、省政府主要领导靠前指挥，以最快的速度启动应急预案，采取一切可能的措施抢险救人。在地震灾区，"第一任务是救人"，经历过汶川特大地震灾难考验的救援队伍再一次吹响"集结号"，及时、高效、有序的抢险救援得到国内外好评！

更加科学有力地抗震救灾，需要"万众一心、攻坚克难"的坚强信念。"艰难困苦，玉汝于成。"我们的党、我们的国家、我们的人民、我们的军队，有不畏任何艰难困苦的大智大勇，能够凝聚起战胜一切困难的强大力量。越是危急时刻，越是要增强同舟共济、攻坚克难的坚强信念，越是要鼓起越是艰险越向前的精气神。自强者立，自立者强。面对巨大的灾难，灾区人民自强不息的坚定信念和攻坚克难的坚强意志，是抗震救灾的根本动力。只要我们同呼吸、共命运、心连心，我们一定能打赢抗震救灾这场特殊的硬仗。

更加科学有力地抗震救灾，需要"以人为本、统筹兼顾"的机制保障。以人为本是我们党和国家的执政理念，是抗震救灾的一面旗帜；统筹兼顾是科学救灾的根本方法，是恢复重建的政策机制。没有以人为本的生命救援，就没有稳妥高效的群众安置；没有最稳妥的群众安置，就没有最有效的恢复重建。安居，安稳，安全；安心，暖心，放心。政策和策略是安置群众的"定心丸"；科学规划是恢复重建的先行者。以人为本，统筹兼顾，才能急灾区所急，解灾区所难，才能保证灾区家家有住处，户户有饭吃，人人有保障。

更加科学有力地抗震救灾，需要"一方有难、八方支援"的民族精神。互帮互助，大爱无疆。面对突如其来的地震灾难，我们看到国家各部门迅速行动，各兄弟省市和社会各界纷纷伸出援手，有组织地或自发地为灾区提供各种援助，形成一种"井喷式"的互帮互助救援热潮，充分体现了中华民族和衷共济、和谐共进、大爱无疆的精神。"我们都是芦山人！""我们都是四川人！""我们都是中国人！"举国上下患难与共的民族精神把我们凝聚在一起，我们对抗震救灾充满必胜信心。

（《四川日报》2013 年 4 月 27 日 2 版）

# 灾后重建：把压力变动力

　　春回大地，生机勃发。当前，我省抗击低温雨雪冰冻灾害已经取得重大的阶段性胜利。按照党中央、国务院和省委、省政府的部署，各地各部门振奋精神，团结奋战，已从应急抢险抗灾转入全面恢复重建。此时此刻，我们必须坚持用科学发展观指导灾后重建，进一步把党的十七大精神与省委九届四次全会精神贯彻落实到灾后重建的各个环节，把灾后重建的压力转化为加快发展、科学发展、又好又快发展的动力。

　　立足当前，着眼长远，灾后重建要坚持"好中求快"。尽管雪灾的严重程度和造成的损失远远超出我们的预料，但中国经济又好又快发展的大趋势不会因为这场灾害而出现转折性变化。从全国看四川，这次冰雪灾害固然给灾区当前的生产生活带来严重困难，但这些困难并没有改变我省加快发展、科学发展、又好又快发展的总体方向。"一方有难，八方支援"；"送人玫瑰，手留余香"。灾后重建不仅会给四川的交通、能源、电信等基础设施建设带来新的需求，而且会给四川的农业发展带来新的机遇，为建设西部经济发展高地带来新的动力。站在"全国一盘棋"和区域经济一体化的高度，深刻认识和全面把握灾后重建的新机遇、新情况，无论是"川军"还是"川货"，都可以在灾后重建中发挥更大的作用，找到更多的商机！

　　首先要做好科学规划。恢复生产，重建家园，千头万绪，必须"规划先行"。按照省委、省政府的部署，各地要在摸清灾情的基础上，根据雨雪冰冻灾害造成的损失，抓紧编制完成灾后恢复重建总体规划方案和各项规划方案。重点突出重要基础设施恢复重建，因灾损坏、倒塌民房的修建，防治次生灾害需要修建的设施，农业、林业生产设施的恢复重建。痛定思痛，最重要的是找准病根，对症下药，辨证施治，像中医那样因人、因地、因时、因势施治，这是搞好灾后重建的关键所在。比如，一些地方电网发生倒塌、断线事故，导致电网大面积停电、限电，就应该在尽快恢复通电的基础上进一步查找隐患，适当扩大电网建设投资，从整体上提高电网抗击自然灾害的能力。又比如，农村倒毁房屋的恢复重建，应该与新农村建设和小城镇建设、人居环境治理相结合，统筹规划、科学选址，尽可能提高防灾避险的水平。灾后重建是"民心工程"，绝不能搞成"形象工程""豆腐渣工程"。

重中之重是抓紧恢复农业生产。这次雪灾中，我省农业的损失是最重的，灾区恢复农业生产的困难也是最多的。当前正是春耕备耕的大好时机，灾区恢复农业生产面临许多困难：一是缺乏青壮劳力，二是缺乏重建资金，三是缺乏技术指导。解决这些问题，需要在城乡统筹的大棋局中通盘考虑。当务之急，是认真组织春耕生产，抓紧蔬菜大棚、蔬菜育苗场、养殖场舍、果树茶树良种苗木繁殖场等生产设施的恢复重建，及时组织农业科技人员深入灾区，帮助农民降低灾害损失。

灾后重建最大的压力是物价上涨，必须引起我们的高度重视。这场雪灾是在我国粮食供求处于紧平衡的背景下发生的，食品价格已经成为拉动居民消费价格水平上涨的"领头羊"，雪灾进一步加剧了一部分农产品的短缺，使物价调控雪上加霜，防止明显通胀的难度越来越大。受雪灾和春节双重因素叠加影响，今年1月全国居民消费价格水平同比上涨7.1％，创11年来新高。如不加大农业灾后重建力度，"米袋子""菜篮子"的价格上涨压力还会加大，城市农村还会增加新的难题。

"天地之大德曰生。"灾后重建关系全局，必须坚持走城乡统筹的科学发展、和谐发展之路。如果说这场雪灾对我们是一场大考的话，我们交出的答

卷应该是：人与人和谐共处，人与社会和谐共进，人与自然和谐共生。从这个意义上讲，比灾后重建更为重要的是社会主义核心价值体系的构建和中华民族精神的升华！

（《四川日报》2008年3月2日1版）

# 我们都是"火炬手"

滚滚岷江，涛声依旧；雨后蓉城，艳阳当空。

北京奥运会开幕的日子越来越近，祥云火炬传递高潮迭起。8月初，祥云火炬将在四川传递，这是进京传递前的最后一站，四川人民责任重大，翘首以待。刚刚经历汶川特大地震灾难磨砺的四川人民深入开展"迎奥运、讲文明、树新风"活动，"我参与、我奉献、我快乐"的奥运激情在熊熊燃烧，"同一个世界、同一个梦想"的奥运心声回荡在巴山蜀水间。奥林匹克精神与我们同在，我们共同参与祥云火炬传递，共同点燃北京奥运会的期待和激情。从神圣的奥运发祥地传到13亿中国人民的首都北京，祥云火炬在世人瞩目下传递着和平、友谊和进步，赋予奥林匹克运动前所未有的强大生命力和感召力。"渊源共生，和谐共融。"跨越千山万水，祥云火炬一路播撒奥林匹克火种，一路凝聚万众一心、众志成城的信心和力量，和谐世界、和谐奥运的人文精神是北京对于奥林匹克运动的独特贡献。祥云火炬在四川传递，我们期盼着奥运精神在巴蜀大地生根开花，给四川人民灾后恢复重建带来更多的和谐、欢乐、繁荣和希望。

"奥林匹克"与我们同在，我们共同面对地震灾难的考验，共同喊响"四川加油、中国加油"的最强音。在巨大的灾难面前，祥云火炬传递有了一种新的象征：把圣火的温暖传递给灾区人民！我们看到，从福建到江西，火炬传递的全体参与者向遇难者同胞集体默哀，羽毛球世界冠军陈宏高擎火炬宣

读支援灾区倡议书，许许多多普通群众在火炬传递沿途的募捐箱前奉献爱心。我们看到，"更快、更高、更强"的奥林匹克精神在抗震救灾中升华，灾区人民更加坚强，更加懂得珍惜生命，更加懂得如何超越苦难、走向卓越。正如88岁的萨马兰奇在发给中国媒体的电子邮件中指出的那样："中国人民在地震发生以后，所展现的与灾难顽强斗争的伟大精神，本质上和奥林匹克精神是一脉相通的。你们的坚强意志和挑战极限的精神，是对奥林匹克内涵的最好诠释。"

"奥林匹克"与我们同在，我们共同分享超越国界的大爱，共同走向"和平、友谊、进步"的大道。汶川之痛，也是人类之殇。地震灾难发生后，全世界都在关注并为中国人民战胜这场特大灾难加油鼓劲。我们不能忘记的是，国际奥委会主席罗格在地震发生当天便发来函电，表示"奥林匹克运动与受灾人民同在"。联合国秘书长潘基文站在汶川废墟上的那一声感叹：中国人民是充满力量、勇敢无畏、坚忍不拔、富有自助和合作精神的伟大人民。我们更不能忘记的是，在抗震救灾现场，胡锦涛总书记与俄罗斯救援队员的那一次握手，温家宝总理与美国志愿者的那一次拥抱，灾区人民为日本救援队送去的那一包方便面。此时此刻，我们想起了林则徐的那一副对联：海纳百川，有容乃大；壁立千仞，无欲则刚。此时此刻，我们想起了那两句古训：天行健，君子以自强不息；地势坤，君子以厚德载物。在这里，"和平、友谊、进步"的奥林匹克精神与中华民族的"君子之道"难道不是相通相融的吗？

"奥林匹克"与我们同在，我们共同分享北京奥运会带来的快乐，共同承担办好北京奥运会的责任。北京奥运会提出三大理念：绿色奥运、科技奥运、人文奥运。这三大理念涵盖了奥林匹克运动最主要的精神。祥云火炬在四川传递，我们要特别强调的是，北京奥运会是世界的，也是我们的；世界的奥运凸显的是共享，我们的奥运张扬的是责任。办好奥运会对主办国的每一个公民都是一种责任。奥运时刻，国家利益至上；火炬传递，安全重于泰山。正是在这个意义上，我们都是"东道主"，我们都是"志愿者",我们都是"火炬手"!这或许是办好北京奥运会最重要的"中国责任""中国精神"!

我们都是"火炬手"!在灾难中坚强挺立的四川人民,和和美美传递祥云火炬进京!

(《四川日报》2008 年 8 月 2 日 5 版)

# 高高举起祥云火炬

你是中华儿女的百年期盼，你是世界人民的千年梦想！

北京奥运会大幕将启，祥云火炬在四川传递；一路激情燃烧，一路欢乐祥和。四川的火炬手和志愿者有一种共同感受：从抗震救灾到火炬传递，我们众志成城，我们万众一心。正是在火炬传递过程中，我们对灾后恢复重建的信心更加坚强，我们对奥林匹克运动的理解更加深刻。

祥云火炬在四川传递，对四川人民有一种特殊的激励作用。"5·12"汶川大地震发生至今，近三个月过去了，我们的抗震救灾斗争取得阶段性胜利，展现在全世界面前的是在灾难中挺立的坚强四川。正是在这样的特殊背景下，祥云火炬在四川传递，无疑是向全世界宣告：汶川挺住了，四川挺住了，中国挺住了！地震震不垮四川人民重建家园的坚强决心，震不垮中国人民办好奥运会的坚强决心。此时此刻，我们深深感到祥云火炬在四川传递具有特殊意义。

高高举起祥云火炬，一个个火炬手追求卓越的精神风貌展现在我们面前。手与手传递，心与心交融。每一个火炬手都有一个从平凡走向卓越的感人故事，都是不同群体中最可爱的人，都展现出"更快、更高、更强"的奥运风采。特别是862名火炬手中有29名抗震救灾英雄，看到他们高举火炬昂首挺胸勇往直前，我们似乎又看到了抗震救灾中那种泰山压顶不弯腰的英雄气概。"不放弃，不抛弃"；"一线希望，百倍努力"；自强自立自救，坚定坚强坚韧。

伟大的抗震救灾精神激励我们去夺取新的胜利。火炬传递中，我们汲取自强不息的力量，增强超越自我的信心，走向更加美好的明天。

高高举起祥云火炬，北京奥运会海纳百川的"中国特色"展现在我们面前。祥云火炬以"祥云"为图案，以"火凤凰"为传递标志，展现的正是中国传统文化中"渊源共生、和谐共融"的理念。和谐观念是中华文化与奥林匹克文化的最佳结合点，和谐奥运、和谐世界是北京奥运会对奥林匹克运动的独特贡献。从"一诺千金"的"中国印"到体现五行哲学理念的"福娃"，从新颖别致的"鸟巢"到玲珑剔透的"水立方"，奥林匹克运动的体育与文化、历史与现实交相辉映，百年奥运与中华文明相碰撞的精彩火花完美展现。北京奥运会是历史悠久的奥林匹克文化与渊源流长的中华文明的一次伟大握手。用北京人的话说："世界给我十六天，我给世界五千年。"

高高举起祥云火炬，北京奥运会从希腊采集的奥运圣火展现在我们面前。每当想到在奥运发源地圣火采集仪式中最高女祭司那高雅、宁静、圣洁的神态，每当想到祥云火炬在珠穆朗玛峰点燃的那一瞬间，我们坚信那是人类最神圣的"和平、友谊、进步"的火种。和平，是奥林匹克运动的永恒追求；友谊，是奥林匹克运动的欢乐之源；进步，是奥林匹克运动的生机所在。"和平、友谊、进步"的人文精神是奥林匹克运动的核心。圣火传递活动，实际上就是全世界传播奥林匹克精神的一种途径。祥云火炬第一次在世界上人数最多的国家传递，使奥林匹克精神无论在地域范围、人口数量，还是文化融合方面，都实现了一次最大限度的传播和升华。奥林匹克价值观更加全面深入地融入中国人民的生活之中。此时此刻，祥云火炬在四川传递，我们从来没有像今天这样零距离感受奥林匹克精神，从来没有像今天这样在参与奥林匹克运动中收获友谊和快乐。

奥运选择中国，北京拥抱世界。我们期待着8月8日北京奥运会开幕时祥云火炬熊熊燃烧的最激动人心的那一刻！

（《四川日报》2008年8月4日1版）

# 像抗震救灾那样"保增长"

面对国际金融危机引发的严峻经济形势，党中央、国务院总揽全局，审时度势，果断决策，把保持经济平稳较快发展作为明年经济工作的首要任务，出台了一系列"保增长、扩内需、调结构"的有力措施。刚刚闭幕的中央经济工作会议明确提出，把扩大内需作为保增长的根本途径，把加快转变发展方式和结构调整作为保增长的主攻方向，把深化重点领域和关键环节改革、提高对外开放水平作为保增长的强大动力，把改善民生作为保增长的出发点和落脚点。对四川而言，我们灾后重建的任务更紧迫，防止经济下滑的困难更突出，"保增长"的挑战更严峻。我们必须进一步加快灾后重建，下更大的力气、以更大的决心"保增长"。越是经济发展面临较大困难的时候，越是要像抗震救灾那样迎难而上、化"危"为"机"，越是要聚精会神搞建设、一心一意谋发展。这是四川人民的共同愿望。

像抗震救灾那样"保增长"，最重要的是大力弘扬抗震救灾精神，使抗震救灾精神转化为艰苦奋斗、重建家园的坚定意志，转化为"保增长"的强大动力。在艰苦卓绝、气壮山河的抗震救灾斗争中，我们用理想凝聚力量，用信念铸就坚强，用真情凝结关爱，大力培育和弘扬了万众一心、众志成城，不畏艰险、百折不挠，以人为本、尊重科学的伟大抗震救灾精神，充分展现了四川人民自强不息、敢于胜利的精神风貌。回望抗震救灾路，我们比任何时候都更清楚地看到：坚强是战胜困难的利器，勇气是创造奇迹的支撑；众人同心就有其利断金的力量，风雨同舟就有所向披靡的信心。面临生死关头，信心是创造奇迹的动力；应对金融危机，信心比黄金和货币更重要。越是经济发展面临较大困难的时候，越是要像抗震救灾那样坚定信心、和衷共济、团结奋进。

像抗震救灾那样"保增长"，最紧迫的是加快灾后重建步伐，把灾后重建作为加快灾区发展的重要契机，作为促进全国发展的强大引擎。在全国扩大内需、促进增长的4万亿投资规模中，灾后重建超过1万亿。无论是从战略和全局高度看，还是从市场需求看，灾后重建都是我们最大的机遇、最大的内需、最紧迫的任务，我们必须用更短的时间完成恢复重建任务。立足发展看重建，我们要抓住当前有利时机，充分利用国家对灾后重建的支持政策，充分利用海内外投资者关心四川、支持四川的重大机遇，加快招商引资和产业转移，为四川跨越发展打基础、添后劲、增潜力。

像抗震救灾那样"保增长"，最关键的是集中力量办大事，加快建设西部经济发展高地。省委、省政府已经确立了建设辐射西部、面向全国、融入世界的西部经济发展高地的战略定位，大力实施"一主、三化、三加强"的基本思路，着力打造"一枢纽、三中心、四基地"，这是引领四川未来发展的战略部署。目前，我省正在打造贯通南北、连接东西、通江达海的西部综合交通枢纽，规划建设成都到兰州、成都至贵阳等6条铁路，建成高速公路进出川通道12条。这些重大项目既是中央扩大内需、促进增长的投资重点，也是建设西部经济发展高地的迫切要求。我们要大抓项目、上大项目，集中力量办大事，使西部经济发展高地建设不断取得新突破。

像抗震救灾那样"保增长"，最根本的是以科学发展观为指导，确保中央和省委重大决策部署落实到位。对四川而言，要始终坚持以人为本、民生优先，总体取向是加快发展、科学发展、又好又快发展，根本方法是统筹兼顾。要把开展深入学习实践科学发展观活动与"保增长"结合起来，着力把握发展规律、创新发展理念、转变发展方式、破解发展难题，着力转变影响和制约科学发展的思想观念和体制机制，着力解决经济社会发展中的突出矛盾和

问题，真正做到问政于民、问需于民、问计于民，使"保增长、扩内需、调结构"的各项措施不折不扣落实到位。

浴火重生，贵在精神不朽；共克时艰，贵在同心同德。过去的几个月，我们以坚定信心、坚强意志、坚韧努力战胜了灾难，灾区没有发生饥荒，没有出现流民，没有暴发疫情，没有引起社会动荡，堪称抗震救灾史上的一大奇迹。抗震救灾的实践表明，社会主义中国具有强大发展活力，灾后四川依然充满生机。面对国际金融危机的严峻挑战，团结就是力量，拼搏才能胜利。让我们像抗震救灾那样万众一心、众志成城，再创一个"保增长"的奇迹！

（《四川日报》2008 年 12 月 16 日 1 版）

# 再生性跨越是什么

"横看成岭侧成峰，远近高低各不同。"

正当灾后重建三年目标任务全面完成之际，我们从地震灾区采访、参观、考察归来，总有一种登高望远、山重水复的感慨。面对灾区再生性跨越的历史性巨变，既有一种浴火重生的惊喜，又有一种脱胎换骨的惊奇，还有一种柳暗花明的惊异。惊喜、惊奇、惊异之中，表现出多层次、全方位审视再生性跨越的不同视野、不同境界、不同思考。

"再生性跨越是灾后重建的伟大奇迹！"从抗震救灾历史的视角看，汶川特大地震是新中国成立以来遭受的破坏性最强、波及范围最广、灾害损失最大的地震灾害。我们仅用三年时间就全面完成了灾后重建的基本任务，实现了产业发展再生性跨越，这在国内外抗震救灾史上是前所未有的，确确实实创造了一个奇迹。正如大家亲眼看到的那样，灾区经济浴火重生，可持续发展能力得到提高，主要经济指标超过震前水平，呈现出良好的发展势头。在四川灾区，上万家震损企业全部恢复生产，产业结构优化迈出重大步伐，淘汰了一批落后产能，建设了一批特色产业园区，形成了一批产业集群。农业生产设施和农业服务体系全面恢复，建成了一批特色农产品生产基地。灾区经济发展的基础明显夯实。国内外舆论普遍认为，灾区最漂亮的是住房，最坚固的是学校，最现代的是医院，最满意的是群众。这些评价是符合实际的。

"再生性跨越是科学重建的创造性实践！"灾后恢复重建是一项关系灾区

长远发展和灾区群众切身利益的庞大系统工程，必须坚持以科学发展观为指导，以高起点、高标准、全方位的科学规划为"先行者"。"尊重自然、尊重规律、尊重规划"。按照党中央统一部署，四川省委、省政府深刻认识和准确把握地震灾后重建面临的特殊形势，坚持把灾后重建作为贯彻落实科学发展观最具体的实践，带领四川人民以最快的速度、最好的规划、最严格的质量标准，在灾后重建中走出了一条科学重建的新路子。用省委书记刘奇葆的话说，就是着眼发展抓重建，抓好重建促发展，处理好恢复与提升、当前与长远、政府与市场、物质与精神、困难与机遇的关系，使灾后重建的过程成为改善发展条件、推动科学发展的过程，努力实现"原地起立"基础上的"发展起跳"。在四川灾区，正如大家看到的那样，再生性跨越的重建思路已经与灾区群众自力更生、艰苦奋斗的精神融为一体，转变为化危为机、克难而上的强大动力，形成统筹兼顾、相互支持、协调推进、良性互动的强大合力。从理论与实践的角度看，再生性跨越既是恢复重建中最具有创造性的重建思路，也是恢复重建中最具有活力的创造性实践，这是值得深入探索和认真总结的。

"再生性跨越是具有区域经济发展特色的重建经验。"站在区域经济发展和经济结构调整的战略高度看，大灾之后的恢复重建，既有"原地起立"鲜明的个性，又有区域经济"发展起跳"普适的共性。恢复重建就是要把握个性、适应共性，尽可能把二者科学地结合起来，在废墟上建设一个继承历史、融入现实、面向未来的更加美好的新家园。我们的灾后重建相当于一种"特区"，恢复重建不能是简单复制过去，应该是更高起点的建设，更高水平的发展，城乡规划、住房建设、基础设施、产业发展、生态环境的恢复重建都要充分体现"提升"的要求，都要体现再生性跨越的根本取向和战略目标。在四川，再生性跨越的路径集中表现为"五个结合"，即把恢复重建与工业化城镇化和新农村建设结合、与优化经济布局结合、与转变发展方式结合、与充分开放合作结合、与改善宏观环境结合，这就是引起国内外广泛关注的"四川经验"。实践证明，灾后重建是化巨灾为跨越的特殊类型的区域发展，再生性跨越是在西部大开发背景下具有区域经济发展特色的重建经验。

"再生性跨越是中国特色的重建模式。"从国际视野看，地震灾后重建是世界性难题。面对国际金融危机的巨大冲击，在社会主义市场经济条件下，在 10 多万平方公里的重灾区，搞如此大规模、高难度、快节奏的恢复重建，世界上没有先例，没有现成的经验可循。正因为如此，再生性跨越的重建经验与对口援建的制度优势融为一体，形成中国特色的重建模式。一方有难，八方支援；自力更生，艰苦奋斗。"输血"与"造血"并举，东西联动，内外互动，集中体现了中华民族百折不挠、和谐共进、大爱无疆的精神，充分展示了中国特色社会主义无比强大的生命力。毫无疑问，再生性跨越的重建模式只有在中国共产党领导下的社会主义中国才能做到，这是人类抗震救灾史上的伟大创举！

总而言之，立足灾区看重建，再生性跨越是灾后重建的伟大奇迹和创造性实践；跳出灾区看重建，再生性跨越是中国特色的重建经验和重建模式。此时此刻，灾后重建三年目标任务已经全面完成，但实现发展振兴，还有很长的路要走。我们要巩固和发展恢复重建成果，加快提升灾区内生发展动力，着力解决灾区群众现实困难和长远生计，深入推进防灾减灾能力建设，从再生性跨越加快走向整体性跨越。再过 10 年、20 年，我们回头看再生性跨越的"真面目"，也许会别有一种新境界！

《（四川日报》2011 年 9 月 18 日 1 版，获 2011 年度四川新闻奖一等奖）

# "四川模式" 在重建中升华

## ——再论再生性跨越是什么

　　跳出灾区看重建，再生性跨越是中国特色的重建思路和重建模式。正是在汶川地震灾区恢复重建的伟大实践中，四川人民对灾区过去的经济发展模式进行了深刻反思，坚持把恢复重建与转变发展方式、调整产业结构、优化产业布局结合起来，实现了"原地起立"基础上的"发展起跳"，为其他地区的灾后重建提供了可以借鉴的"四川经验"和"四川模式"。

　　化危为机，转型升级，跨越发展，"四川模式"在重建中升华！

　　在四川，再生性跨越的重建模式，是一条一方有难、八方支援的对口援建之路，是一条自力更生、艰苦奋斗的自主创新之路，根本目标是科学重建、跨越发展，根本方法是统筹兼顾、对口支援，根本动力是以人为本、自强不息。正如大家看到的那样，我们坚持把灾后重建的立足点放在自力更生、艰苦奋斗的基础上，鼓励灾区群众不等不靠、互帮互助、共建共享，增强了灾区干部群众的主体意识、主动意识和主导意识，在干部队伍中形成了特别讲大局、特别讲付出、特别讲实干、特别讲纪律的精神风貌。"有手有脚有条命，天大的困难能战胜"，"出自己的力，流自己的汗，自己的事情自己干"，青川农民发自肺腑的心声在全川喊响，感动了共和国总理，感动了全国人民。绵竹汉旺广场钟楼的"汶川时刻"永远定格不动，"不怕牺牲、敢于胜利，坚韧不拔、艰苦创业，自主创新、勇攀高峰"的"东汽精神"在重建中发扬光大，新东汽在搬迁重建中重生，产能和销售收入再创历史新高。从再生性跨越的"四川模式"中,我们看到了四川人民特别能吃苦、特别能战斗、特别能创新的那样一种泰山压顶不弯腰的英雄气概,看到了中国特色社会主义的伟大力量!

在四川,再生性跨越的重建模式,是一种化巨灾为跨越的区域经济发展的新模式,是一种在西部大开发背景下区域合作和产业转移的新模式。汶川特大地震受灾地区大部分为贫困山区,不少地方过去偏重水电和矿产资源开发,造成生态和自然环境严重破坏,交通和教育发展相对落后,工业基础薄弱,第三产业比重较低。面对如此"轻重失调"的发展模式,如果不在灾后重建中实现灾区产业布局结构性优化和基础设施根本性改善,地震灾区就缺乏全面、协调、可持续发展的"后劲",就没有再生性跨越的希望。也就是说,我们的灾后重建不能是简单复制过去,而应该是更高起点的建设、更高水平的发展,应该充分体现转型升级、跨越发展的新要求。为了实现"原地起立"基础上的"发展起跳",我们依托受灾地区资源优势和产业基础,不仅坚持把恢复重建与工业化、城镇化、新农村建设结合起来,而且把对口援建与区域合作和产业转移结合起来,形成了"输血"与"造血"相结合的重建模式。在对口援建中推进区域合作和产业转移,在恢复重建中推进发展方式转变和经济结构优化,再生性跨越的"四川模式"必将与改革开放以来形成的具有区域经济发展特色的"深圳模式""浦东模式""苏南模式""温州模式"并存而载入史册。

化危为机,转型升级,跨越发展,"四川模式"在重建中升华!

在四川,再生性跨越的重建模式,是一种统筹城乡发展的新经验,是一种包容型发展的新探索。包容型发展也称为共享型发展,核心是通过经济增长创造就业机会和其他发展机会,通过减少与消除机会不平等来促进社会公平,实现增长的共享性和社会的和谐稳定。包容型发展的必要条件是城乡收入差距不扩大,增加对基础教育、基本医疗卫生以及其他基本公共服务的投入。汶川特大地震灾后恢复重建集山区脱贫、城乡统筹、民族地区经济发展、人与自然统筹、区域发展统筹、社会经济统筹的多元协调于一体,不能没有

统筹兼顾、分步实施的科学规划，不能没有东西联动、城乡互动、共建共享的体制机制，不能没有最受灾区群众欢迎的社会保障政策。安居，安稳，安全；安心，暖心，放心。恢复重建中，各级政府推出了一系列城乡一体化的新举措，民生项目进展最快，民居、学校、医院、公共服务设施建设被放在优先位置，灾区公共服务均等化水平跃居西部地区前列。我们经受了"多条战线作战、多种矛盾叠加、多种困难聚集"的严峻考验，保证灾区群众家家有房住、户户有就业、人人有保障，使灾区基本生活条件和经济社会发展水平总体达到甚至超过灾前水平。

总而言之，与当年深圳、浦东、苏南、温州的跨越式发展有所不同，我们的再生性跨越是在10多万平方公里的地震灾区，不仅要为受灾地区创造发展机会，而且要保证这些机会的平等利用，不仅要使灾区恢复到灾前的水平，而且要提升受灾地区的可持续发展能力，从再生性跨越走向整体性跨越。最重要的是，再生性跨越的"四川模式"坚持以科学发展观为指导，面临西部大开发的时代机遇，具有前所未有的创新意义和实践价值。我们要与时俱进，蓄势突破，让"四川模式"在加快建设西部经济发展高地的伟大实践中不断升华！

（《四川日报》2011 年 9 月 20 日 1 版）

# 从历史深处走来

—— 三论再生性跨越是什么

    站在都江堰水利枢纽工程的"宝瓶口",倾听"水旱从人"的涛声,回望汶川特大地震灾后重建的再生性跨越之路,我们有一种前所未有的历史责任感。

    都江堰工程看起来"最土",实际上"最牛",至今仍然是世界奇迹,仍然是"科学之谜"。2000多年来,都江堰留给四川人民的不仅是引水灌溉、分洪减灾、排沙防淤的丰功伟绩,而且是"道法自然"的治水文化和代代相传的李冰精神。最令人振奋的是,都江堰工程经受了汶川特大地震灾难的考验,为灾后恢复重建提供了自强不息的坚定信念和开拓创新的启示。

    从历史深处走来,再生性跨越的重建思路和重建模式有着源远流长的历史基础和深厚的文化传统。在地震灾区考察,沿着李冰治水的足迹走向岷江上游,在龙门山断裂带深处,那里有汶川特大地震的震中映秀镇,那里有大禹治水的遗迹。据《山海经》《史记》等文献记载,我国古代治水传说很可能是从岷江开始的。大约4000多年前,大禹奉命治水,在外13载,三过家门而不入,提出"民惟邦本、本固邦宁"的民本思想和"正德、利用、厚生、惟和"的养民政策,形成不朽的大禹精神。大禹精神是中华民族精神的一个重要源头,是我们弥足珍贵的精神财富。在汶川特大地震灾后重建中,我们在"原地起立"基础上"再生",在"原地起立"基础上"发展起跳"!正是"原地起立"这个"基础",寄托着灾区广大干部群众对家乡无比深厚的热爱,

充分表现出四川人民从大禹治水到都江堰工程创新创业的大智大勇。来自灾区群众的心理调查表明，百分之八九十的灾区群众都希望回到原来居住的地方艰苦创业。这是再生性跨越的根本动力所在！

从历史深处走来，我国是世界上自然灾害最为严重的国家之一，在抗震救灾和灾后重建方面不断积累经验、探寻规律。唐山地震后的恢复重建是在我国计划经济体制和经济基础十分薄弱的背景下开展的，用了三年时间编制修订恢复重建总体规划，到1986年基本完成恢复重建目标任务。从产业重建的角度看，局限于当时的发展思路和经济条件，唐山地震灾后重建着眼在"恢复"二字，工业项目迁建数量有限，错过了产业"退城进郊"的机遇，留下了资源型产业结构难以优化的后遗症。在社会主义市场经济的背景下，我们深刻认识到，地震灾区的恢复重建，恢复是基础，重建是方向，规划是关键，产业优化是根本出路。我们的灾后重建不仅规划更好、起步更快、标准更高，而且一开始就与产业布局优化、经济结构调整和发展方式转变紧密结合，与新型工业化、新型城镇化和新农村建设紧密结合，着眼在"原地起立"基础上"发展起跳"。这是再生性跨越的根本途径所在！

从历史深处走来，地震是人类社会面临的共同挑战，世界各国积累了抗震救灾和灾后重建的宝贵经验。1995年1月17日发生阪神地震后，日本的相关法律体系和救灾体系进一步完善，构建了居民、政府、非政府组织、志愿者相互合作的"自救、公救、共救"体系，以产业振兴促进灾区复兴，灾后重建持续10年之久。美国加州每发生一次大地震就会催生一次大改革，每次改革的共同取向是：灾后重建不应只是恢复到灾害发生前的状态，而应有更长远的考虑，避免今后出现类似灾难时重蹈覆辙！借鉴经验，吸取教训，我们恢复重建的创新之处在于，再生性跨越是在"原地起立"基础上"发展起跳"，不仅制定了科学性、权威性很强的恢复重建总体规划和城乡住房建设、基础设施建设等10个专项规划，而且制定了《汶川地震灾后恢复重建条例》，从制度上保证了灾后重建的高起点、高标准、高效率。相比之下，我们的恢复重建范围更广、难度更大、时间更短，依法重建和对口援建的力度更强，集中力量办大事的制度优势更明显。这是再生性跨越的根本保障所在！

总而言之，汶川特大地震灾难的发生是突如其来的，但灾后恢复重建的思路和模式却是可以选择和自主创新的。坚持以科学发展观为指导，吸取国内外灾后重建的经验教训，从地震灾区的实际出发，在改革开放 30 周年的时代背景下，再生性跨越的重建思路和重建模式是具有"天时、地利、人和"的必然选择，是人类抗震救灾史上的伟大创举。从历史深处走来，改革开放不仅增强了中国抗击灾难的物质基础，而且深刻地改变了社会主义中国的整体形象和中国人民的精神面貌，使中国特色社会主义展现出无比美好的发展前景。站在这个时代高度，正是伟大的"中国精神""中国力量""中国模式"创造了再生性跨越的中国奇迹！

"问渠哪得清如许，为有源头活水来。"让我们怀着一颗尊重历史、尊重自然、尊重生命的感恩之心、敬畏之心、博爱之心，沿着都江堰工程的创新创业之路再创辉煌！

（《四川日报》2011 年 9 月 26 日 1 版）

# 成都与"财富"有个约定

开放的四川走向世界，《财富》全球论坛明年落户成都！

这是该论坛继 1999 年在上海、2001 年在香港、2005 年在北京举办之后，第四次选择中国，也是首次在中国西部举办，标志着开放的四川加快建设西部经济发展高地的创造性实践受到国际社会高度关注，标志着成都建设开放型区域中心和国际化大都市的战略定位具有体现世界经济走向的魅力！我们为成都与《财富》的约定感到欢欣鼓舞！

成都与《财富》有个约定，这个约定来自世界经济的新走向！

作为著名的全球财经会议之一，《财富》全球论坛被称为"把握世界经济走向最清晰和最直接的窗口"，其对举办地的选择，具有风向标意义。每一届举办地不一定是经济最发达的地区，但一定是经济发展最富活力、不断创新的地区。这个地区的发展经验和发展前景，不仅会使参与论坛的企业领袖和政府领导人学到更多的东西，而且能够把信息更好地集中起来，促进全球经济不断发展。明年举办的第十二届《财富》全球论坛选址成都，主题是"中国的新未来，西部的新高地"，再一次把世界的目光从长三角、珠三角、中国首都转向中国西部，充分体现了中国经济在把握世界经济走向中的影响力和竞争力。正如《财富》杂志总编辑苏安迪谈到论坛选址成都的原因时强调的那样："中国的经济太重要了！中国的热点就是世界的热点！"在《财富》看来，世界的热点在中国，中国的热点在西部，西部的热点在成都！

　　成都与《财富》有个约定，这个约定来自加快建设西部经济发展高地的新机遇！作为第十二届《财富》全球论坛的举办地，成都以巨大的经济发展潜力、强大的创新能力、独特的文化气质、丰富的国际会议承办经验和优良的政务服务，赢得了《财富》的青睐。在为什么选址成都这个问题上，《财富》的选择过程是非常认真的，也是非常明智的。《财富》考察了很多城市，做了很多比较，成都遇到了很多竞争对手，成都被《财富》选中绝非偶然。2011 年 7 月，在财富中文网的调查中，《财富》杂志首次发布"全球最佳新兴商务城市"榜单，选出 15 个城市，成都作为两个中国城市之一成功入选。

　　引起国际社会高度关注的是，2011 年 4 月和今年 2 月，国务院相继批复了《成渝经济区区域规划》和《西部大开发"十二五"规划》，成渝经济区成为国家深入实施西部大开发战略的重点区域，明确了以成都、重庆为核心，沿江、沿线为发展带的"双核五带"空间格局。天府新区作为建设成渝经济区成都核极的龙头，与成渝经济区一道上升为国家战略。特别是作为国务院确定的西南地区的"三中心两枢纽"（西南地区的科技中心、商贸中心、金融中心和交通枢纽、通信枢纽），成都拥有中西部地区最发达的航空交通和铁路物流，是跨国公司投资西部的新高地和首选地。在外资西进、内资西移的大趋势下，成都已经聚集了英特尔、富士康、戴尔、仁宝、大众等 229 家世界 500 强企业，正在成为中西部地区最具竞争力和影响力的发展热土。"投资中国，首选西部；投资西部，首选成都。"第十三届西博会 9 月 30 日已在成都落下帷幕，成都市正式签约项目 212 个，签约金额 1535 亿元，其中世界 500 强企业投资项目 26 个，签约金额 342.48 亿元，比上届西博会大幅增长。

　　成都与"财富"有个约定，这个约定来自中国西部城市化进程的"成都模式"，来自新型工业化与新型城镇化互动的"四川经验"。目前，成都已集中了四川省 1/6 的人口和 1/3 的经济总量，GDP 占西部地区的 8%，正发展成为西部经济核心增长极。西部大开发以来，成都经济年均增速位居西部地区省会城市之首，不仅成为西部大开发的标杆城市，而且成为推进科学发展的示范区，在调整经济结构、统筹城乡发展、扩大内陆开放等方面取得成功

经验。这些经验引起了国际社会广泛关注，值得《财富》全球论坛深入讨论。

来自西博会的信息表明，明年在成都召开的《财富》论坛获得积极的回应，目前已经有 60 多家全球顶尖跨国公司的首席执行官确认参加此次论坛。让我们紧紧抓住《财富》全球论坛在成都举办的机遇，以经济全球化和区域经济一体化的大视野，进一步审视成都建设开放型区域中心和国际化大都市战略，在更高的起点上再造一个产业成都！

（《四川日报》2012 年 10 月 9 日 1 版）

# 为统筹城乡发展提供示范

——再论成都与"财富"有个约定

《财富》全球论坛选址成都，绝不是偶然选择了一个中国西部城市。《财富》全球论坛主办者认为：目前，中国西部城市化进程备受关注，成都是一个非常理想的地方，可以很好地探讨这一趋势。

正如国际社会观察到的那样，四川是中国的缩影，成都是全国统筹城乡综合配套改革试验区。在成都，悠久的历史传统、深厚的文化底蕴、休闲的生活方式与城乡分离的二元经济结构长期并存，"大城市带大农村"的体制性矛盾和城乡经济社会发展不协调的结构性矛盾交织在一起，阻碍了大成都的城市化进程。成都进行统筹城乡发展改革试验不仅具有典型意义，而且既没有现成的经验，也不能照抄照搬国外的模式，只能在实践中摸索。引起国内外广泛关注的是，早在2003年，成都市就启动了统筹城乡改革。2007年6月国务院正式批准成都市设立全国统筹城乡综合配套改革试验区后，成都市用创新的思路和改革的办法破解难题，深入推进以工业向集中发展区集中、土地向适度规模经营集中、农民向集中区集中的"三个集中"和城乡规划一体化、城乡基础设施一体化、城乡公共服务一体化、城乡管理体制一体化等"六个一体化"为主要内容的综合改革，走出了城乡经济社会一体化发展的新路子，为全国统筹城乡发展提供了示范。这样一种新型工业化、新型城镇化互动的"成都模式"值得国际社会借鉴和深入讨论。

从"两化"互动走来，大成都的城市化是一条以城带乡、以工促农的新

路子。2004年5月1日起，成都市实行城乡统一的户口管理制度，对进入小城镇的本市户籍人口取消农业和非农业户口划分，按实际居住地登记为居民户口；同时，对外地符合政策迁入成都市小城镇的非农业户口也登记为居民户口；还建立和完善了小城镇社会养老、医疗、失业等社会保障制度，为农民转变为市民提供各种保障。2006年，成都市全面启动了包括土地在内的农村产权确权办证，成都全域内所有农户都拿到了"产权证"。据统计，成都市城乡统筹8年来，城市化进程加快，全市常住人口已超过1400万人，居住在城镇的人口占65％以上，乡村人口减少385万多人，城镇人口比重上升12个百分点。农业人口向城市人口转移的趋势表明，成都市"三个集中"的城市化之路推动了新农村建设，促进了农业产业化发展，取得了以城带乡、以工促农的辉煌成就。

从"两化"互动走来，大成都的城市化是一条以人为本、产城一体的新路子。城市化的核心是"农民变市民"，关键是产城一体。在世界城市史上，成都自古以来城址不徙、城名不变，是一个有3000年历史的文化名城。走进21世纪，成都遇上千载难逢的发展机遇，经国务院批准，按照"大成都都市圈"的城市规划，第一次正式确定了成都市向东向南发展的方向，提出了建设中国西部创业环境最优、人居环境最佳、综合实力最强的现代特大中心城市的目标。近几年，随着"五路一桥"和外环高速公路的竣工，随着天府大道和地铁的修建，成都的城市空间由一个"核"变为三个"核"，呈放射加环状的城市布局，逐步形成"一主七卫"的"大成都都市圈"。当前，成都市正按照"领先发展、科学发展、又好又快发展"的总体取向，坚持以"交通先行、产业倍增、立城优城、三圈一体、全域开放"五大兴市战略为抓手，全面兴起"两化"互动、统筹城乡发展热潮，加快建设开放型区域中心和国际化城市，把成都打造成为具有全球比较优势、全国速度优势、西部高端优势的西部经济核心增长极。"成都是一个来了就不想离开的城市"，展现出宜业宜商宜居的美好前景！

从"两化"互动走来，大成都的城市化是一条资源节约型、环境友好型社会的新路子。城乡统筹，贵在互动，贵在协调，贵在和谐。就生态环境的保护和治理而言，成都市的旧城改造和府南河治理都积累了许多宝贵经验，受到国际社会广泛好评。就产业转移和经济结构调整而言，成都市的高新技术产业和房地产、商贸、文化等产业具有可持续发展的竞争优势。看一看世界 500 强争先恐后落户成都的势头，就会知道《财富》全球论坛为什么选择成都。

成都与《财富》有个约定：为统筹城乡发展提供示范！

（《四川日报》2012 年 10 月 10 日 1 版）

# 为"西部硅谷"夯实基础

## ——三论成都与"财富"有个约定

世界 500 强争先恐后落户成都，与《财富》全球论坛落户成都具有同一性，都是看中了成都的后发优势和核心竞争力。也就是说，哪个城市近几年落户的全球 500 强多，哪里就是经济发展最有吸引力的热门地区，哪里就是举办《财富》全球论坛最理想的城市。

《财富》杂志的发展历程颇有传奇色彩。1930 年，《时代》周刊和《生活》画报的创始人、美国新闻业巨子亨利·卢斯创办了一本具有持久影响力的商业杂志《财富》。1954 年，《财富》推出世界 500 强企业排行榜，一举成为世界知名企业用以判断自身实力、规模和国际影响力的重要指标。1995 年起，《财富》每 16—18 个月在全球范围选择最具有吸引力的热门地点举行一次《财富》全球论坛，主要邀请世界 500 强企业领袖、各国首脑、政府官员和知名经济学家共同讨论全球经济所面临的问题和解决之道，由此形成最有影响力的"脑力震荡"。也就是说，《财富》全球论坛相当于打造一本立体版、互动版的《财富》杂志，实际上是全球 500 强企业领袖的"思维盛宴"。目前，成都市已有 229 家世界 500 强企业落户，越来越多的海内外知名企业把成都作为投资西部的首选地，与成都市打造"具有全球比较优势、全国速度优势、西部高端优势的西部核心增长极"的发展定位形成"共振效应"。这就是第十二届《财富》全球论坛的主题：中国的新未来，西部的新高地。

西部的新高地是什么？在哪里？谁是新高地的领跑者？这些问题的讨论

留给明年的《财富》全球论坛，我们现在要谈的是成都的后发优势和核心竞争力！

从世界看四川，各国高新技术的重点包括信息技术、生物技术、新材料、新能源、航空航天和环保技术，其中起基础和"龙头"作用的是信息技术。信息技术有一个特点：科技成果—技术开发—商业化，周期不断缩短，技术更新与产品更新几乎同步，以快吃慢，后来居上。也就是说，信息技术发展正处于"战国时代"，落后地区直接从最前沿的领域赶超也许是一条"捷径"。"只有抢占高新技术产业的制高点，跨越式发展才有可能。"正是看准了这个千载难逢的信息产业发展机遇，四川省委、省政府早在21世纪初就提出实施西部大开发的跨越式发展战略，坚持把电子信息产业作为"一号工程"，以信息化带动工业化，确定了建设"西部硅谷"的战略目标。

"西部硅谷"不是梦！从全国看四川，四川在电子信息产业方面具有比较优势。沿海特区过去的招商引资主要是劳动密集型产品，在电子信息产业方面与四川大体上处在同一起跑线上。成都有个电子科技大学，在电子信息技术的人才培养和科学研究方面在国内具有明显优势。特别是近几年引进了英特尔、摩托罗拉、富士康、仁宝、联想、戴尔等一大批电子信息产业全球领军企业落户成都，在成都形成一个后来居上的电子信息产业基地。目前，全球每两台笔记本电脑的芯片就有一枚是成都造，全球每五台笔记本电脑就有一台是成都造，全世界超过半数的 iPad 产自成都。在成都高新保税区，每天都有两架波音747货机把产自成都的先进电子产品运抵美国和欧洲。在成都天府软件园，每天全球知名企业高管以成都为起点或终点的国际航程，甚至影响着这座城市飞往阿姆斯特丹、首尔、东京、新加坡、班加罗尔的航班密集度。英特尔中国公司董事总经理戈峻感叹："成都已经完成了从普通内陆城市到信息通信领域领先城市的蜕变，未来必将成为中国乃至世界高科技产业的中心之一。"

以成都高新区为中心，再与乐山的多晶硅产业化基地和绵阳的科技城连成的"一条线"，必将带动长虹等一大批电子信息企业的技术创新，一个中国

"西部硅谷"的物质技术平台和产业基础已经形成。这就是成都平原经济圈的"增长极",这就是西部创新型产业发展的新高地,这就是成都的后发优势和核心竞争力!

此时此刻,当《财富》全球论坛选择成都的时候,我们想说的是:问题不在于我们何时能建成"西部硅谷",而在于我们正面临建设"西部硅谷"的最好机遇。关键是能不能抓住这个机遇,有没有与建设"西部硅谷"这一目标相匹配的决心、气魄与机制。

成都与"财富"有个约定:为"西部硅谷"夯实基础!

（《四川日报》2012 年 10 月 15 日 1 版）

# 为"天府新区"插上翅膀

——四论成都与"财富"有个约定

可持续发展的新视野拓宽了成都的后发优势,天府新区的建设强化了成都的核心竞争力。在世界 500 强企业领袖和《财富》全球论坛主办者看来,无论是实施新一轮西部大开发战略,还是实施成渝经济区区域规划,建设成都天府新区的新举措既是一个千载难逢的历史机遇,也是一个瞬息即逝的市场机遇。要想在中国的西部站稳脚跟,要想在中国的西部抢占先机,就不能不选择成都,就不能不深度参与天府新区的建设!

成渝经济区在西部大开发中的引领作用,不仅突出表现在它的区位优势和产业基础,而且集中表现在它的发展后劲和市场潜力。正如世界 500 强企业领袖和《财富》全球论坛主办者看到的那样,改革开放以来,随着经济一体化深入发展,我国区域经济的联系越来越紧密,区域合作的范围和领域越来越宽广,区域联动发展的趋势越来越明显,形成了长江三角洲、珠江三角洲、环渤海经济区等一体化发展水平较高的地区,被称为中国经济发展的"三个增长极"。着眼于国家"雁阵起飞"的区域经济发展大局和成渝经济区未来发展方向,按照推进新一轮西部大开发的战略要求,党中央、国务院明确提出了建设成渝经济区的总体布局,这就是"双核五带""四个城市群"和"两个示范区"。为了增强成都作为成渝经济区"双核"之一的引擎作用,要求成都市建设高端产业集中、高端服务业集聚、宜业宜商宜居的国家创新型城市和国际旅游城市以及城乡一体化、全面现代化、充分国际化的大都市,

同时把规划建设天府新区作为提升城市功能的一项重要举措，要求天府新区重点发展总部经济和循环经济，加快发展战略性新兴产业。由此看来，无论成渝经济区能不能发展成为中国经济增长的"第四极"，成都市的后发优势和创新空间都是别的城市不可替代的。

站在新的历史起点创造未来，天府新区的基础是"再造一个产业成都"。按照规划，天府新区建设要大力推进新型工业化和新型城镇化互动发展，围绕产业发展需求优化空间布局，以产业增长支撑城市发展，建设产城一体的样板区。正如世界500强企业领袖和《财富》全球论坛主办者看到的那样，天府新区建设启动以来，坚持以科学规划为指引，围绕科学发展的主题和加快转变经济发展方式的主线，高起点规划，高品质设计，高标准建设，正在形成四川乃至西部最强劲、最具活力的招商引资热潮。今年以来，大批高端项目落户天府新区，在建项目已超过500个，所涉及项目计划总投资2927亿元。5月8日，新川创新科技园开工；5月22日，一汽铸造成都有色铸造项目开建；6月27日，首批"成都造"戴尔产品在成都双流机场运往美国。一个世界瞩目的中国西部硅谷和中国西部汽车城正在强势崛起。

站在新的历史起点创造未来，天府新区的发展动力是改革创新和充分开放合作。适应城乡一体化发展和区域一体化发展的新形势、新任务、新要求，天府新区建设的管理体制和运行机制面临多方面的挑战，具有很大的创新空间。就改革创新而言，不仅要把天府新区作为一个机制创新基地和体制改革试验田，构建区域一体化科学发展体制机制，而且要立足国家统筹城乡综合配套改革试验区建设基础，着力推进行政管理体制、财税、投融资体制以及户籍、土地制度等配套改革，充分发挥市场配置资源的基础性作用，大力破解建设中的要素瓶颈和发展难题。就充分开放合作的市场机制而言，最重要的是进一步拓宽视野，破除盆地意识，在更高层次、更广泛领域聚集发展要素，以天府新区为建设内陆开放高地的前沿区，大力提升成都的开放水平和国际化水平。正如世界500强企业领袖和《财富》全球论坛主办者看到的那样，天府新区启动建设的强劲东风，不仅使成都成为西部地区汇聚科技、产业、资本、人才的首选之地，而且使四川更加主动、更为全面地融入全球现代产业协作和市场体系，为四川的改革发展探索出一条创新之路。

站在新的历史起点创造未来，天府新区腾飞的翅膀在产业创新和制度创新。创新是创造财富的源泉，创新是改变世界的根本动力！

成都与"财富"有个约定：为天府新区插上腾飞的翅膀！

（《四川日报》2012 年 10 月 16 日 1 版）

# 为"田园城市"浇灌"和谐之根"

## ——五论成都与"财富"有个约定

《财富》全球论坛选择成都，表明成都具有较强的城市竞争力。

所谓城市竞争力，主要是一个城市在国内外市场上与其他城市相比所具有的自身创造财富的能力，包括区域内集散资源、提供产品和服务的能力，是城市经济、社会、文化、环境、人才等综合发展能力的集中表现。对成都而言，建设世界生态田园城市的目标代表着一个历史文化名城的新走向，是建设"和谐城市"的一道独特风景。在世界城市史上，成都自古就是一个"自由都市"，因"市"而生、因"市"而立、因"市"而兴、因"市"而富，历经3000多年发展而城址不徙、城名不变，呈现出"太阳神鸟"那样一种生生不息、和而不同、与时俱进的文化传统。到过成都的人，对成都人敢为人先的市场意识、海纳百川的开放胸怀、休闲快乐的生活情调无不称道。在世界500强企业领袖和《财富》全球论坛主办者看来，道法自然的"天府"与厚德载物的"成都"和谐共生，真是一个"世界之谜"！

从人与自然和谐相处的角度看，一个城市的发展规模和发展方向，不仅决定于一定历史条件下的发展需要，而且决定于该城市所处的自然条件。自然条件中最重要的是当地的水资源环境，任何城市一旦没有了水便是一座死城。良好的水利条件不仅能给城市带来给水排水、航运防洪、泄洪排涝、防御外敌、保护环境等方便，而且还能有力地促进城市及周围地区政治、经济、文化等事业的发展。据历史学者考察研究，自从都江堰水利枢纽工程建设以来，成都历史上的城市水利很有特色，城市水利综合功能发挥较好，既有较好的防洪工程，又有发达的灌溉渠系；既有清洁的供水工程，还有方便的水运渠道，同时还有优美的水体环境，使之成为"水旱从人"、历久弥新的历史文化名城。面对全球当前越来越严重的城市防洪安全问题、城市供水能力不足问题和城市水环境污染问题，都江堰水利枢纽工程发展经验和管理经验以及成都市府南河治理等早已引起国际社会高度关注，很值得认真总结和深入讨论。此时此刻，我们要特别强调的是，建设世界生态田园城市要更加重视"水润天府"的自然生态保护，更加重视城市水利的基础设施建设和整体功能优化。"人无水不居""城无水不建"，这是人与自然和谐相处不可抗拒的生态规律。

从人与社会和谐相处的角度看，一个城市的发展规模和发展方向，不仅决定于尊重自然、尊重历史、尊重科学的长远规划，而且决定于以人为本、统筹兼顾、卓有成效的社会管理。随着全球城市化进程的不断加快，各种"城市病"也越来越突出，对制定城市发展总体规划和创新城市管理体制提出了更高要求。2007年国务院批准在成都设立全国统筹城乡综合改革试验区以来，成都市首次明确提出了"全域成都"的规划理念，把成都1.24万平方公里的面积作为一个现代化的都市区统筹规划，由此形成"一区、两带、六走廊"的全域成都发展格局。建设"全域成都"，核心是按照"三个集中"的原则，大力推进市域一体的城镇体系、产业体系、交通体系和公共服务体系建设，努力构建现代城市和现代农村和谐相融、历史文化与现代文明交相辉映的新型城乡形态。现在看来，"全域成都"的城乡一体化规划与建设世界生态田园城市的目标融为一体，必将使成都市的发展布局更加合理、功能更加完备、环境更加优美、居民生活更加舒适、公共服务更加方便、社会管理更加和谐。

从人与人和谐相处的角度看，一个城市的发展规模和发展方向，不仅决定于市民的人口数量和整体素质，而且决定于城市的文化传统和历史积淀。历史积淀越是深厚，文化传统越是优秀，市民胸怀越是宽广，城市面貌越是

历久弥新。到过成都的人，往往对金沙遗址出土的"太阳神鸟"、三星堆遗址出土的"摇钱树"和都江堰的"水文化"赞叹不已，同时也对成都人能博采众长而坚守本色、可广集百家而不失自我的文化底蕴深有感悟。在世界 500 强企业领袖和《财富》全球论坛主办者看来，文化创造了城市，文化是城市的血脉，文化是城市的独特风景，文化是城市的"和谐之根"！

根深叶茂，大树长青！成都与"财富"有个约定：为"田园城市"浇灌"和谐之根"！

（《四川日报》2012 年 10 月 19 日 1 版，获 2012 年度四川新闻奖一等奖）

# 从《财富》全球论坛看企业创新

企业创造财富，创新引领未来！

2013 成都《财富》全球论坛已经圆满落下帷幕，为我们留下了丰硕的物质成果，也为我们留下了丰富的精神成果。与 74 个投资项目和 1100 多亿元人民币的投资总额相比，本届论坛围绕"中国的新未来"这一主题进行了广泛深入的探讨，由此形成的"脑力震荡"和"思维盛宴"，必将对中国企业特别是四川企业的创新发展产生不可估量的深远影响。

从《财富》全球论坛看企业创新，我们看到了经济全球化背景下跨国公司发展的新趋势。经济全球化的迅速发展，不仅使跨国公司成为资本国际化的主要形式，而且使跨国公司成为企业创新的"领头雁"。从生产和经营规模来说，20 世纪末，全球跨国公司总数达 6.3 万家，其子公司则达 69 万家。目前，世界上 80％以上的对外直接投资和 90％以上的科技开发和转让都是由跨国公司进行的。也就是说，跨国公司的生产、经营不仅跨越了国家的地域疆界，而且跨国公司内部的贸易和生产分工在比重上已经超过了国家之间的国际贸易和生产分工，所有国家的经济发展都受到跨国公司的强烈影响。"你中有我，我中有你；互惠互利，合作共赢"，已经成为跨国公司不可阻挡的创新途径和发展趋势。

从《财富》全球论坛看企业创新，我们看到了跨国公司投资四川的"共

振效应"。透过财富全球论坛这样一个"把握世界经济走向最清晰和最直接的窗口",我们看到了跨国公司最新的发展动向、投资热点、经营决策和企业创新思路,从而更好地与跨国公司开展合资合作,与世界500强企业携手共进。论坛期间,中国的顶尖企业家,特别是四川土生土长的一批优秀企业家,与世界500强企业嘉宾开展了良好交流,取到了企业创新的"真经",使我们看到了企业创新的新未来。同时,成都也透过《财富》全球论坛向全球充分展示了"财富之城、成功之都"的国际形象,使跨国公司看到了"中国的新未来",看到了四川实施"三大发展战略"的美好前景,从而更加坚定了"选择四川、投资成都"的信心。正如《财富》全球论坛主办者和世界500强企业领袖所言:"中国的13亿消费者将决定这个国家的未来,也将决定我们的未来。"

从《财富》全球论坛看企业创新,我们看到了全球产业向中国西部转移的新走向。《财富》全球论坛对举办地的选择不一定是经济最发达的地区,但一定是经济发展最富有活力、不断创新的地区。哪个城市最近几年落户的全球500强多,哪里就是经济发展最有吸引力的热门地区,哪里就是举办《财富》全球论坛最理想的城市。世界500强争先恐后落户成都,与《财富》全球论坛选择成都具有同一性,都是看中了成都的后发优势,都是看中了四川在西部大开发中前所未有的战略机遇。越来越多的世界500强企业落户四川,越来越多的海内外知名企业把成都作为投资西部的首选地,不仅给四川带来大量的资金,更重要的是带来先进技术、管理经验和优秀人才,从而给四川企业的发展创新带来前所未有的新机遇。就四川而言,全球产业向中国西部转移,不是对某些产业,而是对所有的产业,不是对某些企业,而是对所有的企业,各行各业和每一个企业都可以从这样的机遇中找到自己的位置和创新路径,关键要进一步提升战略决策、整合资源、打造品牌的能力。机不可失,时不我待!

总而言之，透过 2013 成都财富全球论坛的"脑力震荡"和"思维盛宴"，我们看到中国企业正面临前所未有的战略机遇和严峻挑战，我们寄望四川企业进一步拓宽创新思路，在产业转移的大潮中与世界 500 强企业共舞共荣。这是《财富》全球论坛在成都举办带给我们最大的启示。

（《四川日报》2013 年 6 月 20 日 1 版）

# 战略决定成败

## ——再论从《财富》全球论坛看企业创新

　　从 2013 成都《财富》全球论坛看企业创新，核心是如何把企业做大做强，做成跨国公司，做成"百年老店"，做成世界 500 强。从企业管理角度看，世界 500 强企业中流行一句话，"细节决定成败"；从企业创新角度看，世界 500 强企业还流行一句话，"战略决定成败"。这次《财富》全球论坛，使我们看到世界 500 强企业多么重视研究企业发展战略，多么重视了解中国经济发展的新未来。在世界 500 强企业领袖看来，管理上的某些细节错误，还有可能转化为"成功之母"；但任何一次战略选择错误，则很可能导致企业全军覆没，因此最重要的是"战略决定成败"！这样的战略观念，应该引起中国企业特别是四川企业高度重视。

　　从《财富》全球论坛看企业创新，世界 500 强企业领袖与我们有一个共识，那就是中国正处在重要的战略机遇期，"世界的热点在中国，中国的热点在西部"。特别是在新型工业化、新型城镇化背景下，西部大开发战略深入实施，西部地区地域辽阔、资源丰富、市场巨大，是中国重要的战略发展空间、回旋余地和新的经济增长点。世界 500 强广泛关注的是，四川正处于工业化和城镇化"双加速"的关键时期，已经在西部大开发中实现跨越式发展，当前正抓紧实施多点多极支撑发展战略，"两化"互动、城乡统筹发展战略和创新驱动发展战略，加快构建全省竞相发展新格局，形成"四化"同步发展新态势，增强转型发展、跨越发展新动力，必将给国内外投资者带来前所未有的新机遇。就企业创新而言，每一个企业都可以在四川找到创造财富的机遇，就看你有没有发现机遇的战略眼光，有没有抓住机遇的战略决策。看一看德州仪器最新的"中国西进战略"，可以发现世界500强的战略眼光是多么独到！

从《财富》全球论坛看企业创新，关键是实施多元化发展战略。世界500强企业的发展壮大告诉我们，全球产业的大转移，已经形成连接世界各个国家的跨国生产和跨国供应链。正如我们到波音公司采访时看到的那样，波音飞机并不是美国一家企业制造的，其零部件是在全世界包括中国在内的70多个国家生产的，最后在美国组装，由此形成多元化的全球产业链。在多元化全球产业链背景下，一个企业的发展并不完全取决于本身拥有多少资源，更重要的是拥有多少整合资源的能力，取决于有没有实施正确的多元化发展战略。这是中国企业特别是四川企业未来做大做强的关键所在。看一看四川希望集团的"财富裂变"，可以发现多元化发展战略多么重要！

从《财富》全球论坛看企业创新，关键是实施国际化发展战略。对中国企业特别是四川企业而言，国际化发展战略是经济全球化背景下做大做强企业的必由之路。全球产业链改变了企业发展的传统模式，既使中国企业不走出国门就可以成为全球产业链的组成部分，又使中国企业能够走出国门参与跨国收购和跨国投资，成为全球产业链的"龙头"和控股股东，形成国际化利益共同体。比如，过去的生产商、批发商、零售商都是对立的，互相之间讨价还价，而现在跨国公司作为"龙头"，把生产链、供应链整合起来，大家"一损俱损、一荣俱荣"，在国际化合作中实现共同发展。看一看联想集团走过的国际化之路，四川的大企业该是走出去的时候了！

从《财富》全球论坛看企业创新，关键是实施本土化发展战略。这是与多元化、国际化发展战略相适应的企业文化战略和管理创新战略。无论你的跨国公司有多大多强，无论你的跨国产业链、供应链有多长，归根到底都是要人做的，靠人来管理的，这就有一个"入乡随俗"的问题，有一个与当地市场、当地环境、当地人才相适应、相融合的问题。我们不少企业走出去后

成功率不高，往往不是因为多元化战略、国际化战略错了，而是因为没有"入乡随俗"，导致"水土不服"。从这个意义上看，"细节决定成败"也是这次《财富》全球论坛和世界500强给予我们的启示。

（《四川日报》2013年6月21日1版）

# 品牌决定价值

## ——三论从《财富》全球论坛看企业创新

从 2013 成都《财富》全球论坛看企业创新，全球产业链最高端的赢家是国际知名品牌，资源整合最大的龙头是国际知名品牌，企业创新最核心的知识产权是国际知名品牌。世界 500 强发展壮大的创新路径启示我们，品牌创造价值，品牌创造市场，品牌创造核心竞争力。

全球产业链的资源整合必须拥有国际知名品牌。世界 500 强的全球产业链、供应链都是用一个国际知名品牌进行整合的。对于中国企业而言，我们在获得整合资源能力的时候，我们在与跨国公司合资合作的时候，第一阶段是处于被整合的阶段，往往处在全球产业链的最低端，本来是一些高盈利的产品，就因为最后一个环节贴的是别人的商标，结果 80％ 以上的利润都被外商拿走了。比如纺织品出口，我们是世界最大的纺织品出口国，但是纺织品的出口产品特别是出口服装，80％ 是贴牌生产，生产全过程都是我们做的，但最后只能拿到很少一部分利润，有时甚至赔本赚吆喝。这次《财富》全球论坛的"脑力震荡"和"思维盛宴"启示我们，在全球产业链的整合中，中国企业现在最紧迫的就是自主品牌创新。只有拥有自主知识产权的知名品牌和核心技术，我们才能从"中国制造"走向"中国智造""中国创造"。

从《财富》全球论坛看企业创新，品牌就是核心竞争力。世界经济已经进入全球化的品牌竞争时代，几乎每一个世界 500 强企业背后都有一个世界知名品牌处于产业链、供应链的最高端，全球市场生活必需品、高附加值产

品、高科技产品呈现出高度品牌化趋势。到成都市场看一看就会发现，很多人喝水、穿衣、购车、买化妆品都要指定品牌，品牌决定购买意向，品牌决定市场价格。来自世界500强的相关数据表明，波音和空中客车占据全球整个大型商用飞机市场份额100％；碳酸饮料市场份额的70％被可口可乐、百事可乐控制；全球汽轮机市场份额的80％以上，手机市场份额的60％，液晶电视市场份额的50％以上，分别被世界三大品牌控制。最为我们熟悉的是全球汽车市场份额的70％以上被丰田、大众、通用等六大公司控制。面对如此高度品牌化的全球市场，培育我们自己的国际知名品牌，已经成为中国企业创新的当务之急和长远战略，我们期盼着四川的企业敢为人先、敢于突破，在品牌创新中闯出一条国际化之路！

从《财富》全球论坛看企业创新，市场就是核心竞争力。每一个国际知名品牌都是由全球市场的销售收入和市场份额长期积淀、长期锤炼、长期优胜劣汰形成的，没有市场需求，没有市场购买力，就没有市场份额，就没有世界知名品牌。从市场角度看，中国13亿消费者的市场需求，决定了中国经济的未来，也在相当程度上决定着世界500强的走向。正是看到了中国市场特别是西部市场未来的巨大需求、巨大潜力和独特优势，世界500强企业争先恐后来到了成都，来到了四川。对四川而言，市场就是我们的核心竞争力，市场就是我们与世界500强合资合作的优势资源。最重要的是，我们要抓住机遇，以我们现在拥有的市场优势和销售网络为基础，逐步从贴牌生产走向自主品牌创新。

从《财富》全球论坛看企业创新，专利就是核心竞争力。自主品牌创新最重要的条件是必须拥有自己的核心技术和自主知识产权。每一个世界知名品牌背后都有各自不可复制的核心技术和一系列自成体系的知识产权。看一看美国的微软、苹果、谷歌、戴尔、英特尔、德州仪器，再看一看中国的联想、华为、中兴通讯、百度、腾讯，哪一个自主品牌的创新不是从核心技术的突破起步的呢？哪一个自主品牌的国际化不是从自主知识产权的掌控入手的呢？可口可乐品牌风行全球，靠的就是锁在保险柜里的那个绝妙配方！

　　总而言之，技术含金量决定品牌价值，品牌价值决定市场价值，这是《财富》全球论坛和世界 500 强企业的创新之路给予我们的启示。

（《四川日报》2013 年 6 月 23 日 1 版）

# 诚信决定未来

——四论从《财富》全球论坛看企业创新

从 2013 成都《财富》全球论坛看企业创新，一个企业能不能更好地发展创新，很大程度上取决于这个企业的社会信誉、社会地位和社会认知的能力。透过世界 500 强打造的企业品牌和产品品牌可以发现，诚信是企业立身之本、创新之源，诚信决定企业未来。

经济全球化背景下，跨国公司的跨国经营不仅表现为超越国界的买卖场所，而且遵循着一套国际公认的交易规则和道德伦理体系，这就是建立在诚信基础上的现代信用制度，基本要求是"有诺必践、违约必究"。就国家而言，诚信是安全的投资环境，是良好的国家形象；就社会而言，诚信是正常的生产生活秩序，是公开、公平、公正的市场环境；就企业而言，诚信是宝贵的无形资产，是公认的社会信誉度，是最核心的市场竞争力。世界 500 强的发展告诉我们：企业是市场经济的主体，也是社会诚信的主体；企业信用度越高，企业的经济活动越顺畅；企业信用度越低，企业的经济活动越困难。"信用是本，无信不兴"；"精诚所至，金石为开"。成都《财富》全球论坛期间，听到世界 500 强嘉宾与中国企业家对话，都对四川的投资环境、市场环境一致看好，特别是对企业诚信和企业社会责任有更多关注、更多期待。随着越来越多的跨国公司在四川安家落户，我们与跨国企业的经济交往和商务活动增加了更多的法律契约关系，特别需要强化"守诺、践约、勿欺"的企业诚信、社会诚信和政府诚信，使《财富》全球论坛的丰硕成果得到进一步落实、巩固和扩展。此时此刻，我们强烈地呼唤中国企业特别是四川企业进一步提高社会信誉度，增强社会责任感，以诚实守信走向国际化！

从《财富》全球论坛看企业创新，诚信是可传承的企业文化。正如我们已经看到的那样，联想过去是典型的民族企业，而实现国际化后，现在境内的资本占股本的40%，境外资本占股本超过50%，董事会2/3的成员不是中国人，管理层有60%来自其他国家。更重要的是，联想的产业链、供应链遍及全球，联想的管理层和企业职工来自世界各地，用什么给管理层和职工一个忠诚的理由？凭什么让不同国籍的优秀人才来了就不愿离开联想？高额薪金和规章制度固然重要，但最基础、最重要、最管用的是"诚实守信"的国际准则和企业文化。以企业的忠诚给管理层和职工一个忠诚的理由，从董事会到管理层的"两权分离"，从管理层到企业职工的"本土化"，"有诺必践、违约必究"成为联想集团的基本共识和道德规范，联想的成功是建立在诚信基础上的企业文化的成功。再看一看世界500强在成都基地的企业文化，"守诺、践约、勿欺"传承的仍然是现代信用制度那一套建立在诚信基础上的道德伦理观念。诚信观念一旦转化为企业文化的传统，这个企业走向国际化的内生动力就会越来越强大，凝聚力和成功率必将大大提高。

从《财富》全球论坛看企业创新，诚信是可再生的市场资源。一个企业的诚信一旦得到社会认同，就会转化为宝贵的无形资产和市场资源。来自世界500强的市场竞争表明，诚信是最有力的竞争手段，诚信是走向国际化的特别通行证。没有钱，企业可以凭自己的信用在银行融资；没有人，企业可以凭自己的信誉去劳务市场招聘；没有资源，企业可以凭自己的诚信到世界各地投资合作。与此相反，一个企业一旦不讲诚信、有约不践、违约不究，甚至弄虚作假、坑蒙拐骗，无论是不是世界500强，终究会身败名裂，在全球市场寸步难行。值得关注的是，有一些跨国公司在中国内地的社会信誉有所下降，损害消费者的行为时有发生，中国企业诚信可信度的全球排名不高，

需要引起各方面高度重视。

总而言之，诚信是金，诚信是品牌，诚信是企业的生命。世界上从来没有不讲诚信的百年老店，诚信决定企业未来！

（《四川日报》2013年6月24日1版）

# 企业家托起"中国梦"

### ——五论从《财富》全球论坛看企业创新

沧海横流，方显英雄本色。

从 2013 成都《财富》全球论坛看企业创新，企业家是企业创新的决策者、推动者、组织者。中华民族复兴，呼唤挺立潮头的中国企业家。当前，我国面临加快培育跨国公司和国际知名品牌的新机遇，我们的企业家要托起"中国梦"，应该向世界 500 强学习什么？

成都《财富》全球论坛期间，听世界 500 强企业嘉宾与中国的一些知名企业家对话，发现中国企业家在参与国际经济合作和跨国经营方面面临更多困难和更大挑战。我国企业家主要产生于改革开放的新时代，很多人本身就是改革家，充满改革创新的精神和企业创新的胆识，凸显"天下兴亡、匹夫有责"的社会责任感和"艰苦创业、无私奉献"的可贵精神。随着经济全球化的深入发展，很多中国企业或作为竞争对手被跨国公司关注，或作为合作伙伴而密切接触，或作为并购对象被虎视眈眈，中国企业家由此面临前所未有的竞争压力。挑战在前，任重道远，中国企业家迫切需要向世界 500 强企业领袖学习，进一步提升自身的全球竞争意识、民族品牌意识、自主创新意识、战略决策能力和整合市场资源的能力。从这个角度看，我们的企业家走向全球化还有很长的路！

企业家托起"中国梦"，关键是增强自主创新意识。科技创新是跨国公司全球竞争的核心战略。据研究，世界科技创新成果的 70％以上由世界 500 强

所垄断，发达国家的核心竞争力主要是通过跨国公司体现出来的。相比之下，我国2万多家大中型企业中有研发机构的仅占25%，有研发活动的仅占30%，研发经费只占销售额的0.39%，不到发达国家的1/10。令人担忧的是，我国企业收入的70%来源于现有传统产品及服务，20%来源于对现有产品及服务的延伸，只有10%来源于创新。随着全球化进程加快，跨国公司的强势竞争不可避免，那些缺乏核心技术、缺乏自主知识产权、缺乏自主创新能力的企业很难有发展潜力，更没有优势参与国际竞争。国际竞争就在家门口，我们的企业家处于自主创新的风口浪尖，别无选择，只能勇往直前，迎难而上！

企业家托起"中国梦"，关键是增强社会责任意识。"社会责任"是与经济全球化的发展趋势相适应的，就是要求企业在创造利润、对股东利益负责的同时，还要承担对员工、消费者、供应商、社区和环境的社会责任，包括遵守商业道德、生产安全、职业健康、保护劳动者的合法权益、保护环境、支持慈善事业、捐助社会公益、保护弱势群体等。来自世界500强的经验表明，越重视社会责任的企业，未来发展空间越大，发展速度也越快。对中国企业家而言，当前最重要的是进一步增强诚信意识、环保意识、创造就业意识。

企业家托起"中国梦"，关键是增强战略决策意识。成为一个成功的企业家，既要有丰富的行业和专业知识，又要有高瞻远瞩的战略决策意识，既要敢于在已知的市场空间抢占"红海"，又要善于在未知的市场空间发现"蓝海"。听世界500强嘉宾与中国企业家对话，最重要的是实施正确的战略决策，最需要提升的是战略决策能力，最大的失误是决策失误。有一些话引人深思："可怕的不是落后，是自甘落后"；"没有选择就没有战略"；"少一点短视与功利，多一点远见与坚韧"！

企业家托起"中国梦"，关键是增强现代管理意识。现代管理意识是中国企业家的"短板"，由此给企业带来决策和管理上的许多失误，特别需要向世界500强企业领袖求取"真经"。

　　总而言之,《财富》全球论坛打开了一扇窗,让我们进一步了解全球化,看到了跨国公司发展创新的新趋势、新机遇、新经验,给中国企业家特别是四川企业家带来前所未有的"脑力震荡",必将激励更多企业走出四川、走出国门、走向世界。实现中华民族伟大复兴的"中国梦",呼唤世界知名的中国企业、中国品牌、中国企业家!四川的企业、四川的品牌、四川的企业家,你们准备好了吗?

(《四川日报》2013 年 6 月 30 日 2 版)

# 成都打造什么"名片"

《财富》全球论坛 6 月 6 日至 8 日将在成都举办，成都市的城市形象得到进一步提升，一张"财富之城、成功之都"的新名片光彩夺目、闪亮登场！

一个时代有一个时代的精神风貌。同一个城市在不同时代、从不同角度，往往展现出不同的城市精神或城市形象，从而打造出一张张主题突出、特色鲜明的城市名片。

眼下，借助《财富》全球论坛在蓉举办的强劲东风，成都要打造一张什么样的名片？

打造"财富之城、成功之都"这张新名片，标志着实施多点多极支撑发展战略的四川有一个让财富要素充分聚集的"增长极"。作为西南地区的"三中心两枢纽（科技中心、商贸中心、金融中心和交通枢纽、通信枢纽）"，成都是成渝经济区的"双核"之一，是国内外投资者投资西部的首选地。"投资中国，首选西部；投资西部，首选成都。"在外资西进、内资西移的大趋势下，成都已经聚集了英特尔、富士康、戴尔、仁宝、大众等 230 多家世界 500 强企业，成为中西部地区最具竞争力和影响力的发展热土。更重要的是，成都市正处于新型工业化、新型城镇化的"双加速"时期，目前正按照"领先发展、科学发展、又好又快发展"的总体取向，实施"交通先行、产业倍增、立城优城、三圈一体、全域开放"五大兴市战略，明确提出把成都打造为具有"全球比较优势、全国速度优势、西部经济核心增长极"的发展目标。同时，把天府新区作为提升城市功能的战略举措，重点发展总部经济和循环经济，加快发展战略性新兴产业。这是打造"财富之城、成功之都"的新机遇，"再造一个产业成都"绝不是梦！

打造"财富之城、成功之都"这张新名片，标志着改革创新的四川有一只引领财富源泉充分涌流的"领头雁"。经过改革开放30多年的快速发展，成都市目前已集中了四川省1/6的人口和1/3的经济总量，已经名副其实地成为推动四川新型工业化、信息化、城镇化和农业现代化同步发展的"领头雁"。作为国务院批准的全国统筹城乡综合配套改革试验区，成都市用创新的思路和改革的办法推进城乡统筹发展，正在探索一条以人为本、以城带乡、以工促农的"四化同步"发展之路，已形成一马当先的创新发展态势。就成都而言，"首位城市"的首位度，集中体现在经济发展的现代化程度，集中体现在经济转型升级的内生动力，集中体现在"四化同步"的创新路径。在成都，城乡之间的生产要素流动越来越市场化，城乡统筹发展的体制机制越来越一体化，人人都是投资环境，人人都有创业机会，人人都是创造财富的源泉！这是打造"财富之城、成功之都"的根本动力，成都市的"领先发展"势不可当！

总而言之，可爱的"天府"需要打造一个天蓝、地绿、水清和可持续发展的"财富之城、成功之都"！这是"天府之都"转型升级的新名片！从文化传承与和谐城市的视野看，"财富之城、成功之都"的打造源远流长、任重道远！

（《四川日报》2013年6月4日1版）

# 从全面小康看多点多极支撑战略

条条大路通全面小康，多点多极是重要支撑。

党的十八大的强劲东风吹遍巴山蜀水，全面建成小康社会的奋斗目标点燃了四川人民创新创业的激情。

当前，我省各地按照省委提出的"提升首位城市、着力次级突破、夯实底部基础"的战略构想，正在进一步优化完善产业发展、城市建设、基础设施、国土利用等规划体系，研究制定实施多点多极支撑战略的差别化政策。全省上下坚持科学发展、加快发展的工作基调，以追赶跨越、奋发有为的精神状态，为全面建成小康社会开创新局面。

实现全面建成小康社会奋斗目标，需要实施多点多极支撑战略。四川与一些经济发达省份相比，一个很大的差别就是缺乏强有力的多点多极支撑。四川在全国发展版图中属于后发地区，不仅人口多、块头大、分量重，而且城乡差距大、区域发展不平衡尤为突出，全面建成小康社会面临挑战更大、困难更多。"人口多、底子薄、不平衡、欠发达"仍然是四川的最大省情。权威数据显示，我省人均地区生产总值相当于全国平均水平的76.9％，人均地方公共财政收入相当于全国地方平均水平的64.8％，城镇居民人均可支配收入和农民人均纯收入相当于全国的82.7％和88.4％。发展不足、发展水平不高的省情，决定了四川不能不坚持科学发展、加快发展的基本取向，不能不实施多点多极支撑的发展战略，不能不增强发展的平衡性、协调性和可持续性，从而确保四川与全国同步实现全面建成小康社会。

从全面小康看多点多极支撑战略，重点是提升首位城市。在经济全球化和区域经济一体化背景下，一个地区、一个经济圈、一个城市群的首位城市，既是当地的政治、经济、文化中心，同时也是参与市场竞争和国际经济大循环的"领头雁"或"火车头"，不仅决定着当地人流、物流、资金流、信息流的走向和区域经济的集聚程度，而且对周边地区和城市的经济发展具有很强的辐射带动作用。"群雁高飞头雁领"；"火车跑得快，全凭车头带"。这是自然而然形成的区域经济发展规律，是工业化城镇化进程中不可逆转的发展趋势。当前和今后一个时期，四川正处于工业化、城镇化的加速期，我们特别要大力支持成都领先发展，打造西部经济核心增长极；全面实施成渝经济区区域规划，按照"再造一个产业成都"的定位，抓好天府新区建设。

从全面小康看多点多极支撑战略，重点是着力次级突破。按照省委的战略构想，"多点"，就是要做强市州经济梯队，通过五年左右的努力，力争有一批市州经济总量超过 2000 亿元，有一批市州超过 1500 亿元，形成强有力的市级经济支撑点；"多极"，就是要做大区域经济板块，实施成渝经济区和天府新区区域规划，培育"四大城市群"、发展"五大经济区"，形成支撑四川发展新的增长极。据规划，到 2020 年，成都城市群将以成都为核心增长极，进一步拓展成绵乐发展轴、成雅遂发展轴、成资发展轴，积极培育绵雅资遂发展环线；加快沿长江、成绵乐、成内渝、成南渝、渝广达发展带建设，形成成渝经济区"双核五带"空间格局；推动攀西地区加快战略资源创新开发，加快建设安宁河谷经济发展带和金沙江下游沿江经济带，打造区域经济新增长极。

从全面小康看多点多极支撑战略，重点是夯实底部基础。所谓底部基础，最重要的是做大支柱产业，做强县域经济，夯实农业基础；最紧迫的是推动民族地区、革命老区、贫困地区实现跨越发展；最大的政策支撑是城乡统筹，

以城带乡，以工促农。"基础不牢，地动山摇。"全面建成小康社会是全民奔富、共建共享的过程，多点多极支撑战略是 9000 万四川人民走向全面小康的必由之路。

（《四川日报》2013 年 2 月 16 日 1 版，获 2013 年度四川新闻奖一等奖）

# "五位一体"在统筹中推进

## ——二论从全面小康看多点多极支撑战略

站在全面建成小康社会的全局高度，多点多极支撑战略既是一个主题鲜明的重点战略，也是一个统筹兼顾的全局性战略。

与中国特色社会主义事业"五位一体"的总体布局相适应，党的十八大从"五个方面"充实完善了全面建成小康社会的奋斗目标，分别是经济持续健康发展，人民民主不断扩大，文化软实力显著增强，人民生活水平全面提高，资源节约型、环境友好型社会建设取得重大进展。也就是说，我们的全面小康本来就是多点多极支撑发展的小康。离开多点多极支撑战略的实施，到 2020 年"实现国内生产总值和城乡居民人均收入比 2010 年翻一番"的目标就没有保障。

在不同的历史时期，根据人民意愿和事业发展需要，提出有感召力的奋斗目标，团结带领人民为之奋斗，是我们党领导人民从胜利走向胜利的成功经验。党的十八大将中国特色社会主义事业总体布局从经济建设、政治建设、文化建设、社会建设"四位一体"扩展为包括生态文明建设在内的"五位一体"，表明我们党对中国特色社会主义建设规律的认识达到了一个新的高度，对全面建成小康社会的实践充满坚定信念。对四川而言，面对全面建设小康社会和西部大开发的历史机遇，省委、省政府在 21 世纪初就提出实施追赶型、跨越式发展战略，带领四川人民聚精会神搞建设、一心一意谋发展，战胜特大地震灾难，各方面工作取得了巨大成就，正加快实现从"吃饭财政"

向"发展财政"的历史性转变，呈现出走向整体性跨越的发展势头。这是我们全面建成小康社会的坚实基础，也是实施多点多极支撑战略的信心所在。

"五位一体"在统筹中推进，难点是经济结构调整。产业支撑是经济增长的实质性支撑，是解决就业、培育财源的基础和源头。处于全面建成小康社会关键期，我们的经济发展存在着不平衡、不协调、不可持续的矛盾和问题，突出表现在工业大而不强，服务业发展比较滞后，自主创新和科技成果转化能力不够强，资源环境约束加剧。特别是农业基础依然薄弱，农民持续增收的难度加大，加快农村剩余劳动力向城镇转移任务艰巨。就四川而言，经济结构调整任重道远，加快产业结构优化升级刻不容缓。

"五位一体"在统筹中推进，难点是保障和改善民生。解决民生难题是政府的首要责任，是全面建成小康社会的当务之急。由于历史的原因，由于人口、资源、环境的多种制约，四川的贫困人口多、贫困面大，农村贫困发生率约11.4%，城乡部分群众生活仍然比较困难。特别是社会管理面临不少新的情况，就业、教育、医疗、住房、公共安全等领域关系群众切身利益的各种困难和问题突出。全面建成小康社会，各级政府要进一步把保障和改善民生放在更加突出的位置。当前，最重要的是要找准政府公共服务的定位，严守低收入群体的民生底线，让人民群众更多更好共享发展成果，确保人民安居乐业、社会安定有序。

"五位一体"在统筹中推进，难点是改善生态环境。生态环境是"天府"的本色，是经济可持续发展的基础，是人民幸福安康的根本保障。适应人民群众对良好生态环境越来越迫切的期待，党的十八大把生态文明建设放在了突出位置，纳入总体布局，体现了以人为本、民生为重执政理念，体现了经济与环境、人与自然协调发展的科学发展观。越来越多的环境灾难警示我们，越来越多的绿色发展经验启示我们，我们在全面建成小康社会的过程中，在实现当代人利益的同时，千万别忘记给自然留下更多修复空间，千万别忘记给农业留下更多良田沃土，千万别忘记给子孙后代留下天蓝、地绿、水清的美好家园。

总而言之，与"五位一体"的总体布局相适应，多点多极支撑战略具有很大的包容性，对破解全面建成小康社会面临的难点具有更多更大的创新空间。

（《四川日报》2013年2月17日1版）

# "新四化"在互动中提升

## ——三论从全面小康看多点多极支撑战略

从全面小康看多点多极支撑战略，产业转型升级是创新发展的紧迫任务，"新四化"是优化产业结构的主攻方向。

所谓"新四化"，按照党的十八大确定的创新驱动发展战略，就是坚持走中国特色新型工业化、信息化、城镇化、农业现代化道路，推动信息化与工业化深度融合、工业化与城镇化良性互动、城镇化与农业现代化相互协调，促进工业化、信息化、城镇化、农业现代化同步发展。"新四化"的互动、协调、同步发展，既是一个产业优化升级的过程，也是一个经济结构调整的过程。对此，多点多极支撑发展的创新空间巨大，是全面建成小康社会的热点所在。

"新四化"新在哪里？

在全面建成小康社会的新时期，我们今天提出的"新四化"，不仅与20世纪提出工业、农业、科技、国防现代化的背景不同，而且与实现"四个现代化"的量化指标——"到20世纪末，争取国民生产总值达到人均1000美元，实现小康水平"的内涵也不同。2011年，我国人均国内生产总值已经达到5432美元，总量排名世界第二，远远超过了33年前设定的"四化"目标。我们今天提出的"新四化"，"新"就新在从强调发展目标到注重发展路径和发展方式的转变，"新"就新在更加强调"新四化"的互动、协调、同步发展。就四川而言，我们有大量剩余的农业人口，迫切需要依托新型工业化、新型城镇化来转移；我们有三线建设留下的大量传统工业，迫切需要信息化来提高效率；我们有更多的"三农"问题，迫切需要通过"新四化"的互动来破解。城乡统筹，以城带乡，以工促农，推动信息化与工业化深度融合，推动工业化与城镇化良性互动，这些都是我们实施多点多极支撑战略的新思路、新举措、新探索，是四川追赶跨越、后来居上的必由之路。

"新四化"在互动中提升，热点在产业升级。新型工业化与信息化是经济发展到一定阶段的"孪生子"，其产业创新、产品创新和技术创新的互动，可以催生形成一批新兴产业，可以推动工业提质增效，形成新的经营业态，带动现代服务业发展。在四川，加快老工业基地调整改造和资源枯竭型城市转型发展已经取得明显成效，培育壮大优势产业和战略性新兴产业的示范基地、经济开发区、工业园区正在蓄势突破，重点发展的电子信息及新一代信息技术、重大装备及高端装备制造、饮料食品、油气化工、钒钛稀土金属材料、汽车制造、能源电力等7大优势产业强势崛起，由此带来的产业升级必将为四川发展不断注入新的动力。

"新四化"在互动中提升，热点在扩大内需。城镇化是扩大内需的最大潜力。我省城镇化率低于全国近10个百分点，非农就业比重比全国低近8个百分点。差距如此之大，同时也是扩大内需的潜力所在。今后我省城镇化率将不断提高，每年将有相当数量的农村富余劳动力及人口转移到城市，从而带来投资的大幅增长和消费的快速增长，给城市的发展和工业化提供多层次的人力资源。更重要的是，我们的新型城镇化不是简单的人口比例增加和城市面积扩张，而是与新型工业化、信息化和农业现代化同步发展的城镇化，可以实现产业结构、就业方式、人居环境、社会保障等一系列由"乡"到"城"、以"城"带"乡"的转变，从而激活越来越多的民间投资和城乡消费。

"新四化"在互动中提升，热点在"人"的变化。城镇化的核心是"农民市民化"，主要是通过农民工的地域转移和职业转换富裕农民，实现以工补农、共同富裕的目标。"新四化"在互动中发展，工业化突出节能环保，信息化突出智慧城市，农业现代化突出科技创新，共同追求高产、优质、高效、

生态、安全，不仅促进"人"的全面发展，而且提高"人"的生活质量，最终目标是提高"人"的幸福指数。

总而言之，"新四化"在互动中提升，是实施多点多极支撑战略的必由之路，必将为全面建成小康社会提供新的产业支撑和发展动力。

（《四川日报》2013年2月18日1版）

# "三驾马车"在协调中驱动

## ——四论从全面小康看多点多极支撑战略

从全面小康看多点多极支撑战略，有一个"三驾马车"在协调中驱动的问题。当前和今后一个时期，四川正处于工业化、城镇化的加速期，经济社会发展具有很多有利条件和积极因素，迫切需要构建跨越发展的动力机制。

投资、消费、出口是拉动经济增长的"三驾马车"。党的十八大要求把推进经济结构战略性调整作为加快转变发展方式的主攻方向，特别强调要牢牢把握扩大内需这一战略基点，加快建立扩大消费需求长效机制，释放居民消费能力，保持投资合理增长，扩大国内市场规模。同时，全面提高开放型经济水平，更加充分地利用国际国内两个市场、两种资源，形成扩大内需和拓展外需良性互动。也就是说，"三驾马车"的驱动贵在互动，贵在协调，贵在与全面建成小康社会的进程同步。就四川而言，欠发达、不平衡，发展不足、发展水平不高，既是挑战，也是潜力所在。按照省委、省政府部署，解决这些问题，必须贯彻实施扩大内需战略方针，增强投资和消费对经济增长的拉动力，进一步扩大开放，推进国际国内经济合作，在全球范围内寻求更多发展机会。

"三驾马车"在协调中驱动，关键是扩大投资。改革开放以来，特别是西部大开发和汶川特大地震灾后恢复重建的实践表明，投资对促进经济增长直接而有效。工业化、城镇化深入发展，文化建设、社会建设和生态文明建设，都需要合理的投资作为支撑。四川总体上欠发达，投资建设的需求巨大，今后较长时期拉动经济增长的主要动力仍然是投资。按照省委、省政府部署，我们要抓住全面建成小康社会和新一轮西部大开发的历史机遇，用好国家宏观调控政策，加大投资工作力度，加快实施一批关系四川全局和长远发展的重大基础设施和产业发展项目。特别是要把握好投资方向，注重质量和效益，重点加大重大基础设施、特色优势产业、战略性新兴产业、民生和社会事业、生态文明建设、自主创新等领域的建设和投入，严格控制"两高一资"和产能过剩行业扩张。

"三驾马车"在协调中驱动，关键是拓展消费。消费对促进经济增长具有基础性作用。投资与消费失衡是长期困扰四川发展的一个难题。在四川，内需不足在很大程度上表现为消费需求不足。我们的投资增长率高于消费增长率，主要不是投资多了，而是消费需求偏低，城乡居民消费能力不强。我们必须把拓展居民消费作为扩大内需的着力点，在增强消费能力、优化消费环境、培育消费热点等方面建立长效机制，让消费者敢消费、能消费、有钱消费。就四川而言，拓展消费需求需要长期努力，但必须抓紧创造条件大力推进。最重要的是深化收入分配制度改革，认真落实中央扩大消费的政策，提高城乡居民消费能力。

"三驾马车"在协调中驱动，关键是提高开放水平。四川地处内陆，对外开放水平和出口贸易长期落后于沿海发达地区。跨入新世纪，特别是近五年来，省委、省政府实施全面开放战略，坚持对外对内开放并举，开放型经济水平明显提高，四川成为外商投资西部的首选地。尽管如此，四川的对外开放水平仍然远远落后于沿海发达地区，在扩展对外对内经济合作方面还有很大的空间。

总而言之，"三驾马车"在协调中驱动，关键是找准短板，扬长补短。在四川，内需的拉动力不强，消费需求不足，主要是城镇化水平低；外需的拉动力不强，主要是对外开放水平低。当务之急绝不是要让投资慢下来，而是要促进消费更快增长，促进出口加速增长。从全球化和经济转型的视野看，城镇化、资本化、金融市场也是拉动经济增长的新"三驾马车"，应该引起我们高度重视。

（《四川日报》2013年2月19日1版）

# "两大红利"在创新中释放

## ——五论从全面小康看多点多极支撑战略

从全面小康看多点多极支撑战略，最大的动力是改革创新，最坚实的基础是以人为本。四川是人口大省，是改革的策源地之一。改革开放以来的发展成就和发展经验表明，"人口红利"在改革中释放，"改革红利"在创新中释放。"两大红利"一旦与全面建成小康社会的创造性实践结合在一起，就会转化为聚精会神搞建设、一心一意谋发展的强大动力。

党的十八大不仅提出了全面建成小康社会的奋斗目标，而且指出了全面建成小康社会的创新路径，特别强调必须以更大的政治勇气和智慧，不失时机深化重要领域改革，坚决破除一切妨碍科学发展的思想观念和体制机制弊端，构建系统完备、科学规范、运行有效的制度体系，使各方面制度更加成熟更加定型。与中国特色社会主义建设事业"五位一体"的总体布局和全面建成小康社会"五个方面"的新要求相适应，党的十八大提出了全面深化五大体制改革的重点任务。分析这些改革任务的根本出发点和落脚点，都是为了实现好、维护好、发展好最广大人民的根本利益，尊重人民首创精神，保障人民各项权益，不断在实现发展成果由人民共享、促进人的全面发展上取得新成效。也就是说，改革的"红利"就是充分调动人的积极性，就是激发最广大人民群众创新创业的激情，就是最大限度释放"人口红利"。站在改革创新的时代高度，四川最大的优势是"人口红利"，多点多极支撑最坚实的基础是以人为本！

"两大红利"在创新中释放，突破口是城乡统筹。新型城镇化的一个显著特点，就是以城带乡、城乡一体。关键是要打破城乡分割分治的二元结构，形成有利于生产要素自由流动、促进新型城镇化的体制和政策环境。早在2003年，成都市就启动了统筹城乡改革。2007年6月国务院正式批准成都市设立全国统筹城乡综合配套改革试验区后，成都市把城乡作为一个整体，统筹安排城乡规划、产业发展、基础设施、公共服务和社会管理，促进工业向产业园区集中，促进土地规模化经营，促进城市基础设施向农村延伸，促进城市社会服务向农村覆盖，促进城市文明向农村辐射，走出了一条城乡经济社会一体化发展的新路子。在成都试验区的基础上，省委、省政府在全省选择了不同经济发展水平的德阳、自贡、广元三市和17个县，梯次开展统筹城乡综合配套改革试点，在构建一整套科学发展的体制机制方面探索经验。目前，四川正在进一步把统筹城乡发展与推进新型城镇化结合起来，联动推进新型工业化、新型城镇化和农业现代化，构建现代新型城乡形态。随着越来越多的农业人口市民化，四川的"人口红利"必将转化为跨越发展的核心竞争力！

"两大红利"在创新中释放，突破口是全民创业。适应农业转移人口市民化的新趋势，民间投资热潮必将涌现，全民创业势不可当。去年以来，四川认真贯彻落实国家引导民间投资"新36条"实施细则，鼓励和引导民间投资健康发展，上半年民间投资占全省投资增长比重达51.7%。与此同时，四川转移输出的2100多万农村劳动力中，省内就地转移人数首次超过省外输出，四川民间投资增长的内生动力明显增强，呈现出增速加快、比例上升、贡献加大的良好势头。今后一段时期，要高度重视的是改善创业环境，拓宽民间投资渠道，积极探索解决农民工进城落户问题，促进农业转移人口和外来人口更好地融入城市，乐于在四川创新创业。

"两大红利"在创新中释放，突破口是艰苦奋斗！让创造财富的汗水充分涌流，春种秋收，天道酬勤。"空谈误国，实干兴邦。"面对多点多极支撑战略的突破口，能够在抗击汶川特大地震灾难中创造奇迹的四川人民，要继续发扬"万众一心、众志成城，不畏艰险、百折不挠，以人为本、尊重科学"的抗震救灾精神，求真务实，敢于创新，敢于突破，为全面建成小康社会而努力奋斗！

（《四川日报》2013 年 2 月 20 日 1 版）

# "一个梦想"在跨越中实现

## ——六论从全面小康看多点多极支撑战略

心若在，梦就在；梦里依稀创业艰！

从全面小康看多点多极支撑战略，我们有一种越来越强烈的推动四川由经济大省向经济强省跨越的历史使命感，增强了追赶跨越的发展意识、责任意识、创新意识、实干意识、服务意识。与中华民族伟大复兴的"中国梦"如影随形，四川人民的"跨越梦"点燃了创新创业的激情，在全面建成小康社会的进程中展现出奋发有为、攻坚破难、艰苦奋斗的精神状态。

站在新的起点，四川发展开启了一个充满希望的新征程。此时此刻，紧紧围绕全面建成小康社会的奋斗目标，进一步审视四川的省情，四川人民形成一种共识：推动四川由经济大省向经济强省跨越的时机已经成熟，实现这个历史性跨越的"强省之路"，就是坚持科学发展、加快发展的工作基调，实施多点多极支撑战略，坚持以人为本的核心立场，把全面协调可持续作为基本要求，把统筹兼顾作为根本方法，将推动发展的立足点转到提高质量和效益上来，保持高于全国的发展速度，形成一种追赶跨越的发展态势。在四川，我们每个人心中都有一个过上更美好生活的梦想，每个人脚下都有一条创新创业的追赶跨越之路，每个人都要以百倍的信心和你追我赶的精神状态投入到全面建成小康社会的伟大实践中。

"一个梦想"在跨越中实现，我们的信心来自中国特色社会主义的道路自信、理论自信、制度自信！回首近代以来中国波澜壮阔的历史，回首改革开放以来中华民族复兴取得的一系列历史性成就，我们从来没有像今天这样深刻认识到：中国特色社会主义，承载着几代中国共产党人的理想和探索，寄托着无数仁人志士的夙愿和期盼，凝聚着亿万人民的奋斗和牺牲，是近代以来中国社会发展的必然选择，是发展中国、稳定中国的必由之路。党和国家的长期实践充分证明，我们要全面建成小康社会，加快推进社会主义现代化，实现中华民族伟大复兴，必须始终高举中国特色社会主义伟大旗帜，坚定不移坚持和发展中国特色社会主义。在四川，全面建成小康社会的创造性实践，抗震救灾、灾后重建的伟大奇迹，无不充分展示了社会主义制度的优越性，直接检验了中国特色社会主义道路的强大生命力，使我们看到了中华民族伟大复兴的美好前景。

"一个梦想"在跨越中实现，我们的信心来自科学发展观的正确指引和各级党委政府的坚强领导。科学发展观是马克思主义同当代中国实际和时代特征相结合的产物，同邓小平理论和"三个代表"重要思想一脉相承而又与时俱进，是中国特色社会主义理论体系最新成果。科学发展观的形成和发展不但使我们从理论上对新形势下实现什么样的发展、怎样发展等重大问题作出了新的科学回答，而且指引我们在实践中找到了全面建成小康社会的路径，更加坚定了跨越发展的信心。党的十八大关于全面建成小康社会的目标任务，省委、省政府关于实施多点多极支撑战略的新部署，都集中体现了科学发展的理念和原则，检验了各级党委政府的领导水平和执政能力，增强了跨越发展的前瞻性、包容性、预见性。在四川，只要我们深入贯彻落实科学发展观，坚持实施多点多极支撑战略，不动摇、不懈怠、不折腾，顽强奋斗、艰苦奋斗、不懈奋斗，由经济大省向经济强省跨越的目标一定会实现，与全国同步全面建成小康社会的目标一定会实现。

"一个梦想"在跨越中实现，我们的信心来自四川人民"敢为天下先"的改革创新精神，来自中华民族万众一心、众志成城、自强不息的坚强意志，来自党和人民心连心、同呼吸、共命运的血肉联系！

总而言之，推动四川由经济大省向经济强省跨越，既是四川全面建成小

康社会的发展路径，也是四川人民紧跟全国、追赶东部的坚定信念！

梦若在，心就在；聚精会神奔小康，一心一意谋发展！

（《四川日报》2013 年 2 月 21 日 1 版）

# 城镇化要转型升级

站在更高起点谋划和推动四川跨越发展，按照省委、省政府部署，全省各地深入实施"三大发展战略"，坚持把科技支撑引领作为核心动力，把结构调整升级作为主攻方向，把推进新型城镇化作为着力重点，大力推进绿色、低碳、可持续发展，努力走出一条具有四川特色的转型发展之路。

从新型城镇化一路走来，我们面前展现出一条"四化"同步的创新发展之路。

从工业化、信息化、城镇化、农业现代化同步发展的战略高度看城镇化转型升级，我们更加清楚地看到，城镇化问题牵一发而动全身，一端连接工业化、信息化，一端带动农业现代化，是扩大内需的最大潜力所在和转方式、调结构的最大希望所在。也就是说，城镇化是我国现代化建设的历史任务，是未来一段时期推进我国经济增长、结构转型和深化改革的强大动力。

新型城镇化之"新"，新在要从过去片面追求城市规模扩大、空间扩张，转变为以提升城市的文化、公共服务等内涵为中心，着力提高城镇化质量，真正使城镇成为具有较高品质的宜居之所。城镇化的核心是农村人口转移到城镇，完成农民到市民的转变。城镇化既要建设，也要提质，更要改革，必须走"四化"同步的创新发展之路！

从新型城镇化一路走来，我们面前展现出一条后来者居上的跨越发展之路。

用经济全球化的视野审视四川在中国城镇化进程中的历史方位，既要看到中国城镇化发展阶段的复杂性，又要看到四川城乡差异的特殊性和城镇化的后发优势。从城镇化的国际比较看，2012 年中国按常住人口统计的城镇化率为 52.57%，不仅低于发达国家 80% 的平均水平，也低于与中国发展阶段相近的发展中国家 60% 左右的平均水平。中国未来十几年城镇化发展的空间巨大、潜力巨大、机遇巨大！

更大的潜力和机遇在于，如果着眼于"人的城镇化"和公共服务均等化目标，我国目前以户籍计算的城镇化率仅为 38%，目前 52.57% 的城镇化人口中还有近 15%，即 2.34 亿农村户籍人口虽已进入城镇，却不能享受相应的市民待遇，尚未真正成为城市市民。特别是由于区域的差异性，我国发达地区与落后地区的城镇化处于完全不同的发展阶段，最明显的特征是北京、上海、广州已进入城镇化的第二阶段（分散阶段），而绝大多数中西部地区尚处于第一阶段（集中阶段）。就四川而言，尽管 2007 年到 2012 年五年间，我省城镇化率年均增速快于全国平均水平，但总体看，四川城镇化进程仍然滞后，不仅低于全国平均水平近 9 个百分点，而且落后于四川工业化水平，表现出区域发展不平衡、城乡发展不协调的特殊省情。差距就是潜力，差距就是机遇！后来居上，"四化"同步，我们的城镇化不能不在加速中提质，我们的经济结构不能不在转型中升级。正如省委书记王东明指出的那样，"转型才能更好发展"，"后发也要高点起步"！

从新型城镇化一路走来，我们正面临千载难逢的历史机遇。让我们抓住机遇，进一步解放思想，转变观念，以更大的改革勇气推动城镇化转型升级！

（《四川日报》2013 年 9 月 3 日 1 版）

# 核心是"人的城镇化"

## ——再论城镇化要转型升级

城镇化转型升级需要跳出就"城镇化"论"城镇化"的思维定式，牢固树立"人的城镇化"的核心理念。

城镇化包括人口、经济以及政治、文化等多方面内容，核心是人口的城镇化。中国城镇化具有特殊性，分散的数亿农村人口逐步集中到城镇中来，这不仅需要大量基础设施的投资和建设，也需要大规模的产业调整以增加就业岗位，还面临着使数亿人口接受现代城市文明生活方式的挑战。与世界同等经济发展水平的国家相比，我国的城镇化进程明显滞后。改革开放以来，城镇化发展速度虽有所加快，但由于一些地方存在以征地和土地买卖先行带动城镇扩张的现象，使城镇化与传统经济发展方式相伴生，过于注重城镇规模扩张，由此带来产能过剩、资源浪费、环境破坏等突出问题。"见物不见人，兴城不兴业"；"同工不同酬，同城不同户"；农民工市民化困难重重。进入新的发展阶段，加快推进新型城镇化，核心是坚持以人为本，着力提高城镇化质量，实现"人的城镇化"。

实现"人的城镇化"，关键是进一步深化户籍制度改革，着力解决新型城镇化道路上的体制性障碍。我国城乡二元人口、经济和社会结构由来已久，随着进城务工经商的农民越来越多，这种二元结构也带到城市中来。最突出的表现在住房、就业、上学、社会保障等方面，许多农民进城后仍然处于"半城镇化"状态，也就是人们常说的"就业在城市，户籍在农村；重要劳动

力在城市，其他家庭成员在农村；主要收入来自城市，积累和消费在农村；日常生活在城市，逢年过节回农村"。由此看来，当前最紧迫的是从深化户籍制度改革入手，以农民工整体融入城市公共服务体系为核心，解决好农民工市民化问题。可喜的是，在四川，在成都，我们已经在深化户籍制度改革等方面出台了一系列新举措，推动农民工"个人融入企业、子女融入学校、家庭融入社区、群体融入社会"。

实现"人的城镇化"，关键是进一步深化农村土地征用制度改革，着力解决好失地农民的社会保障问题。农村土地既是农民的生产资料，也具有社会保障功能。现有的农村土地征用制度和土地收益分配格局，不利于保障失地农民的权益。如果农民失去土地后相应的社会保障没有及时跟进，一些人"农转非"后断了务农的路又不能成为真正的市民，就业和收入不稳定，就会增加落入"城市化陷阱"的风险。因此，要高度重视失地农民的社会保障，把"农转非"人口的社会保障、就业和公共服务等纳入社会保障制度改革中统筹解决。特别是在土地增值问题上，要摒弃过去"涨价归公"的传统观念，坚持以人为本、地利共享，着眼于促进农民就业和生活方式转变，使土地增值收益主要用于实现"人的城镇化"所需的各项投入。

实现"人的城镇化"，还有一些关键问题需要通过深化相关配套改革加以解决。例如，城乡公共服务均等化、转变政府职能、深化财税制度和收入分配制度改革等，都需要进一步攻坚破难。坚持以"人的城镇化"为核心，新型城镇化既是扩大内需和经济结构转型升级的发展战略，也是推动城乡综合配套改革的突破口。我们应该以更大的勇气和智慧推进改革创新，在更高起点、更大范围、更深层次实现"人的城镇化"！

（《四川日报》2013 年 9 月 6 日 1 版）

# 最重要的是"协调发展"

## ——三论城镇化要转型升级

新型城镇化的主体形态是城市群，需要牢固树立协调发展的新理念。

考察各地实施新型城镇化战略的规划和政策举措，有一个共同的取向，就是在更多关注"人的城镇化"基础上，更加重视城市群的协调发展，更加重视人口、资源、环境的协调发展。与过去片面追求城市规模扩大、空间扩张不同，新型城镇化特别强调城乡发展、区域发展、产业发展的协调性、包容性和可持续性，呈现出城镇化与工业化、信息化、农业现代化同步发展的新趋势。就四川而言，我们正处于工业化城镇化"双加速"时期，实施"两化"互动、城乡统筹发展战略，既能催生巨大内需潜能，又能加快经济结构转型升级，不仅体现了城乡协调发展的新理念，而且着力在互动上下功夫，在结合上做文章，在新型上求突破，形成城乡一体化发展新格局。按照省委、省政府部署，我省推进新型城镇化的战略目标是着力优化城镇布局，坚持把成都平原、川南、川东北、攀西"四大城市群"作为主体形态，加快构建以特大城市为核心、区域中心城市为支撑、中小城市为骨干、小城镇为基础的现代城镇体系，进一步深化区域间发展联系、发展合作、发展融合。从"两化"互动到"四化"同步，从城乡统筹到区域融合，城镇化转型升级之路又宽又广！

城镇化是工业化的加速器。新型城镇化对工业化的推动作用，表现在挖掘和释放消费和投资双重增长潜力，更表现在调整和优化产业结构，拉动第三产业发展。从国内外发展实践看，在加速推进工业化和城镇化的关键时期，

如果工业化超前于城镇化，会因城市配套设施的缺乏，出现交通拥挤、资源短缺、环境污染、房价暴涨等"城市病"。反之，如果工业化落后于城镇化，则由于缺乏必要的产业支撑，会出现产业"空心化"和就业不足现象，产生贫民窟等一系列社会问题。在四川，我们的城镇化与全国特别是东部相比差距较大，迫切需要加快城镇化进程。更重要的是，我省只有成都这个"一城独大"的首位城市，其他城市规模普遍偏小，主要原因是中小城市的工业尤其是制造业发展不足，吸纳农村剩余劳动力的能力不足。因此，我们的新型城镇化要更加重视城镇发展动力培育和产业基础培育，更加重视工业化与城镇化协调发展，既要在加快发展现代服务业和高新技术产业基础上提升首位城市，又要在推进新型工业化基础上实现次级突破，这是实施多点多极支撑发展战略的必然选择，也是推进城镇化转型升级的必由之路。

城镇化是农业现代化的引擎。新型城镇化对农业现代化的引领作用，主要表现在通过市场机制引导和产业发展，带动农民逐步转变为市民和第二、三产业工人，使更多农村劳动力从专业化、规模化的现代农业中获得更高收入，通过向第二、三产业转移实现全面小康。这就是我们常说的"以工促农，以城带乡"；"人往城市走，钱从打工来"；"减少农民才能富裕农民"。从新型城镇化走来，我们要更加重视城乡统筹，充分发挥城镇化对工业化和农业现代化的双向带动作用，促进城镇化与农业现代化协调发展，推动城乡经济社会一体化。

城镇化是信息化的载体。看一看信息技术和信息产业在成都市的突飞猛进，再看一看电子商务和智能城市在全世界的方兴未艾，你就会发现新型工业化、城镇化与信息化的深度融合会创造什么样的奇迹！

总而言之，城镇化的转型升级还有很大的创新空间。一要推进城市空间转型升级，二要推进城市产业转型升级，三要推进城市生态转型升级，四要推进城市管理转型升级，五要推进城乡形态转型升级。其间最为重要的，是协调发展！

（《四川日报》2013年9月13日2版）

# 户籍改革牵动全局

人往高处走，水往低处流。

国务院《关于进一步推进户籍制度改革的意见》已经出台，引起社会广泛关注。正如我们看到的那样，户籍制度改革"牵一发而动全身"，党中央、国务院对户籍改革的决心之大、力度之大、范围之广、措施之实是前所未有的。就四川而言，8100多万常住人口的改革压力，区域经济发展不平衡和工业化、城镇化水平低于全国的特殊省情，决定了我们不能不在户籍改革方面加强领导，周密部署，敢于担当，真抓实改。

统筹推进"四化"同步发展，户籍改革牵动全局。

城乡分离的户籍制度是计划经济体制的"最后堡垒"。改革以前，我国的户籍制度是在计划经济条件下建立起来的，在历史上曾支持了中国工业化的最初起步，但也为此付出了高昂的社会成本，最突出的表现在以法律形式严格限制农民进入城市，限制城市间人口流动，使人口流动长期处于凝固状态，不仅造成城镇化进程的迟滞，而且造成大量农村人口贫困化。最使人困惑的是，以户籍制度为中心，附着了住宅制度、粮食供应制度、就业制度、教育制度、医疗制度等十多项制度，从而构成了维护中国特有的城乡二元结构的制度壁垒。那时候，"农二哥"与"老大哥"的差距之大，农业户口与非农业户口的区别之严，简直就像是牢不可破的铜墙铁壁。

城乡分离的户籍制度是计划经济体制下推行重工业优先发展战略的产物，

最明显的负面效应是割裂了城市化与工业化过程，使城镇化一直落后于工业化。1949 年至 1978 年，我国工业总产值增长了近 30 倍，城镇化率只提高了 8 个百分点。全国 80% 的人口分散在农村，成为排斥在工业化进程之外的相对贫困人口，使"三农"问题成为中国现代化长期的"隐痛"。正是在这样的背景下，以包产到户为突破口的农村改革如火山爆发，推动农产品市场和城乡劳动力市场逐渐放开，大批农村剩余劳动力进城务工，形成"农村包围城市"的改革大潮。遗憾的是，受户籍制度的制约，"民工潮"一度被当作"盲流"，农民工在城市"同工不同酬、同城不同户"，处于被歧视、被治理、被整顿的"边缘人"状态。想一想当年"川军"走南闯北的艰难困苦，"农业户口"从某种意义上讲真可谓"罪魁祸首"。

"人往城里走，钱从打工来。"1992 年邓小平"南方谈话"以来，我国确定了市场经济体制的改革目标，中国出现了向工业社会快速转型的新趋势，城镇化进程加快，人口流动的规模空前增大，亿万农村劳动力争先恐后进城务工经商，大量高学历或有一技之长的专业技术人才也加入到流动大军中来，劳动就业越来越市场化。审时度势，敢闯敢试，创新突破，各地适度放宽"农转非"政策，在小城镇户籍改革试点基础上进一步放宽公民的迁徙限制。跨入新世纪，户籍制度改革攻坚破难，广东、上海等地探索建立积分落户制度。在四川，总结成都试验区的经验，德阳、自贡、广元等市梯次开展统筹城乡综合配套改革试点，着力解决农业转移人口和其他常住人口在城镇落户问题。现在看来，我们的改革试验与国务院提出的户籍制度改革总体要求是一致的，关键是要进一步调整户口迁移政策，全面实施城乡统一户口登记制度，统筹推进城镇基本公共服务常住人口全覆盖，切实保障农业转移人口及其他常住人口合法权益。

总而言之，户籍制度是基本的国家行政制度，户籍改革的根本取向是保障公民迁徙和居住的自由。由于户籍制度是一项具有综合性质的制度，户籍改革必须以经济社会体制的转型为前提，以市场经济的发展为基础。这是一个在逐渐弥合城乡二元结构差别中分步渐进完成的"系统工程"，也是一个推进国家治理体系和治理能力现代化的"基础工程"。海阔天高，任重道远，我们期盼户籍改革走活一盘好棋！

（《四川日报》2014 年 8 月 27 日 2 版）

# 农民工市民化"难"在哪里

有一个重大喜讯在城乡间广为传播！

《国务院关于进一步推进户籍制度改革的意见》明确提出：取消农业户口与非农业户口性质区分和由此衍生的蓝印户口等户口类型，统一登记为居民户口。振奋人心的是，到2020年，努力实现1亿左右农业转移人口和其他常住人口在城镇落户。这意味着农民工市民化进程加快，是取消农业税后进一步统筹城乡一体化发展的历史性突破。

有一组权威数据在决策部门引起高度重视！

从城镇化的国际比较看，中国2013年按照常住人口统计的城镇化率为53.7%，不仅低于发达国家80%左右的平均水平，也低于与中国发展阶段相近的发展中国家60%左右的平均水平。令人忧虑的是，如果着眼于"人的城镇化"和公共服务均等化目标，目前以户籍人口计算的城镇化率仅为36%左右。也就是说，目前统计的城镇化人口中还有2亿多农村户籍人口虽已进入城市生活，却不能享受相应的市民待遇，尚未真正成为城市居民，仍然处于"半市民化"状态，像候鸟似的在城乡间漂浮不定。

从农民工市民化看户籍改革，户籍改革是被"倒逼"的。就经济结构和社会转型而言，城镇化落后于工业化，人的城镇化落后于土地城镇化，户籍人口城镇化落后于城镇常住人口城镇化，这就是我们不能不加快户籍制度改革的根本原因。四川是人口大省，也是劳务输出大省，农业转移人口数量之多、农民工市民化潜力之大面临前所未有的挑战与机遇。特别是我省城镇化率低于全国 8.8 个百分点，非农就业比重比全国低近 8 个百分点，农业转移人口与工业化、城镇化发展和区域经济发展不平衡的矛盾更加突出，这些深层次矛盾决定了我省农民工市民化的艰巨性、长期性，同时也决定了户籍改革的紧迫性和复杂性。

从户籍改革看四川，农民工市民化难在哪里？

——最大障碍是城乡分离的户籍制度。正如我们看到的那样，大量经常住在城镇的农业转移人口"半市民化"，不仅表明许多地方落户门槛仍然很高，而且表明一些城镇吸引人口集聚的能力还不强。近几年，户籍制度改革虽有所突破，但大中城市的户口放开有限，大量农业转移人口进入城市从事新的职业，却很难改变原来的农民身份，仍然是农业户口，在社会上形成了有别于农民和城市居民的第三类群体，在城市内部又形成新的城市二元结构。统筹推进工业化、信息化、城镇化和农业现代化同步发展，不能不积极引导农业人口有序向城镇转移，进一步调整户口迁移政策，提高户籍人口城镇化水平，关键是要推进以人的城镇化为核心，逐步缩小常住人口、户籍人口两个城镇化率的差距，让符合条件的农业转移人口真正实现市民化。这是新时期户籍改革的当务之急，也是推进农民工市民化的必由之路。

——最大困难是公共服务不足。调查表明，中小城市是我国农民工的重要流入地，大约有 50％以上的外出农民工分布在县级市和地级市，这些中小城市的教育、医疗等公共服务普遍不如大城市，对农民工落户缺乏吸引力。相比之下，大多数农民工对大城市特别是像北、上、广和成都这样的特大城市的公共服务有着强烈的兴趣，却往往因为较高的落户门槛而不能落户，处于落户难、不落户更难的"两难"境地。农民工不愿意定居城镇的第一位原因是"买不起房"，没有住房是农民工在城市工作生活的最大困难。目前，对农民工住房问题提出系统性、长期性、可操作的政策框架才刚刚起步，能够享受到公租房、廉租房、经济适用房等保障性住房的农民工还是极少数。还有就业、医疗卫生、子女读书、社会保障和交通拥堵等方面的困难，也影响

了农民工在城镇落户的热情。

——最大担心是土地承包经营权、宅基地使用权和集体收益分配权得不到保护。这是农民工的后顾之忧。

总而言之，户籍改革是促进农民工市民化的突破口，农民工市民化还要走很长的路。让我们的户籍改革"倒逼"市场改革、"倒逼"社会改革、"倒逼"农村改革，推动农民工市民化一路走好！

（《四川日报》2014年9月12日1版）

# 用什么视野看民生

新年之际，有两则新闻引起我们对民生问题的关注。

据《四川日报》报道，在刚刚闭幕的省十二届人大三次会议上通过的政府工作报告提出，我省在全面完成 2014 年十项民生工程及 19 件民生实事的基础上，今年要针对新形势下民生领域出现的新情况，更加注重保障基本民生，继续实施好"十项民生工程"，突出办好 20 件民生大事。

据《人民日报》报道，1 月 12 日，习近平总书记同中央党校第一期县委书记研修班学员座谈时强调，做县委书记就要做焦裕禄式的县委书记，始终做到心中有党、心中有民、心中有责、心中有戒。总书记诵读起郑板桥的名句"衙斋卧听萧萧竹，疑是民间疾苦声。些小吾曹州县吏，一枝一叶总关情"，还提示说："睡卧不安，总是想到百姓过得怎么样。这种心境，跟老百姓贴得多紧啊！"

两则新闻让我们思考一个问题，这就是用什么视野看民生？

民生是一个变动性很强的概念。从封建社会爱民忧民的郑板桥到当代县委书记的好榜样焦裕禄，从我们党以人为本的执政理念到四川的十项民生工程，在不同社会和相同社会的不同发展时期、不同发展地区，广大人民群众对民生问题的期望和诉求各不相同，执政者应对、解决民生问题的对策、路径、难点也各有所重。总体上看，民生问题范围之大，几乎无所不包、无处不在，社会全体成员的衣食住行用和生长老病死，哪一方面都不能缺失，哪

一个人都不能独善其身。民生问题之独特，几乎无时不变，无人不难，既有春夏秋冬之分，又有轻重缓急之别，还有富贵贫穷之异。人往高处走，富从劳动来。民生路上，艰苦奋斗，自强不息，厚德载物，和谐共进，总是"你中有我，我中有你"，总是"苦乐相随，祸福相倚"，总是"生于忧患，死于安乐"。用这样的视野看民生，就不能不从"大处着眼、难处着手"，不能没有"睡卧不安"的忧患意识。"乐民之乐者，民亦乐其乐；忧民之忧者，民亦忧其忧。"

用以人为本的视野看民生，执政当以民生为本，为官当以民生为责。在中国，"民生"一词最早出现于《左传·宣公十二年》，"民生在勤，勤则不匮"，意思是"百姓生存之道在于勤劳，勤劳才能丰衣足食"。以"民生"为基础，先秦儒家提出了"以民为贵"的民本观念，形成了以民生、民情、民心为依归的仁政思想和"民之所欲、天必从之"的天下观，由此激励历代仁人志士急民生所急、解民生所难，留下了让老百姓世世代代传颂的清官风范。我们尤其不能忘记的是，在马克思主义的基本理论中，人的"生活"是生产力和生产关系赖以存在的舞台，最大限度地满足广大人民群众日益增长的物质文化生活需要是一切物质生产的最终目的，也是我们党治国理政的根本目的。用习近平总书记在会见全国优秀县委书记时的话说：为官一任，造福一方。心中要始终装着老百姓，干事创业要树立正确的政绩观，做到"民之所好好之，民之所恶恶之"。这是我们必须时时刻刻铭记在心的为官之责。

用全面小康的视野看民生，当前最需要解决人民群众最关心、最直接、最现实的利益问题。按照党的十八大提出的全面建成小康社会的奋斗目标，我国现阶段面临的民生问题突出表现在与老百姓生存发展直接相关的公共安全问题、就业问题、因病致贫问题、住房问题、分配不公问题。当前民生问题之所以在一些地方成为社会热点、难点、甚至痛点，既与社会转型期难免产生的碰触和脱节有关，也与城乡之间、地区之间、行业之间发展不平衡密切相关。在这种情况下，解决民生问题不能没有扶贫济困的"民生工程"，不能没有统筹兼顾的"社会保障"，不能没有攻坚克难的必胜信心。

在四川，十项民生工程的全面实施，一件件民生实事的圆满完成，让我们解决民生问题的信心愈发坚定，步履愈发有力！

（《四川日报》2015 年 2 月 26 日 1 版）

# 敢问民生"谁做主"

## ——再论用什么视野看民生

嘘寒问暖间，又到"两会"时，敢问民生"谁做主"？

据报道，有关"三农"问题的改革措施和民生政策密集出台，受到广大农民普遍欢迎。引起我们关注的是，也有不少农民对当前一些地方在农业产业化和土地流转过程中存在的"政府过度干预"表示不满。有的地方一哄而上搞特色产业，结果种多了，卖不出去；政府费了很大劲引来的产业化项目，动员农民把土地流转给企业，农民说啥也不干；有的过度追求城镇化速度，强迫农民"拆村""上楼"，引发纠纷。这些问题的出现，有一个共同的原因，就是一些干部总是觉得自己比农民强，习惯于为农民"做主"，喜欢替农民"拿主意"。用农民的话说："我自己的事情我自己做主，你管那么多干啥？"

由此看来，政府在民生问题上的"主导"作用也是有一定限度的，一旦超过政府的有限能力，过度的政府干预和替代，往往导致事与愿违、得不偿失的后果。用老百姓的话说："鞋子合不合适，穿鞋的人最清楚。"用这样的视野看民生，当然是"谁的民生谁做主"！

民生问题既是一个现实问题，也是一个非常复杂的历史问题和社会问题。用不同的视野看民生，不同的民生问题有不同的权利主体、责任主体、需求主体、供给主体，当然也有不同的民生目标，应该通过不同的途径、不同的机制、不同的政策来解决。比如"三农"问题，农业现代化的主体是农民，各地农村千差万别，农民需求多元多样多变，解决农业产业化发展难题和农民工市民化问题，既要立足国情、立足实际、立足市场，充分发挥市场配置资源的决定性作用，又要充分尊重农民主体地位，更好地发挥政府的主导作用，以工补农，以城带乡，坚持走新型工业化、城镇化、信息化和农业现代化深度融合的"四化互动"之路。又比如健康安全、公共安全、环境安全问题，谁能独善其身？谁能自主沉浮？

从社会保障视野看民生，当人们强调"民生"问题时，往往倾向于"政府主导"。政府可以"集中力量办大事"，一些依靠民众个体和私人企业的力量难以完成的民生改善和公用事业、基础设施建设，必须有政府来承担。在民生问题上，民众往往不完全清楚自己的真正利益所在，民众个人的偏好有可能是不合理或者不道德的，或者即使知道自己的利益，但缺乏自觉维护自己利益的能力，因此，需要政府来代表和决策，以政府偏好替代个人偏好，由政府来保护弱势群体的利益。特别是最低生活保障和医疗保障、公共安全、环境安全等，更是不能不由"政府主导"。

从资源配置视野看民生，当人们强调"民生"问题时，往往倾向于"市场主导"。民生需要充足物质产品来满足，物质产品严重短缺不但难以改善民生，而且往往会加剧社会矛盾，引发社会动乱。我们不能忘记计划经济时代凭票供应的苦日子，不能忘记吃"大锅饭"、端"铁饭碗"的穷日子。改革开放以来的实践经验告诉我们，当一个经济体以服从"消费者主权"即完全体现消费者偏好的方式运行，从而使得市场在资源配置中充分发挥决定性作用，所有人都按照市场选择、市场规则、自由交易的方式生产、交换和消费产品，不仅能体现最大的民生需求，而且能实现改善民生的最大效果。当前，我们深切感受到的很多民生难题，如就业难、看病难、上学难、养老难，等等，从根本上说仍然是发展不平衡、不协调的问题。只有"把蛋糕做大"，才能"有蛋糕可分"，也才能"把蛋糕切好"。市场经济是最有效率的民生经济。在民生问题上，市场不是万能的，但没有市场是万万不能的。

从创新创业视野看民生，当人们强调"民生"问题时，往往倾向于"企业主导"。没有企业的发展壮大，哪有就业门路，哪有收入增长，哪有民生

改善？

　　敢问民生"谁做主"？我们的回答是：政府、市场、企业、社会、家庭和消费者各有选择、各尽所能、同舟共济、共主沉浮！

（《四川日报》2015年2月27日2版）

# 把民生还给"社会"

## ——三论用什么视野看民生

我们把民生视野转向社会的时候，有一个热点引起我们关注。这就是政府向社会购买公共服务，出台了一系列放宽市场准入的改革新举措，鼓励引导民间资本进入教育文化、医药卫生、养老健康和基础设施、基础产业领域。在四川，简政放权与民生工程同行，民间投资与大众创业已经成为推动民生建设的强大动力。

从社会视野看民生，民生政府关注民生，主要体现在完善政府购买公共服务机制，建立保障民生的公共财政，扩大公共服务的覆盖范围，把更多财政资金投向公共领域，把更多公共资源投向公共服务薄弱的农村、基层、欠发达地区和困难群体。也就是说，要用"纳税人的钱"更多更好地为纳税人服务，让公共财政的春光普照广大民众，努力使全体人民"学有所教、劳有所得、病有所医、老有所养、住有所居"。

正如我们看到的那样，民生问题解决与否以及解决的程度如何，直接关系到社会的健康稳定和发展。我们正处于社会转型期，民生问题越来越成为社会关注的热点、难点，处理不当往往会演化为不和谐、不稳定的社会问题。比如就业问题，既是民生之本，也是社会之忧。前些年出现了一种奇怪的现象，有的地方 GDP 增长很快，但就业率没有相应提高，个别城市失业率甚至超过了"警戒线"。还有农村劳动力转移问题，农民工市民化问题，新增劳动年龄人口就业问题，大学毕业生就业问题，哪一个问题不是牵动千家万户的

社会问题？用专家的话说，失业率过高容易诱发"社会地震"，万万不可等闲视之。

用社会视野看民生，民生政府要更加注重社会建设。民生目标是居民偏好的满足，难以通过"有计划"的外部规划来安排和实现。计划经济时代，政府办企业，企业办社会，几乎把民生的一切领域都包揽起来了，结果是老百姓连温饱问题都没有完全解决。改革开放以来，坚持以经济建设为中心，引入市场机制，解决了温饱问题。但有些人又搞起了"GDP拜物教"，以致出现"经济这条腿长，社会这条腿短"的严酷现实。也就是说，政府保障民生，要更加注重社会建设，推进社会体制改革，扩大公共服务，完善社会管理，促进社会公平正义。把"社会"这条腿做长，既是"五位一体"全面小康目标的内在要求，也是转方式、调结构、惠民生的必由之路。

用社会视野看民生，民生保障要更加重视共建共享。引起我们思考的问题是，政府保障民生，不能不加快发展经济，不能不加快社会建设，但只能从宏观上统筹兼顾，更加重视民生需求的优先保障和共建共享。也就是说，"既要将蛋糕做大，也要把蛋糕分好"。关键是政府不能成为企业的主体，不能直接参与市场竞争，不能与民争利。在国力所及的条件下，优先保障的应该是生存和发展必不可少的最基本民生需求和民生权利。其中，最重要的民生改善是接受基本教育的权利，最根本的民生保障是充分就业，最普遍惠及全体人民的公共产品是社会安全网，最急需的社会保障系统是为应对疾病、失业和年老而构建的公共医疗卫生系统、失业救助体系和社会养老体系。还有规避和应对各种自然灾害、疾病流行以致突发事件的社会应急系统，也是民生保障的重中之重。

用社会视野看民生，民生服务要更多面向社会购买。活生生的现实告诉我们：政府深度干预和直接提供的民生产品，特别是公益性很强的产品，常常发生"短缺""拥挤""排队"现象，甚至出现"贵"和"难"并存的现象。更深刻的启示是，政府过度干预和直接提供民生产品的一个代价是腐败现象的高发。因此，党的十八大以来，与加大公共财政投入公共服务和公共产品同步，各级政府进一步加大了向社会购买公共服务的改革力度，进一步放宽市场准入，最大限度地激活民间资本投入民生建设的活力，充分发挥民营企业和民间非营利组织惠及民生的社会作用。

"把民生还给社会"，这就是我们从民生政府、民生保障、民生服务看到的新趋势。

（《四川日报》2015 年 2 月 28 日 2 版）

# 谁说"公正"不是民生

## ——四论用什么视野看民生

新年之际，各地政府对困难群众格外关爱，做了不少雪中送炭的好事，出台了一系列扶贫济困的民生政策，受到老百姓好评。在四川，针对新形势下民生领域出现的新情况，更加注重保障基本民生，更加关注低收入群众生活，更加重视基本公共服务均等化。引起社会关注的是，坚持区域扶贫与精准扶贫"双轮驱动"，深入推进秦巴山区、乌蒙山区、大小凉山彝区、高原藏区"四大片区扶贫攻坚行动""五大扶贫工程"，新一轮扶贫攻坚指向一个目标：没有贫困地区的小康，就没有全面建成小康社会！

"小康不小康，关键看老乡。"把扶贫之水浇到"穷根"上，关键是按照党的十八大提出的奋斗目标，坚持公平正义和共同富裕的基本要求，加快建立以权利公平、机会公平和规则公平为主要内容的社会公平保障体系，营造公平的社会环境，着力解决收入分配差距拉大的问题。

用扶贫济困视野看民生问题，当前最突出的问题是收入差距拉大。根据国家统计局公布的数据分析，当前我国城乡居民收入差距大约有3倍，城镇居民之间高收入行业与低收入行业有大约4倍差距。问题的严重性在于，在收入差距扩大的同时，我们还面临财产差距扩大的问题。贫富差距已具有一定的稳定性，并形成了阶层和代际转移，一些贫者正从暂时贫困走向长期贫困和跨代贫困。由此看来，扶贫济困既是一个现实的民生问题，也是一个长期的社会问题。回避收入差距拉大，收入差距还会越来越大；不坚持扶贫济困，困难群体将会越来越多！"不让平均数掩盖大多数！"扶贫济困既要"雪中送炭"，也要"制度创新"。

用扶贫济困视野看民生问题，造成收入差距拉大的根本原因是"制度之坎"。就说城乡收入差距吧，除了城乡之间、区域之间发展不均衡、不协调的社会历史因素和资源环境因素外，根本原因是城乡二元体制"凝固化"。正如我们看到的那样，长期以来，正是由于城乡二元治理结构以及土地制度、户籍制度等方面的问题，广大的农民群体不能与城市居民一样获得某些政府公共物品的消费，得不到与城市居民同样的就业机会和社会保障。改革开放以来，尽管大量农民已经进城务工经商，但他们的身份认同及其权利保障仍然是一个尚未解决的问题。农民的土地、房屋等并没有成为真正意义上能够进入市场的商品和财富。正是在这种情况下，按照公平正义原则来解决民生问题，我们不能不加快城乡一体化的户籍制度改革，不能不加快"三权分立"的农村土地制度改革。至于不同地区、不同行业、不同企业之间的收入差距还在不断扩大，则需要进一步深化分配制度改革来加以调整。

用扶贫济困视野看民生问题，收入差距拉大还表现在公共资源的不公正分配。看一看当前社会反映强烈的民生问题，老百姓感到困惑的是：改革开放以来，我们已经基本上实现了九年制义务教育，正在向高等教育的大众化阶段推进，为什么"上学难、上学贵"仍然成为呼声日益高涨的重大民生问题？城乡各类形式的医疗保障体系正在建立并不断完善，为什么"看病难、看病贵"被认为是当前最突出的民生问题？还有"养老难、养老贵"，还有"高房价""官本位"，等等。资源的不公正分配，不仅使得社会的差距甚至是"鸿沟"日益拉大，而且使得相当一部分民众对于共享改革发展成果的期望受挫。突出表现在，国民在教育消费上的相对差距拉大了，有限的医疗资源相对集中在少数先富起来的社会成员身上，特别是腐败问题加重了人民群众的心理失衡和信任危机。"不平则鸣，一鸣惊人！"许多突发性事件往往与民生问题上越来越大的差距密切相关。

谁说"公正"不是民生？促进公平正义，增进人民福祉，是改革发展的出发点和落脚点，是扶贫济困的本质和基石，是全面建成小康社会的新视野！

（《四川日报》2015年3月2日2版）

# 民生就是"历史"

## ——五论用什么视野看民生

据报道,省委、省政府决定今年继续实施十项民生工程,突出办好 20 件民生大事,更加注重保障就业、医疗、养老等基本民生,更加关注低收入群众生活,更加重视基本公共服务均等化。引起我们关注的是,从去年的"民生实事"到今年的"民生大事",保障和改善民生的范围已经延伸到高校毕业生就业创业补贴和全面解决农村人口及学校师生安全饮水等问题,展现出以人为本、与时俱进的新视野。

正如我们看到的那样,民生是指民众的生存、生活、生计。民生可以分为两类:一类叫生存型,就是"填饱肚子";一类叫发展型,就是"体面地生活"。生存型社会的民生政策,核心目标是构建应对人的生存问题导致的社会风险和社会危机的社会安全网。发展型社会是经济发展水平相对较高的阶段,民生政策目标拓展到缓解贫困、促进就业、生计支持、生态环境保护、社会包容、公平正义、人权保障等方面,呈现出以人为本、"全面小康"的发展趋势。改革开放以来,与我国现代化建设"三步走"的发展战略相适应,从小康目标的提出到全面建成小康社会"五位一体"战略布局的形成,我们的党和国家在民生问题上坚持走自己的路,不仅成功解决了 13 亿人口的温饱问题,而且在全面建成小康社会进程中更加突出公平正义和共同富裕的价值目标,这是中国特色的"大民生"之路。也就是说,从"民生实事"到"民生大事"的延伸和拓展,体现了从"生存型"到"发展型"民生转变的历史

趋势。

用历史视野看民生，民生改善是一个与时俱进的历史过程。在中国，基础差、底子薄、人口多、不平衡的基本国情，决定了民生事业的各项内容的轻重缓急是有差异的，各项民生政策选择的优先顺序是历史性的。改革开放之初，摆脱贫穷是全社会的民生问题，"生存"和"温饱"具有首要的民生意义，"让一部分人先富起来"便成为改善民生的优先选择。当改革、发展进入到一定阶段，追求和创造财富逐渐成为社会价值观的主流取向，"有恒产者有恒心""效率"以及与之相关的"致富"便成为改善民生的核心价值。接着，当社会财富积累到一定阶段，"富裕"甚至"富豪"成为社会高度关注的对象，但贫困仍然难以消除，甚至出现收入差距扩大问题，要求"先富"带动"后富"的呼声越来越强烈，更加注重"公平分享"的民生政策和扶贫济困的"民生实事"便成为优先选择。再进一步，对公平分享机制的诉求越来越强烈，"社会参与"和"社会公正"成为改善民生的更重要内容。也就是说，民生改善的目标是阶段性的。在四川，9000万人口的"民生大事"，现阶段不能没有轻重缓急，不能不更加注重保障基本民生，不能不更加关注低收入群众生活，不能不更加重视基本公共服务均等化。

用历史视野看民生，民生改善是人的全面发展的历史过程。正如我们看到的那样，民生改善的核心是坚持以人为本，关键是处理好人与物、人与人、人与社会、人与自然的关系，重点是在物质文明、政治文明、精神文明、社会文明、生态文明协调发展基础上解决好与广大人民群众生存发展直接相关的基本问题。我国现阶段的民生问题具有三个基本特征：一是基本生存保障性，二是基本生活保底性，三是增益不可逆性。特别是民生政策的制定和实施要注意做"加法"，慎用"减法"，由此决定了民生保障和民生投入的可持续性和刚性增长趋势。现在的问题是，民生需要的满足从根本上说是形成"幸福感"，而"幸福感"不仅依赖于物质条件的充分改善，更取决于人的主观感受。当物质财富达到一定水平，随着温饱问题的解决，公共安全保障、充分就业扩大、文化修养提高将对人的全面发展和幸福指数增长具有越来越重要的作用。

用历史视野看民生，民生改善是挑战与机遇并存的历史过程。"历览前贤国与家，成由勤俭破由奢"，"生于忧患而死于安乐"，这些都是活生生的历史。

民生无小事，民生无止境，民生就是历史！

（《四川日报》2015年3月3日2版）

# "老龄化"带来新课题

"老吾老，以及人之老。"

在尊老敬老爱老助老的浓厚氛围中，我们度过了又一个不同寻常的"九九重阳节"。节日期间，有两大新闻引起社会广泛关注，一是我省各级政府和老龄工作部门为10万余名老人送去党和政府的关爱，二是国家应对人口老龄化战略研究部署会议在北京召开。由此看来，应对人口老龄化已经成为一个重大战略问题，受到各级党委和政府的高度重视。

当前，我国正处在经济结构和社会结构重大变革时期，人口快速老龄化伴随现代化而来，养老保障和养老服务已经成为我们构建社会主义和谐社会的新课题。2000年我国正式进入老龄社会，目前，全国60岁以上老年人口已达1.6亿，并以每年800万到900万的速度增长。据预测，到2020年，我国老年人口总数将达2.48亿人，老龄化水平将达到17%；2050年将达到4.37亿人，约占总人口的30%，达到老龄化的峰值。与发达国家相比，我国老龄化社会不仅来得快、势头猛，而且老年人口规模大、高龄老人比例高，老龄化带来的社会问题将更加突出。对四川而言，去年底全省60岁以上老年人口达1242万人，占全省人口的14.1%，其中80岁以上高龄老年人口达159.27万人，百岁以上老寿星有3900多人，全省人均寿命超过73岁。

"老龄化"是我们在现代化过程中不得不面对的严峻挑战。我国老龄化社会的到来与现代化、城市化相伴随，与社会利益格局深刻调整和思想观念深刻变化相伴随。根据规划，我国将在 2050 年达到中等发达国家水平，实现现代化。而这半个世纪，也正是我国"跑步"进入老龄化社会的时期，这一特殊国情与大多数发达国家实现现代化后才遇到人口老龄化问题有很大不同。近年来，尽管我们的各级政府围绕"老有所养、老有所医、老有所教、老有所学、老有所为、老有所乐"的目标做了大量卓有成效的工作，但由于财力物力所限，仍然在养老保障、养老服务等方面存在许多薄弱环节。特别是在经济还不发达的西部地区，城乡和区域发展不平衡，我们往往"心有余而力不足"，有些保障老年人合法权益的政策在落实过程中遇到了不少实际困难。到农村看一看就会发现，那里的养老需求多么强烈，养老保障多么紧迫！到城镇、社区、敬老院走一走就会发现，那里的养老资源多么紧缺，养老服务多么紧俏！

"老龄化"带来新的挑战，也带来新的养老模式和新的养老观念。随着老龄化社会的到来，传统的单纯的家庭养老模式难以为继，家庭养老功能不断受到冲击和削弱，一种适应老龄化社会要求的"个人、家庭、社区"三位一体的社会化养老模式将逐步成为新的趋势。特别是在当前市场经济条件下，独生子女家庭比较普遍，独生子女相互结婚后无论是从夫居还是从妻居，或组成小家庭单独居住，都将严重影响到家庭养老的实现。调查表明，近年来，我国家庭规模、结构和功能都在发生变化，家庭规模趋于小型化、核心化，无孩化的"丁克家庭"也越来越多，子女照顾老人的时间越来越少，不少老年家庭甚至出现了"空巢"现象。随着人口寿命的延长，高龄老年人越来越多，入住养老院将成为一种新的养老模式和新的养老观念。立足当前，着眼长远，如何通过政府与市场的互动，提供多样化、多层次的养老保障和养老服务已经成为老年人最关心、最直接、最现实的利益问题。

总而言之，"老龄化"带来的新课题具有战略性和紧迫性，该是开展应对人口老龄化战略研究部署的时候了！

（《四川日报》2009 年 11 月 13 日 2 版）

# 民间投资面临新机遇

以全民创业促进高地建设，民间投资是基础；以科学规划推进灾后重建，政府投资是主导。面对"5·12"汶川地震和国际金融危机的严峻挑战，四川在"两个加快"中坚强挺立，上半年实现 GDP 同比增长 13.5％，以高于全国 6.4 个百分点的高速度走在全国前列，创造了又一个引人注目的"中国奇迹"。

分析上半年经济企稳回升的驱动力，政府投资力度之大、灾后重建项目启动之快，充分体现了我们的政策优势和市场优势。受到政府投资的拉动和激励，随着市场回暖和消费回升，民间投资也由冷变热，呈现出后来居上的复苏态势。巩固和发展企稳回升的经济形势，我们要坚定不移地继续实施积极的财政政策和适度宽松的货币政策，在进一步加大政府投资力度的同时，更加重视引导和扩大民间投资。这是民间投资面临的新机遇，也是经济回升和持续发展的新增长点。

投资是拉动经济企稳回升最有效的"马车"。当前，我们要抓住灾后重建的机遇，进一步扩大投资，迫切需要拓宽融资渠道，采取更加有力的措施激活民间投资，加大力度吸引和扩大社会投入。从长远看，大规模的政府投资和灾后重建项目不可能长期实施，我们要联动推进新型工业化、新型城镇化和农业现代化，加快西部经济发展高地建设，为投资和消费需求增长拓展更大的领域，使民间投资成为经济持续增长的强大动力。"创业富民，创新强省。"对四川而言，无论是"高地"建设还是灾后重建，政府投资都起到了先导作用，但最终能否实现"富民强省"的目标，还取决于能否有效激活民间投资。民间投资任重道远，机不可失！

目前，民间投资仍然面临一些困难和限制。国家审计署最近提供的情况表明，国家投资计划在具体落实中，中央投资到位率为94％，而地方配套资金到位率只有48％左右。地方配套资金不到位，导致有些项目不能按计划及时开工，已开工的项目进展缓慢。地方配套资金不足，一个很重要的原因是民间投资进入各种竞争性领域的门槛较高，特别是进入具有垄断性的领域仍存在诸多限制。破除垄断和限制，国家发改委今年6月已提出允许和鼓励民间资本投资电信、金融、城市水务等垄断性、公益性领域。8月19日，国务院常务会议研究部署促进中小企业发展，再次强调完善政策法律体系，进一步扩大市场准入范围，降低准入门槛，首次提出设立国家基金支持中小企业发展，切实缓解中小企业融资难。与此同时，我省各级政府也出台了促进中小企业发展和推动全民创业的一系列政策措施。由此看来，民间投资的政策平台和融资平台已经建立，"政府育苗、百姓栽培"的新机制正在形成，民间投资之路将越走越宽。

面对新机遇，民间投资也要与时俱进。与沿海发达地区相比，四川的民营经济发展既存在"先天不足"和"成长中的烦恼"，也面临"科学发展的倒逼压力"。引导和扩大民间投资，我们既要更加解放思想，真正做到放手、放心、放胆，让千家万户、千军万马的民营经济成为重要的自主增长力量，也要坚持与时俱进，进一步调整投资结构，优化投资环境，引导民间资本将投资重点瞄准国家宏观调控和市场需求变化的方向，更多地投资重大基础设施项目、产业发展项目、社会建设项目和民生项目。就"产业创新"而言，投资机遇无处不在。投资成败与否，关键是投资者有没有"一览众山小"的远见卓识，有没有勇于开拓、自我超越的创新精神，有没有随机应变、以变应变的市场观念。在这方面，四川的投资者还有很长的路要走。

总之，当前我国经济正处在企稳回升的关键时期，新一轮投资的战略机遇就在我们面前。该是引导和扩大民间投资的时候了！

（《四川日报》2009年9月4日1版）

# 大学生创业不是梦

"大学生创业不是梦!" 6 月上旬,成都市推出促进大学生创业就业的 17 条新举措。最引人注目的一个亮点,就是到 2010 年,成都市的 12 个区(市)县都要依托本地产业发展,分别建立 1 个大学生创业园,重点扶持 1500 名大学生自主创业。7 月 9 日,成都市举办大学生创业项目推介洽谈会,有 86 个创业项目与大学生创业园签订了入驻意向协议书。与此同时,眉山、德阳、绵阳等市也到高校广发"英雄帖":"来吧,带着你的创业梦想,为你的创业项目安个家!"

大学生创业已成为社会热点,表现出强大的生命力。从"一村一名大学生工程"到建立大学生创业园,大学生创业已从受争议的"单打独斗"走向社会化、多元化。在成都市高新区,那里的大学生创业园已吸引 95 家大学生创业团队,带动 650 名大学生实现就业。据调查,我国去年大约有 1% 的大学毕业生自主创业,其带动就业的"倍增效应"不可估量。

大学生创业还有很长的路要走。我国大学生创业受家庭影响较大,创业资金主要依靠父母、亲友和个人储蓄。值得关注的是,越是经济发达地区,越是大城市,就业环境越好,大学生自主创业比例越低。据上海的一项调查,77.6% 的大学生有创业意愿,但有创业决心的不到 2%,真正创业的人更少。由此看来,今后相当长一段时期,我国的大学生创业仍将处于"初级阶段",特别需要各级政府和社会各方面给予更多扶持。

大学生创业需要更优惠的政策扶持。大学生创业不是一件容易的事,更不是每个创业者都能取得成功。各级政府应该在政策上对大学生创业给予更多的优惠。在创业环境上，要实施更加积极的创业政策，进一步放宽市场准入，降低创业门槛，为大学生创业提供全方位、多层次的"一条龙"服务。目前，国务院和省政府已出台多项扶持政策，从创业资金、创业环境、创业手续、创业培训等各方面解决大学生创业的实际困难。现在的关键问题是抓落实，让想创业的大学生能创业、创大业。

大学生创业需要更适用的创业培训。当越来越多的大学生将就业目标转向自主创业时，高校教育应当更加重视大学生创业能力的培养。目前，许多高校增设了创业教育课程，建立了创业实践基地，受到大学生欢迎。杭州市还推出"大学生创业导师制"，聘请100多名企业家、风险投资机构专家收"徒弟"，指导大学生创业。成都市大学生参加创业培训，政府还给予职业培训补贴。

大学生创业需要更适合的创业定位。社会分工千差万别，新的行业层出不穷。创业之路宽又广，最重要的是认清"此时、此地、此身"，找准最适合自己的创业位置。看菜吃饭，量体裁衣。目前，大学生创业最缺乏的不是激情，也不是创意，而是脚踏实地的创业准备和适合自己的创业定位。我们鼓励大学生创业，同时也提醒大学生不要盲目创业。自主创业，自负盈亏，既要勇于承担风险，也要巧于规避风险，更要善于控制风险。

大学生创业需要更坚定的创业信心。商场如战场，创业之路很不平坦。从学校到社会，从书本到实践，大学生创业者还有很多课要补，会遇到很多艰难困苦。创业过程中，他们有成长的烦恼，甚至有挫折或失败。跌倒了，爬起来；再跌倒，再爬起来。如果没有坚定的信心，没有坚韧的毅力，没有艰苦卓绝的奋斗精神，是走不到期待中的那个目标的。"有志者，事竟成。"大学生创业是一条带动就业的报国之路，也是一条开拓创新的成才之路。正如温家宝总理最近与大学生谈成才之路时指出的那样：创业可以改变大学生的命运，可以改变企业的命运，而且可以改变国家的命运。

让我们走向创业型社会，"大学生创业不是梦"！

（《四川日报》2009 年 8 月 10 日 1 版）

# 走向创业型社会

面对当前严峻的就业形势，人力资源和社会保障部最近启动了全国首批81个创建国家级创业型城市试点工作，我省成都市、绵阳市、攀枝花市被列为试点城市。尽管各城市试点方案可能有所不同，但基本思路是相同的，就是要深入贯彻落实科学发展观，着眼经济社会发展全局，从创业意识、创业能力和创业环境入手，逐步形成以创业带动就业的新格局。由此看来，创建创业型城市，根本目的是激发全社会的创业激情，推动全民创业，走向创业型社会。

从创业型城市走向创业型社会，是新时期实施积极的就业政策的必由之路。就业是民生之本、安国之策，是社会和谐之基；创业是经济活力之源、社会进步之翼，是扩大就业的倍增器。我国是世界上劳动人口最多的国家，劳动力供大于求的总量矛盾和就业结构性矛盾将长期存在。在这种情况下，要使每个劳动者都能公平地实现就业、公平地享有发展机会，最直接、最实际的就是通过建立创业型社会，促进以创业带动就业。据调查，一个自谋职业、自主创业的个体经营者，平均可带动3人就业。从长远看，鼓励更多劳动者自谋职业和自主创业是促进就业的一条主渠道，是解决就业问题的主攻方向；只有使创业社会化，才能实现就业最大化。

从创业型城市走向创业型社会，是市场经济发展的必然趋势。市场经济的活力来自于比较优势的分工和自由选择式的创业性就业。到那些比较发达的市场经济国家看一看就会发现，创业性就业越多，市场竞争越充分，经济发展越活跃。在我国，"珠三角""长三角"等地民营企业的快速发展更是得益于"全民创业"。就四川而言，无论是加快灾后恢复重建，还是加快西部经济发展高地建设，最根本的就是要建立经济发展的内生增长机制，激发全社会的创业热情，促进更广泛地创业、更充分地就业。我们对成都、绵阳、攀枝花创建国家级创业型城市寄予厚望！

从创业型城市走向创业型社会，关键是转变发展观念和就业观念。首先，各地政府应转变发展观念，不仅要把创业和就业作为当地经济社会发展的重要指标，纳入发展规划，纳入政绩考核之中，而且要在发展思路上顺应现代产业发展大趋势，高度重视中小企业发展，向服务型经济转型，尽可能拓宽创业空间。在就业方面，随着"单位人"转变为"社会人"，要强化自谋职业、自主创业观念。目前，自主创业缺少社会认同度，迫切需要通过创建创业型城市，增强全社会的创业意识。

从创业型城市走向创业型社会，关键是营造全民创业的大环境。各级政府和相关部门要为创业者提供政策支持和创业服务，进一步放宽市场准入，降低创业门槛，对各类创业主体采取一视同仁的政策，取消歧视性的身份限制、行业限制。特别是要通过改革创新，建立城乡统一的市场体系，保证创业权利平等、创业条件公平、创业过程公开。当前，最紧迫的是要进一步完善创业服务体系，建立全民创业信息平台，强化创业培训，重点指导和促进高校毕业生、返乡农民工和其他失业人员的创业。

从创业型城市走向创业型社会，关键是增强全社会的投资能力。创业型社会同时应当是投资型社会，创业者同时应当成为投资者。要进一步拓宽民间投资领域和渠道。要通过风险投资、创业援助、贷款担保等，大力支持创业，不断提高创业水平。

从创业型城市走向创业型社会，关键是为创业者提供社会保障。国民的创业精神与国家的社会福利政策密切相关。在创业过程中，创业风险和创业失败是创业者最为顾忌的因素。要使全民创业激情高涨，必须建立健全社会

保障机制，为创业者消除后顾之忧。

就业难，创业更难，促进以创业带动就业要攻坚破难。我们期待着创建创业型城市取得新突破。

（《四川日报》2009 年 4 月 11 日 1 版）

# 返乡创业是新趋势

以工促农，谁来投资农业？以城带乡，谁到农村创业？

从农民工返乡创业，我们看到了城乡统筹发展的新趋势！

贴近农业，贴近农村，贴近农民，返乡农民工创业园区以其独具魅力的"三贴近"受到农民工欢迎，引起各级政府高度重视。去年底，省政府发布了《关于促进农民工稳定就业切实解决失业返乡农民工有关问题的意见》，特别强调，积极鼓励创业园区向失业返乡农民工开放，引导有创业愿望和条件的农民工进入园区创业。自贡市今年初建立我省首家返乡农民工创业园区，规划到 2014 年"孵化"100 户企业，提供就业岗位 3 万个以上。

沿着回乡的路，带着创业的梦，走进创业园区，农民工创业的"星星之火"必将成为燎原之势。有关调查显示，100 个外出农民工就有 4 个人走上回乡创业之路，目前全国约有 500 万农民工回到农村发展现代农业或创办工商企业。尽管农民工返乡创业还处于自发和起步阶段，但他们在城市受到工业文明与城市文明的熏陶，开阔了视野，学习了技能，积累了市场竞争经验，现在回到家乡创业，带回了资金、技术、市场经营观念和现代管理方式，是推动新农村建设"最可爱的人"。

"农民工"是我国在特殊历史时期出现的一个特殊的社会群体，是改革开放的新生事物，主要特点是在城乡之间流动就业，在农村有承包地，流则有根，出而能退，进退有路，即所谓"亦工亦农、亦城亦乡"。在城乡二

元结构尚未根本突破的时代背景下，农民工创造性地把解决"三农"问题和工业化、城镇化有机结合起来，开拓了一条工农之间、城乡之间生产要素流动的新通道，成为推动我国经济社会结构变革的新型劳动大军，是我国工人阶级的重要组成部分。进入以工促农、以城带乡的新时期，农村劳动力转移正在发生从城市回流农村的新变化，农民工返乡创业必将带动更多农民就近就地转移就业，成为推动城乡统筹发展的生力军。从"务工"到"创业"，农民工在返乡创业中找到了新坐标，在自我超越中延续着产业工人的生命！

农民工返乡创业正面临前所未有的新机遇。国际金融危机加剧了城市就业压力，农民工在沿海发达地区和大中城市就业面临困难较多，一部分有创业愿望和条件的农民工返乡创业是比较明智的选择。据调查，农民工有 5 万元就可以做生意，有 10 万元就可以创办企业，平均每名返乡创业者可带动 3.8 人就业，其中很大一部分是当地不能外出的中年以上农民。就四川而言，随着沿海发达地区劳动密集型产业向中西部地区转移加快，我省创业环境逐步改善，特别是灾后恢复重建和新农村建设给农民工返乡创业带来更多机遇。

农民工返乡创业为新农村建设注入新活力，开拓了一条农业产业化经营与小城镇发展相结合的新路子。权威调查表明，有 16.5% 的农民工返乡后从事农业综合开发，成为农业产业化经营的带头人，一半以上的高效农业开发项目是由返乡农民工带头搞起来的。农民工返乡后，有的兴办第二、三产业，有的担任农村合作经济组织带头人，有的还担任村干部。他们创办的企业近半数集中在小城镇和县城，为小城镇发展提供了产业支撑，必将为城镇化提供长期动力。

总之，农民工代表着农村先进生产力的发展方向，返乡创业是统筹城乡发展的必然趋势。改革开放 30 年，农民进城务工与返乡创业已形成互动共进之势，我们要把握农村劳动力转移的新变化，采取更加有力的措施，积极引导农民工返乡创业。破解当前农民工返乡创业的资金、土地、项目、培训等种种难题，各级政府和相关部门要从统筹城乡发展的战略高度进行谋划，尽可能把钢用在刃上，把水浇在根上，把政策落实在农民工心上。此时此刻，我们对自贡等地创办农民工创业园区的新举措充满期待。

（《四川日报》2009 年 4 月 12 日 1 版）

# 自主创业正当时

进入 7 月，刚毕业的大学生走出校门，就业市场面临前所未有的压力。据报道，我国今年的高校毕业人数高达 727 万，比去年增加 28 万；四川今年共有 36 万多名大学生毕业，就业形势"没有最难，只有更难"。各级政府高度重视大学生就业的市场引导、技能培训和政策扶持，鼓励大学生走自主创业之路。引起广泛关注的是，我国将从今年到 2017 年实施"大学生创业引领计划"，扶持 80 万名以上大学生实现创业。为此，我省今年首次投入 3 亿元财政资金，扶持补贴大学生创业，同时筹建首个省级"创业超市"——省大学生创新创业活动中心，要求各级政务服务中心建立专门的大学生创业"一站式""一条龙"服务窗口。由此看来，鼓励大学生自主创业已经成为大学生就业的重要途径，自主创业正在成为当代青年就业的新趋势。

就业是民生之本，创业是财富之源。近年来，我国自主创业发展很快。据调查统计，2008 年以来，大学毕业生自主创业比例已从 1％提高到目前的2.3％。留学归国人员中，自主创业者已占 15％。在返乡农民工中，有创业意愿的占到两成以上。实践表明，鼓励劳动者自主创办经营实体，以创业带动就业，不仅可以增加居民收入，促进充分就业，而且对经济结构调整、转变发展方式具有"底部基础"的战略支撑作用。在四川，8100 多万常住人口的特殊省情，决定我们必须把就业压力转化为创新创业的强大动力。以创新引领创业，以创业带动就业，我们正面临前所未有的新一轮战略机遇。

从自主创业的投资机遇看，当前正是市场准入最开放的时期。党的十八大以来，各级政府出台了一系列放宽市场准入的改革新举措，进一步拓宽民间资本的投资渠道，最大限度降低自主创业的门槛。今年上半年，发改委首批推出 80 个鼓励社会资本参与建设运营的示范项目，涵盖能源、铁路、公路、通讯领域，意在打破垄断，激活民间投资活力。特别是清洁能源工程项目，占其中 1/3；通信领域对民间资本开放虚拟运营商，也是史无前例。伴随各地混合所有制改革的推进，民间资本将迎来越来越多的投资机遇。最重要的是，政府向社会购买服务，鼓励引导民间资本投资公共服务领域，允许社会力量创办小额贷款公司，为自主创业拓宽了新空间。

从自主创业的技术创新看，当前正是新一轮科技革命和产业革命的前夜，是战略性新兴产业布局的关键时期。近年来，我国在各领域的技术创新层出不穷，这是促进经济结构调整和产业升级的动力源泉，自主创业不仅可以依靠技术创新做大做强，而且可以依靠核心技术抢占产业创新的战略制高点。对大学生而言，没有创业的创新是无本之木，没有创新的创业是无源之水。自主创新是核心竞争力，真正的核心技术是买不来的。长远看，以小型化、个性化、多样化、服务化为特征的自主创业与以信息化、数字化、智能化、网络化为特征的科技创新和产业创新具有深度融合的明显优势。当我们看见联想、腾讯、阿里巴巴做大做强的时候，千万别忘记他们也是通过自主创业由小到大、滚动发展起来的。关键是能否抢占新一轮科技革命和产业革命的先机。

从自主创业的政务环境看，当前正是简政放权深入推进的时期。党的十八大以来，各级政府都在大力推进行政体制改革，简政放权，为自主创业营造宽松的政务环境。特别是随着上海自由贸易区的改革试点切实推进，各地"负面清单"越来越少。最实在的是，进一步延续并完善支持和促进创业就业的税收政策，取消行业限制，取消人群限制，对自主创业的微小企业给予更多优惠。就政务环境而言，总是门槛越低越好，办事越快越好，竞争越公开、公平、公正越好。尽管当前自主创业仍然面临观念、项目、资金、人才等方

面的许多障碍，但我们从鼓励引导大学生创业的"一站式""一条龙"服务窗口和一系列扶持政策，看到了改革红利的释放，增强了自主创业的信心。

（《四川日报》2014 年 7 月 28 日 1 版）

# 透过"众创"看什么

众人拾柴火焰高，大众创业热潮涌，万众创新奔小康。

携手走过难忘的 2015 年，我们欣喜地看到一种转型发展新形态，那就是"大众创业、万众创新"，简称"众创"。据报道，通过"众创"，2015 年 1—9 月新登记注册的企业达 315 万家，注册资本金 20.7 万亿元，同比增加 19.3％和 40.9％。最大的变化是人们就业观念、财富观念、投资观念发生了深刻变化，科研人员、青年和大学生、国际人才、返乡农民工、基层群体等各类"创客"主动参与、自主创业，已经汇聚成为浩浩荡荡的"众创"大潮。

透过"众创"看四川，"众创"是一种新的发展模式。所谓"众创"，就是广大人民群众通过自主创业、自主创新创造财富，走上全面小康致富之路，实现全面发展、共享财富的奋斗目标。"大众创业、万众创新"，核心是"众"与"创"有机结合，关键是"创业"与"创新"深度融合。在四川，"创业天府"行动如火如荼，迸发出前所未有的发展动力。君不见天府新区那一个个创业园区吸引国内外多少"创客"？君不见成都市目前 10 个人中就有 1 个"创客"？君不见"绵阳科技城"军民融合之路多么宽广？"众创"面前人人参与，机会面前人人平等。"众创"激发内生增长新动力，形成内生发展新模式，必将成为我国经济社会发展的新形态。

透过"众创"看转型，"众创"是我国经济发展方式转变的深刻变革。

正如我们看到的那样，面临世界经济深度调整，我国经济发展进入新常态，增长速度换挡，发展动力转换，经济结构调整，根本原因是我国经济发展的资源约束加大，要素投入的驱动力减弱，高投入、高消耗、高污染的粗放式发展方式难以为继。适应新常态，引领新常态，我们不能不加快转变发展方式，不能不加快调整经济结构，不能不更多依靠创新驱动提高全要素生产率，不能不更多依靠"大众创业、万众创新"实现产业链延伸，推动创新发展、协同发展、绿色发展、开放发展、共享发展，这是我国经济发展方式转变和经济结构调整的一场深刻变革。就四川而言，以全面创新改革驱动转型发展，既要以广大人民群众为创业创新主体，也要以创业创新为根本动力，在更大范围、更高层次、更深程度上推进"大众创业、万众创新"。站在转型发展的战略高度，才能深刻认识"大众创业、万众创新"对四川发展的战略意义。没有"众创"，何以"共享"？没有"众创"，哪来"全面小康"？

透过"众创"看创新，"众创"是互联网时代创新创业的新趋势。正如我们看到的那样，20世纪五六十年代兴起的电子技术以及随后兴起的微电子技术，尤其是2010年以来移动互联网与各行各业的交叉渗透、深度融合，把人类带入了信息社会。当前，信息技术发展呈现两大趋势：一是信息技术与其他关联技术融合发展，正在不断产生新的交叉领域；二是信息技术向其他行业全面渗透，尤其是与制造业和现代服务业深度融合，正在颠覆传统行业的生产方式和商业模式。当互联网"连接一切"时，"360行"的界限早已被突破。特别是移动互联网和数字化技术的广泛运用使得很多行业打开了大门，"互联网＋"带来的新职业、新需求、新服务、新体验、新生活呈现出千姿百态、千变万化的大众化、个性化、智能化、绿色化特征，既使"大众创业、万众创新"成为新趋势，也为勇于创业、敢于创新的"创客"们带来更多市场机遇。"互联网＋"的"＋"意味着"跨界"，就是鼓励跨界创新创业、交叉创新创业。"在交叉中找机遇，在渗透中找方向，在融合中找突破"；抓住交叉创新创业这个"风口"，"猪都能飞起来"！

"沧海横流，方显出英雄本色。"我们从"众创"新潮中看到了中国经济社会发展的新理念、新机遇、新动能、新趋势！

（《四川日报》2016年1月14日1版）

# 简政放权盼什么

"大道至简，有权不可任性。"

携手走过难忘的 2015 年，有一手牵动改革发展全局的"当头炮"取得突破性进展，这就是深化行政体制改革，切实转变政府职能，取消和下放行政审批事项，也叫"简政放权"。与国务院推进简政放权的部署同步，适应"大众创业、万众创新"的新形势，四川对全省省市县三级行政审批事项进行全面清理，累计取消调整和下放省级行政审批事项 430 项，切实降低了市场准入门槛，成为全国行政审批事项较少的省份之一，群众满意率达 92.8%。基层干部群众和创业者普遍反映：简政放权等改革举措激发了市场活力和社会创造力，使权力清单更加清晰、群众办事更加方便，创新创业信心更加坚定。

转变政府职能是深化行政体制改革的核心，是推进经济转型发展的"先手棋"。就"大众创业、万众创新"而言，简政放权最明显的作用是激活市场主体的活力和社会创造力，让市场机制"自主选择、自我组织、自行发展"的功能更加强化。用李克强总理的话说，就是要有壮士断腕的决心，坚决把该"放"的彻底放开、该"减"的彻底减掉、该"清"的彻底清除，不留尾巴、不留死角、不搞变通。同时，要做好深化简政放权的统筹谋划，因地制宜，讲究策略和方法，确保简政放权顺利推进。也就是说，简政放权不是权宜之计，既要有勇气，也要有智慧。各级政府要立足当前、着眼长远，以群众需求为导向，从阻碍"众创"最突出的问题入手，更加精准、更加精细地清除阻碍创新发展的"堵点"、影响干事创业的"痛点"和监管服务的"盲点"。这是推动简政放权向纵深发展的新要求，是人民群众的新期盼。

以敬民之心行简政之道，社会和基层群众期盼什么？

据报道，国家行政学院最近委托国家统计局社情民意调查中心，在全国十个省随机完成了1万个企业样本的调查，同时组织在院学习的县乡基层干部进行了座谈。调查表明，75.8%的被调查企业建议简政放权下一步应更加突出优化政府服务；71.4%的被调查企业认为还应当继续取消和减少行政审批，并提高改革的含金量；35.7%的被调查企业感到目前仍存在变相行政审批，或与之前相比变化不明显；有70%左右的被调查企业认为，下一步简政放权改革应突出规范审批流程、提高审批效率。受访基层干部认为，简政放权等改革中存在的主要问题，一是简政还不到位，审批环节和要件仍然偏多，审批时间仍然偏长；二是放权还不彻底和不够配套，某种程度上存在"你放我不放、放小不放大、放责不放权、放权不放编、基层接不住"等现象。

以敬民之心行简政之道，"放权"是前提，"管理"是关键，"服务"是核心。透过"众创"看政府职能转变，总的要求是"简政放权、放管结合、优化服务"三管齐下、协同推进。引起社会关注的是，目前简政放权已经取得明显成效，以政府扶持之名干预市场的行为逐步得到遏制，市场主体的预期趋于稳定和长期化，但不能停留于"简"与"放"，还需要在"简"与"放"的前提下提供更好的"管"和"服"。好比耕田种地，搬开了石头不等于秧苗就能苗壮成长，还需要浇水、施肥、除草。对于"众创"而言，政府的作用首先是"鸣锣开道"，然后是"扶上马送一程"，关键是要创新和加强市场监管，规范和维护市场秩序，形成有利于众创发展的制度环境、扶持体系、成长空间。在这方面，我们还存在一些误区，还有不少差距，最重要的是转变观念，让政府职能从审批为主转向以服务为主，尊重创新创业规律，构建好众创公共服务平台。

总而言之，简政放权既是"攻坚战"，也是"持久战"，还要与"放管结合、优化服务"更精准对接。此时此刻，我们期盼全国统一的市场准入负面

清单制度早日实施，期盼简政放权能最大限度释放各类市场主体创业创新活力。以人为本，尊重"创客"；激励创新，包容失败；让创造财富的源泉充分涌流，我们还有什么期盼不能实现呢？

（《四川日报》2016年1月18日2版）

# 从归雁经济看创业生态

携手走过难忘的 2015 年，大众创业、万众创新呈现出全方位、多元化创业生态，正在形成"共生、共创、共赢"的共享发展新局面。在四川，政府已经出台一系列扶持政策，鼓励民间资本投资生态环保、农业水利、市政设施、交通能源设施、社会事业等领域，设立大学生创新创业基金和农民工与农民企业家返乡创业投资基金，使创新创业扩展到社会每一个角落。引起广泛关注的是，我省出台《关于鼓励川商返乡兴业回家发展的指导意见》，对现有各类产业和招商引资支持政策进行了最大程度集成，从融资服务、要素保障、财政支持引导等八个方面提出极具含金量的支持政策措施，推动在外川商返乡兴业，共享发展机遇。这是推进大众创业、万众创新的新引擎，是以全面创新改革驱动转型发展的新期待。

四川人把农民工和川商返乡兴业称为"归雁经济"。据报道，四川农民工总量目前达到 2400 万人，不少中青年农民工在外打开了眼界，积累了一定资金和技能，愿意返乡创业，不少从农村走出去的企业家也希望返乡二次创业。成都市外出务工人员从 2007 年末的 33.3 万人减少到 2014 年末的 21.6 万人，德阳、南充、眉山、广元、巴中、雅安 6 个市回流创业人员已经达到 27 万人。内江市隆昌县 2014 年以来先后有 100 多名农民企业家返乡创业，带动就业 3500 多人。

从"归雁经济"看创业生态，核心是正确认识和处理政府与市场的关系，

关键是进一步简政放权，着力使市场在资源配置中起决定性作用，努力使政府更好发挥作用。推进大众创业、万众创新，政府应该简政放权、放管结合、优化服务并举，不能过多干预市场，不能过度强调产业特色，不能片面追求"短、平、快"的政策效应。创业政策可以"帮小扶弱"，但应避免重复支持，避免"扶弱凌强"，不能鼓励"创业泡沫"。关键是优化整合小微企业扶持政策，集中发力、分类指导，变选择式、分配式为引导式、普惠式政策，尽可能让全体创业者在平等的市场环境中追求自身利益最大化。在这方面，四川出台《关于鼓励川商返乡兴业回家发展的指导意见》收到了引导式、普惠式政策的好效果，受到社会好评。

从"归雁经济"看创业生态，基础是实行风险等级管理，建立健全小微企业信用风险评估机制。市场经济是信用经济，信用风险是"众创"融资最大风险。互联网和大数据时代，诚信仍是创业者最珍贵的品质，"没有信用就是寸步难行"。可以借鉴一些地方经验，通过政府购买服务的方式，帮助小微企业建立经营档案，并在此基础上评判信用风险等级，向融资市场推荐，既牵线搭桥，也能起到防范信用风险的作用。关键是实行诚信激励政策，增强小微企业规范自身行为的意愿，推进创业人员和小微企业社会信用体系建设。政府服务平台要利用"大数据"，将分散在工商、税务、银行等部门和领域的信息进行集成，建立创业人员和小微企业社会信用档案和查询系统，提高创业人员和小微企业的社会诚信度和行为规范性，为小微企业融资市场发育和金融监管创新提供基础设施，尽可能降低小微企业融资风险。

从"归雁经济"看创业生态，重点是做大"领头雁"，依托龙头企业和核心技术形成"产业链"和创业"生态链"。"群雁高飞头雁领。"在四川，我们高兴地看到四川大学、电子科技大学、西南交通大学等高校和科研院所以科技成果转化和大学生创业园为孵化平台，已形成可持续发展的高新技术"产业链"和创新创业"生态链"；我们高兴地看到天府新区、成都高新区自主创新试验区和绵阳科技城强势崛起，已经成为创新创业的"领头雁"；我们高兴地看到越来越多农业产业化龙头企业和川商返乡兴业，带动大众创业、万众创新在更大范围、更高层次"雁阵式"发展！

归来吧，走向世界的川商，走遍全国的农民工兄弟，蜀中父老乡亲盼你们归来！

（《四川日报》2016 年 1 月 29 日 2 版）

# 以"众筹"孵化"众创"


汇众智促创新，汇众能助创业，汇众资孵化"众创"。

走进北京中关村，走进天府软件园，你会发现那里的创新创业离不开一个"众"字：众创、众包、众扶、众筹；集众人之智，汇众人之能，筹众人之资，创众人之业。引起社会关注的是，科技创新与金融创新相辅相生，"天使投资＋合伙人制＋股权众筹"成为主流创业模式。据报道，"创业天府·菁蓉汇"促进"知本"与"资本"对接，平均不到4天就有一场为创业者举办的"嘉年华"。目前，"天上飘着的资本"竞相流入成都众创"资本洼地"，软银、红杉、联想系、赛伯乐、洪泰基金、深创投等风投大佬纷纷入川，抢占西部"众筹"高地。

"众创"发展离不开融资。根据市场规律，小微企业融资需求自然会催生相应的市场供给，但由于我国中小银行等金融机构发育缓慢，小微企业的融资需求缺乏基本的市场机制支撑，面向小微企业融资的激励政策也因缺乏载体而效率低下。长期以来，我国融资市场没能为"众创"提供足够的融资空间。同时，大量初创小微企业由于治理结构不完善、经营不规范、缺少抵押资产、信息不透明等问题，获取市场融资困难更多、风险更大。调查表明：当前很多"众创"企业遇到的最大困难仍然是资金瓶颈，仅有不到1/4的企业有过商业融资经历，38％的从未融资的企业有融资需求但尚未成功；超过60％的初创企业资金来自家族财富；一半创业项目患上"拖延症"，有的甚至望钱生畏，胎死腹中。正是在这样一种背景下，以互联网金融为核心的"众筹"融资新模式应运而生，呈现出井喷式发展态势，为大多数处于种子期、初创期、成长期的小微企业打开了融资大门。

以"众筹"孵化"众创"，"让靠谱项目找到靠谱钱"！正如我们看到的那样，"众筹"模式以众筹网站为中介平台连接投资人和筹资人，使得筹资人能够集中投资人的资金、能力和渠道，使项目获得资金或其他物质支持，加速创意和研发成果转化。当前，"众筹"模式主要分为股权众筹、债权众筹、捐赠众筹和回报众筹等四大类。"众筹"融资模式充分利用互联网的广覆盖、低成本、大数据、多信息，适时开展以大数据为基础的供需匹配与行为监管，有效降低了金融服务成本。据报道，"众创四川"创新创业服务平台为"众创"企业提供全要素创业服务，同时也为投资人、孵化器拓宽项目来源，还与纳斯达克展开合作，帮助四川企业引入国际资本，受到社会好评。

以"众筹"孵化"众创"，让"天使投资"流入"众创"洼地！"天使投资"是权益资本投资的一种形式，主要是那些具有一定净财富的个人或者机构，对有潜力的初创企业进行早期投资，也叫"股权众创"或"债权众筹"。"天使投资"是创业生态系统中的"腐殖层"，宛如天使振翅而至，为"众创"企业提供广阔而肥沃的土壤，同时具有很高的失败率，因而也是"风险投资"。合伙人制度是现代科技创业公司治理模式的重大创新，它第一次在制度层面表明智慧以及创造力比资本或其他资源更加重要。"股权众筹"是普通大众创新创业的有效方式，越来越多的初创企业通过预留股份吸引比自己更优秀的人才加盟。互联网和大数据时代，"股权众筹"的兴起，使得融资不再是面向少数人，而是面向多数人的融资。据报道，中关村活跃着数以万计的天使投资人，成立于 2011 年的"天使汇"，目前已经发展成为国内最大的天使投资平台，已为 400 余个项目完成 41 亿元融资。

以"众筹"孵化"众创"，还需要提供更多的公共服务平台，实行信用风险等级管理，建立健全小微企业信用风险评估机制。此时此刻，我们想强调

的是：大众创业、万众创新是实现创新发展的战略举措，是推进新一轮科技革命和产业变革的有效途径。抓"众筹"就是抓"众创"，抓"众创"就是抓"创新"！

（《四川日报》2016 年 1 月 20 日 2 版）

# 与时俱进看"创业精神"

"失败是成功之母",不是所有"创客"都能成为"人生赢家"。

携手走过难忘的 2015 年,"大众创业、万众创新"大潮汹涌,机遇与挑战并存,成功与失败同在,真是"几家欢乐几家愁"。经历过创业初期阵痛或失败的"创客"深刻认识到:成功的创业不是靠激情就能实现的,"屡创屡败、屡败屡创"的创业精神是创业成功的第一要素,是"创客"应该具有的优良品质。用阿里巴巴创始人马云的话说:"在创业的道路上,我们没有退路,最大的失败就是放弃。"

正如我们看到的那样,最终成就事业的"创客"一定是具有创新精神和"百分之百投入"的人,一定是勇于担当、敢于突破、百折不挠、锲而不舍的人。统计数据表明:我国中小企业的平均寿命只有 3.7 年,其中小微企业还不到 3 年。分析中小企业(特别是初创小微企业)寿命短暂的原因,既有经济发展规律使然,也有民营企业发展内在矛盾累积的原因,特别是与创业者急功近利、盲目自满、畏难而退的自身素质有关。"创业难,守业更难,与时俱进难乎其难。"

与时俱进看创业精神,创新是创业的核心理念,创新是创业的根本取向。一般说来,创新精神是一种勇于突破已有认识和做法的强烈意识,包括怀疑精神、开拓精神、勇担风险精神、科学求实精神等。有了创新精神,才有创新行为,进而产生创业激情。多数情况下,"创客"们往往是"第一个吃螃蟹

的人"，应该比别人更加具有首创性、独立性和强制性的创新思维，更加具有自我超越、自主创新的信心和决心。所谓"屡创屡败、屡败屡创"，关键是自我超越、自主创新。超越自我才能超越别人，超越自我才能超越失败。

与时俱进看创业精神，协调是创业的必然要求，协调是创业的更大机遇。与20世纪80年代以来"让一部分人先富起来"的生存型、个体化创业和"农民工进城""下海经商"等创业机遇明显不同，今天的"大众创业、万众创新"，核心是"创"，主体是"众"，目标是"共享"，更大的机遇是城乡统筹发展、区域协调发展和"四化"同步发展。外资西进，东资西移；内外互动，东西合作；农民工市民化与农民工返乡创业并举。协调推进"四个全面"战略布局，实施"三大发展战略"，四川正在加快推进西部大开发、"一带一路"和长江经济带建设，这些都是前所未有的协调发展新机遇，特别需要创业者增强协调理念，拓宽全球化视野！

与时俱进看创业精神，绿色是创业的生态理念，绿色是创业的民生视野。用生态平衡的理念指导创新创业，必须坚持节约优先，树立节约集约循环利用的资源观，走低碳循环发展的新路子，走人与自然和谐共生的新路子。同呼吸，共命运；生态环境保护是最大的民生。尊重自然、尊重规律、尊重科学，本身就是资源节约型、环境友好型社会的创业精神！

与时俱进看创业精神，开放是创业的市场基础，开放是创业的必由之路。互联网、大数据时代，市场无禁区，网络无国界，我们的创新创业不能不走开放合作的市场化之路，不能不坚持引进来与走出去并重、引资和引技引智并举。看一看阿里巴巴、百度、腾讯等创新型企业做大做强的全球化之路，谁能说开放合作不是创业成功的必由之路？

与时俱进看创业精神，共享是创业的本质要求，共享是创业的高尚境界。在"众创"中"共创"，在"共创"中"共享"，在"共享"中"共赢"，我们的创业精神难道不是更能体现"人人参与、人人尽力、人人享有"的共享发展理念吗？

总而言之，"创新、协调、绿色、开放、共享"五大发展理念既是关系我国发展全局的深刻变革，也是关系创业成功与失败的时代要求和价值取向。从创业生态视野看，一个时代有一个时代的创业精神，不同时代的创业者有不同的创业理念和创业思路，有不同的创业决策和创业路径，有不同的成功经验和失败教训。透过"众创"看"创客"，最重要的是与时俱进！

（《四川日报》2016 年 2 月 4 日 2 版）

# 大学生创业"难"在哪里

走过难忘的 2015 年，大学生创业一路绿灯，风景独好！

越来越多的大学生崇尚创业，刚毕业就走上自主创业之路。据报道，清华大学经管学院近期发布的《中国创业观察报告》显示，66.2％的受访"90后"认为创业是最好的职业选择，70.4％的受访"90后"认为创业具有较高的社会地位，31.1％的受访"90后"未来 3 年内有创业打算。统计表明，2014 年普通本专科毕业生人数 659.4 万人，其中 19.1 万人选择创业，占比2.9％。在四川，大学生自主创业呈逐年增长趋势，教育业、零售商业及电子商务、媒体信息及通信产业是大学生创业比较集中的行业。

分析当前大学生创业新趋势，我们更加清楚地看到创新创业的宏观环境和社会氛围已经发生深刻变化。首先，各级政府通过简政放权和各种市场化改革，创业门槛不断降低；第二，互联网技术的发展大大降低了创业所需的信息搜集、匹配和社交网络建立的成本；第三，各种金融创新降低了创业所需的成本，增加了融资的可获得性；第四，社会文化氛围发生变化，人们对于冒险、创新和失败的包容度越来越高。特别是 2014 年 6 月，人社部、教育部等 9 个部门联合实施新一轮"大学生创业引领计划"，目标是在 4 年内引领全国 80 万大学生创业；2014 年 12 月，教育部规定高校可允许学生休学创业，使大学生创业与就业更加紧密结合，形成以创业带动就业、以创业推动创新的新趋势。

尽管如此，大学生创业总体上仍然是举步维艰，创业成功率很低，甚至比农民工返乡创业面临更多困难、更大风险。据麦可思《中国大学生就业报告》数据显示，毕业半年后自主创业的应届本科毕业生，3年后有超过半数的人退出创业；投资机构并不青睐刚毕业就创业的人，在应届本科毕业生自主创业的资金来源中，风险投资所占的比例徘徊在1％～2％上下，父母亲友投资或借贷、个人积蓄占大学生创业资金80％以上。在很多风险投资人眼里，大学生刚毕业就创业"不太靠谱"，大学生创业本身就是高风险的事，失败率比有过工作经验、甚至有过失败创业经历的创业者高出许多。也就是说，大学生创业需要更多关怀、更多包容、更多扶持、更多鼓励！

大学生创业"难"在哪里，"路"在何方？

大学生创业属于机会型创业，往往比生存型创业具有更高的技术含量，有可能创造更大经济效益，需要更多的创业资金，需要捕捉更多的市场机遇，同时也面临更大的市场风险。有关研究表明，学历和年龄是影响创业动机的主要因素，年龄在25—44岁之间的创业者更有可能进行机会型创业，而年龄在45—54岁之间的创业者进行生存型创业的比例明显高于机会型创业。较之生存型创业，机会型创业不仅能解决创业者自己的就业问题，还能解决其他人的就业问题。用专家的话说，学历高低与机会型创业选择正相关，与生存型创业选择负相关，促进机会型创业的重点目标人群是中青年高学历者。因此，应该针对大学生创业遇到的特殊困难和风险，采取更加有力的扶持措施，切实落实高校毕业生就业促进和创业引领计划，积极搭建大学生创业公共服务平台，支持各类创业园区和新型孵化模式发展，为大学生创业提供更多机会和更好服务。

大学生创业属于自主创业，更大的困难是自我奋斗、自负盈亏，更大的风险是急于求成、急功近利、半途而废，更大的成功是与时俱进、自我超越、共享发展。创业本身就是优胜劣汰的过程，创业并不光鲜，更不好玩；创业过程非常艰难，既是对信心的极大考验，也是对能力的极大挑战，没有屡战屡败、屡败屡战的创业精神，很多人是撑不下来的。对大学生而言，创业就

是一种就业方式，不要把创业看得过于神圣。要满怀激情不要感情用事，要把握机会不要投机取巧，"要理想不要理想主义"，脚踏实地走好自己的路。"所有的成长，都是因为站对了地方！"

（《四川日报》2016 年 2 月 6 日 2 版）

# 守业更比创业难

开放的四川离世界越来越近!

国庆前夕在成都闭幕的第十二届世界华商大会唱响了"中国发展、华商机遇"的主旋律。我们从中看到四川正成为华商投资中国西部的首选地,同时也强烈感受到家族企业转型升级、传承发展的严峻挑战和时代机遇。

华商的故乡在中国,华商的创业在世界,华商的传承在家族。如果说 4 个月前在成都举办的《财富》全球论坛主要是世界 500 强企业的思维盛宴,那么,来自 105 个国家和地区的 3000 多名华商嘉宾在成都欢聚,则更像是中华民族大家庭的省亲盛宴。华商大会嘉宾多数是家族企业"掌门人",有着同宗同祖、血肉相连的感情、亲情和乡情,肩负着传承家族企业和中华文化的共同使命,在思维价值观方面表现出多元、互动、共鸣的"中国情结"。盛会期间,四川签约合作项目 241 个,总投资额达 1323 亿,充分表明华商投资中国西部的热情之高、人脉之广、机遇之多!

从家族企业一路走来,华商是全球最具活力的商业群体之一,已经在实现在华投资转型升级方面抢占先机。华商大会期间,听到不少嘉宾谈到家族企业传承的"裂变效应"和"财富奇迹",我们看到了家族企业自强不息的核心竞争力。正如媒体报道的那样,华商在抢抓中国经济发展机遇方面具有语言、文化和人脉方面的先天优势。新世纪以来,华商在华投资领域已经从最初的"三来一补"制造业向服务业、科技领域发展。越来越多的华商把投资

重点转向战略性新兴产业，投资热点正从东南沿海转向内陆和西部地区。统计显示，目前成都市有以新一代华侨华人为主体的留学回国人员3万人以上，成都市高新区已累计孵化高新技术侨资企业超过300家。在四川，华商再一次敏锐地抓住了中国经济转型升级的新机遇！

从家族企业一路走来，守业更比创业难，华商的跨世代传承，"最关键的敌人是自己"。华商大会期间，不少嘉宾热烈讨论家族企业"富不过三代"的话题。比较一致的看法是，所有创业者的初衷都是为了积累财富，但随着家族的世代传承，"要让家族成员长期保持一条心很不容易"。来自著名咨询机构麦肯锡的研究报告显示，全球只有13%的家族企业能经营过三代。香港学者对250个上市的华商家族企业进行跟踪调查发现，完成交接班以后，这些家族企业的财富缩水60%。一个家族的事业要跨世代发展是有挑战性的，最困难的时候是第一代到第二代，如果能有三代以上的传承，守业的机制和体系会更加完善。华商嘉宾中有不少家族企业多代成功传承的榜样。尽管如此，家族企业传承仍然是全球华商面临的严峻挑战。

谁来传承家族企业？家族企业传承什么？就在华商大会在成都开幕前夕，《福布斯》中文版发布了《中国现代家族企业调查报告》。调查范围包括沪深两地上市的民营家族企业、港交所上市的内地民营家族企业。调查表明，中国越来越多家族企业的发展，遇到了交接班、经济增长放缓以及产业转型升级"三重挑战"，如何在顺利交接班的同时，应对危机与波动的风险，实现企业的持续成长，已经成为中国家族企业的时代课题。

面对这样的时代课题，挑战与机遇并存，家族企业要在传承中超越自我，在产业转型升级中实现跨世代发展。与时俱进、创新驱动、厚德载物者生生不息，这就是我们从华商大会的思维盛宴获得的深刻启示！

（《四川日报》2013年10月11日2版）

# 从西博会看全民创业

金秋十月，点"市"成金，创造财富的市场机遇厚爱四川！

刚刚在成都闭幕的第十四届中国西部国际博览会上，四川推出 2336 个重大招商引资项目，主要是基础设施、现代制造业和战略性新兴产业。引人关注的是，成都在项目数量上已不占绝对优势，川南经济区、川东北经济区和攀西经济区推出的项目呈现出"次级突破"新动向。更重要的是，坚持"非禁即入"原则，推动民间资本有效进入金融、能源、铁路、电信等领域，充分激发民间投资活力，展现出全民创业的广阔前景。

从西博会看全民创业，我们的招商引资越来越国际化，产业类项目主要依靠民间投资。与改善投资环境相适应，我省各级政府实施更加积极的创业政策，营造全民创业的大环境，不仅把建立全民创业型社会作为经济社会发展的战略目标纳入发展规划，而且进一步放宽市场准入，降低创业门槛，出台了一系列促进和支持创业的政策，千方百计为民间资本拓宽投资渠道。正如我们看到的那样，保证创业权利平等、创业条件公平、创业过程公开、创业成果得到保护，各级政府正在加快转变政府职能，完善社会服务体系，逐步建立起有利于全民创业的体制和机制，努力使每个人都能公平享有创业机会，使每个人都能在创造财富的同时分享财富。从财富全球论坛到世界华商大会，从中国科技城科技博览会到西博会，四川上演了一个又一个"国际化传奇"。许多嘉宾惊喜地发现，四川正处在工业化城镇化"双加速"时期，发

展机遇和开放程度与沿海地区相比也不逊色。

从西博会看全民创业，我们清楚地看到，投资型社会和开放型社会同时也是创业型社会，只有使创业社会化，才能实现就业最大化，才能实现投资效益最大化。到深圳、珠海走一走，到浙江、江苏看一看，我们就会发现，那里的创业者不论学历高低，不论资金多少，不论年龄大小，不受身份限制，人人都是创业主体，人人都是投资环境。就政府而言，国际化的一个标志就是政府职能转变，按国际惯例为各类创业者提供公开、公平、公正的服务，对各类创业主体采取一视同仁的政策，取消歧视性的身份限制、行业限制，不断完善创业支持体系，鼓励多种形式创业，让创造财富的源泉充分涌流。

在四川，我们与东部发达地区的最大差距，看起来是招商引资的差距，实际上是创业环境、创业意识和创业机制的差距。改革开放以来，我们的民营企业和个体经济起步并不比东部地区晚，我们的差距在于没有像深圳那样形成全民创业的社会环境，没有像温州那样充分发挥"亲缘、地缘、业缘"的凝聚作用，构成一个市场在外、内部循环良好、高度社会化分工的全民创业生态系统。无论是从区域经济发展和社会转型视野看，还是从实施多点多极支撑发展战略全局看，越是落后地区越要提倡全民创业，越要坚持走以自主创业带动更充分就业的跨越发展之路，这是改善投资环境的"底部基础"，也是我们同步实现全面建成小康社会奋斗目标的必由之路！"就业是民生之本，创业是财富之源。"在由农业社会向工业社会、乡村社会向城市社会、农民向市民转变过程中，全民创业不仅成为新型工业化、信息化、城镇化和农业现代化的重要载体，而且将中国传统的"亲缘、地缘、业缘"与现代经济发展相融合，是推动民间资本在更广阔领域创造财富的热点所在、路径所在、源泉所在。这是我们从西博会看到的新机遇！

（《四川日报》2013 年 10 月 30 日 2 版）

# 生态文明是什么

春江水暖鸭先知，又到全国两会召开时！

我们的心与代表委员一起跳动，我们的呼声与代表委员一起共鸣，我们对生态文明的关注和思考与代表委员形成共识！"生态是最大的民生！""生态环境需要最严格的保护！""生态保护需要最深刻的觉醒！"

两会期间，"雾霾"天气、水资源污染、土壤污染等引发各方关注，对大气、土壤、水资源的生态保护，关系到老百姓的"米袋子""菜篮子"和"命根子"。"保卫呼吸，立法加油！""生态保护，贵在自觉！"用两会代表委员的话说：生态灾难面前人人平等，生态环境保护人人有责。我们欣喜地看到，修改《环境保护法》《水污染防治法》《大气污染防治法》《土壤污染防治法》等已列入十二届全国人大常委会立法规划，保护生态环境的法治体系正在形成。当前最紧迫的任务是，进一步解放思想，转变观念，增强生态文明建设的历史责任感、时代紧迫感和高度自觉性。

用生态平衡的理念看环境问题，生态文明是什么？

在党的十八大提出的"五位一体"宏伟蓝图中，生态文明建设是一个新理念、新目标。与我们过去对文明的理解和考察有所不同，物质文明、政治文明、精神文明、社会文明不仅随着时间演进而更替，而且呈现出多姿多彩的发展模式，而生态文明则是历史上从来没有过的文明，生态文明的提出源

于人们切身感受到的生态危机。在深入认识生态平衡规律和可持续发展规律基础上，我们越来越清楚地看到：推动工商文明的石油已经不可能无限采掘，而人类对石油的需求却持续增长；资源性缺水与水质性缺水日益蔓延，耕地减少、表土流失正未有穷期，而人口却在持续增长；全球变暖已被证实，异常天气越来越频繁，而温室气体正以前所未有的速度增加。也就是说，生态文明建设是对越来越严重的生态环境的反思和觉醒，是应对生态危机严峻挑战的"顶层设计"，是人与自然和谐相处的新期待。就生态文明而言，全世界都在"摸着石头过河"，我们面对的难题不是"写实"，而是"设计"——思考一个尚不存在的文明，重塑生态价值观。用专家的话说，生态文明至少在目前并不存在，生态文明建设还需要我们从"五位一体"的时代高度进一步探索其基本理念与发展路径。这就需要我们回到生态平衡和可持续发展的理念和思路上来。

用可持续发展的理念看待环境问题，今年全国两会已经把生态环境保护提到前所未有的战略高度。据报道，国家有关部门正在制定实施生态文明建设目标体系，将生态空间、生态经济、生态环境、生态生活、生态制度和生态文化等内容纳入其中；建立健全生态补偿机制，着力推进国家重点生态功能区生态补偿；完善排污许可制度和企事业单位污染物排放总量控制制度，加快出台排污权有偿使用和交易试点工作指导意见。引人瞩目的是，22个省市下调GDP目标，进一步改善绩效评估考核机制，强调保护资源环境，加快生态文明建设。在四川，环境保护和生态建设迎难而上，加快建设长江上游生态屏障已取得明显成效。

总而言之，用生态文明理念看待环境问题，其本质是经济结构、生产方式、消费结构问题和生态观念问题。从现代文明"五位一体"的意义上讲，生态文明主要不是项目问题、技术问题、资金问题，核心是重塑人与自然和谐相处的生态价值观，建立系统完整的生态文明制度体系，实行最严格的源头保护制度、损害赔偿制度、责任追究制度，完善环境治理和生态恢复制度，用制度保护生态环境。这就是生态文明建设的中国道路!

　　为了呼吸,为了子孙后代,为了美好家园,在这春暖花开的"两会时间",让我们深入思考:生态文明是什么?

　　　　　　　　　　　　　　(《四川日报》2014年3月9日2版)

# 重塑生态价值观

## ——再论生态文明是什么

今年两会讨论生态文明的话题很多，主要涉及防治大气污染、水资源污染、土壤污染等政策法规的制定和实施，这些都是代表委员高度关注的热点问题。与两会代表委员心有灵犀的是，我们更关心生态价值观的重塑和创新——因为这是建设生态文明的前提。

在四川采访，我们看到老百姓对建设长江上游生态屏障的热情很高，广大农民对党中央、省政府发出的天然林禁伐令是拥护的，对退耕还林还草也是积极的，天然林保护已取得明显成效。尽管如此，仍有部分农民议论："退耕还林为了谁？种草也能当饭吃吗？"这里就有一个生态价值观问题。还有保护野生动物、保护水资源、保护土壤、节能减排等，在部分人那里都有一个"为了谁""值不值"的问题。

更为重要的是，21世纪的环保是大众环保，大众环保必须植根于社区，从我做起，从娃娃做起，这里既有生态价值观的"教化"问题，也有生态道德的"习俗化"问题。

考察长江上游生态环境的变迁可以发现这样一种规律，那就是自然界的变化对生态环境的影响是双向的，即变坏之后还可以变好，而人的活动对生态环境的影响则是单向的，主要是向坏的方向发展。四川人民忘不了20世纪50年代"大炼钢铁"的日子和10万大军在岷江上游砍伐森林的悲壮情景。正是我们当年对自然随心所欲的"征服"和"改造"，使我们遭到了大自然的

"报复"，酿成了长江上游现在的生态危机。也正是在大自然疯狂的"报复"中，我们开始认识到自己并不是自然的"主宰"，只能与自然生态环境和谐共处、协调共进。这就是我们为什么要退耕还林还草的根本原因，这就是我们为什么要建设长江上游生态屏障的根本原因！

用生态文明的视野看待环境问题，关键是树立生态平衡理念。所谓生态平衡，也叫"绿色的平衡"。按生态专家的说法，就是在生态系统中，一种生物以另一种生物为食，形成"食物链"，完成能量和物种的流动和转化。在流动和转化过程中，各种生物的种群和数量相对稳定，处于平衡状态。一旦失去平衡，"食物链"就会断裂，所有生物都会遭殃。恐龙灭绝的灾难警示我们：生态平衡是不可抗拒的生态规律，顺之者昌，逆之者亡！

用生态文明的视野看待环境问题，关键是树立可持续发展理念。所谓可持续发展，也叫"绿色的发展"。用专家的话说，就是要处理好人与自然的关系，从地球生态系统的整体性出发，当代人要维护后代人的发展权利。作为地球上唯一有理性的自然存在物，人类有权利用自然满足自身的生存发展，但也有义务尊重自然，保护生态的稳定性。保护生态就是保护生产力，没有生态就没有"绿色的发展"！

用生态文明的视野看待环境问题，关键是树立生态道德理念。所谓生态道德，也叫"绿色的生活"。1997年，联合国可持续发展委员会提出了两个新理念："可持续消费"和"可持续发展的生活方式"，从而使环保重点由大气污染和生态保护开始向人们的生活方式转变，形成了生态道德新理念。生态道德主要有三条"底线"：一是所有人享有生存环境不受污染和破坏、过上健康生活的权利，并承担保护子孙后代持续发展的责任；二是地球上所有生物享有其栖息地不受污染和破坏，能够维持生存的权利，人类承担保护生态环境的责任；三是每个人有义务关心他人和其他生命，破坏、侵犯他人和生物物种生存权利的行为是违背人类责任的不道德行为。可喜的是，我们已将生态道德纳入公民道德内容，促进了生态道德理念的"教化"和"习俗化"，这就是我们目前看到的"绿色消费"和"绿色的生活"新时尚。

　　总而言之，保护生态环境，关键是要解决好人的问题，控制好人类自己的行为，牢固树立人与自然和谐相处的生态价值观。从生态道德走向"绿色的生活""绿色的发展""绿色的平衡"，这就是我们对生态文明的更深层次思考。

　　　　　　　　　　　　　　　　　　（《四川日报》2014 年 3 月 11 日 2 版）

# 生态补偿不能缺位

## ——三论生态文明是什么

　　两会期间，对生态文明的制度建设关注较多。用代表委员的话说，生态系统的整体性，决定了生态保护和污染防治必须打破区域界限，统筹陆地与海洋保护，抓好森林、湿地、海洋等重要生态系统的保护修护，促进流域、沿海陆域和海洋生态环境保护良性互动。受到代表委员好评的是，在大气污染防治方面，京津冀、长三角、珠三角等重点区域已陆续建立联防联控协作机制。这标志着我们的生态文明建设逐步走向体制机制创新，呈现出共建共享的发展趋势。

　　与跨部门跨区域联动的机制创新相应的，还有一个强化生态环境损害赔偿和生态补偿的制度问题。特别是在水污染防治、土壤污染防治方面，需要建立流域环境综合治理管理模式，必须按照国务院提出的"谁开发谁保护、谁破坏谁治理、谁受益谁补偿"的原则，加快建立生态补偿机制。正如两会代表委员指出的那样，良好的生态环境是最公平的公共产品，是最普惠的民生福祉，但保护蓝天白云绿水青山是有"成本"和"代价"的！比如四川，建立长江上游生态屏障，就需要解决好生态保护者与受益者、破坏者与受害者之间的生态补偿问题。尽管这些年中央和地方政府都加大了建设长江上游生态屏障的政策扶持力度，但总体上仍未形成一套健全有效的生态补偿机制。

　　到川西走一走就会发现，那里的森林生态系统保护与建设，那里的草原生态系统建设与保护，那里的湿地生态建设与保护，那里的沙化土地治理、水土流失综合治理，对长江、黄河流域的生态保护多么重要。作为我省目前

建设内容最全面、治理措施最有力、投资规模最大的区域性生态建设规划，川西涉藏地区生态保护与建设项目的启动和实施，不仅需要继续坚持退耕还林、退牧还草和天然林禁伐，进一步强化生态环境损害赔偿和责任追究制度，而且需要建立跨区域跨部门的协调联动机制，完善跨地区跨部门的生态补偿机制。来自川西涉藏地区的两会代表委员说："我们最大的优势是生态优势，最大的困难是限制开发；我们守着资源不敢开发，付出了巨大的发展机会成本；既然上游地区给下游地区提供的是纯净的水、安全的水，下游地区为什么不能对上游地区提供生态补偿？"

用生态文明的理念看环境问题，生态补偿机制是以经济手段为主调节相关利益关系的制度安排，根本目的是保护和可持续利用生态系统，促进人与自然和谐发展。国内外相关研究和实践表明，所谓生态补偿，就是根据生态系统的服务价值、生态保护成本、发展机会成本，运用政府和市场手段，调节生态保护利益相关者之间利益关系的公共制度。它主要包括：对生态系统本身保护（恢复）或破坏的成本进行补偿；对个人或区域保护生态系统和环境的投入或放弃发展机会的损失进行经济补偿；对具有重大生态价值的区域或对象进行保护性投入。从改革创新视野看，我们在生态补偿方面还有很大的创新空间，当前最重要的是处理好中央与地方、政府与市场、生态补偿与生态扶贫的关系。

"前人栽树，后人乘凉。"用生态补偿的视野看环境问题，我们越来越清楚地看到，正是生态效益及相关的经济效益在保护者与受益者、破坏者之间的不公平分配，导致了受益者无偿占有生态效益，保护者得不到应有的经济激励，破坏者未能承担破坏生态的责任和成本，受害者得不到应有的经济补偿。正是生态保护与经济利益关系的扭曲，不仅使我们的生态保护面临前所未有的严峻挑战，而且严重影响到地区之间以及利益相关者之间的和谐。从长远看，要解决这些问题，必须建立一个综合的、政府主导的、以法律为基础的生态补偿机制。这是生态文明建设的必由之路！

（《四川日报》2014 年 3 月 20 日 2 版）

# 生态系统要休养生息

## ——四论生态文明是什么

全国两会已经圆满闭幕，我们对生态文明的思考仍在途中。

与两会代表委员从法治和制度创新入手加强生态环境保护的思路互动，我们对生态系统的"休养生息"发出强烈呼吁。

正如专家学者指出的那样，中国历史上的"休养生息"，主要是指通过"轻徭薄赋"来减轻老百姓的负担，同时恢复经济和人口再生产能力，从而促进农业恢复、经济繁荣和社会稳定。将"休养生息"移植到生态系统的保护和修复，体现了对人与自然和谐发展的新追求，是生态文明建设的新思路。创新之处在于，从生态发展的角度出发，把生态系统视为一种生命系统，像珍惜人的生命那样，使其通过自身的休养生息，恢复生态平衡，保持勃勃生机。

到过都江堰的人，无不对其"道法自然"的自我调节能力感到惊讶。实际上，都江堰工程保持勃勃生机的前提，是它对江水的两级滤波系统和因时制宜的自然修复、自我调节。在都江堰时代，成都平原对水资源的需求明显小于水资源总量，而人类主要生活在内江流域，外江流域则留给其他物种生存。在干旱时，60％的水资源也足够保障成都平原的用水，而多余的水则通过外江排走。也就是说，千百年来，人类主要生活在由内江保障的区域内，而外江流域则主要起着生态功能区的自我保护、自我调节、自我恢复作用。没有外江的休养生息，内江的水利灌溉不可能做到"水旱由人"。都江堰的奇

迹告诉我们，大自然的自我调节能力是惊人的，生态环境保护要坚持以调整人的经济行为为主，以生态工程措施为辅；对重点生态破坏区的生态恢复应顺应自然规律，以自然恢复为主。这是生态文明建设的新思路，是推动人与自然和谐发展的康庄大道。

"休养生息"战略不仅适用于目前不堪重负的江河、湖泊、湿地，也适用于海洋、森林、草原等重要生态系统。改革开放以来，我们大力推行保护天然林、退耕还林、退牧还草等生态保护措施，实际上就是对重要生态系统实施休养生息战略。实践表明，实现生态环境的休养生息，就是要以维护人民群众的健康为根本出发点，用统筹兼顾的方法，协调经济发展、社会进步、环境保护的关系，最终实现人与自然的和谐发展。生态系统要"休养生息"，核心是"生息"，即恢复和保持生态系统良好的自我修复、自我净化的功能；基本措施是"休"和"养"，即一方面停止过度的人为破坏活动，一方面积极采取保护措施。用两会代表委员的话说，就是要在政府主导下，实行最严格的源头保护制度、损害赔偿制度、责任追究制度，大力推行落后产业退出机制，最终实现重要生态系统恢复良性循环的生态功能。

建设长江上游生态屏障的实践使我们越来越清楚地看到，水土流失、沙漠化、石漠化、草原生态功能退化等各种生态环境问题已经到了不能不实施"休养生息"战略的危急时刻。最令人担忧的是水域生态系统污染，已经从地表水延伸到地下水，从单一污染发展到多元化污染，形成点源与面源污染共存、生活污染和工业污染叠加，各种新旧污染与二次污染相互复合，常规污染、有毒有机物、重金属、藻毒素等水污染衍生物相互作用的流域性污染态势。此时此刻，治理水污染既要"釜底抽薪"，也要"正本清源"，更要"休养生息"！

"护一盆清水，润半个中国。"我们强烈呼吁将"川西涉藏地区生态保护与建设规划"纳入"三江源生态保护和建设"国家战略，我们强烈呼吁将"建设长江上游生态屏障"纳入"长江经济带"统筹规划。此时此刻，我们建议在长江上游设立生态文明先行示范区，加快生态环境补偿机制建设，进一步推进川西北高原沙化治理和草原生态系统休养生息。

　　为了长江黄河生态系统休养生息，为了中华民族伟大复兴的中国梦，让我们从退耕还林、退牧还草、节能减排走向生态文明！

　　　　　　　　　　　　　　　（《四川日报》2014 年 3 月 25 日 2 版）

# 谁说"老天爷"没有情感

## ——五论生态文明是什么

"天若有情天亦老，人间正道是沧桑。"每当想到毛泽东主席这两句警世之言，我们对"天人合一"的中国文化传统就有一种新的认识。

生态文明建设需要以人与自然和谐相处的生态文化为基础。我们自古以来有"天人合一"的文化传统，有"道法自然"的系统思维方式，有"厚德载物"的道德基础。这些"文化基因"是西方文化中比较缺乏的，一旦在新的历史条件下与生态文明建设的创造性实践相结合，必将转化为建设生态文明的强大动力，形成风景这边独好的"中国特色"。现在全世界都在关注生态环境的保护问题，国际上出现了生态伦理学和生态哲学，核心思想就是要超越西方文化中根深蒂固的"人类中心主义"，树立"生态整体主义"的新观念，而中国传统文化中包含着一种强烈的生态意识，与当前建设生态文明的观念是相通的。

谁说"老天爷"没有情感？《易传》说："天地之大德曰生。"又说："生生之为易。"生，就是草木生长，就是创造生命。在中国古代思想家看来，大自然（包括人类）是一个生命世界，天地以"生"为道，"生"就是"仁"，"生"就是"善"。所以，儒家主张的"仁"，从亲亲、爱人推广到爱天地万物。孟子说："亲亲而仁民，仁民而爱物。"朱熹说："天地万物本吾一体。"其他先哲也常说："仁者乐山，智者乐水"；"万物并育而不相害"；"万物之生意最可观"。这样的话很多，都是说人与万物是同类，是平等的，应该建立一种和谐的关系，体现出一种对天地万物"心心爱念"和观天地万物"生意""生机"的生态意识。看一看中医辨证施治的系统思维，再看一看农历二十四节气，就会知道"天人合一"的整体观和因人、因地、因时、因势制宜的生态意识，早已深深扎根于我们的思维方式，内化为我们的生产生活习俗。

谁说"老天爷"没有情感？了解中国文化的人都知道"天道有常""道法自然""格物致知"。我们常常讲"天行健，君子以自强不息"，强调的是人应该向"老天爷"学习，像"老天爷"那样生生不息、与时俱进；我们还常常讲"地势坤，君子以厚德载物"，强调的是人与人、人与社会、人与自然要和谐包容，像"老天爷"那样"以阳生万物、以阴成万物""以德载万物"。中国人眼里，"一草一木皆有性情，一山一水皆有趣灵"；"天地与我并生，万物于我为一"；"人的性情是自然之本，人的自由是最高的自然"！从这样的生态意识出发，我们的生态文明建设怎么能没有自己的路径和特色呢？

还是看一看"道法自然"的都江堰吧！2000多年前，李冰主持建造了都江堰，养育了一个至今仍然富饶美丽的成都平原，不但没有破坏和危害长江上游的生态环境，而且使四川盆地的生态环境更美好，呈现出水旱从人的"天府"特色。用生态文化的视野看，李冰不仅具有生态平衡的整体观，还全面而彼此协调地按照生态平衡规律办事，既没有顾此失彼，也没有顾近失远，真正走出了一条人与自然和谐发展之路。相比之下，现在有些水利工程，受"人类中心主义"的影响，过度开发水资源，给生态环境带来灾难性后果，多么令人痛心啊！

还是回到生态文化的视野中来，我们不仅要对都江堰的养育之情抱有一颗感恩之心，而且要对大气污染、水资源污染、土壤污染带来的生态灾难抱有一颗警戒之心。归根到底，生态危机因人而起，只有通过人对生态环境的保护和建设来克服，只有通过不断重建天人之间的统一才能解决。在这个意义上讲，生态文明是人与自然和谐发展的重要标志，是人与社会进步的新阶段，是人类文明发展的新形态。

让我们尊重自然，尊重生命，尊重人与自然和谐发展的"天人合一"之道，我们的生态文明建设一定会走出一条具有中国特色的"人间正道"！

（《四川日报》2014 年 3 月 26 日 2 版）

# 从全球变暖看节能减排

生于忧患，死于安乐；人无远虑，必有近忧。

就人类的生存发展而言，最大的忧患莫过于全球变暖。不管在哥本哈根举行的联合国气候峰会结果如何，中国政府和中国人民面对全球变暖的严峻挑战，已经表现出高度的忧患意识和负责任的态度，受到了国际社会广泛好评。国务院总理温家宝 11 月 25 日主持召开国务院常务会议，研究部署应对气候变化工作，确定了我国控制温室气体排放行动目标，向全世界宣告：到 2020 年我国单位国内生产总值二氧化碳排放比 2005 年下降 40％到 45％，以此作为约束性指标纳入国民经济和社会发展中长期规划。由此看来，应对全球变暖既是我们的国际责任，也是我们的实际行动。用一句流行的话说：从我做起，从现在做起，节能减排别无选择！

人类只有一个地球，我们生活的地球正变得越来越热。联合国政府间气候变化问题研究小组于 2007 年公布的评估报告显示，气候变化问题的影响程度主要取决于全球变暖程度。如果全球气温上升 3℃，喜马拉雅山地区长度小于 4 千米的冰川就将消失殆尽，其初期后果是洪灾和泥石流次数将有所增加，其长期后果将造成亚非地区数以亿计的民众严重缺粮少水，极有可能面临食物和饮用水严重短缺的问题。由于气候变暖，欧美地区天灾加剧，地中海国家出现严重干旱、天气奇热等灾害的可能性将增加，北美地区热带风暴和热浪等灾害的严重程度有所上升，还可能在南美地区导致多个物种灭绝并引发

饥荒。全球变暖将严重威胁人类的生存和发展。

中国只有一条长江，我们生活的长江流域正变得越来越热。世界自然基金会最近发表的研究报告指出，长江流域过去十几年来气候变暖速度高于全球平均速度。如不进行补救，对食品安全和生物多样性的影响将愈加严重。建设长江上游生态屏障，四川人民从来没有像今天这样面临气候变暖的严峻挑战。

从全球变暖看节能减排，减少碳排放是应对气候变暖的主要办法。最新的一系列科学研究证实，最近 50 年来气温的上升主要是由于二氧化碳等温室气体增加造成的。人类在生产生活中，向大气中排放的二氧化碳增多，导致大气中二氧化碳浓度不断增加。太阳光（短波辐射）可自由达到地球表面，但二氧化碳等温室气体会阻碍地面的逆辐射——长波辐射，导致热量不能正常散发，使气温上升，这就是我们常说的"温室效应"。因此，科学家认为，应对全球变暖最主要的办法，就是减少二氧化碳的排放。这就必须调整现行能源政策，转变能源消费观念，改变能源消费趋势。行动的时刻已经到来，该是调整现行能源政策和发展目标的时候了！

立足现实，着眼未来，中国政府和中国人民已经向全世界作出了节能减排的庄严承诺。面对全球变暖的严峻挑战，我们必须深入贯彻落实科学发展观，采取更加强有力的政策措施与行动，加快转变发展方式，努力控制温室气体排放，建设资源节约型社会和环境友好型社会。此时此刻，刚刚从汶川特大地震灾难中挺立起来的四川人民，对建设长江上游生态屏障，有一种时不我待的强烈责任感。

让我们从节能减排走向低碳经济，从"绿色消费"走向"生态文明"！

（《四川日报》2009 年 12 月 6 日 1 版）

# 我们需要什么样的"气候觉醒"

全球变暖已经从"幽灵般的威胁"转变为不断加剧的气候危机，全世界都在经历一场前所未有的"气候觉醒"！

就在 3 月 27 日零时，成都市执行重污染天气应急三级预案之际，京津冀部分地区的空气污染扩散条件达到极差等级。引起国际社会广泛关注的是，在远离中国的欧洲，巴黎及布鲁塞尔等城市也在 3 月中旬遭遇了一场罕见的雾霾，巴黎空气污染的程度一度比北京还严重。由此看来，大气污染的"全球化"趋势越来越明显，防治大气污染已经成为世界各国各地区不可推卸的共同责任。

就在成都市执行重污染天气三级预案前夕，世界气象组织 3 月 24 日发布了 2013 年度全球气候状况报告。报告显示，2013 年是有气象记录以来第六热的年份，而迄今 14 个最热的年份当中 13 个都发生在 21 世纪。全球变暖将对人类构成最严重威胁的风险包括洪水、风暴潮、干旱和热浪。正如我们看到的那样，2013 年出现了许多极端天气事件，联合国已就全球变暖发出"最严重警告"。

当全球变暖趋势越来越明显的时候，我们需要什么样的"气候觉醒"？

人为活动很可能是导致气候变暖的主要原因。科学家们普遍认为，气候不仅与人类文明息息相关，而且与整个地球物种的演化有着无法割舍的关联。当今全球变暖，源自工业革命以来人类过量的碳排放。从 20 世纪中期以来观测的大部分温度上升，有很大可能性（超过 90%）与人类活动产生的温室气

体排放有关。二氧化碳对温室效应的作用最大，约占 70%（甲烷占 23%）。气候科学家最近得出的结论是，大气中二氧化碳含量最高安全线只能保持在 350ppm。不幸的是，自 1988 年以来，大气中二氧化碳含量都超过了 350ppm，目前已经达到 396ppm。也就是说，即使目前大气中二氧化碳的浓度可以稳定下来，全球气候变暖的趋势仍将持续，这对我们的子孙后代无疑意味着长期威胁。

气候变暖已经被公认为是全球面临的第三大挑战，不仅与排在前两位的贫困以及公平的全球化形成鼎足之势，而且与援助非洲和全球安全交织在一起，成为全球化进程中最重要的话题。严峻的挑战在于，由于技术和财力方面应对气候变暖的能力有限，那些最贫穷的国家或地区受到气候变化的影响将最严重，争夺水、能源等资源的斗争、饥饿和极端天气将一同使世界更不稳定。特别是非洲，酷热将使登革热、霍乱、疟疾等疾病蔓延，造成更多人死亡。最可能造成重大灾难的是大冰源的消融，引起海平面上升，危及沿海居民和小岛国的生产生活，产生越来越多的"气候移民"或"气候难民"。在亚洲，最多人口受海平面上升威胁的国家是中国。直面挑战，中国作为全球最大的发展中国家，将在应对气候危机中发挥越来越重要的作用。

总而言之，当全球变暖趋势越来越明显的时候，我们需要"同呼吸、共命运"的"气候觉醒"！应对全球气候危机是一项全球性"持久战"，既没有任何国家、任何地区、任何个人能够单独承担，也没有任何国家、任何地区、任何个人可以独善其身、置身事外。"人类只有一个地球"；"你中有我，我中有你"；"协调共进，合作共赢"。正是基于这样的"气候觉醒"，我们已经打响了治理大气污染"总体战"。在京津冀，在长三角，在珠三角，在成都平原经济区，我们的"气候觉醒"已经形成共识，正在转化为一体化应对气候变暖的强大合力。

让我们进一步解放思想，转变观念，坚持"共同但有区别的责任"原则，积极投身治理大气污染总体战、持久战！

（《四川日报》2014 年 4 月 8 日 2 版）

# 节能减排也是"硬道理"

天有不测风云，人有旦夕祸福。

当我们从全球变暖的"气候觉醒"中回到现实生活，更多的人增加了一种强烈的忧患意识和自我保护意识。走在大街小巷，面戴口罩的人越来越多；甚至有一所在北京的国际学校准备花巨资建两个防霾帐篷体育馆。据报道，2013 年，仅淘宝就卖掉了几亿元防雾霾口罩。也有不少人对防雾霾口罩、防霾帐篷体育馆的作用持怀疑态度。用我们四川人的话说：倾巢之下，岂有完卵？治理大气污染，保卫呼吸是"硬道理"，节能减排也是"硬道理"。

还是回到全球变暖的源头上来，看一看温室气体对气候变化有什么影响吧。据科学研究，地球在被太阳光照射之后也会以红外的长波方式向外辐射能量。大气层中的二氧化碳、水蒸气以及一些其他气体对于这种红外辐射也有着非常强的吸收能力，使地球向外辐射的能量在一定程度上被"截留"下来，地球表面以及靠近地面的大气层由此变得有如温室一般，这就是我们常说的"温室效应"。正是温室气体浓度的变化，带来气候的变化：浓度太高则"截留"了太多的能量，使得气候偏热；浓度太低会导致"截留"的能量不足，不足以保暖。二氧化碳对温室效应的作用约占 70％。工业革命以来，因燃烧煤炭、石油等化石能源而产生大量二氧化碳，使得全球气温上升。由于温室气体主要由碳燃烧所致，减少碳排放便成为应对全球气候变暖的必由之路！

再回头看一看节能减排的"全球行动"吧。地球上几乎每个人、每个地

区、每个国家都程度不同地受到大气污染危害，严峻的现实促使世界各国政府和联合国相关机构不能不对节能减排采取更严格的控制措施和更开放的合作态度。1997年12月，包括中国在内的149个国家和地区的代表在日本京都召开《联合国气候变化框架公约》第三次缔约方会议，各方达成了具有里程碑意义的《京都协定书》。这是人类第一部限制各国温室气体排放的国际公约，规定发达国家要实现在2012年温室气体排放量比1990年降低5.2%。其中全球最大的经济体、也是全球第一大温室气体排放国美国，则要完成降低7%的目标。尽管后来美国、澳大利亚宣布退出《京都协定书》，但各方随后采取了更为务实的谈判策略，终于使《京都协定书》在2005年正式生效。节能减排"全球行动"势不可当，最大亮点是欧盟碳交易市场和美国芝加哥气候交易所崛起。

从节能减排一路走来，中国一直坚持"共同但有区别的责任"原则，认真落实《京都协定书》提出的一系列节能减排措施，取得了国际公认的节能减排成效。"十一五"期间，我们下决心用"硬措施"完成"硬任务"，在经济发展的同时减排二氧化碳15亿吨。2013年9月，国务院发布了《大气污染防治行动计划》，采取最严厉的措施推进节能减排。目前，深圳、北京、上海、广东、湖北的碳交易市场先后启动。在全国，以雾霾频发的特大城市和区域为重点，推动能源生产和消费方式变革，促进节能减排的"国家行动"在更深层次、更高起点全面展开。

从节能减排一路走来，四川在建设长江上游生态屏障的实践中，进一步加大防治大气污染的力度，在天然林禁伐、退耕还林、退牧还草方面走出一条"绿色发展"的新路子。在四川，我们看到了多点多极支撑发展的新空间，看到了"四化互动"的新趋势，看到了生态文明建设的新期盼！

还是这个"硬道理"：天蓝蓝，海蓝蓝，节能减排是关键；没有节能减排，就没有"绿色的呼吸""绿色的发展""绿色的平衡"！

（《四川日报》2014年5月4日2版）

# "光伏泡沫"警示什么

据报道，欧盟委员会 8 月 2 日宣布已正式批准中欧光伏产品贸易争端的"价格承诺"协议，对参与"价格承诺"的中国企业免征临时反倾销税。该协议已于 8 月 6 日起实施。对此，国际舆论给予好评，认为中欧友好解决光伏贸易争端符合双方利益，我国大多数光伏企业表示欢迎。

对四川而言，深受"光伏泡沫"困扰的多晶硅行业也从中看到了转机。我们应该振奋精神，坚定信心，抓紧调整多晶硅发展布局，在节能降耗、扩大内需和结构调整中谋求突围之道。此时此刻，最重要的是进一步反思"光伏泡沫"带来的市场风险，增强市场竞争意识和忧患意识。

"光伏泡沫"警示什么？

正如我们看到的那样，中国光伏产业的勃兴始于 2005 年。当时，欧洲发达国家纷纷实施可再生能源发展计划，对太阳能光伏发电提供高额政府补贴，整个欧洲光伏市场的消费需求急剧膨胀。受此刺激，我国争先恐后新建了一大批光伏组件制造项目和多晶硅项目，短短两三年时间便成为全球最大的光伏产品出口国。这种"两头在外"的光伏产业超常规发展态势，本来已经引起国家有关部门警觉，并有意将光伏项目的审批权上收。遗憾的是，国际金融危机爆发，扰乱了我们的宏观调控目标，为如火如荼的"光伏泡沫"再烧了"一把火"。

正如我们看到的那样，国际金融危机爆发后，以美国为首的发达国家都

把新能源当作刺激经济复苏的救命稻草，出台了一系列扶持新能源产业的政策，欧洲各国政府也制订了更大规模的光伏安装计划。同时，我国也出台政策，对光伏发电建设项目提供 100 亿元的政府补助。受到国际市场需求和国内产业政策的双重刺激，各省市自治区均把光伏产业列为优先发展的新兴产业，先后有 100 多个城市建设了光伏产业基地。正是在这样的背景下，我省的多晶硅项目一扩再扩，其项目上马之快、投资规模之大、参与企业之多前所未有。

正如我们看到的那样，2009 年，欧债危机爆发，欧洲各国支撑光伏市场扩张的政府补贴难以为继，市场需求锐减，由此引发了全球光伏市场雪崩。2011 年以来，光伏企业破产潮在全球蔓延。在中国，产能严重过剩的光伏企业库存高企，从光伏组件到多晶硅原料，价格直线下跌并最终陷入生产即亏损的境地。在四川，多晶硅行业全面亏损，不得不在 2012 年全面停产技改。我们受到了一次前所未有的市场风险警示教育。

如今，中欧光伏贸易争端风波虽然暂时平息了，但"光伏泡沫"对我们的警示不能就此终止。正如业内人士担心的那样，只要企业仍把鸡蛋都放在一个篮子里，仍走压价竞争的老路，即便是新兴产业，贸易争端仍会一波未平一波又起。痛定思痛，面对像雨像雾又像风的全球光伏市场，需要深入思考的是，我们的双眼为什么看不清市场需求的"真面目"，我们的耳朵为什么听不进"产能过剩"的警报声，我们的头脑为什么"高烧不退"？

前事不忘，后事之师；塞翁失马，焉知非福。该是转变发展方式的时候了！

（《四川日报》2013 年 8 月 9 日 1 版）

# 多晶硅"多"在哪里

近年来，国内多晶硅生产企业大多亏损，曾经被视为"香饽饽"的这个行业渐渐陷入尴尬的境地。随着一些产能无奈地退出，许多人对国内多晶硅企业的发展前景信心不再。

那么，多晶硅的确是"多"了吗？

国内多晶硅行业受到的冲击主要来自国际市场。媒体报道，2012 年，我国生产多晶硅 6.3 万吨，进口却高达 8 万吨。也就是说，发达国家的多晶硅价格比我们更低，国内光伏组件企业宁愿舍近求远，到国际市场进口多晶硅，由此造成国内多晶硅企业"价格倒挂、全面亏损"。"生产一吨亏一吨，没有哪一个企业愿意做亏本生意"。说到底，是我们的多晶硅生产成本高，缺乏市场竞争力！结论是，多晶硅企业谋求突围的根本途径只能是转型升级，走节能降耗和技术创新之路。

多晶硅"多"在哪里？

多晶硅"多"在能耗高！多晶硅是光伏产业和电子信息产业基础材料，却又是不折不扣的高耗能产业。来自新光硅业、四川永祥、乐电天威、东汽峨半等多晶硅企业的调查表明，多晶硅生产电费太高，导致多晶硅成本高企，难以与欧美企业在价格上抗衡。要摆脱价格倒挂的困境，最重要的是优化工艺降低能耗，进一步降低生产成本。据报道，乐电天威实施技术改造的年产3000 吨多晶硅生产线已经完成还原炉节能改造等项目，可以使多晶硅单位生

产成本降至每吨 10 万元，四川瑞能硅材料有限公司也已经在降低能耗方面取得成效。乐山市政府正加快多晶硅企业与煤炭企业合并重组，促进多晶硅企业进一步降低用电成本。可以预期的是，随着国内光伏发电平价上网的启动，多晶硅行业中节能降耗领先的企业将会抢得发展先机。

多晶硅"多"在废液废气回收处理难！多晶硅生产过程产生的大量废液和废气需要回收处理，形成循环经济产业链，从而实现"近零排放"，有效降低生产成本。在这方面，我们与发达国家还存在明显差距。我们有信心的是，四川的多晶硅企业在国内起步早，具有国内其他多晶硅企业没有的技术基础和人才优势。一些企业坚持走循环经济的发展道路，已经把重心转到技术创新和产业升级上，对于降低成本发挥了积极作用。我们要把自主创新与引进国外循环利用先进技术更好地结合起来，在废液废气回收处理方面取得新突破。

多晶硅"多"在"硅链"太短！多晶硅有两个产业链，一个是光伏发电产业链，一个是电子信息产业链。它们都属于战略性新兴产业，发展前景乐观。现在的问题是，国内的光伏发电安装受制于风电和太阳能发电上网的"阻滞"，由此导致多晶硅面临阶段性过剩难题。另一方面，我国电子信息产业发展受制于电子信息技术知识产权缺失，由此导致我们的多晶硅未能在硅片、芯片的深度加工中提升附加值，未能形成推动电子信息产业的"硅链"。正是由于"硅链"太短，我们的多晶硅卖的是原材料，一旦遇到"光伏泡沫"破灭这样的市场波动，怎么能不"过剩"呢？用一些专家的话说：多晶硅过剩，并非"长板"（产能）太长，而是"短板"（电网基础设施不完善和电子信息技术知识产权缺失）太短。"就像一个人走路，当你把左脚迈出去而右脚没跟上时，不能说左脚迈得太远，更重要的是要把右脚跟上去。"

总而言之，光伏产品不能放在国际市场"一个篮子"里，多晶硅不能吊死在光伏产业"一棵树"上！对四川而言，从"硅梦"到"硅链"，多晶硅的转型升级还要走很长的路！

（《四川日报》2013 年 8 月 22 日 6 版）

# 从全球视野看"荒漠化"

    防治荒漠化，四川在行动，中国在行动，全球在行动。当我们从川西北高原防沙治沙的行动中警醒，我们要拓宽荒漠化治理的全球视野。

    从全球视野看荒漠化，荒漠化是包括气候变异和人类活动在内的多种因素造成的干旱、半干旱和亚湿润干旱地区的土地退化。自然的荒漠化现象是一种以数百年为单位的漫长的地表变化。人为的荒漠化则是以十年为单位的看得见的土地荒芜。我们生活的蓝色星球上，那些不断扩张的荒漠约有3600万平方公里，目前每年还在增加5000—7000平方公里。在几乎没有降雨的荒漠地带，人类无法居住。荒漠化对人类的危害程度甚至比洪涝、地震等自然灾害更加严重，其影响和危害的深远性不仅在于它所摧毁的是人类赖以生存的土地和环境，而且在于它直接动摇着人类社会经济发展的基础，在时间上将延续几代甚至几十代人。无论过去、现在还是将来，土地荒漠化一直是人类面临的最严重的生态问题。

    从全球视野看荒漠化，荒漠化的发生与人类对土地、森林和水资源的过度开发利用密切相关，呈现出人沙互动、沙逼人退的恶化趋势。荒漠化的发生可以追溯到人类文明开始。千百年来，世界人口在不断增加，而农业用地和林业用地却在不断减少。为了养活越来越多的人口，不得不毁林开荒，不得不依靠增加灌溉来提高农业的生产量。随着灌溉面积不断扩大，森林资源和水资源不断减少，土地干旱化和半干旱化进一步加剧，同时带来盐碱的蓄积，逐步形成

土地荒漠化。现在位于北非的那片大沙漠，1500 年以前曾经是 600 座繁荣的城池，历史上被称作罗马帝国的粮仓。今日中国西部沙漠中的敦煌遗址、楼兰遗址，过去也曾经是文明昌盛的绿洲。正是人类自身的行为进一步加剧了气候变化的温室效应和土壤干燥化，从而导致干旱与荒漠化越来越严重。

从全球视野看荒漠化，防治荒漠化的共识在人类共同面对的生态危机中形成。在全球防治荒漠化过程中，联合国扮演着发起人和执行者的身份。发生于 20 世纪 70—80 年代非洲撒哈拉大沙漠边缘 10 多个国家的那场大旱灾，引起国际社会对荒漠化问题的共同关注，促成联合国 1972 斯德哥尔摩环境会议通过了《人类环境宣言》。1975 年，联合国大会以 3337 号决议首次提出了"向荒漠化进军"的口号，并于 1977 年在肯尼亚首都内罗毕召开了首次"联合国荒漠化大会"，第一次对荒漠化问题进行了全球性讨论，制订了《防治荒漠化行动计划》。1992 年，联合国环境与发展大会首次把荒漠化防治作为全球环境治理的优先领域，要求世界各国把防治荒漠化列入国家环境与发展计划，进一步形成防治荒漠化的全球共识。1994 年 10 月，包括中国在内的一百多个国家元首和政府首脑在巴黎签署了联合国《防治荒漠化公约》，象征着发达国家与发展中国家同意全球联合对付荒漠化，由此形成防治荒漠化的全球行动。从 1995 年起，每年 6 月 17 日为"世界防治荒漠化和干旱日"。

从全球视野看荒漠化，中国是受荒漠化威胁最严重的国家之一，是履行联合国《防治荒漠化公约》最有成效的国家，在政策、立法、监测和工程治理方面走在世界前列。有关资料显示，我国约有 260 万平方公里的荒漠化土地，这个面积相当于 7 个德国。令人不安的是，我国荒漠化出现了向川西北高原扩展的新动向，在若尔盖的一些地方已经出现了以前只有在北方沙区才能见到的流动沙丘。我们要充分认识川西北高原防治荒漠化的紧迫性、艰巨性和长期性，切实增强责任感和使命感，以更大的决心、更多的投入、更强有力的措施阻止沙化土地在川西北高原扩展。

挑战与机遇并存，隐患与希望同在！让我们行动起来，与荒漠化进行斗争！

（《四川日报》2011 年 7 月 15 日 2 版）

# "荒漠化"就在脚下

"防治荒漠化，世界看中国。"

今年 6 月 17 日和 6 月 25 日，分别是第 17 个"世界防治荒漠化与干旱日"和第 21 个"全国土地日"。这两个日子每年只有一天，但留给我们的思考却贯穿着每一天，时时刻刻警示我们：荒漠化就在脚下！

中国防治荒漠化的进展，牵动着全球的神经。据权威部门今年 1 月发布的《中国荒漠化和沙化土地状况公报》，我国是世界上荒漠化土地分布面积最大的国家之一，总面积约为 262 万平方公里，影响近 4 亿人口。多年以来，我国十分重视荒漠化防治工作，荒漠化土地由 20 世纪末年均扩张 1 万平方公里转变为 1999 年至 2009 年连续 10 年持续缩减，目前年均缩减 1717 平方公里。也就是说，我国防沙治沙由"沙逼人退"转变为"绿进沙退"，实现了历史性转折，被联合国称赞为"中国防沙治沙走在了世界前列"。正是在这样一种背景下，川西北高原治沙防沙起步较晚，沙化土地仍在扩展，不能不引起我们高度警惕！

荒漠化就在我们脚下！据《人民日报》报道，川西北沙化土地主要集中在阿坝藏族羌族自治州和甘孜藏族自治州，这两个州几乎每个县都有沙化土地，既有点状的零星分布，又有面积较大的成片分布。截至 2009 年，川西北沙化土地总面积为 82.19 万公顷。在阿坝州的若尔盖县，从当地进行首次沙化调查的 1996 年到 2009 年，全县年均增加 816 公顷沙化土地，沙化严重程

度远远超过其他县。面对川西北高原沙化土地不断扩展的严重威胁，国家林业局 2003 年以来先后将若尔盖县、石渠县确定为全国防沙治沙综合示范区。四川省委、省政府高度重视川西北防沙治沙工作，在省财政紧张的情况下，于 2007 年开展治沙防沙试点，目前已投入 1.1 亿元，在川西北 9 个县治理沙化土地 8000 多公顷。尽管如此，由于高寒山区治沙异常艰难，现阶段治沙的速度远远赶不上沙化的速度，难以有效遏制整个川西北沙化土地仍在扩展的势头。

荒漠化就在我们脚下！川西北高原是当年红军长征翻雪山、过草地的地方。那里平均海拔 3500 米，曾经有茂密的原始森林、无边的沼泽湿地、肥沃的高寒草地，沙化土地从何而来？四川省林业厅组织专家进行科学考察的结果表明，川西北沙化是自然、人为和生物等三大因素相互叠加形成的，最主要的原因是人口增长后对资源环境的过度和不合理利用。在若尔盖县，人们记忆犹新的是，20 世纪六七十年代，为增加草场面积，在沼泽中开沟排水，时称"向湿地要草场"，使 8 万公顷湿地丧失了沼泽功能，演变为草地和没有价值的黑土滩。后来又号召"向草场要粮食"，大面积翻耕草地种青稞和牧草，大面积乱挖泥炭当燃料和肥料，进一步造成沼泽湿地退化。水啊，生命之源，生态之本！有水则绿洲，无水则沙漠！这就是川西北高原土地沙化根本原因所在！

荒漠化就在我们脚下！川西北高原地处青藏高原东南缘，地势高、地质复杂、生态脆弱，一旦形成大面积沙化，季风将把沙尘向更远范围输送。近几年，我们在成都已感受到沙尘天气越来越多，面临"成都变尘都"的威胁。特别引起各方面广泛关注的是，川西北高原有许许多多河流、湖泊、湿地，是长江、黄河重要的水源补给地区和生态屏障，如果沙化面积不断扩展，必将造成整个生态系统的水源涵养功能下降，给四川盆地和长江、黄河中下游经济发达地区带来严重的生态安全隐患。由此看来，川西北高原沙化治理也是我国防治荒漠化的战略重点，应该在防沙治沙的"国家行动"中受到高度重视。

"但存方寸地，留与子孙耕。"地球是我们所有人共同生活的唯一家园，荒漠化的生态灾难是全球化的灾难。让我们行动起来，向川西北高原荒漠化宣战！

（《四川日报》2011年7月13日2版）

# 从源头上防治荒漠化

防治荒漠化，四川怎么办？

面对沙化土地在川西北高原扩展的严峻挑战，各级政府和当地广大群众已经积极行动起来，采取多种措施防沙治沙，已在局部地区取得了实效。由于高寒地区治沙防沙非常艰难，当地群众现阶段治理荒漠化的速度远远赶不上土地沙化的速度。防沙治沙是一个综合系统工程，不能没有国家政策、项目和资金的大力支持，不能没有社会各方面的广泛参与，不能没有退耕还林、退牧还草等多种措施的综合治理。科学考察，川西北高原地区热量条件适中，目前沙化土地中有74％是露沙地和斑块沙地，沙化土壤含有一定水分，有利于灌木草本植物存活，关键是要抓紧在露沙地和斑块沙地还没有连成一片的时期，进一步加大投入，立足于"治早、治小"，从源头上防治，从整体上推进，走出一条综合治理、生态平衡的科学治沙之路。

从源头上防治荒漠化，关键是坚持以人为本，千方百计把治沙与治穷紧密结合，形成沙区生态与经济良性循环的绿色平衡。联合国《防治荒漠化公约》认定：防治荒漠化的根本出路是可持续发展和消除贫困。"贫瘠的土地产生贫瘠的人群，贫困的人群又在制造贫瘠的土地。""沙患不止，沙区难富；沙区不富，沙患难止。"消除贫困既是消除产生荒漠化的根本原因，也是防沙治沙的根本目标和根本途径。在消除贫困方面，我们不少地方根据当地条件探索出许多成功经验，都可以在川西北高原进行试验，取得实效后再因地制宜地推广。与此同时，我们也要创新发展思路，树立"绿色、循环、清洁、低碳"的大生态发展理念，敢于走别人没有走过的"靠沙吃沙""点沙成金"的治穷之路。比如，在川西北高原发展生态旅游、红色旅游，开发太阳能、风能，发展"阳光产业"和绿色经济，大力实施"生态富民、生态惠民"工程。只要我们从沙区生态条件出发，采取可持续发展的治沙模式，是可以把"治沙"与"治穷"更好地结合起来的。

从源头上防治荒漠化，关键是坚持以水为本，千方百计把治沙与治水紧密结合，形成沙区生态与水资源合理利用的绿色平衡。荒漠化总是与干旱、半干旱的生态环境相关。有水则绿洲，无水则沙漠，这是不可抗拒的生态规律。无论采取什么措施防沙治沙，都要从当地水资源实际出发，看一看那个地方有没有水，有多少水，没有水一切都无从谈起。据科学考察，川西北高原有许多河流、湖泊、湿地，是长江、黄河上游重要的水源补给区。20世纪六七十年代，川西北各草地县为增加草场面积，在沼泽中开沟排水，疏干沼泽，乱挖泥炭，时称"向湿地要草场"，造成水源枯竭、草场退化、土地沙化。由此看来，川西北高原治沙防沙必须从治水入手，以保护河流、湖泊、湿地的水源涵养功能为基础，以恢复高寒草地的生态平衡为根本出路。

从源头上防治荒漠化，关键是坚持以草为本，千方百计把治沙与退牧还草紧密结合，形成沙区生态与植被恢复的绿色平衡。实践表明，防治荒漠化必须充分依靠大自然的自我调节、自我恢复能力。森林与气候、森林与水资源有正负作用，不是什么地方都能栽树，不是什么树都能栽活。在平均海拔3500米的川西北高原不适宜大规模植树造林，树木消耗的水分远远大于草本植物和耐寒的灌木，用树木去阻挡土地荒漠化的效果远不如用草在源头"捂住"土壤明显。与西北、华北、东北的防沙治沙有所不同，川西北高原更应该重视海拔1800米至3600米这一层次的植被保护，应该更多采取退牧还草和种草养畜的措施，大力发展草业和耐寒灌木，尽可能以自然恢复的植被把沙化土壤严严实实地固定在"源头"上。

总而言之，从川西北高原的实际出发，坚持以人为本、以水为本、以草为本，一条综合治理、生态平衡的科学治沙之路就在我们面前！让我们行动起来，与荒漠化进行斗争！

（《四川日报》2011 年 8 月 15 日 1 版）

# 用什么思路治水

"再造一个都江堰灌区!"

省委水利工作会议东风送暖,武引二期灌区工程、安岳县关刀桥水库工程、合江县锁口水库工程集中开工,再一次迎来四川水利建设的春天。此时此刻,我们要坚持以科学发展观为指导,围绕"再造一个都江堰灌区"的核心目标,推动传统水利向现代水利和可持续水利转变,实现水利大省向水利强省跨越。

水是生命之源,水利与人类生活、生产、生存息息相关。水利具有独特的文化属性,突出表现为如何认识和处理人与自然、人与水的关系,集中体现在用什么思路和方法治理水患,由此决定水利建设的先进程度和实践水平。我国是水利大国,也是水利古国,自古以来就有"天人合一"和"人定胜天"两种观念,存在"道法自然"和"征服自然"两种治水思路,表现出迥然不同的治水措施和效果。传说大禹的父亲用障水的方法治水失败,而大禹吸取这一教训,用疏导方法治水成功,受禅让建立夏朝,开创了辉煌的华夏文明。战国后期的李冰继承发扬"道法自然"的治水传统,带领蜀人因势利导、因时制宜修建都江堰,创造了无坝引水、灌排自如、综合利用、经久不衰的世界奇迹。遗憾的是,受"人定胜天"观念的影响,多少年来我们也做了不少战天斗地的蠢事甚至错事,不仅没有"征服自然",反而遭到大自然的报复。从汶川特大地震灾难中挺过来的四川人民,从来没有像今天这样深刻地认识

到人与自然和谐相处的重要性，从来没有像今天这样深切地感受到"再造一个都江堰灌区"的紧迫性！

"再造一个都江堰灌区"需要牢固树立人与自然和谐相处的核心理念。正如许多水利专家已经指出的那样，从文化视野看水资源，水是自然形态的水与人类物质活动和精神活动相结合的产物。水的文化要素主要表现在三个方面：一是物质形态的文化要素，如被改造的河流湖泊、治水技术、治水工具、水利工程等；二是制度形态的文化要素，如以水为载体的风俗习惯、宗教仪式、社会关系及社会组织、法律法规等；三是精神形态的文化要素，如对水的认识、有关水的价值观念、与水有关的文化心理等。这些要素相互依存，影响着水利建设的发展方向和社会发展的进程。共同面对当前人类社会存在的"水贫困""水危机"，我们应该从人与自然关系的战略高度，确立人与自然和谐相处的核心理念，更加深刻地认识到水利建设的基础性、先导性、战略性地位，进一步拓宽治水思路。用水利工作者的话说："治水必须尊重自然规律；发展经济要充分考虑水资源和水环境的承载能力，量水而行；在防止水对人类伤害的同时，特别注意防止人类对水的伤害。"这是坚持以科学发展观治水的必然要求，是"再造一个都江堰灌区"的必由之路！

"再造一个都江堰灌区"需要积极践行可持续发展治水思路。分析水资源的实际状况，四川虽然号称"千河之省"，却是地地道道的"用水小省"，同时存在干旱缺水、洪涝灾害、水污染和水土流失等"四大水问题"。出现这些问题的原因，既有人多水少、水资源时空分布不均的客观原因，也有用水意识、用水习惯以及不合理开发活动等人为因素。解决我省日益严重的水资源问题，必须坚持政府主导，以规划为龙头，以项目为支撑，以改革创新为动力，抓紧建设一批既解决当前急需又关系长远发展的水利项目。与此同时，也要从城市化和水文化建设角度审视我们的治水方略，创新我们的治水思路，更加重视城乡居民的用水安全问题，更加重视治水过程中的文化建设，更加重视水资源的节约、保护和共建共享。

总而言之，水资源是最重要、最基本、最稀缺的公共资源，不仅具有经济价值，而且具有文化价值、环境价值、生态价值，应当将这些价值升华为人与自然和谐相处的核心理念，转化为全面、协调、可持续发展的治水方略。这是都江堰留给我们的历史经验，是新时期水利建设又好又快发展的新思路。

（《四川日报》2011 年 12 月 7 日 1 版）

# 让人民群众用上干净水

## ——再论用什么思路治水

"让人民群众喝上干净水!"

用可持续发展思路治水,既要从人与自然和谐相处的战略高度,确立"再造一个都江堰灌区"的核心目标,也要坚持以人为本的核心理念,确立统筹兼顾、民生优先的治水方略,真正把解决最广大人民的饮水困难作为水利建设的当务之急和首要任务。从民生视野看水利建设,水利是农业的命脉,也是城市的命脉,更是城乡居民生存的命脉!

水和食物是人类的基本需求。从生理学角度讲,一个人一天至少需要 3 升水。目前,我国农村和城市都普遍存在饮水困难,四川盆地周边广大丘陵和山区人畜饮水困难就很突出,我省尚有 2000 多万人饮水安全问题未得到解决。从长远看,由于全球气候变暖,青藏高原冰川不断缩小,黄河、长江上游水量随之减少,会增大解决农村和城市饮水问题的难度。特别是随着工业废水、城乡生活污水排放量不断增加和农药、化肥污染面不断扩大,部分饮用水源受到严重污染,形成水质性缺水。这就是人们常说的"守着河边无水喝"!值得高度重视的是,广大农村饮用的浅层地表水(井水)的污染往往不直观,由于水源恶化,直接饮用地表水和浅层地表水的农村居民饮水质量和卫生状况难以保障,容易引起水源性疾病的暴发流行。由此可见,"让人民群众喝上干净水"多么紧迫、多么重要!

"让人民群众喝上干净水!"最根本的是制定大系统、长周期、全方位的生态保护战略。据专家研究，目前世界上解决饮用水问题主要有两种战略，即"退缩战略"和"扩张战略"。所谓饮用水的"退缩战略"，也就是我们已经走过或正在走的"河流—水库—自来水厂—饮水机—瓶装水"的路径。这是一种最终以瓶装水保证饮用水质量的产业化、多层次商品水战略，目前已经越来越难以满足最广大人民群众的饮水需求。另一种战略被称为大系统的"扩张战略"，从修复水生态系统入手，保证河流水源地供水质量，从而保证自来水直饮，真正以人为本，保证全民饮用水质量，至于饮水机和瓶装水只是辅助手段。这是一种以全流域生态系统保护为基础的生态水战略，受到发达国家和先进地区越来越多的关注。生态系统具有很强的自净能力，河流、湖泊和湿地既是水源地，又是"污水处理厂"，只有保护好自然生态系统，才能从根本上保证每一个城乡居民都喝上干净水。在这方面，我们期待着成都市建设世界生态田园城市的战略取得新突破。

"让人民群众喝上干净水！"最紧迫的是建设节水型社会，大力倡导节水如金、惜水如命、爱水如家的社会风尚。据专家研究，我国饮用水问题的主要矛盾是水量型和水质型缺水，解决这两个问题都必须节水。节水不仅可以提高现有水资源的利用效率，而且可以降低对污水处理能力的需求，从而可以少建污水处理厂，可以节约资金和土地。提高灌溉利用系数 0.15，就可以解决农业缺水；提高工业用水重复利用率 20% 并实现工业节水，就可以解决工业缺水；降低城市供水管网损失率 6% 和合理提高水价，就可以解决城市缺水。此外，再生水回用和节约粮食也可以弥补生态水缺口。值得高兴的是，我们对水污染的防治已经有法可依，省政府最近已出台一系列措施，力争用三年时间分批建设 100 个节水型社会重点县。开源与节流并重，防污与节水同行，我们期待着水资源的优化配置"从我做起"，期待着建设节水型社会的激励机制更有活力。

生命之水天上来，绿色文明平地起。让我们珍惜大自然赐予的每一滴甘露，建设更美好的锦绣巴蜀！

（《四川日报》2011 年 12 月 12 日 1 版）

# 为有源头活水来

——三论用什么思路治水

"问渠哪得清如许，为有源头活水来。"

用可持续发展思路治水，必须维系良好的水生态系统，坚持从源头上治理。对四川而言，无论是"再造一个都江堰灌区"，还是"让人民群众喝上干净水"，水源主要来自长江上游密如蛛网的涓涓细流，来自川西北高原雪山草地源远流长的生态雨水。如果源头上水量不足、水质不好，那么都江堰灌区和整个四川盆地都将面临"水贫困"。从生态平衡的视野看，实现"再造一个都江堰灌区"的核心目标，必须把水利建设与长江上游生态环境保护有机结合起来，充分利用大自然的自我调节能力，采取更有效的措施保护水源、涵养水源。

清代以前，人们一直把岷江视为长江的源头。实际上，岷江水系是长江的上游流域，发源于岷山西南麓。岷江上游（都江堰市以上段）流域区是汶川特大地震的重灾区，生态环境已经遭到严重破坏。这些地区的水源涵养和生态重建不仅对四川的水利建设具有重要意义，而且关系到长江中下游地区的生态平衡。涵养水源的关键是保护植被，退耕还林，退牧还草，加强绿化，减少水土流失。需要引起高度重视的是，川西北高原沙化土地近年来呈现出扩展趋势，如果不有效遏制沙化扩展势头，将对四川盆地和长江流域整个生态系统带来严重的安全隐患。我们应该进一步加大川西北高原沙化治理的力度，治沙与治水互动，努力把流动、半流动沙丘变为固定沙丘，防止流动沙丘向外扩展蔓延。唯有如此，才能保护四川盆地并"再造一个都江堰灌区"，才能保护长江上游的生态屏障千秋万代安然无恙。

水资源是不可替代的公共资源，水资源的保护、管理和水利工程建设历来是政府的头等大事。2000多年来，都江堰水利工程的建设和管理给我们留下两条历史经验：一是政府调集各方力量，因地因时制宜修建不同类型的工程，形成一个由8条干渠和若干小型渠道构成的扇形渠道灌溉网络，为成都平原灌溉农业的形成和发展奠定了良好的水环境基础；二是政府加强水政集中统一管理，设立专门机构，打破行政区域界限，对都江堰实行全域灌溉和全域管理，形成了一套代代相传的水资源管理和水利工程维修养护的制度，积淀为独具特色的"都江堰文化"。这两个方面的经验启示我们，水利建设的龙头和主导是政府和规划，水利建设的根本动力和根本保障来自水资源管理的体制和机制。在开发利用水资源的过程中，各级政府不仅要加大投入，而且要加强管理，既要统筹协调流域上下游、左右岸、干支流之间不同区域的利益需求，也要遵循代际公平原则，为子孙后代留下可持续利用的水资源。正是在这方面，"再造一个都江堰灌区"有着坚实的基础和改革创新的广阔空间。

水资源的开发利用是有限度的，也是有成本的，不能没有节制，不能没有成本核算。改革创新水资源管理体制，国家正在研究建立国家水权制度，完善取水许可制度，扩大水资源费征收范围，探索建立水权市场。无论是水源保护、自来水公司运营，还是污水处理和节水技术的开发，都需要引入社会资本和市场机制。必须遵循市场规律，建立合理的水价调节机制，激励社会资本开发利用水资源的积极性。值得期待的是，《四川省饮用水水源保护管理条例》已由省第十一届人大常委会第二十六次会议修订通过，自2012年1月1日起施行。依法保障饮用水水源安全，每个人都能喝上干净水的节水型社会离我们越来越近！

"尔曹身与名俱灭，不废江河万古流。"生态平衡是不可抗拒的自然规律，用可持续发展思路治水是人与自然和谐相处的必然选择。为了长江，为了巴

山蜀水；为了子孙后代，也为了我们自己——行动起来，建设一个"青山常在、绿水长流"的生态屏障！

（《四川日报》2012 年 12 月 14 日 1 版）

# 战旱魔与"谋远水"

一场历史罕见的特大旱灾，肆虐在大西南，牵动着党中央、国务院和全国人民的心。

受厄尔尼诺现象影响，去年入秋以来，我国西南五省区市遭受旱魔袭击，河水断流，水井干了，水库塘堰干了，人畜饮水十分困难。"绝不能让一名群众没水喝！"根据党中央、国务院的要求和部署，灾区各地各有关部门千方百计解决"饮水难"，使灾区群众增强了战胜旱魔的信心。旱！旱！旱！水？水？水？哪里有旱情，哪里就有共产党员；哪里缺水，就把水送到哪里！到四川的一些旱区看一看就会发现，各级政府和有关部门对缺水情况高度重视，不仅逐县、逐乡、逐村进行排查摸底，而且根据不同缺水情况，分别采取水库供水、应急调水、打井取水、拉水送水等各种应急措施，不惜一切代价，尽可能保证旱区群众饮水。尽管如此，凉山、攀枝花、泸州、宜宾等灾情比较严重的部分山区仍然"深感缺水之痛"。

西南大旱凸显"饮水难"，最大的困难在农村。长期以来，西南地区的水资源丰富，不仅降水丰沛、植被茂盛，而且有长江、金沙江、岷江、沱江、乌江、汉水、澜沧江、怒江等大江大河，本来是不缺水的，但由于近代以来水环境的变迁和环境污染，西南地区水体稳定性越来越差，最突出的矛盾是，雨季和旱季水量起伏增大，水土流失日益严重，水旱灾害频繁发生，多雨时水满为害，一遇到干旱就缺水成灾。特别是每年春季都是枯水期，地下水位

下降的速度很快，地表水又不能有效储存下来，季节性缺水和工程性缺水充分暴露了西南地区抗旱基础设施薄弱的问题，凸显了水利基础设施建设在西南地区的极端重要性。

水是生命之源。据气象资料和专家研究，由于全球气候变暖，我国近年来频频发生极端天气，水旱灾害呈现先旱后涝、北旱南涝、旱涝急转和旱涝并发的局面。今年的西南大旱将加剧水资源的锐减，直接影响长江下游的用水环境。西南大旱警示我们，解决"饮水难"，既是当前抗旱救灾的燃眉之急，也是科学发展的长远战略问题。面对"水贫困"，"近渴"难解，"远水"堪忧，我们期盼青藏高原雪山草地的生态水长流，我们期盼黄河长江上游的绿水青山常在！

西南大旱再一次警示我们，四川是"千河之省"，也是旱灾频发之地，工程性缺水矛盾突出，我们需要"再造一个都江堰灌区"。2000多年来，都江堰为"天府之国"传统农业和现代农业的形成和发展奠定了基础，至今仍然是成都平原防洪、抗旱和灌溉的命脉所在，都江堰浇灌了四川1/3的农田，养活了四川1/3的人口。尽管如此，四川仍然面临饮水难的严峻挑战，已有的水利设施分布不均衡，盆周山区和丘陵地区不少地方水利设施建设仍然滞后，工程性缺水仍然比较严重。今年发生的西南大旱，使我们进一步增强了"再造一个都江堰灌区"的紧迫感和使命感。我们期盼水利基础设施建设投资再多一点，我们期盼退耕还林、退农还牧、退牧还草的成效再好一点！

"绝不能让一名群众没水喝！"众志成城战旱魔，以人为本"谋远水"，我们别无选择。

（《四川日报》2010年4月14日2版）

# 水污染防治刻不容缓

滚滚长江向东流，巴山蜀水居上游，水污染防治刻不容缓。

水是长江的生命之源，也是长江经济带最重要的资源。没有长江上游源远流长的绿水青山，就没有"冲出夔门"的三峡轻舟。站在都江堰水利枢纽工程永续利用的"宝瓶口"，看一看李冰治水的世界奇迹，我们对四川的水文化有一种自然而然的敬畏之情。水可载舟亦可覆舟，如果长江上游的绿水青山得不到保护，"源"之不清，"绿"水何来？

千百年来，长江一直发挥着黄金水道的作用，成为连接西部、中部、东部沿江一颗颗"珍珠"的重要纽带。如今，长江干流的年货物运输能力大约19亿吨，是世界上内河运输最繁忙、运量最大的河流。据调查，长江水运是最经济的运输，同样是一吨货物，通过水路、铁路、公路运输的价格分别为每公里2分、3角和2元钱。在不考虑时间成本的情况下，长江水运优势显而易见。"急货走铁路，慢货走水路"，关键是加快沿江综合运输大通道和综合交通运输体系建设，大力发展"铁水""公水"等多种方式的联运。我们要抓住机遇，依托长江黄金水道，加快宜宾、泸州、乐山港口综合运输大通道建设，优化上游腹地的物流环境，让四川的物流、人流、资金流、信息流更好地与长江经济带融为一体，双向互动，走向世界。

水润四川，功在水运，难在治污。据考察，长江流域1/3以上的水量、三峡库区80%以上的水量来自巴山蜀水。其中，四川被纳入国家《重点流域

水污染防治规划（2011—2015年）》的断面达26个，占三峡库区及其上游流域所有断面的53.1%。目前四川省境内的长江流域139个断面，有30%不达标，有16个市属于全国酸雨控制区，14个市属于成渝城市群大气污染重点防治控制区。长江上游生态保护面临三大压力：一是节能降耗和主要污染物减排压力大；二是"后三峡"生态环境保护压力大，目前尚存部分次级河流湖库未达到水域功能，部分地区水土流失和沙漠化、石漠化较为严重；三是污水垃圾处理设施建设压力大，存在较大的建设运行资金缺口。到岷江、沱江、金沙江和嘉陵江两岸看一看当地居民的饮水困难和野生鱼类生存状况，你就会知道水资源保护和水污染防治刻不容缓！

"确保一江清水绵延后世、永续利用！"为了建设长江上游生态屏障，四川坚持把生态文明建设放在突出位置，已经形成"推进绿色发展、建设美丽四川"的共识。按照省委、省政府部署，我们大力推进生态保护和修复，以最严厉的举措防治水土流失和污染，壮士断腕化解落后产能，推进转型发展，坚决守住绿水青山。受到广泛好评的是，坚持开展绿化全川行动，重点抓好若尔盖、川滇、秦巴、大小凉山等四大重点生态功能区建设，切实加强长江、金沙江、嘉陵江、岷江、沱江、雅砻江、涪江、渠江等8大流域生态保护，大力实施水土流失及石漠化治理、退耕还林还草工程，构建"四区八带多点"的生态安全格局。取得明显成效的是，近三年来，全省累计关停小煤矿和淘汰落后产能企业2200多户，巩固和治理沙化土地67万多亩，完成石漠化综合治理1600多平方公里，地表水6个出川断面全都达标。

为有源头绿水来，还需源头绿色发展。长江上游是我国贫困人口聚集较多的区域，通过长江经济带建设，实施生态扶贫，发展生态经济，不仅能够推动贫困人口脱贫致富，而且能够改善生态环境，保护绿水青山。引起我们关注的是，阿坝藏族羌族自治州是长江上游四川境内主要支流岷江、嘉陵江、涪江的发源地，是长江上游的重要生态屏障。近年来阿坝州把发展思路和发展重心转移到以文化生态旅游为核心的生态经济，走出一条绿色发展新路子。在阿坝，在甘孜，在大小凉山，长江上游到处都是"金山银山"。

人类只有一个地球，中国只有一条长江。让我们抓住长江经济带发展的战略机遇，实行最严格的生态环境保护制度，守住长江上游源远流长的绿水青山！

（《四川日报》2016 年 9 月 26 日 2 版）

# 轮作休耕为哪般

据报道，5月20日，中央全面深化改革领导小组第二十四次会议审议通过了《探索实行耕地轮作休耕制度试点方案》，这是深化农村改革的新举措，是实现农业可持续发展的新思路。我们应该更新农业发展理念，更加重视耕地的生态恢复功能，积极稳妥推进耕地轮作休耕制度试点。

俗话说："万物土中生，食以土为本。"长期以来，我国用全球1/10的耕地，生产了全球1/4的粮食，土壤一直处于高负荷运转的状态，耕地数量减少、质量下降，耕作层变浅、土壤酸化、重金属污染等问题越来越突出。正是在这样的背景下，探索实行耕地轮作休耕制度试点，体现了尊重自然的创新理念。用农业专家的话说，就像是一个人累了、得不到休息，身体机能出现问题，工作效率就会下降。对于那些已经遭受污染、生态脆弱的耕地而言，休养生息就是最好的保护，该改种的改种、该治理的治理、该退耕的退耕，让累坏了的农田"歇歇脚"，让透支的田野"喘口气"，让已经遭受污染的土地自我修复。这就是"藏粮于地"，"土地换个种法，农民换个活法"。

中华文明的根在农耕文化。农耕文化的根在"敬畏天时以应时宜"，"施德于地以应地德"，"帅天地之度以定取予"。春种秋收，不违农时；厚德载物，不穷地力。在中国，农业生态系统内部各个组成部分都以物候节律因时而动，农业系统的盛衰总是以土地肥瘠为明显标志。我们的祖先视土地为"母亲"，对土地多施厚养之德，甚至以土地为神祇而顶礼膜拜，切忌对土地掠夺刮削、竭泽而渔。"人法地，地法天，天法道，道法自然。"正是在尊重自然规律基础上，水旱由人的都江堰和厚德载物的成都平原深度融合，形成"天人合一"的农业生态系统，孕育出"道法自然"的农耕文化，至今仍在造福四川人民。

遗憾的是，随着近代以来人口过快增长，我们在农业现代化过程中，出现了轻视农业自身规律的问题，突出表现在比较重视农业的经济功能，而忽视了农业的生态功能，农村发展逐步走入"越穷越垦、越垦越穷"的怪圈。尤其是四川，作为长江上游生态屏障和人口大省，人地矛盾更加突出，耕地中坡地、梯田占了耕地总面积的 88%，这些坡耕地生态系统极为脆弱。改革开放前一直盛行毁林开荒、陡坡开垦等掠夺性经营方式，进一步加剧了水土流失。所谓"上面种到山尖尖，下面种到田边边"，正是四川不少农村的真实写照。更令人揪心的是，化肥、农药、农膜的无节制使用使农业生态环境遭到破坏，防治土壤污染已经迫在眉睫。

保护土壤，救救"母亲"！我们要充分认识到水土流失和土壤污染问题的严重性，从源头上治理水土流失，断绝土壤污染的形成。四川自 20 世纪末率先启动退耕还林、退牧还草，不仅没有影响粮食产量和畜牧业生产，反而促进了粮食、畜牧业产量和质量双提升。更重要的是产生了良好的生态效益，一些曾经水土流失的山野，如今山清水秀；退化沙化的牧场，如今芳草萋萋。应对土壤污染，既要"防"也要"治"。轮作休耕是防治土壤污染的根本措施，四川应该在退耕还林、退牧还草基础上，更加重视耕地的生态功能恢复，更加尊重自然生态系统基本规律，在部分地区探索实行耕地轮作休耕制度试点，这是我们以全面创新改革驱动转型发展的新机遇！

轮作休耕为哪般？根本目标在生态，根本理念在创新，根本路径在改革！

（《四川日报》2016 年 5 月 30 日 1 版）

# 谁说土壤污染与我无关

万物土中长，无土不能生，谁说土壤污染与我无关？

据报道，国务院 5 月底发布《土壤污染防治行动计划》（简称"土十条"），明确提出了当前和今后一个时期全国土壤污染防治路线图。引起我们关注的是，相比于大气污染防治和水污染防治，土壤污染防治难度更大、周期更长、成本更高、见效更慢，至今尚未形成土壤污染防治的社会共识。用专家的话说，土壤污染扩散慢、易积累，具有滞后性，被称作"看不见的污染"；在解决土壤污染问题时，需要综合考虑土地利用类型、污染程度、污染物类别、技术经济条件等因素，因地制宜、因时制宜采取防治措施。在四川，土壤污染防治任重道远，要从建设长江上游生态屏障的实际出发，更加重视土壤的生态恢复功能，坚持走"预防为主、保护优先、风险管控"的土壤污染防治之路。

从生态文明建设视野看，良好的生态环境是最公平的公共产品，是最普惠的民生福祉。"土十条"是党中央、国务院推进生态文明建设的重大战略部署，体现了生态文明建设的新要求。至此，针对我国当前面临的大气、水、土壤三大环境污染问题，三个行动计划已经全部制定出台。落实"土十条"既要增强打攻坚战的紧迫感，也要做好打持久战的长期准备，更要充分依靠和利用自然生态系统的自我修复能力，更加重视土壤的自我净化功能。也就是说，土壤污染防治具有自身的生态规律，不能照搬大气、水污染治理思路和技术路径。我们要深刻认识土壤污染防治的长期性、艰巨性和复杂性，遵循自然规律和生态规律，让疲惫的土地休养生息，让污染的土地恢复自然生态。

从生态文明建设视野看，土壤污染防治重在自我修复。分析当前我国大面积土壤污染形成的多种原因，最重要的是长期以来不重视自然生态系统的本底状况及其演变规律，突出表现在盲目开荒造田、过度放牧造成了严重的水土流失和土地荒漠化，使土壤失去了自我修复的生态功能。尤其是在发展工矿城镇过程中毫无顾忌地向天然河道排污，在一些地区造成了严重的重金属污染灾害。广东、湖南等地发生的"毒大米"事件警示我们：土壤污染一旦发生，仅仅依靠切断污染源的方法很难恢复。治理土壤污染不能不急，也不能太急，必须尊重自然规律，充分依靠自然生态系统的自我修复能力。当务之急首先要限制和消除对自然生态环境起破坏作用的人为因素，同时从当地自然生态条件出发，因地制宜采取适当的防治措施。对此，"土十条"提出了一系列严控新增土壤污染的措施，强化未污染土壤保护；对于受污染耕地，按照不同污染程度，分别采取农艺调控、替代种植、种植结构调整或退耕还林还草、轮作休耕等措施，实现安全利用；对建设用地，提出严格环境准入，实施分类别、分用途管理，防范土壤污染对人体及生态环境造成损害。这些措施有利于土壤生态功能的自我修复，功在当代，福在子孙！

从生态文明建设视野看，土壤污染防治难在缺少共识。土壤污染具有较长时间的隐蔽性，不像大气污染和水污染那样直观，人们通过感官就能发现。它往往要通过对土壤样品进行抽验化验和对农作物进行检验，甚至是通过研究对人畜健康状况的影响才能确定。由此，人们对土壤污染的严重性和普遍性缺乏认识，难以形成共治共享的社会共识。特别是广大农民对土壤污染更是缺乏觉醒。到农村走一走，到乡镇看一看，你会发现土壤污染早已存在，但人们却熟视无睹。很多乡镇生活垃圾到处扔，工业废料到处丢。很多城里人总觉得土壤污染离自己很远，只知道吃长在土里的马铃薯、山药、红薯、花生，说是不打农药、不施化肥是安全健康食品，但他们不知道，污染的土

地里根本长不出人们想要的安全和健康。没有土壤安全，哪有人类健康？

还是这句话：人类只有一个地球，谁说土壤污染与我们无关？让我们立即行动起来！

（《四川日报》2016 年 6 月 15 日 2 版）

# 转型发展是新机遇

省委十届三次全会提出实施"三大发展战略"以来，四川的广大干部群众已形成一种共识：转型才能更好发展，后发也要高点起步。

行走在巴山蜀水间，我们听到城乡干部群众"非转不可"的声音如雷贯耳，我们看到"转方式、调结构、稳增长"的严峻挑战蕴藏着"经济再平衡"的重大机遇。最明显的感受是，当前经济发展正处于经济增长速度换挡期、结构调整阵痛期、前期政策消化期，"三高一低"的粗放增长老路走不通了，传统的机遇已转变为倒逼我们扩大内需、提高创新能力、促进经济发展方式转变的新机遇。用省委书记王东明的话说，四川已经到了"只有转型才能更好发展、后发也要高点起步"的重要关头，顺势而为，才是大道！机遇稍纵即逝，如果现在没跟上，可能会耽误很多年！

从四川看全国，转型发展已成大势所趋，趋势所在正是机遇所在！

党的十八大以来，各地紧紧围绕"科学发展"这个主题和"加快转变经济发展方式"这条主线，加快结构调整和产业升级，已经形成"全国一盘棋"的转型发展战略态势。就转型发展的战略目标而言，至少有三：一是以提高居民收入、调整收入分配关系、健全公共服务体系为主要手段，增强居民整体消费能力，扩大内需市场；二是以广泛应用既有高新技术和新一轮技术成果为支撑，建立现代产业体系，提高我国在国际分工中的地位；三是以增强欠发达地区造血功能和自我发展能力为依托，加快中西部地区发展，促进区

域协调发展。正如我们看到的那样，新一轮科技革命和产业变革正在孕育兴起，西部大开发已经在更大范围、更深层次、更大力度推进，建设长江经济带、丝绸之路经济带和 21 世纪海上丝绸之路的战略构想正在抓紧规划，中国上海自由贸易区横空出世，成渝经济区和天府新区"升级"势不可当，新一轮发展机遇展现在我们面前。关键是要抓住机遇，大力实施"三大发展战略"，走出一条产业升级、创新驱动、城乡统筹、环境友好的转型发展之路。

新机遇"新"在哪里？

看一看改革开放的根本动力吧，转型发展是新机遇，"新"就新在"使市场在资源配置中起决定性作用"。从计划经济转向社会主义市场经济的体制转型，我们经历了市场取向改革的不同阶段，从"市场调节"到市场在资源配置中起"基础性作用"，对市场规律认识的不断深化，发展观念、发展思路、发展战略的不断调整，带来前所未有的发展机遇，创造出经济持续快速发展的"中国奇迹"。如今，进一步把市场配置资源的作用由"基础性"升级为"决定性"，必将在更深层次、更大范围、更高起点上为经济发展带来更多机遇。毫无疑问，市场配置资源的作用越大，市场准入门槛越低，创造财富的源泉越是充分涌流，全面建成小康社会的道路就会越走越宽广。

看一看社会转型的时代特征吧，转型发展是新机遇，"新"就新在新型工业化、信息化、城镇化和农业现代化"四化互动"的发展路径。从传统农业社会转向工业社会的发展转型，"新四化"的创新之处在于，发展重点从强调发展目标转向注重发展路径，发展理念从"以物为本"转向"以人为本"，更加重视提高人的生活质量，更加重视改善和发展民生，更加重视社会公平和社会保障，由此带来城乡统筹发展的更大动力、更多机遇。从社会转型视野看，我国要跨越中等收入陷阱，进入高收入国家行列，难点是缩小区域差距、城乡差距，关键是解决好"三农"问题。在四川，我们的城镇化水平比全国低 8.8 个百分点，城乡居民收入分别为全国平均水平的 82.9%、88.7%，正处于工业化、城镇化"双加速"时期，"四化互动"潜力更大，创新驱动机遇更大，区域协调发展和城乡统筹发展具有更大回旋空间。

　　总而言之，我们仍然处于可以大有作为的战略机遇期，科学发展是"主旋律"，转型发展是"新机遇"，稳中求进是"硬道理"。在四川，当前经济发展面临的下行压力，很大程度上源于经济发展方式和经济结构问题，确确实实已经到了"非转不可"的时候了。转型发展过程中，扩大内需是最大潜力，产业升级是根本途径，市场决定资源配置是最大机遇。此时此刻，我们要进一步深刻认识发展与转型的关系，牢牢把握转型发展的新一轮战略机遇，主动走好转型发展之路！

（《四川日报》2014 年 5 月 20 日 1 版）

# 最大机遇在哪里

——再论转型发展是新机遇

　　转型发展是新机遇，最大机遇在哪里？

　　历史经验告诉我们：在市场驱动、开放驱动、创新驱动的经济全球化背景下，结构调整的最大压力在市场，产业升级的最大动力在市场，转型发展的最大机遇在市场！

　　正如我们看到的那样，我国的改革开放一开始就是市场导向的，表现出以体制转型带动发展转型的"双重转型"特征。就体制转型而言，我们的目标是从计划经济体制转向社会主义市场经济体制；在发展转型方面，我们的目标是从传统农业社会转向工业社会。从"双重转型"一路走来，同样一个企业、同样一个地区、同样的生产要素，改革前后可以全然两样。想一想当年农村改革带动亿万农民赤手空拳进城经商办企业，再看一看深圳特区在一穷二白的小渔村创造了"先富起来"的奇迹，我们就会知道市场的力量有多强，市场的机遇有多大？毫无疑问，党的十八届三中全会《中共中央关于全面深化改革若干重大问题的决定》强调"市场在资源配置中起决定性作用"，这是思想观念转变和理论创新的重大突破，也是新一轮改革开放带动发展转型的"牛鼻子"。用四川人的话说："市场是第一资源，市场是第一资本，市场是第一车间，没有比市场更大的机遇！"

　　市场决定资源配置是市场经济的一般规律。在经济全球化背景下，市场决定资源配置，主要涉及三个方面：一是价格不再由政府决定，而是在价值基础上由竞争机制和供求机制决定；二是企业的生产经营活动不再由政府计划决定，而是由反映市场供求关系的市场信号决定；三是消费方面不再是短缺经济和卖方市场下消费者没有选择权的状况，而是由消费者自己决定。这样一来，就意味着要加快政府职能转变，大力推进市场准入和市场竞争方面的改革，进一步深化企业改革、财税体制改革、投资体制改革、土地制度改革、利率市场化和汇率决定机制等一系列改革，着力清除市场壁垒，提高市场配置资源的效率和公平性。就四川而言，我们地处西部内陆，最大的落后仍然是市场观念的落后，最大的差距仍然是市场配置资源的竞争能力不强。推进新一轮改革开放，最重要的是进一步解放思想，充分发挥市场配置资源的决定性作用，让一切劳动、知识、技术、管理、资本的活力竞相迸发，让一切创造社会财富的源泉充分涌流。这是多么深刻、多么广泛的市场变革啊，哪里有市场，哪里就是机遇！

市场决定资源配置的改革取向，决定着发展方式转变的深度和广度。近两年，我国经济增长已进入由高速增长阶段向中高速增长阶段的换挡期。增长速度放缓背后，是经济结构的转型和增长动力的转换，即由过去投资为主、工业为主、更多依靠外需，转变为消费为主、服务业为主和更多依靠内需；在增长动力上，要由过去更多依靠要素投入和模仿国外技术，转变为更多依靠要素生产率提高和创新驱动。我们积极参与全球市场竞争，表面上看是产品、技术、产业的竞争，背后则是体制机制的竞争，是市场决定资源配置的制度竞争。也就是说，我们将市场配置资源的作用从"基础性"升级为"决定性"，意味着产权改革是首要的最重要的改革，必须通过深化产权改革形成真正的市场主体。这就需要进一步深化国有资产管理体制和国有企业改革，同时进一步拓宽非公有制经济的发展空间，使非公有制经济与公有制经济站在同一起跑线上公平竞争。在四川，最大的突破还在于发展混合所有制经济，以服务业开放为重点，放宽相关领域的市场准入限制，以对外开放带动对内开放，以开放促改革，释放服务业的发展潜能。

总而言之，改革创新是最大动力，市场决定资源配置是最大机遇。改革

要深化，经济要稳中求进，关键是继续坚持以体制转型带动发展转型，当前应该重点解决好政府与市场的关系，大幅度减少政府对资源的直接配置，推动资源配置依据市场规则、市场价格、市场竞争实现效益最大化和效率最优化。我们期待市场决定资源配置的市场化改革，为四川转型发展创造更多、更大的市场机遇！

（《四川日报》2014 年 5 月 21 日 1 版）

# 内需潜力在哪里

——三论转型发展是新机遇

转型发展是新机遇，内需潜力在哪里？

当前，我国经济转型正处于增长速度换挡期、结构调整阵痛期和前期政策消化期"三期叠加"的关键时期，经济发展面临的结构性矛盾十分突出。在需求结构方面，过去 10 多年的高速增长过多依赖投资、出口拉动，消费需求增长缓慢，在民生领域投资不足，使国内投资、消费增长都面临下行压力。引起我们高度重视的是，2008 年国际金融危机以来，发达国家经济复苏步履维艰，国际经济环境发生了重大变化，我国经济过多依赖出口拉动，迫切需要调整内外需结构和外需市场结构。越是外部环境复杂、外需不足，我们越是要扩大内需，加快需求结构升级，从主要依靠投资、出口拉动转向内需为主、投资与消费协调拉动。这是经济结构转型升级的必由之路，是"经济再平衡"的新机遇。

看一看投资与消费的增长潜力吧，最有效的投资在改善民生，最大的热点在网络消费，最大的潜力在社会保障。从过去 5 年投资结构看，制造业投资增长已经连续两年大幅下降，受产能过剩、利润偏低、终端需求不振等因素影响，制造业投资增长总体趋缓，在民生方面的投资明显不足。由于房地产市场区域格局日益分化，不少城市库存较高，三四线城市供给已相对过剩，房地产投资风险越来越大。在四川，未来投资的重点和增长空间主要在战略性新兴产业和与改善民生相关的社会保障、环境保护、医疗卫生和文化产业。

在消费方面，由于近年来电子商务、信息网络、小额贷款服务等不断完善，信息、文化、教育、健康等消费热点不断涌现，正在形成拉动消费增长的强劲动力。

看一看地区差距、城乡差距带来的增长潜力吧，最大的增长空间在西部，最大的内需潜力在"三农"。我国是一个地域辽阔、人口众多的国家，工业化、信息化、城镇化、农业现代化正在向纵深推进，国内市场和需求的回旋余地很大。就地区差距而言，西部在产业梯度推移和结构升级中具有更大的回旋余地，具有"东资西移""外资西进"的更多机遇。至于城乡差距，更是蕴藏着巨大的内需潜力和增长空间。根据国际经验，进入高收入行列的国家一般具备三个条件：一是城镇化水平达到70%左右；二是农业劳动生产率赶上第二、三产业的水平；三是农民人均收入赶上城镇居民。目前，我国城镇化率只有53.7%，大量农民工还没有完全融入城市；农业劳动生产率只有第二、三产业的28%；农民人均收入只及城镇居民的1/3左右。也就是说，我国要跨越"中等收入陷阱"，重点在缩小城乡差距，难点在解决"三农"问题。还是这句话："小康不小康，关键看老乡！"在四川，我们的地区差距、城乡差距更为突出，关键是要抓住新一轮西部大开发的战略机遇，推进县域经济全面合作开放，夯实多点多极支撑发展的"底部基础"。

从扩大内需看转型发展，该是城镇化转型升级的时候了。据国家统计局数据，2001年到2011年，我国城镇化率每提高1个百分点，分别拉动投资、消费增长3.7和1.8个百分点。未来10年，随着我国城镇化水平不断提高，还将新增越来越多城市人口，由此带来扩大内需的最大潜力。毫无疑问，以人的城镇化为核心，推进城镇化转型升级，必将推动消费主导转型，充分释放国内需求潜力。在四川，当务之急是进一步推进统筹城乡综合配套改革，加快构建以工促农、以城带乡、工农互惠、城乡一体的新型城乡关系，同时补齐藏在城市里面的民生"短板"，解决好埋在城市下面的"隐患"，重点防治内涝、交通堵塞、环境污染等"城市病"。

从扩大内需看转型发展，该是民间资本万马奔腾的时候了。在北京，国务院已经出台一系列激活民间投资的政策措施，推进政府向社会购买公共服务。在四川，省政府已经简政放权，降低市场准入门槛，引导和鼓励民间资本进入基础设施、金融服务和教育文化、医疗卫生、养老健康等领域，已经形成民营经济、招商引资、产业转移互动相融的发展新趋势。"非禁即入、有障必纠"，转型发展的内需潜力还有很大的释放空间！

（《四川日报》2014 年 5 月 28 日 2 版）

# 产业升级路在何方

——四论转型发展是新机遇

转型发展是新机遇，产业升级路在何方？

市场决定资源配置的大思路，决定了转型发展的战略重点是经济结构调整。经济结构调整是一个复杂的系统工程，主要涉及需求结构、分配结构、产业结构的转型升级。就产业结构转型升级而言，至少有三个方面的战略目标：一是从外延型增长为主"升级"为内涵型增长为主的发展，二是从低劳动成本、低附加值为主"升级"为知识型劳动和较高附加值为主的技术推动型发展，三是从过去外需拉动的速度型增长"升级"为内需外需协调拉动的高质量的发展。正如我们看到的那样，我们过去的经济增长主要是靠增加物质资源消耗和规模扩张实现的，这不仅给能源资源供给带来很大压力，而且使生态环境难以承受，造成当前经济运行中第三产业发展滞后、第二产业产能过剩和"三农"问题难以解决的突出矛盾。从转型发展看结构调整，最紧迫的是产业结构优化升级，最困难的是产业结构优化升级，最使老百姓受益的也是产业结构优化升级。没有产业结构优化升级，就没有就业的"饭碗"，就没有收入增长的"门路"，就没有转型发展的产业基础。

产业升级，路在何方？

从转型发展看产业升级，路在加快发展第三产业。第三产业发展滞后，是我国产业结构长期存在的突出问题。最为明显的是，过去对第三产业实行的营业税税负比第二产业的增值税重 1/3 左右，抑制了第三产业经营者（大部分是小微企业和个体户）的创业热情。到 2011 年，我国第三产业从业人员占全社会从业人员的比重为 35％，远低于世界平均 62％ 的水平，比发展中国家平均水平还低 15 个百分点。为了加快第三产业发展，我国近年来在第三产业的各个领域进行了"营改增"税制改革，"放水养鱼"，使第三产业出现了蓬勃发展的新局面。2013 年，我国第三产业占 GDP 比重提高到 46.1％，首次超过了第二产业，产业结构由此发生历史性转变。相比之下，四川服务业发展不足，在 GDP 中的比重只有 35.2％，居全国第 28 位。差距之大，正是潜力之大。最重要的是要依托中心城镇发展现代服务业，紧紧抓住信息化给服务业带来的新机遇，大力支持互联网金融、电子商务、智慧城市等新型业态发展，推动商贸流通等传统服务业升级。

从转型发展看产业升级，路在自主创新。产能过剩是当前经济运行中最突出的矛盾。一个典型的数据是，我国的出口产品，有 220 多种产量都是"全球第一"，可这些"第一"很多都是产能过剩的，在国际市场做的是"亏本买卖"。改变这种局面，必须加大自主创新力度，以具有自主知识产权的技术带动产业升级。党的十七大提出，把提高自主创新能力、建设创新型国家作为国家发展战略的核心。几年来，各级政府和企业、科研机构、大学加大了科研开发、技术创新的投入力度，自主创新的专利成果大量涌现。到 2011 年，我国在国内申请专利的数量已跃居世界第一位。在四川，自主创新的后发优势越来越明显，民营企业申请专利的数量已占绝对优势，成为自主创新的主力军。

从转型发展看产业升级，路在开放合作。改革开放以来，我们通过贸易和招商引资的方式，在国内兴办了数以万计的"三资"企业，吸引和消化了大量国外先进技术，并逐步实现了技术的升级和本土化，这是产业升级的成功之路。我国目前在彩电、冰箱、电脑、手机等方面产业升级，在很大程度上与开放合作密不可分。在四川，随着世界 500 强企业争先恐后在川投资，围绕世界知名产品的产业链、价值链、供应链开展合资合作，我们的产业升级还有更大的创新空间。在这方面，成都市的电子信息、汽车产业升级已经

走出了一条新路子，天府新区的"后发优势"应该牢牢地建立在"高点起步"的产业升级基础上。

　　总而言之，从转型发展看产业升级，改革开放是根本途径，创新驱动是核心战略。只有抓住这个"根本"和"核心"，才能抓住转型发展的新机遇。还是这句话：产业升级之路千条万条，创新驱动是最重要一条！

（《四川日报》2014 年 5 月 29 日 2 版）

# 关键是政府职能转变

——五论转型发展是新机遇

转型发展是新机遇，关键是政府职能转变。

市场决定资源配置的经济规律，决定了政府这只"看得见的手"只能在资源配置方面更好发挥引导性、弥补性、规制性作用，从而要求政府进一步转变职能，把工作重点转到保持宏观经济稳定、加强和优化公共服务、维护社会公平正义上来。改革开放的实践表明，在计划经济体制基础上推进市场经济体制改革，由于路径依赖，比那些没有经历计划经济体制的国家向市场经济转型更困难。最难的是政府职能转变，我们总想把传统体制最核心的东西与市场经济结合起来，对市场干预过多，继承了计划经济体制下无所不管的行政体制，管了许多不该管、管不了、管不好的事情。党的十八届三中全会《决定》提出"使市场在资源配置中起决定性作用和更好发挥政府作用"，明确要求各级政府大力推进行政体制改革，既要纠正"越位"、解决"错位"，也要避免"缺位"。也就是说："让越位的归位，让缺位的到位，政府要管好自己该管的事情。"

从转型发展看政府职能转变，关键是简政放权。新一届国务院组成后做的第一件事情，就是以行政体制改革和政府职能转变为突破口，取消下放了334项行政审批事项。同时，稳步推进大部制改革，实行铁路政企分开，整合加强卫生和计划生育、食品药品、新闻出版和广播电视电影、海洋、能源管理机构。紧接着，各级地方政府进一步优化政府组织结构，加快行政体制改

革步伐，进一步把市场配置资源的决定性作用落在实处。加快法治政府和服务型政府建设，我省最近出台《关于深化投融资体制改革的指导意见》，进一步简政放权，最大限度减少行政审批事项，制定政府核准项目正面清单，需由省级核准的投资项目减少50％以上。同时，全面推进并联审批制度和电子政务大厅建设，已在全国率先形成"横向到边、纵向到底、覆盖全省"的五级政务服务体系。

从转型发展看政府职能转变，关键是放宽市场准入。党的十八大以来，国务院出台了一系列改革措施，加快放开对民间资本的市场准入，打破制约民间资本的"玻璃门""旋转门"和"天花板"，着力清除市场壁垒，提高资源配置效率。在四川，重平等、重公平、重保护，"凡法律没有明令禁止的，一律对民间投资放开"；"凡能依法下放的行政审批项目，一律下放"；小微企业审批难、融资难、创新难、要素资源获取难四大顽症正逐步破解。省委、省政府去年推出鼓励和支持民营经济又好又快发展的若干政策措施，切实破除体制性障碍，大力推动民间资本有效进入金融、能源、铁路、电信、文化、医药健康等领域，让民营经济如虎添翼，助全民创业马到功成。

从转型发展看政府职能转变，关键是政绩考核。转变政府职能最棘手的问题就是政绩考核。为官一任，谋一方福祉，保一方平安，干什么，怎么干，政绩考核就是一根指挥棒，基本取向是"不能简单以 GDP 论英雄"。按照科学发展、转型发展的新要求，党中央要求各地区各部门抓紧清理和调整政绩考核评价指标，树立正确的考核导向，使考核由单纯比经济总量、比发展速度，转变为比发展质量、发展方式、发展后劲，引导各级领导班子和领导干部牢固树立"功成不必在我"的发展理念，做出经得起实践、人民、历史检验的政绩。为此，省政府最近重新修订了《四川省人民政府部门绩效管理办法》《四川省人民政府市（州）政府目标管理办法》和《四川省县域经济发展考核办法（试行）》，不再向市州政府具体下达 GDP 增长率指标，加强了产业结构优化、经济发展质量、城乡居民收入、节能降耗、环境保护等相关发展指标的考核，引导各级各部门加快政府职能转变。

　　总而言之，处理好政府与市场的关系是经济体制改革的核心问题，转变政府职能是转变发展方式的关键环节，我们在建设法治政府和服务型政府方面还要走很长的路。用一句引起社会共鸣的"官话"说：把错装在政府身上的手重新还给市场，涉及权力的调整、利益的调整，我们应当有壮士断腕的勇气！我们要特别强调的是，转型发展是新机遇，是决定一个地区未来更好发展的战略机遇，是决定中华民族伟大复兴的时代机遇。抓住这样一个新机遇，我们还应当有舍我其谁的担当精神！

　　　　　　　　　　　　（《四川日报》2014 年 5 月 30 日 1 版）

# 用创新理念引领转型发展

历史机遇厚爱四川。

7月4日，中国政府网站发布国务院关于四川省系统推进全面创新改革试验方案的批复，原则同意《四川省系统推进全面创新改革试验方案》。这是改革开放30多年来党中央、国务院赋予四川最重要的改革试验任务之一，对于加快推动全省转型发展，有效破解创新驱动发展瓶颈制约，加快形成经济社会发展新引擎，具有重大的现实意义和深远的历史意义。我们要进一步统一思想，把创新驱动发展摆在核心战略位置，用创新理念引领转型发展，确保全面创新改革试验方案落到实处。

正如我们看到的那样，全面创新改革驱动转型发展，是一项事关全局和长远的重大战略任务。党的十八大以来，以习近平同志为总书记的党中央明确提出，坚持科学发展观要以加快转变发展方式为主线，把推动发展的立足点转到提高质量和效益上来，着力激发各类市场主体发展新活力，着力增强创新驱动发展新动力，着力构建现代产业发展新体系，着力培育开放型经济发展新优势，不断增强长期发展后劲。这表明我国正处于转型发展的关键时期，必须更多依靠技术进步、自主创新和提高劳动力素质，切实增强产业竞争力和提高全要素生产率，走出一条"发展动力转换、发展方式转变"的转型发展路子。党的十八届五中全会明确提出了创新、协调、绿色、开放、共享五大发展理念，更加注重发展的能动性、均衡性、开放性和可持续性，特别强调"创新是引领发展的第一动力",表明创新驱动已经成为国家发展的重要战略,彰显了中央坚定不移转变发展方式的决心。

正是在这样一个转型发展的关键时期,中央把四川列为国家系统推进全面创新改革试验区域,体现了中央对四川转型发展的高度重视,同时也对四川大力实施"三大发展战略"满怀期待。我们要认真贯彻落实中央和省委的决策部署,牢固树立创新、协调、绿色、开放、共享的发展理念,围绕加速军民深度融合发展,以实现创新驱动转型发展为目标,以推动科技创新为核心,以破除体制机制障碍为主攻方向,依托成(都)德(阳)绵(阳)地区,开展系统性、整体性、协同性改革举措的先行先试,加快构建全要素、多领域、高效益的军民深度融合发展格局,形成引领经济发展新常态的体制机制和发展方式,为推动四川转型发展、长远发展、可持续发展奠定坚实基础。按照"三年试验突破""五年基本转型"的目标,省委已经在动力结构、产业结构、消费结构、城镇结构、人才结构的转型方面提出了一系列改革举措,同时在优化重点区域布局、推进成德绵创新改革试验、推动重点区域创新发展、建设区域重大创新平台等方面形成了打造创新发展增长极的路线图。此时此刻,关键是要以壮士断腕的决心抓落实,以背水一战的勇气转方式调结构,在更高的起点上走出一条产业升级、创新驱动、城乡统筹、环境友好的转型发展路子。

更重要的是,四川已经到了"非转不可"的时候了。党的十八大以来,省委坚持问题导向,紧扣转型发展主线,大力实施"三大发展战略",加快转方式调结构,积极培育发展新动能,为全省经济社会较快发展提供了有力支撑。但总体上看,制约创新发展的体制机制障碍仍然突出,完成发展动力转换的历史性任务还很艰巨。正如省委书记王东明指出的那样,四川人口多、底子薄、欠发达、不平衡的基本省情没有根本变化,在发展趋势上正呈现由高速增长向较快增长过渡的"换挡降速"特征,过度依赖投资拉动增长不可持续,低端产业规模扩张的发展路子不可持续,"三高一低"的粗放增长方式不可持续,已经到了"只有转型才能更好发展、后发也要高点起步"的重要

关头。还是这句话：发展的老路走不通了，必须主动转方式调结构，走转型发展之路。

让我们用创新理念引领转型发展，牢牢抓住这个千载难逢的重大历史机遇！

（《四川日报》2016 年 7 月 25 日 2 版）

# 创新驱动"创"什么

——再论用创新理念引领转型发展

用创新理念引领转型发展，核心是创新驱动。创新驱动创什么？

当我们把转型发展的目标锁定在加快转变发展方式这条"主线"，经济发展要素禀赋条件的新变化凸显在我们面前。在四川，30 多年快速发展背后存在着严重隐忧：经济规模大，但不够强；经济增长快，但不够优。特别是人口拐点已经到来，资源、环境约束瓶颈越来越严峻，依靠要素驱动的经济发展方式已经变得不可持续。经济发展进入新常态，我们必须实现增长动力转换，促进增长动力由要素驱动、投资驱动向创新驱动转变。这是转型发展大势所趋。

创新驱动创什么？促进经济发展方式转变的创新驱动不是单一方面的创新，而是一种系统性、整体性、协同性的全面创新。创新驱动的内容包括：产业创新、科技创新、产品创新、制度创新、开放创新和文化创新。贯彻落实中央和省委的部署，我们要坚持问题导向，紧扣转型发展，着眼破解创新驱动发展的突出矛盾和问题，突出企业主体地位，聚焦产业转型升级，找准全面创新的突破口，着力打造科技向现实生产力转化的通道，让创新落实为形成新的增长点、增长极、增长带。在四川，全面创新的战略布局有一个独具特色的突破口，这就是聚焦聚力军民融合创新，着力破解军民深度融合发展的体制性障碍，加快健全军民深度融合发展的组织管理、工作运行和政策制度体系。这是三线建设留给四川的发展基础，也是四川转型发展的重点难

点，没有创新理念的引领很难取得重点突破！

创新驱动一路走来，我们创的是多点多极支撑发展的区域优势。在四川，依托成德绵系统推进全面创新改革试验，优化重点区域布局，可以推动重点区域形成创新发展经济带，关键是突破行政区划壁垒，实现平台共享、资源共享、政策共享，促进创新要素集聚，打造创新发展载体，构建起重点区域、创业园区、产业基地、创新平台为支撑的区域创新发展新格局。同时，发挥成德绵的辐射带动作用，加快建设天府新区，推动眉山市、雅安市、资阳市、遂宁市、乐山市实现转型升级，把成都平原经济区建设成为创新驱动发展先导区。再与川南经济区、攀西经济区、川东北经济区、川西北生态经济区的产业创新、资源综合利用创新、资源开发创新、生态经济发展模式创新协同推进，多点多极支撑发展的区域优势难道不是正在形成吗？

创新驱动一路走来，我们创的是产业转型升级的核心竞争力。科技创新是产业转型升级的根本途径。从全国看四川，科技创新已经取得了明显成效，但自主创新能力还不强，很多关键技术和核心技术受制于人，重要产业对外技术依赖程度仍然较高。科技创新的目标是，大力推动自主创新，实现从模仿创新到自主创新的转型。当务之急是推动科技创新与经济社会发展深度融合。产业创新要调整优化产业结构，加快构建以现代农业为基础、新型工业为支撑、现代服务业为主导的现代产业体系，增强产业竞争力，培养竞争新优势。至于产品创新，关键是以市场需求为出发点，创造出适销产品。从市场需求看，"创新就是创造稀缺"！

创新驱动一路走来，我们创的是城乡发展一体化的新趋势。在四川，深入实施"三大发展战略"的实践启示我们，城乡统筹发展是根本解决"三农"问题的战略举措，是以全面创新改革驱动转型发展的必由之路。基本思路是：把工业与农业、城市与乡村作为一个整体，通过体制创新和政策调整，逐步清除城乡之间的藩篱，促进经济社会协调发展。关键是充分发挥市场配置资源的决定性作用和更好发挥政府作用，建立城乡融合的体制机制，形成以工促农、以城带乡、工农互惠、城乡一体的新型城乡关系，目标是逐步实现城乡居民基本权利平等化、城乡公共服务均等化、城乡居民收入均衡化、城乡要素配置合理化，以及城乡产业发展融合化，让城乡居民共享改革成果。我们期待四川的转型发展更好地与"四化同步"深度融合，引领四川走向城乡发展一体化。

转型发展正在途中，创新驱动无处不在、无时不变、无人不能、无新不创！

（《四川日报》2016年7月26日2版）

# 高点起步"高"在哪里

——三论用创新理念引领转型发展

用创新理念引领转型发展，"后发也要高点起步"。高点起步"高"在哪里？

创新驱动发展已经成为全球共识。引起我们关注的是，全球新一轮科技革命和产业革命的兴起，为世界经济复苏提供了历史性机遇，以大数据、云计算、人工智能、量子通讯等前沿技术为代表的新一轮产业革命正在深刻改变传统的生产生活方式，将重塑未来经济格局。新的时代条件下，"产业升级"与科技创新深度融合，呈现出智能化、绿色化、国际化等引领社会经济发展方向的新趋势。顺势而为，应时而动，趋势所在正是转型发展方向所在、高点起步所在！

新趋势之一：智能化。当前，以信息技术、智能技术为代表的现代科技发展及其产业化，资源能源投入低而经济附加值高，是技术革命和产业升级的重要方向。如，生机勃勃的互联网经济以信息和数据为投入要素，对能源资源的依赖程度低，对其他产业的渗透力、带动力强，具有巨大发展潜力。探索智能发展新路径，应该以电子信息产业和互联网产业为重点，选择全域无线网络体系建设、云计算平台建设等作为切入点，不断提高自主创新能力，在数据动态收集、加工处理和物联网建设等方面积极建设智能城市及城市群，打造强劲的区域经济增长极。四川在电子信息产业和智能化技术方面具有比较优势，我们要加快实施"互联网＋"行动计划，对接国家实施网络强国战略，推动信息化与经济社会深度融合，抢占智能发展制高点。

新趋势之二：绿色化。绿色是生命的象征，是大自然的底色，代表了人民对美好生活的向往，也是经济可持续发展的方向。发展绿色经济是建设资源节约型、环境友好型社会的必由之路。当前发展绿色经济，主要包括三个方面：一是发展循环经济，重点是解决废弃物的环境污染问题，实现资源节约和综合利用；二是发展低碳经济，有助于解决气候变化问题，促进能源结构优化和温室气体减排；三是发展生态经济，关键是解决生态环境超载问题，促进生态系统（如草原、森林、湿地）的恢复。作为长江上游的生态屏障，四川在绿色发展方面还有很大的创新空间。

新趋势之三：共享。遵循社会发展规律，共享发展更多地强调把"人的发展"统筹到"发展"的概念，使经济发展更有利于人的发展。按照人人参与、人人尽力、人人享有的要求，四川促进共享发展，一方面要全面深化改革，吸引社会资本进入教育、养老、医疗等需求增长快的服务业，创造更多商机和就业机会，同时拓展困难群体发展空间，增强其自我发展能力；另一方面需要继续完善基本公共服务体系，提高社会救助体系资助水平和覆盖面，为困难群体构筑社会安全网。关键是以户籍制度改革为突破口，促进城乡统筹发展，扎扎实实推进基本公共服务均等化，使公共财政阳光普照全社会。

新趋势之四：开放。置身经济全球化和区域经济一体化的时代，开展更高层次的国际经济和科技合作是转型发展的必由之路。按照省委、省政府部署，关键是抓住国家开放战略新机遇，加快建设开放型经济新体制，加快推进产业、企业、城市和人才"四个国际化"，提升四川在全球创新链、产业链、供应链、价值链中的地位，打造"一带一路"和长江经济带联动发展的战略纽带和重要腹地。这是全方位、高层次、多领域的开放合作新格局，必将引领四川走出西部、融入世界。

新趋势之五：人才为先。这是创新驱动的根本保障，也是人才竞争国际化大势所趋。对于四川而言，8000多万人口的"人口红利"一旦与深化人才发展体制机制改革的"改革红利"深度融合，必将转化为人尽其才、才尽其

用、用有所成的"众创发展"新优势。

　　"海到尽头天是岸，山至高处人为峰。"以全面创新改革驱动转型发展，理论创新是根本指导，最重要的是"解放思想、实事求是、与时俱进"。从理论创新视野看，从"实践是检验真理的唯一标准""发展是第一要务"到"创新、协调、绿色、开放、共享"五大发展理念，我们用创新理念引领转型发展，难道不是一个更高的起点吗？

（《四川日报》2016 年 7 月 27 日 2 版）

# 新常态孕育新机遇

山重水复，柳暗花明，新常态孕育新机遇。

据《四川日报》报道，经国家统计局审定，上半年全省实现地区生产总值（GDP）13300.1亿元，按可比价格计算，同比增长8.0%，增速比一季度提高0.6个百分点，比全国平均水平高1个百分点。这是一个"总体平稳、稳中有升"的发展态势，也是一个来之不易的趋势性变化。分析上半年全省经济主要指标达到或超过预期目标的重要原因，既得益于各级党委、政府及时出台"稳增长"各项政策的精准作为，也发力于全省广大干部群众凝心聚力抓发展的主动作为，既体现出"四个全面"战略布局对四川的引领作用，又展现出"一带一路"、长江经济带等国家战略在四川的时代机遇。紧紧抓住新常态下蕴含的新机遇，四川人民攻坚破难、敢于担当、勇于创新，努力走在内陆地区改革开放最前沿。

透过四川"总体平稳、稳中有升"的经济发展态势，可以看到全国经济发展"一盘棋"的趋势性变化，这就是经济结构在分化调整中正发生深刻变化，支撑经济稳定增长的积极因素正在积累。国家统计局最近公布上半年主要经济数据表明，经济运行呈现出"缓中趋稳、稳中向好"的发展态势，突出表现在经济结构趋好。从产业结构看，国民经济由工业主导向服务业主导加快转变，第三产业占国内生产总值的比重为49.5%，比去年同期提高2.1个百分点，比第二产业高5.8个百分点；从需求结构看，消费对经济增长的

[249]

贡献率为60%，比上年同期提高5.7个百分点。特别是"大众创业、万众创新"新形态快速显现，展现出"让创造财富的源泉充分涌流"的新趋势。在成都，在四川，在全国，君不见与互联网有关的新业态如滚雪球般扩张？君不见旅游文化等新产业如火如荼发展？君不见有高附加值高技术含量的新产品如梦幻般变化？君不见新登记注册的市场"创客"如雨后春笋般涌现？这是经济发展动力转换大势所趋，这是新常态下经济发展机遇所在！

"缓中趋稳、稳中向好"；引领新常态，抢抓新机遇。

正如我们看到的那样，中国经济发展进入新常态，是以习近平同志为总书记的党中央审时度势作出的重大战略判断。新常态下的中国经济，呈现出速度变化、结构优化、动力转换三大特点。认识新常态，适应新常态，引领新常态，是当前和今后一个时期中国经济发展的大逻辑。深刻认识这个大逻辑，深刻把握经济发展新常态的本质特征、内在规律和发展趋势，我们更加清楚地看到：中国经济发展进入新常态，并没有改变中国发展仍然处于大有作为的战略机遇期的基本判断，没有改变中国经济发展总体向好的基本面。我国当前经济运行遇到不少困难和挑战，如经济增长乏力、部分企业生产经营困难、产能过剩问题突出、金融风险加大、国际市场疲软等，是可以通过转变发展方式、加快经济结构调整、全面深化改革、提高对外开放水平转化为发展机遇的。

危中有机，化危为机，浴火重生；随机应变，变中求新，变中求进。正是在克服困难、应对挑战的过程中，我国经济发展正在迈上新台阶、迎来新机遇。就四川而言，保持"总体平稳、稳中有升"的发展态势，最重要的是紧紧抓住新常态下蕴含的新机遇，主动对接"一带一路"、长江经济带等国家战略，坚定不移实施多点多极支撑发展、"两化"互动城乡统筹发展、创新驱动发展"三大发展战略"。新常态要有新思路，新常态要有新作为，关键是要把新常态下的新机遇转变成为推动四川"两个跨越"的创造性实践，以转方式调结构的实际行动引领新常态，用全面深化改革的实际行动引领新常态。

"挑战与机遇并存，困难与希望同在。"挑战如果应对得当，就会变成机遇；机遇如果不能抓住，就会变成挑战。认真分析当前经济发展态势，不但有助于克服当前经济发展的"转型焦虑"，更能加深对新常态的认识，增强抢抓机遇的紧迫感。机遇总是偏爱有准备的人，抢抓机遇要精准也要主动，更要保持迎难而上、舍我其谁的那样一种冲劲、韧劲和担当。

（《四川日报》2015年7月27日1版）

# 改革关头勇者胜

据报道，在对美国进行国事访问前夕，国家主席习近平9月22日接受了美国《华尔街日报》书面采访。在回答关于中国全面深化改革等问题的提问时，习近平强调说：中国这一轮改革是全面改革，力度之大前所未有，经过努力，一些多年来难啃的硬骨头啃下来了。这些改革是真动了奶酪、动了真格。改革必然会触及一些人的既得利益，改变一些人的工作和生活状态，当然会有难度，不然就不叫改革了。改革要敢于啃硬骨头、敢于涉险滩，改革关头勇者胜。

好一个"改革关头勇者胜"！这是当代中国全面深化改革的集结号，体现了中国共产党人坚定不移的改革决心！看到习近平总书记对《华尔街日报》这段满怀激情而又铿锵有力的回答，我们对全面深化改革充满必胜信心，同时也感到一种前所未有的历史责任。

正如我们看到的那样，全面深化改革在"四个全面"战略布局中处于关键部位，是决定实现"两个一百年"奋斗目标、实现中华民族伟大复兴的关键一招。回首过去30多年，每一次重大改革的成功都为党和国家注入新的活力，都给事业发展增添强大动力。当前，我国仍处于大有可为的战略机遇期，也面临"发展起来后"与"欠发展"的各种问题、困难与挑战。我们更加清楚地看到，中国发展的根本出路在改革；全面深化改革，重点在"全面"，关键在"深化"。"全面"者，表明改革不是某些领域、某些方面单兵突进，而是以完善和发展中国特色社会主义制度、推进国家治理体系和治理能力为总目标的全面、系统改革。"深化"者，意味着改革进入攻坚期和深水区，必须有勇气、有胆识、有担当，要敢于啃硬骨头、敢于涉险滩、敢于攻克顽瘴痼疾。"改革关头勇者胜"，这是改革攻坚克难的战略定力和精气神！

改革如逆水行舟，不进则退；没有勇往直前的那么一种冲劲、胆识和坚定信念，难以突破阻碍改革的重重阻力。30多年来，我们的改革取得的丰功伟绩举世瞩目，同时也展现出解放思想、敢于破除思想禁锢、敢于突破利益藩篱的大智慧。回首我们走过的改革之路，现阶段的新一轮改革已经进入深水区，放在中国改革的历史进程上可以称为第三波改革。20世纪80年代以推行家庭联产承包责任制和扩大企业自主权为主导的改革应该是第一波；20世纪90年代以来旨在建成"社会主义市场经济体制"的一系列改革是第二波；党的十八大以来的全面深化改革应该是改革的第三波。正如我们看到的那样，第一波的改革阻力主要来自计划经济体制所固化的"大锅饭""铁饭碗"等思想观念障碍；第二波的改革阻力主要来自计划经济的体制机制障碍和"姓社姓资"的争论。与前两波改革相比，第三波改革面临的国内外环境非常复杂，经济发展新常态下各种挑战不断凸显，改革的系统性、协调性与风险性交织叠加，改革的顶层设计和全面统筹变得尤为重要。改革进入深水区，对于那些必须取得突破但一时还把握不准的重大改革仍然需要摸着石头过河，要鼓励和支持一些具备条件的地方先行先试，这也需要有勇气、有胆识的改革者敢于担当。

适应新常态，改革再出发，越是艰险越向前。党的十八大以来，新一轮改革呈现出顶层设计与"摸着石头过河"相结合的新特征，我们既要处理好"改革最先一公里"和"最后一公里"的关系，突破"中梗阻"，让改革更加"接地气"；同时也要防止不作为，不能遇到矛盾和问题就绕道走，遇到困难就打退堂鼓，甚至走回头路。改革的本质就是一场利益调整，当下的改革触动的是最难触动的利益。"触及利益比触动灵魂还难。"对于改革的决策者和推动者而言，应该要有更大的政治勇气，有坚持改革的战略定力和功成不必

在我的胸怀，勇于做改革的促进派和实干家。用习近平回答美国《华尔街日报》书面采访的话说：改革要扎扎实实干，想入非非不行，哗众取宠不行，蜻蜓点水也不行。开弓没有回头箭，我们将继续坚定不移实现改革目标，风雨无阻，勇往直前。

（《四川日报》2015 年 9 月 30 日 1 版）

# 从创新驱动看服务业升级

分析当前经济形势,有一个"拐点"让我们信心倍增。

统计数据表明,2013年,我国服务业增加值占国内生产总值的比重达到46.1%,首次超过第二产业,成为三次产业中占国内生产总值比重最大、吸纳就业最多的产业。今年上半年,我国服务业继续保持稳步增长态势,增长速度比第二产业高0.6个百分点,服务业占国内生产总值的比重达到46.6%。用专家的话说,这意味着我国产业结构由工业为主导向以服务业为主导的阶段性转变已经实现。这是我国多年来着力推进经济结构调整带来的新变化,是经济转型发展的重要标志。

审视经济转型发展新趋势,有一个"机遇"展现在我们面前。

服务业已经发展成为我国最大产业,意味着我国经济工作着力点将更多向服务业转移。党的十八大明确提出,使经济发展更多依靠现代服务业和战略性新兴产业带动,这是经济结构调整的新机遇。相比之下,四川的服务业发展滞后,去年服务业增加值占国内生产总值的比重只有35.2%,比全国低约11个百分点,居全国第28位。这是区域经济发展不平衡的巨大差距,也是四川产业结构转型升级的最大潜力。我们要紧紧抓住转型发展的新机遇,用改革创新的思路大力发展服务业。此时此刻,最重要的是重新审视发展服务业的重要性和紧迫性,拓宽视野,转变观念,推动服务业进入跨越发展快车道。

从"拐点"看"机遇",创新驱动,转型升级,服务业是经济发展的"新引擎"。转变"重工业、轻服务业"的传统观念,关键是转变政府职能,解决好"越位""缺位"问题,简政放权,"放水养鱼",全面推进"营改增"税制改革,增强服务业的创造力、竞争力、带动力。特别是公共服务领域,文化艺术、广播影视、新闻出版、教育、医疗卫生、社会保障、体育、知识产权、检验检测等行业中能够实行市场化经营的服务,政府尽可能不要直接参与,应制定明确的市场准入、市场竞争规则,鼓励引导社会力量公平有序参与竞争。

从创新驱动视野看,发展服务业是实现"四化同步"的催化剂。促进"四化同步",最难解决的问题主要有两个,一是如何促进信息化与工业化、城镇化、农业现代化深度融合;二是如何解决农业现代化滞后于工业化、信息化和城镇化的问题。从国内外经验看,服务业既是创新驱动的活力源,也是"四化同步"发展的催化剂。服务业发展可以为信息化推进提供重要载体,也可以为信息化与工业化、城镇化、农业现代化融合发展提供重要平台。在四川,深入实施"两化"互动、城乡统筹发展战略的实践表明,农业产业链或农业价值链的主导力量正在呈现出由生产环节向加工环节进而向流通等服务环节转移的趋势,现代服务业对现代农业和农产品价值链升级的引领作用越来越明显。在成都平原城市群,服务业是推进新型城镇化的重要支撑。在工业产能大量过剩的情况下,加快发展服务业是必然选择。

从创新驱动视野看,生产性服务业是产业转型和业态创新的新路径。服务业包括生产性服务业和生活性服务业。发达国家服务业占国内生产总值的比重达到 70% 左右,生产性服务业占近六成。生产性服务业主要集中在交通运输、金融服务、信息服务、商务服务、培训服务、产权和技术服务,更多的是制造业的延伸、扩展和分离,也就是我们常说的制造业服务化。看一看世界 500 强企业的产业链、价值链,就会发现研发设计、第三方物流、融资租赁、供应链管理、第三方检验检测认证等产前、产后服务对于一个名牌产品的提质、增效、升级多么重要!再看一看谷歌、腾讯、淘宝的跨界与搅局,谁能对全民移动互联时代的产业转型和业态创新没有危机感？顺应现代科技的发展和市场的变化，制造业的服务化必将与服务业的智能化、数字化、网络化深度融合，形成互联互动互通互惠的新型业态。

总而言之，服务业是经济转型发展的牛鼻子，是吸纳就业的主渠道，是扩大内需的加速器。该是转变观念，创新驱动，加快发展服务业的时候了！

（《四川日报》2014 年 7 月 18 日 1 版）

# 理性看待"增速换挡"

观大势，识大局，理性看待增速换挡。

分析当前经济发展态势，我们看到了"缓中趋稳、稳中向好"的趋势性变化，增强了咬定青山不放松的发展信心，同时也看到了稳增长的严峻挑战，增强了攻坚克难的责任感。用权威人士的话说：世界经济复苏缓慢，不确定性有增无减，我国结构调整的阵痛仍在持续，新旧动力转换尚未完成，产业、地区、行业分化明显，经济下行压力仍然较大。就四川而言，受市场需求不足等因素影响，部分行业产能过剩等问题突出，经济回升的基础还不稳固，经济下行态势尚未根本扭转，"总体平稳、稳中有升"的发展态势正处于变中求进、不进则退的关键时刻。"转型才能更好发展"，"后发也要高点起步"，稳增长仍是当前最大民心！

我国经济发展进入新常态，首先让人感受深刻的是"增速换挡"，即经济增长速度正由高速增长转为中高速增长、从规模速度型粗放增长转向质量效率型集约增长、从要素投资驱动转向创新驱动。过去 5 年里，我国国内生产总值增速由 2010 年的 10.4％逐步下降到 2014 年的 7.4％，国民经济呈现出提质增效、结构优化、动力转换的新常态。"调速不减势，量增质更优。"新常态下看经济发展，不能只看增长率，即使保持 7％左右的经济增长量也已经相当可观，集聚的动能是过去两位数的增长都达不到的。也就是说，新常态不是一个新的经济周期，而是一个新的发展时期，我们不能把经济下行视为新常态，不能把需求不足视为新常态，不能把经济运行中的问题全都归结为新常态。经济发展新常态之"新"，不仅新在当前经济发展呈现出"增速换挡"等新特征，而且包含新的战略布局、新的战略机遇、新的增长动力、新的经济增长点。

理性看待新常态下"增速换挡"，我们更加清楚地看到经济增长速度从高速到中高速的转变适应了加快转变发展方式的现实需要。在改革开放的前30多年，我国经济保持年均9.7%左右的高速增长，经济社会发展取得举世瞩目的辉煌成就。但与此同时，经济增长方式粗放的问题日益突出，资源环境压力越来越大，靠拼投入、高消耗、过度依赖外需的经济增长方式难以为继。就四川而言，前些年我们的高速增长主要得益于汶川特大地震恢复重建的大投资，水电、天然气等资源的大开发，以及信贷、土地、人力资源等要素的大投入。发展的老路走不通了，我们不能不主动把发展速度从高速增长转为中高速增长，走转型发展、可持续发展、包容性发展之路。

理性看待新常态下"增速换挡"，我们更加清楚地看到发展仍然是解决一切问题的基础和关键。新常态下，我国已经进入中等收入国家行列，经济总量居世界第二位，但我们仍然是世界上最大的发展中国家，目前仍然处于并将长期处于社会主义初级阶段。必须看到，实现全面建成小康社会奋斗目标，需要化解前进中的各种矛盾和困难，没有合理的经济增长速度，一切都是空谈。经济发展新常态不是不要经济增长速度，经济增长必须保持在合理区间，要防止经济增长滑出底线。"增速可以换挡，但不能失速失势，更不能挂空挡。"就四川而言，人口多、底子薄、欠发达、不平衡的基本省情决定了我们不能不坚持把发展作为第一要务。"挪穷窝""换穷业""斩穷根"，没有高于全国的经济增长速度，怎么能与全国同步实现全面小康？

理性看待新常态下"增速换挡"，我们更加清楚地看到保持经济"总体平稳、稳中有升"的新机遇、新动力、新增长点。君不见新型工业化、信息化、城镇化、农业现代化"四化互动"蕴藏多少市场机遇？君不见重点实施"一带一路"、京津冀协同发展、长江经济带"三大战略"激活多少增长极、增长

点？君不见"四个全面"战略布局在实践中驱动多少创新动力？

因势而谋，应势而动，顺势而为；变中求进，变中求新，变中突破，我们对"增速换挡"满怀信心！

（《四川日报》2015 年 8 月 3 日 1 版，获 2015 年度四川新闻奖三等奖）

# 防风险就是稳增长

适应新常态，转型有风险，"防风险就是稳增长"！

分析当前经济发展态势，"缓中趋稳、稳中向好"的趋势性变化既符合我国经济发展的客观实际，也符合新常态下宏观调控的预期目标。受到国内外好评的是，党中央、国务院加强和改善宏观调控，高度重视经济下行风险，形成了"稳"字当头的风险防控新思路，这就是"宏观政策要稳，微观政策要活，社会政策要托底"。新常态背景下，四川与全国一样呈现出"增速换挡、动力转换、结构优化"的共同特征，也存在有别于全国及其他地区的结构性矛盾和经济下行风险。"发展不够、发展水平不高"，我们在转型发展过程中承受着更大的"阵痛"，应该把握好"稳增长"与"调结构"的平衡，牢牢守住不发生系统性、区域性风险的底线。用权威人士的话说：防风险就是稳预期，防风险就是稳增长。

我们正处于一个社会转型期，同时也是一个高风险时期。特别是我国人口规模大、密度高、风险杀伤力大，抗风险能力比较弱，各种流动性叠加往往使风险交织，容易产生连锁效应。引起我们关注的是，现代意义的风险，人为造成的危害大大超过了自然风险的危害。君不见前些年发生的三聚氰胺食品安全事故给牛奶行业带来的打击多么沉重？君不见2008年国际金融危机给全球经济造成的危害多么深重？君不见最近发生在我们身边的股市踩踏何等恐慌？"明者远见于未萌，而知者避危于无形。"谁能说风险防控不是对经

济发展保驾护航？谁能说防风险不是稳增长？

"凡事预则立，不预则废。"经济发展新常态下，随着增长速度、发展动力和经济结构的变化，宏观经济运行呈现出与以往不同的特点，调控目标间平衡的难度越来越大，如果处理不当，将影响到经济增长的可持续性。更大的不确定性还在于，我们正处于"三期叠加"的关键时期，经济运行中的"两难"问题增多，风险之间具有高度关联性和相互传递性，一旦某些环节出现问题，很容易诱发"多米诺骨牌效应"。转型发展过程中不仅经济问题会更加复杂，政治、社会问题也会更加突出，收入差距问题、腐败问题、环境问题、食品安全问题、社会信用缺失问题等都有可能成为诱发社会动荡的因素。一旦社会稳定局面不能得到有效维持，"稳中求进""稳中向好"的经济发展态势就会受到较大影响。也就是说，风险防控是一个社会系统工程，是新常态下政府面临的新挑战。

分析当前经济发展态势，我们既要看到经济运行风险总体可控，也要看到改革进入"深水区"，转型发展正处于结构调整"阵痛期"，稳增长是宏观调控的第一目标。从四川的实践看，当前应该特别关注结构调整中的四大"阵痛"：一是淘汰过剩产能对相关产业发展和投资的抑制；二是房地产市场深度调整对宏观经济增长的影响；三是金融去杠杆化特别是降低一些地方政府和企业的负债率，可能对企业投资、基础设施建设等产生一定影响；四是保护和恢复生态环境，排除带血的 GDP 增长，短期内会带来经济下行压力。几家欢乐几家愁，本质上是结构调整逐步深化的"阵痛"，但由此带来的转型焦虑和利益博弈的失落感不能低估。从风险防控视野看，结构调整的难点就在于，没有人愿意"失"，所有人都希望"得"。转型就是一种痛苦的利益博弈过程，谁会获得更多，谁会失去更多，既有经济层面的博弈，也有政治层面的博弈。

总而言之，受"三期叠加"复杂局面和多种因素影响，当前社会心理预期处于敏感时期，防风险就是稳预期、稳增长。稳定的经济离不开稳定的预期，明确的政策信号是稳预期的关键。预期稳，信心增。此时此刻，重要的是"宏观政策要稳，微观政策要活，社会政策要托底"，我们期待区间调控、定向调控、预调微调在稳增长中发挥更大作用。

（《四川日报》2015 年 9 月 1 日 1 版）

# 抓创新就是抓发展

引领新常态，进入"创时代"，抓创新就是抓发展！

据报道，最近，国务院批复成都高新区为西部首个国家自主创新示范区，使成都市再一次走在西部改革创新的最前沿。抓住新机遇，成都市推出"创业天府"行动计划，明确提出了未来10年打造"创业之城、圆梦之都"的路线图。与"再造一个产业成都"深度融合，大众创业、万众创新在成都形成巨大磁场，吸引着海内外一大批来了就不想离开的"创客"落户成都。目前，成都市户籍人口中，每10.5个人就有1户市场主体，今年上半年全市新登记各类市场主体同比增长34.7%，其中科技类企业同比增长48.56%。走在成都市大街小巷，创新创业的氛围就像这座城市空气特有的火锅味一样诱人。

在四川，还有一个创新驱动的新引擎，这就是位于长江经济带和丝绸之路经济带交汇处的天府新区。在"新格局"和"新常态"下，天府新区与重庆两江新区形成"双核"互动，目标是推动长江经济带战略实施，在西南地区打造新增长极。引人注目的是，我省实施"创业四川"行动，进一步推动大众创业、万众创新强势崛起，科技创新与产业创新深度融合。"绵阳科技城"作为中国唯一的科技城，如今已成为自主创新的高地，仅2014年就诞生中小科技企业2227家。"攀西试验区"横空出世，这是全国唯一的战略资源创新开发试验区，如今已成为矿产资源综合利用"国家试验"的领头羊。

正如习近平总书记指出的那样："创新是引领发展的第一动力。抓创新就是抓发展，谋创新就是谋未来。"我国经济发展进入新常态，实质上是经济发展动力转换的阶段，需要把经济发展转换到依靠创新驱动的轨道上来，创新正在成为经济发展的重要特征。只有创业创新创造，我们的经济发展才能有真正的动力和活力。当前，我国经济发展正处于"缓中趋稳、稳中向好"的关键时刻，新的增长点正在加快孕育并不断破茧而出，新的增长动力正在加快形成并不断蓄积力量。适应新常态，引领新常态，关键是要深入实施创新驱动发展战略，把推动发展的着力点更多放在创新上，发挥创新对拉动发展的乘数效应。这是新常态下保持经济中高速增长和迈向中高端水平的必由之路。

正如我们看到的那样，改革开放添活力，创新创业增动力。增强创新驱动发展的动力，最根本的是破除体制机制障碍，形成有利于创新资源和创新潜能充分释放的体制机制环境。就创新的动力机制而言，关键是要依靠科技创新转换发展动力，促使资源要素向科技创新集中整合，构建与产业创新深度融合的"创新链"。就创新的空间结构而言，创新也有层次性，科技力量雄厚的大城市是创新的"领头雁"，其他城市和科研机构、大中小企业分层跟进，由此形成"大众创业、万众创新"雁行式创新格局。科技创新、产业创新与结构优化深度融合，我们在成都、在天府新区、在绵阳科技城、在攀西试验区，看到了自主创新的新突破，看到了"产城融合、城乡互动"的新空间，看到了新技术、新产品、新模式、新业态、新产业孕育的新增长点。

抓创新就是抓发展，新经济增长点就在我们身边。全球技术创新渐趋活跃，出现了信息技术、能源技术、生物技术、材料技术交叉融合、深度渗透、群体兴起的技术创新局面，许多领域处在商业化突破临界点，互联网、生物与健康、高端制造和清洁能源技术成为全球范围内新业态出现最密集的四大领域。大数据、云计算、移动互联网、物联网、机器人、健康服务、下一代基因组学、能源存储、3D打印、新材料、可再生能源、新能源汽车、信息安

全等领域有望形成一批新的增长点。走向包容性发展，走向智能化发展，走向绿色化发展，走向国际化发展，我们面前展现出一条又宽又广的创新驱动之路！

　　还是这句话：引领新常态，进入"创时代"，抓创新就是抓发展！

（《四川日报》2015 年 8 月 10 日 1 版）

# 牢牢抓住长江经济带发展新机遇

据报道,《长江经济带发展规划纲要》近日正式发布,掀开了长江经济带建设新篇章。此时此刻,生活在长江上游的 9000 万四川人民深受鼓舞、满怀期待,迎来前所未有的战略机遇!

正如我们看到的那样,长江是中华民族的母亲河,也是中华民族发展的重要支撑。自古以来,长江流域凭借丰富的自然资源,孕育了众多辉煌的文明,沿长江形成了一条带状的区域性经济文化中心。从巴山蜀水到江南水乡,沿江人民祖祖辈辈依水而居、繁衍生息,长江流域是世界上人口最多、产业规模最大、城市体系最为完整的流域,在我国区域经济发展总体格局中具有独特发展优势和巨大发展潜力。多少年来,四川人民与长江两岸人民"同饮一江水",却未能与沿海沿江地区同步开放,失去了许多发展机遇。

新机遇就在我们面前!党的十八大以来,党中央、国务院科学谋划中国经济发展新棋局,将长江经济带战略与"一带一路"和京津冀经济区协同发展一起作为三大国家发展战略,这是具有全局性重大意义的决策部署。作为长江上游的生态屏障和成渝城市群的主要载体,四川处于国家"一带一路"和长江经济带的交汇处,区域合作优势更明显、潜力更大、机遇更多。我们要主动对接国家和省里的发展战略,积极参与长江经济带建设,牢牢抓住长江经济带新机遇。

新机遇就在我们面前,核心是"生态优先"。我们要进一步深化对长江经

济带战略的认识，高度重视长江经济带的四大战略定位，即生态文明建设的先行示范带、引领全国转型发展的创新驱动带、具有全球影响力的内河经济带、东中西互动合作的协调发展带。最重要的是转变观念，牢固树立"创新、协调、绿色、开放、共享"五大发展理念，走出一条"生态优先、绿色发展"的新路子。正如习近平总书记指出的那样，推动长江经济带发展，理念要先进，坚持生态优先、绿色发展，把生态环境保护摆上优先地位，涉及长江的一切经济活动都要以不破坏生态环境为前提，共抓大保护，不搞大开发。这反映了长江经济带建设的核心思想，是长江经济带战略区别于其他战略的最重要要求。四川是全球生物多样性保护的重点地区，又是长江上游生态环境脆弱地区，肩负着保护和修复长江生态环境、建设长江上游生态屏障的最重要责任。

新机遇就在我们面前，关键是"流域互动"。改革开放以来，长江经济带发展呈现出流域互动的新趋势，突出表现在沿海地区的开放优势、政策优势、经济优势与长江中上游地区的资源优势、劳动力优势形成一种互补关系。随着国家区域经济发展战略重心内移，我们迫切需要一个国家发展战略将东中西部连接起来，长江就是这种连接的最好纽带。依托长江黄金水道的独特作用，发挥上中下游地区的比较优势，用好海陆东西双向开放的区位优势，统筹江河湖泊丰富多样的生态要素，这就是长江经济带战略的创新所在、机遇所在。依托长江黄金水道，深化长江流域区域合作，四川还有很大的创新空间！

新机遇就在我们面前，目标是"集约发展"。据规划，长江经济带的发展蓝图是"一轴、两翼、三极、多点"的格局，以沿江主要城镇为节点，引导人口经济要素向资源环境承载能力较强的地区集聚，推动经济由沿海溯江而上梯度发展。引起我们关注的是，以长江三角洲城市群、长江中游城市群、成渝城市群为主体，发挥辐射带动作用，打造长江经济带三大增长极。特别是提升重庆、成都中心城市功能和国际化水平，发挥"双引擎"带动作用和支撑作用，推进资源整合与一体发展，推进经济发展与生态环境相协调，这些都是与四川正在实施的"三大发展战略"深度融合的。看一看天府新区的强势崛起，看一看成都建设国家中心城市的新目标，看一看全面创新改革驱动转型发展的"四川试验"，谁能说长江上游的生态屏障不能建设成为与长三角协调发展的增长极？"君住长江头，我住长江尾"，"同饮一江水，共舞长江龙"。让我们牢牢抓住长江经济带发展新机遇！

（《四川日报》2016 年 9 月 21 日 2 版）

# 结构调整要有新思路

爬坡上坎，蓄势突破，结构调整至关重要。

全球正在经历的这场金融危机，引发了世界经济自第二次世界大战以来最严重的衰退和深度调整，使我国经济发展的外部环境发生了广泛而深刻的变化，对我国经济结构调整提出了紧迫要求，也把四川的经济发展推向了更为激烈的市场竞争前沿。在外需萎缩、内需不足的情况下，沿海发达地区出口加工业遇到了前所未有的严峻挑战，"川货"出川、"川军"出川将比过去更加困难。国际竞争国内化，国内竞争国际化，市场竞争就在我们家门口。对四川而言，无论是转变发展方式，还是调整经济结构，都必须站在一个新的更高的起点上，坚持用经济全球化的新视野和市场竞争的新思路谋划未来发展。

结构调整要有新思路，首先是树立内外互动的新理念。经济结构调整，首先是内外需求结构的调整。中央经济工作会议明确提出，把扩大内需与稳定外需结合起来，着力增强经济发展的均衡性。与沿海发达地区有所不同，四川的经济增长主要是依靠内需拉动的，开放不够、外需不足仍然是我们最短的"一条腿"，应该在进一步扩大内需的基础上尽可能扩大外需，把"短腿"做长做大做强。特别是要依托产业链和经济园区招商引资，积极承接国际国内产业转移，同时支持鼓励有实力的企业走出去，拓展国际市场，在市场竞争中形成"你中有我、我中有你"的互动之势。近两年，我省产业发展和园区建设力度很大，引进国内外资金增幅都在40%以上，一大批新的经济增长点正在形成。对四川而言，要像诸葛亮那样草船借箭、巧借东风，这是以弱胜强的大智慧，也是结构调整的长远战略。

结构调整要有新思路，关键是树立城乡统筹的新理念。经济结构调整，基础是产业结构优化升级。我省经济二元结构特征更为明显，城乡差别巨大，城镇化水平较低，经济过于依靠第二产业特别是工业支撑增长，现在农民的人均收入也仅仅相当于城市居民的三分之一左右。提高城镇化水平，缩小城乡差别，增加农民收入，不仅是扩大内需的关键因素，而且是实现城乡统筹、消除二元结构的基础和根本途径。从长远看，小城镇处于农村之头、城市之尾，在城乡统筹中具有承上启下的作用，既是工业化的重要载体，又是农业产业化的服务依托，对于第一、第二、第三产业的结构调整具有巨大的带动作用。对四川而言，城镇化、农业产业化和新型工业化的潜力之大、动力之大、空间之大，正是结构调整的独特风景。

结构调整要有新思路，核心是树立以人为本的新理念。从投入方式看，我国经济过去过于依赖物资消耗推动经济增长，自主创新能力偏弱。改革开放30年来，我们承接全球化产业转移成为"世界工厂"，其核心竞争力在于劳动力成本低廉，土地、环境资源成本低廉和汇率低估。现在，这些条件正在发生改变，资源环境压力越来越大，劳动力成本逐渐上升，特别是随着老龄化社会的到来，"人口红利"逐渐减少，依靠科技进步、提高劳动者素质和管理创新推动经济发展是大势所趋。对四川而言，8800多万人创新创业的潜力之大、动力之大、空间之大，正是新一轮发展的核心竞争力！

总而言之，用科学发展观指导经济结构调整，最根本的需求是市场需求，最根本的途径是城乡一体化，最根本的投入是提高劳动者素质，最根本的动力是转变发展观念。

（《四川日报》2010年1月16日1版）

# 期待消费持续升温

又到春节消费旺季，城乡市场呈现出红红火火的喜人态势。

"给居民消费再加一把火！"党中央、国务院和省委、省政府部署今年的经济工作，都把进一步扩大居民消费需求作为转变经济发展方式的重点，要求继续执行促进居民消费的现行政策，并对一些政策进行了调整和完善。比如，大幅提高下乡家电产品最高限价；将汽车下乡政策延长实施至今年年底，已纳入汽车下乡补贴渠道的摩托车下乡政策执行到 2013 年 1 月 31 日；继续实施农机具购置补贴政策；继续实施节能产品惠民工程，试点补贴新能源汽车；个人住房转让营业税征免时限由 2 年恢复到 5 年……这些鼓励消费的惠民政策，进一步坚定了城乡居民的消费信心，推动市场持续升温。

国际金融危机引发全球经济深度调整，使我们更加深刻地认识到扩大国内消费需求对保持经济平稳较快发展的紧迫性和长远意义。我们的经济结构调整，首先是调整内需和外需结构，根本任务在于扩大国内消费需求。有研究表明，我国消费率每提高 1 个百分点，经济增速将提高 1.5 至 2.7 个百分点。提高消费率，促进居民消费升温，不仅有利于经济结构调整，而且将创造新的增长空间。就四川而言，8800 多万人口的消费需求和汶川特大地震灾后恢复重建的市场需求是我们最大的增长空间，关键是要认真贯彻落实党中央、国务院和省委、省政府已经出台的促进消费的一系列政策措施，让城乡居民消费持续升温。

期待居民消费持续升温，最大的潜力在农村。在一系列扩大内需政策拉动下，农村市场表现出前所未有的巨大活力。据省统计局统计，去年1至11月我省农村市场增幅高于城市市场3.8个百分点，改变了多年来农村市场增长速度一直低于城市市场的趋势。值得注意的是，从去年11月开始，我省农村市场增幅出现了低于城市的疲软态势，当月全省家电下乡销售量和销售额环比增幅分别下降9.4%和11.9%。由此看来，农村消费在经历了一次"井喷"之后，不少农民又选择重新捂紧腰包持币待购。不少农民说，现在下乡产品档次不高，补贴金额又少，办理补贴手续麻烦，吸引力不大。调查表明，现有的下乡产品好多都已饱和，把与农民生活息息相关的更多更新更高档的工业产品纳入下乡范围很有必要。农村消费需要优化升级，农村市场还有很大的潜力。

期待居民消费持续升温，最大的瓶颈是增加收入。城乡市场的活跃程度，归根到底取决于城乡居民的收入多少，取决于老百姓手里有没有钱。长期以来，我国国民收入分配领域存在的突出问题是，居民收入在国民收入中的比重偏低，劳动报酬在初次分配中的比重偏低。这也是我国消费率持续降低的症结所在。因此，我们要以提高城乡居民收入、加强社会保障和公共服务为重点，推进国民收入分配结构调整。特别是要拓宽社保资金的筹集渠道，切实降低个人在教育、医疗、社会保障和社会福利等方面的负担比例，提高城乡居民可用于当期消费的收入总量。只有收入提高了，社会保障加强了，消除了后顾之忧，老百姓才会"大方消费"，我们的居民消费才能实现"可持续升温"。

谁说老百姓不愿意花钱？请到天府之国看一看购销两旺的春节市场吧！

（《四川日报》2010年2月6日1版）

# 让食品安全成为"高压线"

每当看到塑化剂在台湾引起的灾难性后果,每当听到超级毒菌在欧洲引发的蔬菜疫情,每当想到三聚氰胺牛奶、瘦肉精猪肉、有毒馒头进入国内超市引起的心理恐慌,许多消费者至今仍有一种寝食难安的危机感。在最近开展的全国首个食品安全宣传周活动中,"人人关心食品安全,家家享受健康生活"的主题引起社会强烈共鸣。面对食品安全这个世界性难题,各级政府和相关部门一定要严把食品安全关,让食品安全成为谁也不敢不作为、谁也不敢乱作为的"高压线"。

食品安全是人民群众最基本的需求,是各级政府当前面临的最突出的民生问题。胡锦涛总书记最近在天津视察时指出,民以食为天,食以安为先。食品安全是关系人民群众身体健康和生命安全的一件大事,相关部门要以对人民群众高度负责的精神,严把食品安全关。面对接二连三被媒体曝光的一系列食品安全事件,我们在反思道德滑坡、制度缺失的同时,发现每一件食品安全事件背后都有一个共同的问题,就是食品安全监管不到位。据中国青年报社会调查中心一项调查显示,95.4%的人认为当前食品安全监管领域中的"被动执法"现象普遍存在,97.4%的人认为监管部门应该对频繁发生的食品安全事故负责,89.5%的人建议实行重大食品安全事故"一票否决制",让食品安全成为"高压线"。这是人民群众的新期待。

让食品安全成为"高压线",重要的是要把食品安全纳入政绩考核,提高

"第一责任人"的责任风险。现阶段，我国食品安全采用的是分段监管加综合协调的模式，容易形成监管边界不清或监管责任不明确所造成的监管缝隙或监管盲区，特别需要强化地方政府领导作为综合协调"第一责任人"的领导责任，特别需要强化相关部门领导作为分段把关"第一责任人"的把关责任，特别需要强化食品企业"一把手"作为食品安全主体"第一责任人"的直接责任，进一步从体制机制上加强食品安全的网络化监管、链条化防控。最近，北京、上海、浙江、广东等地明确要求把食品安全工作纳入领导干部政绩考核，实行食品安全整治区（县）长负责制，进一步明确了食品安全"第一责任人"。这是取信于民的新举措，值得借鉴。

让食品安全成为"高压线"，重要的是要建立完善从"田头"到"餐桌"的食品安全质量标准和监管法规，提高食品行业的"准入门槛"。我国食品行业准入门槛较低，很多生产经营企业"小"而"散"，普遍缺乏维护质量安全的先进技术和法治观念。在这种情况下，保障食品安全的根本途径还得从加强法治入手，坚持用最严格的质量标准和最完善的法律法规来规范千差万别的企业行为，维护食品安全的市场秩序。尽管我国已经颁布实施《食品安全法》，但在配套法规体系建设方面仍然任重道远，特别是在部门职责细化、行业准入标准、诚信体系建设、违法责任追究等方面，缺乏更具有操作性的配套法规，为食品安全监管留下了不少"盲区"。因此，必须抓紧制定与《食品安全法》配套的食品安全标准和地方性法规，真正形成疏而不漏的"天网"。

让食品安全成为"高压线"，重要的是要坚持重典治"乱"，提高食品安全的"违法成本"。反思近年来频繁发生的食品安全事件，犯罪成本过低是不法分子见利忘义、铤而走险的重要原因。保障食品安全必须坚持有法必依、执法必严、违法必究，保持严厉打击食品安全违法违规行为的高压态势。要以铁的决心、铁的手段、铁的法律，从重从快惩罚食品安全违法犯罪分子。最近通过的《刑法修正案（八）》对食品安全领域的违法犯罪加大了打击力度，由过去主要是按照后果定罪修改为有犯罪行为即可定罪。这是顺应民心

的"重典"，各级各部门要加大执法力度，把食品安全的"高压线"牢牢扎根在法治基础上。

（《四川日报》2011 年 7 月 7 日 2 版）

# 最期盼"亲人们都安好"

每逢佳节倍思亲，最期盼的是"亲人们都安好"！

今年元旦有一种特别温馨的感动，那就是亲朋好友和同事间传送的新年贺词，更多地祝福"身体健康""平安吉祥""全家安康"。很可能是处于当今这个浮躁年代，繁忙不安的人群进入集体焦虑期，越来越感到健康的重要，越来越需要安全的保障，越来越期盼亲情的关怀。

在中华民族这个大家庭里，"四海之内皆兄弟"，血浓于水的同胞亲情最容易引起共鸣。贴近人民心理，回应人民关切，为人民"点赞"，国家主席习近平平实、朴素、简洁的新年贺词凸显同胞亲情，让人备感亲切、深受鼓舞。令人难忘的是，"让国家发展和人民生活一年比一年好"，"我们锐意改革，啃下了不少硬骨头"，"没有人民的支持，这些工作是难以做好的"。特别引起共鸣的还有，"我们也经历了一些令人悲伤的时刻"，对马航MH370航班失踪的150多名同胞和云南鲁甸地震造成600多人遇难表示深切怀念，"祝愿他们的亲人们都安好"！听到如此真诚、如此亲切的新年祝福，我们那么多从汶川地震灾难和芦山地震灾难中挺立起来的"亲人们"怎么能不感到温馨呢？

"祝愿他们的亲人们都安好！"

不敢相信，更不愿相信！跨年之夜，上海外滩广场发生了令人悲痛的踩踏事件，36个罹难者满怀对生活的憧憬，却未迎来新年的钟声。49人受伤，至今还有重伤者在医院抢救。逝者安息，生者悲痛，我们以生命的名义反思，

我们以新年的期盼祈福："亲人们都安好！"

上海外滩踩踏悲剧的发生给今年的元旦和春节平添了一种担忧，引起各地各级党委政府和海内外舆论广泛关注。"问题是时代的声音，人心是最大的政治"，出行安全不能不引起我们的高度重视和深刻反思。

很多人都知道，健康与安全关乎每个人的事业发展和家庭幸福，但很多人不知道珍惜每一个生命的健康需要"从我做起"，不懂得现在的安全保障需要从吸取过去的教训中做起。就说踩踏事件吧，从 1987 年上海黄浦江踩踏事件，到 2004 年北京密云彩虹桥踩踏事件，再到这次上海外滩踩踏事件，类似的踩踏悲剧多次重演，为什么就不能防患于未然呢？正如媒体反思的那样：作为一个国际化大都市，上海的城市社会应急管理在全国比较先进，而且还经历过世博会长达 7 个月的常态化历练，发生如此严重惨痛的踩踏事件，令人震惊。

悲剧本可以避免，为什么未能避免？尽管上海踩踏悲剧发生的具体原因还需要进一步调查，但暴露出来的安全管理问题和群众的自我安全保护意识缺失却是显而易见的。现代社会复杂多元，"你中有我，我中有你"，安全与健康同行，责任与幸福同在。从"健康是生产力"的视野看，"人的根本就是人的本身"，人的生命安全和身体健康是不可再生的最重要资源。正如我们期盼的那样，"健康是财富，平安是幸福"。各级政府为官一任，为人民谋福祉，保百姓平安，责无旁贷。我们都应该警钟长鸣，既要时时刻刻把亲人们的安全和健康放在心上，也要以身作则，自我保重，千万别让亲人们为你的安全和健康担忧。

还是这句话，每逢佳节倍思亲，祝福"亲人们都安好"！

（《四川日报》2015 年 1 月 4 日 1 版）

# "平安"在哪里

新年祝"平安","平安"在哪里？

来自全国安全生产电视电话会议的信息表明，近期一些地方先后发生多起群众踩踏、消防火灾、建筑安全、气体燃爆等重大事故，造成重大人员伤亡，教训十分惨痛，已经引起老百姓对安全保障的焦虑和担忧。用一句"朋友圈"的话说，没有安全感，哪有幸福感？没有"平安吉祥"，哪有"新年快乐"？

祈福平安，平安在哪里？

从汶川地震灾难和芦山地震灾难中挺立起来的四川人民，从来没有像今天这样清楚地知道：我们的平安是人民子弟兵用"让我再救一个"的顽强拼搏换来的，我们的平安是党中央、国务院"举全国之力、以最快的速度、最大的力量"来保障的，我们的平安是用"一方有难、八方支援"来夯实的。正如我们看到的那样，越是危急时刻，越是需要不畏艰险的突击队，越是需要各级政府紧急动员、组织和协调各方面力量参与救援，越是需要同舟共济、共渡难关的自我救助和社会关怀。政府有力有序的靠前指挥、统筹兼顾与专业化、社会化的救援，和群众性的自救互救紧密结合，形成中国特色的抗灾救灾模式和"平安中国"建设路径，这就是我们最坚实的安全屏障。对此，我们应该有更坚定的信心，应该有更多更大的期盼！

毫无疑问，平安是最基本的公共产品，单凭个人无法提供，政府必须担

当重任。从"平安中国"看"平安四川",我们既面临东部发达地区社会转型中出现的共性问题,又面临西部地区全面建成小康社会的特殊挑战,人民群众对公共安全的新期待越来越强烈。准确回应公众的安全需求,有效增加安全公共产品供给,已经成为四川各级政府的当务之急。如今的平安,不但包括交通安全上出行平安,还包括日常生活中的生产安全;不但包括生态环境的绿色安宁,还包括食品药品的入口安心;不但包括打击犯罪方面的除暴安良,也包括社会管理上的安居乐业;不但包括传统意义上的治安安全,还包括网络时代的信息安全。正如习近平总书记指出的那样:"平安是人民幸福安康的基本要求,是改革发展的基本前提。"这是我们反思上海外滩踩踏悲剧和黑龙江哈尔滨市火灾得到的深刻启示。

平安是福,平安就在天地之间生态平衡的保护中。人与自然和谐相处,才能保障人民安居乐业,才能保障社会长治久安。用生态平衡的视野看,正是地球自身的演化使四川成为长江上游的生态屏障。四川之美,美在山高;四川之险,险在水急。山高水急,福兮祸兮,就看生态平衡与否。我们不能忘记,因生态破坏而造成的洪灾、旱灾、泥石流、水污染、土壤污染、空气污染等越来越严重,正威胁着我们的生命安全,保护生态环境就是保护我们自己!

平安是福,平安就在社会之间警钟长鸣的敲击中。建设"平安中国"和"平安四川"的顶层设计和战略决策再好,也不能没有抓铁有痕、踏石留印的实施细节,更不能没有警钟长鸣的旁敲侧击。千里之堤,毁于蚁穴;福兮祸兮,就在防患于未然的一念之间!

平安是福,平安就在你我之间嘘寒问暖的那一声声关怀中,这正是新年祝福的真情所在!

总而言之,平安没有旁观者,平安就在"个人、社会、国家"三者互动、深度相融的共同期盼中!

（《四川日报》2015 年 1 月 8 日 2 版）

# "老乡"离"小康"有多远

"小康不小康，关键看老乡！"

习近平总书记最近在海南考察工作时明确提出的这个观点，进一步增强了我们解决好"三农"问题的紧迫感、责任感、使命感。

按照党的十八大确定的奋斗目标，全面建成小康社会，基础在农业，难点在农村，关键在农民。"三农"不稳，天下难"安"；"老乡"不富，小康难"全"。现在的问题是，党中央提出的解决"三农"问题的大思路大政策已经明确，关键是找准"老乡"与全面小康的差距，做大做强做长农民增收这块"短板"。就四川而言，实施多点多极支撑发展战略，也有一个"夯实底部基础"的关键问题，需要进一步推动县域经济和民族地区、革命老区、贫困地区实现跨越式发展，进一步夯实农业基础，千方百计帮助农民增加收入。

"小康不小康，关键看老乡"；"老乡"离"小康"有多远？

到田边地头看一看，向农民调查增收的难题，你会发现"三农"问题的根源所在。农村人口多，农业水土资源紧缺，使土地规模经营难以推进，传统生产方式难以改变，大多数农民还处于"靠天吃饭"的阶段，一旦遇到天灾或市场变化，往往歉收、减收甚至颗粒无收。在四川，近年来自然灾害呈偏重发生态势，地震、旱灾、洪灾、雨雪冰冻、病虫害等灾害接连不断，"谷贱伤农""猪贱伤农""果贱伤农"的市场风险循环发生，因灾致贫、因病返贫不是个别现象，农民增收、扶贫攻坚难度越来越大，由此带

来的城乡收入差距也越来越大。值得引起我们深思的是，随着粮食"九连增"，农产品收购价格已经不断提高，农业直补政策也得到落实，但农民收入增长速度和农民收入增长绝对值仍然落后于城市居民。在这样的背景下，要同步实现"到2020年，城乡居民人均收入要比2010年翻一番"这一全面小康奋斗目标，我们的"老乡"面临着多么严峻的困难！从长远看，缩小城乡收入差距，必须超越农业和农村的视野，坚持城乡统筹发展，实施以城带乡、以工促农的方针，关键是在工业化、城镇化的互动协调发展中同步推进农业现代化。

到街头巷尾看一看，与农民工交流城市就业的艰辛，你会更加清楚地看到"农民转市民"的困难所在。在成都，在四川，在现有生产力水平上，农业所能提供的就业机会已经达到极限，大量农村剩余劳动力只有到城市寻找就业机会，才能实现自己的"小康梦"。这就是眼下看到的农村人口大规模向城市转移的不可阻挡的大趋势。当前，令"老乡"感到困惑的是，多数城市对农民工就业设置了重重障碍，农民工就业多数集中在累、脏、苦、差、险等行业。同时，与就业相伴的居住困难、社会保障缺位、就业不稳定等问题也一直困扰着农民工。据有关部门调查，农民工在城镇的住房，52%为用人单位提供的集体宿舍，47%为租住城中村、城乡接合部或城市近郊区的农民住房，自购住房的比重不足1%，缴纳住房公积金的农民工比重不足3%。由此可见，"农民转市民"还有很长的路要走！

还有农村生态环境保护、城乡公共服务均等化和保障农民权益等问题，也与"老乡"实现全面小康目标密切相关。特别是随着城乡一体化的推进，农民越来越关心和追求自身权益的实现和保护。例如，土地承包经营权、宅基地和自留地的财产化及依法保护；在子女教育、户籍管理、社会保障、住房、医疗、参与社会活动等许多方面与城市居民享有同等权利。如此等等，都需要进一步深化改革，加快完善城乡一体化体制机制，促进城乡要素平等交换和公共资源均衡配置。

"老乡"奔小康，关键在哪里？从全国看四川，关键在增收，关键在就业，关键在城乡统筹，关键在"四化"同步。这是我们实施多点多极支撑发展战略的底部基础，是解决"三农"问题的根本途径。舍此"关键"，别无选择！

（《四川日报》2013 年 4 月 18 日 1 版）

# 敢问"川猪"路在何方

　　春节以来，生猪价格持续走低。6月11日，省物价局公布的最新监测数据显示，我省平均猪粮比价已连续四周低于5：1，进入红色预警区，生猪养殖亏损面不断扩大。有的地方生猪价格跌至两年来最低水平。此时此刻，"川猪"何去何从，已引起各级政府和社会各界特别关注。

　　"防止生猪价格过度下跌！"按照国务院有关部门和省政府出台的调控预案，各地在坚持落实各项补贴政策的基础上，进一步采取了增加冻猪肉储备的措施，增强了养猪农民和养殖企业的信心。不少农民和养殖企业逆市而行，正在抓紧扩大生猪养殖圈舍，准备扩大养殖规模，期盼下半年猪价有所回升。由此看来，政府的补贴政策和调控措施收到了预期效果，现在的主要问题是合理调整生猪养殖结构，转变发展方式，提高养猪农民和养殖企业抗击市场风险的能力。

　　"川猪"具有得天独厚的传统优势，生猪存栏和猪肉产量长期以来居全国第一。"川猪"养殖方式主要是一家一户分散养殖，规模小、效率低、缺乏市场竞争力。面对市场、疫病双重风险，千家万户的养猪农民各自为战，追涨杀跌，无所适从，容易产生过度的恐慌或趋同情绪，从而加剧生猪市场大起大落。正如养猪农民说的那样："猪的行情三年一波动，一年赚，一年平，一年亏。"面对生猪市场的周期性波动，许多农村散养户高进低出，像股市上的散户那样被"套怕了"，被迫退出养猪业。由此看来，"川猪"转型，势在必行！

"川猪"要走适度规模化之路。生猪发展方式转变，包括密集式的工厂化饲养、生猪品种的改良、饲料加工工艺的改变、养猪设备和环境的改变、管理营销理念的改变等。就"川猪"而言，当务之急是加快养殖规模化，充分发挥市场机制优胜劣汰的基础性作用，淘汰部分落后的生猪生产能力。调查表明，与农户散养相比，规模化集中养猪不仅品种较好、养殖技术较先进，而且成本较低、效率较高。规模化有多种实现形式，可以由农民自建猪场，扩大家庭养猪规模，也可以建立农民养猪合作社，发展养殖小区，还可以由龙头企业牵头，发展养猪联合体。在四川，新希望集团、铁骑力士集团等一批现代企业进军养猪业，已经走出一条规模化养猪的成功之路。资阳、绵阳、德阳、眉山等地已经涌现出一批猪业合作社，表现出较强的市场竞争力。

"川猪"要走标准化之路。养猪产业是一项复杂的系统工程，每个环节都涉及很多严格的技术要求。特别是在经济全球化背景下，食品安全对养猪业的疫病防治和饲料生产提出了严格的技术标准，我们必须根据猪的不同生长阶段的生理特点，将合适的营养与先进的饲养方法结合起来，走标准化的科学养殖之路。看一看近几年猪链球菌病和猪蓝耳病对生猪市场的冲击，就会知道标准化养猪是多么重要！

"川猪"要走产销一体化之路。在我国，养猪业的产销一体化主要有三种形式：一是实行合同养猪，由养猪户与肉制品加工企业签长期稳定的收购合同；二是发展由养猪农民投资入股的合作经济组织，使养猪农民与肉制品加工企业形成利益共同体；三是由饲料企业或食品加工企业自建生猪养殖基地，形成"公司＋合作组织＋规模化养殖户"的产业化模式。值得注意的是，去年8月，新希望集团与三台县政府签署了建设30万头优质商品猪养殖基地的协议，采取的就是"公司＋合作组织＋规模化养殖户"的产业化模式。只有鼓励民间资本、工商资本进入养猪业，"川猪"产业链才能越来越长、越来越大、越来越强。

敢问"川猪"路在何方？我们的回答是：转变发展方式，走向规模化、标准化、产销一体化！这是"川猪"加快发展的必由之路，也是"川猪"走向全国、走向世界的必由之路。

（《四川日报》2009 年 6 月 23 日 1 版，获 2009 年度四川新闻奖一等奖）

# 冷静观察农村消费升温

国家统计局发布的最新数据显示，5 月份，全国城市消费品零售额同比增长 15.0%，县及县以下零售额同比增长 15.6%。此前，国家统计局发布的一季度数据显示，全国城市消费品零售额同比增长 14.1%，县及县以下零售额同比增长 17.0%；4 月份，全国城市消费品零售额同比增长 13.9%，县及县以下零售额同比增长 16.7%。也就是说，农村消费正在升温，增长速度已连续 5 个月超过城市。这种现象从 2001 年以来是首次出现，来之不易，令人惊喜，引人关注。

从全国看四川，农村消费升温的势头更为明显。四川统计局的数据显示，今年 1—4 月，全省县和县级以下市场实现社会消费品零售额 826.99 亿元，比上年同期增长 21.2%，分别比同期全省和城市增幅高 3.2 和 5.9 个百分点。我省农村消费增长的主要动力，来自于地震灾后恢复重建的巨大需求和国家出台的一系列扩大内需的政策措施。科学重建，民生为先；扩大内需，顺"市"而为。以市场为导向，以市场为动力，以市场为基础，灾后重建的市场需求与城乡统筹的市场机制形成互动之势，我省农村消费的市场优势和增长潜力进一步凸显。

冷静观察农村消费升温，最明显的感觉是"农民更愿意花钱了"。近年来中央和各级政府坚持"多予、少取、放活"方针，对"三农"的投入逐年加大，粮食产量逐年增加，农民收入逐年增长，农民消费信心得到提升。特别

是农村医疗、教育、保险等逐步健全，减少了农民消费的后顾之忧。各级政府出台扩大内需的一揽子计划，相当一部分涉及农民增收和农村社会保障。最受农民欢迎的还有"家电下乡"和"汽车下乡"。有了政府补贴，农民买得最多的是冰箱、彩电、洗衣机、摩托车。省统计局的调查表明，农村汽车消费有可能成为新的热点。

冷静观察农村消费升温，最大的忧虑是经济运行中仍存在一些不确定因素，给农民收入增长增加了变数。去年底以来，粮食价格下跌，尽管政府继续补贴种粮农民，但种粮收入仍在减少。特别是生猪价格持续下行，养殖亏损面不断扩大。受国际金融危机冲击，外向型农业和外向型企业都面临新的考验，农村劳动力转移就业、返乡创业的压力骤然增加。由于各种困难因素叠加，今年一季度农民现金收入增幅明显低于去年同期，直接影响农民消费意愿。对此，我们必须保持清醒的头脑，切不可对当前农村消费增长过于乐观。

冷静观察农村消费升温，最大的困难是缩小城乡消费差距。由于长期受到城乡二元经济结构和农村生产力水平较低的制约，目前我国多数城市居民的生活水平已经处于小康型，而大多数农村居民的消费需求仍停留在温饱型向小康型过渡的水平上，农村商品流通普遍存在设施不足、方式陈旧、成本较高、农民进入市场较难等问题。调查表明，当前农村消费物价指数不仅持续高于城市，而且售后服务在广大农村仍处于空白状态，这些问题都大大抑制了农村消费。就四川而言，农村居民消费的市场化、商品化程度还比较低，启动农村消费还有很长的路要走。

总之，扩大内需，最大的潜力在农村，最大的困难也在农村。在国际金融危机的背景下，当前农村消费升温确实来之不易。要巩固这一来之不易的良好势头，还需要采取更加有力的措施。值得特别关注的是农村消费需求多元化、多层次发展趋势和城乡消费差异性特征。与城市消费相比，农民更看中的是价格，更看重的是适用，更愿意货比三家。进一步扩大农村消费需求，既要重视农村消费增长速度，也要重视农村消费环境改善和消费结构升级，更要重视农民收入增长，从根本上提高农民消费能力。只有这样，才能持续保持农村消费升温的好势头。

（《四川日报》2009 年 6 月 15 日 1 版）

# 从乡村旅游看传统村落保护

盘点国庆黄金周，乡村旅游是热点。

据报道，今年国庆期间，四川各地短线游、城郊游、乡村游持续火热。引起我们关注的是，乡村旅游已经进入新的发展阶段：从为名胜风景区提供餐饮、住宿、农副产品食品的景区依托型，向古镇依托型、水库湖泊依托型、城郊设施农业依托型、历史民俗创意文化依托型的多元模式发展。这是旅游业转型发展的新趋势。

正如我们看到的那样，乡村旅游市场是旅游市场的重要组成部分，具有可持续发展的广阔空间。在四川，乡村旅游起步较早、路子更多、潜力更大、特色更突出。一种说法是，1985年成都市郫县的徐家大院开展"农家乐"，是中国乡村旅游的标志。30年来，"农家乐"如雨后春笋般遍布四川，乡村旅游发展呈现出三大新特征：一是乡村旅游正从观光旅游向观光、休闲、度假旅游融合阶段发展；二是资本市场的大额资金和风险投资快速进入旅游市场，乡村旅游目的地的基础设施建设水准进一步提升，乡村旅游品质的特色更加突出；三是乡村旅游发展与传统村落保护深度融合，乡村旅游将融入更多的古镇文化、农耕文化、自然遗产和文化遗产。没有传统村落的保护利用，乡村旅游的可持续发展无从谈起。

从乡村旅游看传统村落保护，传统村落是民族的宝贵遗产，也是不可再生的旅游资源。正如专家指出的那样，传统村落是我们最早的家园，是民族文化扎在中华大地最深的根。传统村落体现着当地的传统文化、建筑艺术和村落空间格局，反映着当地村落与周边自然环境的和谐关系。君不见成都双流黄龙溪古镇保留下来的那种"小桥流水人家"风貌经历了多少代人的历史传承？君不见岷江上游桃坪羌寨那些碉楼、石阶、古街包含着多少人与自然和谐相处的历史智慧？"暧暧远人村，依依墟里烟，狗吠深巷中，鸡鸣桑树颠"的传统村落特色，唤醒我们敬畏自然、尊重自然、回归自然、共守乡愁的多少记忆！

从乡村旅游看传统村落保护，传统村落是维持传统农业循环经济特征的载体，是创新农村农业发展道路的基础。传统农业一切来自土地，又全部回到土地之中，对大自然干扰是最小的。传统村落使农民能够就近就地进行耕作，能够适应当地的气候，能够把当地的土壤、地质和耕作技艺有机结合起来，培育出许多独特的具有地方风味的传统产品，由此形成与传统村落密切结合的循环经济发展模式。当前，我们提倡循环经济，在某种程度上说就是要向传统的农耕文明学习。在成都周边，凡是坚持保护传统村落、发展农家乐的农村，农民收入增长都快于其他地区。实践表明，以传统村落为载体，直接以乡村旅游来引领绿色农副产品的栽培和生产，可以实现第一产业和第三产业融合发展，走出一条可持续的新农村发展道路。

从乡村旅游看传统村落保护，传统村落千村千样，保护难度很大，衰败现状令人担忧。据报道，2000 年，中国自然村总数为 363 万个，到 2010 年锐减为 271 万个，仅仅 10 年内减少 90 多万个，平均每天消失 80—100 个。分析传统村落保护面临的严峻困难：一是村落发展滞后，当地村民外出打工，"空心化"导致村落衰败；二是一些传统村落由于历史性老化导致建筑破坏不堪无法修复，一些村民向往方便快捷的现代生活，于是想急切改变居住条件，无序地改建与翻建住房，造成新建筑与历史建筑、乡土风貌极不协调，破坏了传统村落的古风古貌；三是在交通便捷、经济增长较快的地区，过度旅游开发导致盲目拆旧建新、拆真建假，"非农化"加速了传统村落的凋敝和损毁。由此看来，乡村旅游发展应与新型工业化、信息化、城镇化和农业现代

化结合，牢固树立"创新、协调、绿色、开放、共享"五大发展理念，进一步加强传统村落保护利用，走出一条"生态优先、绿色发展"的新路子。

（《四川日报》2016 年 10 月 11 日 2 版）

# 从城乡统筹走向"一体化"

今年召开的省十二届人大四次会议传出喜讯:"十二五"期间,我省深入实施"两化"互动、城乡统筹发展战略,三次产业结构从 14.4:50.5:35.1 调整为 12.2:47.5:40.3;城乡居民收入比从 2.8:1 缩小为 2.6:1;城镇化率从 40.2%提高到 47.7%。这是一份经济结构调整取得突破性进展的成绩单,表明城乡统筹发展呈现出走向城乡发展一体化的新趋势。

正如我们看到的那样,党的十八大以来,以习近平同志为总书记的党中央坚持把解决好"三农"问题作为全党工作的重中之重,不断加大强农惠农富农政策力度,城乡统筹发展取得重大进展,当前正处于工业反哺农业、城市支持农村的发展阶段。顺应我国发展的新特征、新要求,"十三五"规划建议明确要求,进一步推动城乡发展一体化,推进城乡要素平等交换、合理配置和基本公共服务均等化。在四川,我们要继续深入实施"三大发展战略",以全面创新改革驱动转型发展,从城乡统筹发展走向城乡发展一体化。这是前所未有的历史机遇!

从城乡统筹发展一路走来,四川"先行先试",引起全国关注。作为全国统筹城乡综合配套改革试验区,成都市的经验是:以新型城镇化为载体和支撑,以推进城乡规划一体化、城乡基础设施一体化、城乡公共服务一体化、城乡管理体制一体化等"六个一体化"为主要内容,深入推进综合配套改革。在成都试验区基础上,省委、省政府在全省选择了不同经济发展水平的德阳、

自贡、广元 3 市和 17 个县，梯次开展统筹城乡综合配套改革试验。党的十八大以来，我们进一步把城乡统筹发展与新型工业化、城镇化、农业现代化结合起来，增强区域发展的协调性，深入实施多点多极支撑发展和"两化"互动、城乡统筹发展、创新驱动发展"三大发展战略"，这是用新的发展理念引领城乡统筹发展的创造性实践，是努力构建城乡发展一体化新格局的新探索。

深入实施"三大发展战略"的实践启示我们：城乡统筹发展是根本解决"三农"问题的战略举措。"三农"问题的根源在于长期形成的城乡二元结构，突出表现在区别城乡居民身份的户籍制度、城乡分割的公共服务制度和不清晰的农民财产权利。因此，解决"三农"问题的突破口和落脚点，就是要打破体制壁垒，走城乡一体、融合发展的道路，让农村富余劳动力有序进入城镇和第二、三产业就业，同时大力发展现代农业，建设新农村。为此，应加快推进户籍制度改革，放活农村土地经营权，促进农民工市民化，实现城乡规划、产业布局、基础设施建设、公共服务一体化。在四川，我们看到了解决"三农"问题的根本途径。

深入实施"三大发展战略"的实践启示我们：城乡统筹发展是全面建成小康社会的必然要求，基本思路是：把工业与农业、城市与乡村作为一个整体，通过体制创新和政策调整，逐步清除城乡之间的藩篱，促进城乡经济社会协调发展。用全面小康的视野看，城乡统筹发展，贵在互动，贵在协调，贵在共享，核心是充分发挥市场配置资源的决定性作用和更好地发挥政府作用，建立城乡融合的体制机制，形成以工促农、以城带乡、工农互惠、城乡一体的新型工农城乡关系，目标是逐步实现城乡居民基本权利平等化、城乡公共服务均等化、城乡居民收入均衡化、城乡要素配置合理化，以及城乡产业发展融合化，让广大农民共享改革发展成果。在四川，我们看到了城乡发展一体化的新趋势。

总而言之，从城乡统筹发展走向城乡发展一体化，是工业化、城镇化、农业现代化发展到一定阶段的必然要求，是国家现代化的重要标志。用新的发展理念引领城乡统筹发展，我们要树立"统筹就是创新""统筹就是协调"

"统筹就是共享""统筹就是兼顾""统筹就是整合"的新理念。在四川,"三大发展战略"是有机整体,必须统筹实施、协同推进。此时此刻,我们期待城乡统筹发展更好地与"四化同步"深度融合,引领四川走向城乡发展一体化。

（《四川日报》2016 年 3 月 29 日 2 版）

# 靠什么保障粮食安全

新春走基层，看到农民春耕备耕不知道种什么能赚钱，普遍担心"增产不增收"。

与乡村干部交谈，不少乡村干部对去年底国家下调玉米临时收储价感到突然。据调查，东北地区、黄淮海平原粮食市场玉米价格下降了20%，四川玉米价格下跌对稻谷、小麦价格形成挤出效应。去年粮食丰收，但受成本"地板"和价格"天花板"双重挤压，农民种粮收入下降，"种地一年，不如打工一月"，"没想到种玉米也会赔"。

乡村干部感到意外的是：自2015年起国家放开烟叶收购价格，标志着我国农产品价格全部由市场形成。正如乡村干部谈到的那样，1985年放开了绝大多数农副产品购销价格，1992年放开生猪、猪肉价格，1999年放开棉花收购价格，2004年放开粮食收购市场和价格。但政府对农产品价格的放开并非"一放了之"，对稻谷、小麦实行最低收购价政策，对玉米、大豆实行临时收储价政策，这些政策对保障国家粮食安全、保障农民收入起到了"托底"作用。现在农产品价格全部由市场形成，靠什么保障国家粮食安全？

"决不让种粮农民吃亏！"这是我国对稻谷、小麦实行最低收购价的初衷。现在的问题是，国际市场粮食价格低于国内价格，我国粮食呈现出生产量、库存量、进口量"三量齐增"的新形势，国内粮食市场出现了"稻强米弱""麦强面弱"的格局。特别是大宗农产品内外价差不断扩大，我国对稻谷、小麦、玉米实行最低收购价和临时收储价，使国内大宗农产品市场价格过高，市场竞争力降低，粮食加工企业利润空间受到严重挤压甚至亏损，导致肉、奶等畜产品的内外价差也在不断扩大。"卖粮难"与"储粮难"并存，"国货入库、洋货入市""仓满为患"，吃亏的仍然是农民。

新形势下保障国家粮食安全，首先要观念创新，消除认识上的误区。粮食安全的关键是能力安全。当前强调国家粮食安全并不是因为国内粮食供给紧张，并不是要求粮食产量越多越好，主要是出于风险防范的考虑，强调未来将我国粮食生产能力稳定在6000亿公斤左右。在内外价差不断扩大的市场背景下，靠最低收购价和临时收储价来保障粮食安全的市场压力越来越大。构建13亿人口的粮食"安全阀"，粮食少了不行，粮食太多了也未必是好事，不能把保障粮食安全等同于粮食数量自给。从长远看，保障粮食安全的根本是潜在生产能力的提升，最重要的是必须坚守耕地红线、推进高标准农田建设、加快农业科技创新、构建新型农业经营体系、培育新一代农民、发展适度规模经营和粮食产业化。还是这句话："藏粮于地、藏粮于技、藏粮于民、藏粮于产业化！"

新形势下保障粮食安全，核心是充分发挥市场配置资源的决定性作用和更好发挥政府作用。正如专家指出的那样，粮食生产和粮食安全必须得到保障，但以政府为主导、粗放发展粮食生产的发展方式导致种地成本高、农产品价格高、市场竞争力低和农业资源过度开发等一系列问题，必须转变农业发展方式，坚持以市场为主体，从规模适度化、种子优质化、工艺标准化和技术体系化入手，提高农业的竞争力、农产品的安全性和资源利用的永续性。就粮食安全而言，市场不能解决所有问题，需要更好发挥政府作用，主要是实行最严格的耕地保护制度，守住水土资源红线，守住生态红线和农产品安全底线。同时，坚持惠农富农强农政策不动摇，鼓励引导农民根据市场信息优化资源配置，面向市场追求收入最大化。

新形势下保障粮食安全，适度进口也是重要途径。关键是要规范粮食国际贸易秩序，实现粮食进口多元化和契约化，降低国际粮食市场剧烈波动对

国内市场的传导影响。

总而言之，粮食安全任何时候都不能放松，根本保障是产能的巩固和提升。用新的发展理念保障粮食安全，应该加快推进农业发展方式转变，深化农业供给侧结构性改革。此时此刻，我们期待新一轮农村改革为粮食安全构筑增产增收的长效机制，这是巩固和提升产能和质量效益的根本路径！

（《四川日报》2016 年 3 月 25 日 2 版）

# 从供给侧改革补"三农"短板

全面建成小康社会，关键是补齐"三农"短板。"三农"短板在哪里？怎么补齐？

春节前发布的今年中央一号文件明确指出，用发展新理念破解"三农"新难题，厚植农业农村发展优势，加大创新驱动力度，推进农业供给侧结构性改革。我们要牢固树立短板意识，坚持问题导向，坚持强农惠农富农政策不动摇，更多地从农业供给侧结构性改革补齐"三农"短板。

"三农"短板在哪里？最直观地看，短在基础设施和公共服务，短在环境和生态，最短的一块短板就是脱贫攻坚。因此，一号文件明确要求，一是把基础设施和社会事业发展重点放在农村，率先免除贫困生高中学杂费；二是加强资源保护和生态修复，把保障"舌尖上的安全"作为重要考核指标；三是把脱贫攻坚作为政治任务，到2020年使现行标准下的农村贫困人口实现脱贫、贫困县全部摘帽。这是农业供给侧结构性改革的重点，也是补齐"三农"短板的当务之急。实际上，从现代农业的视野看，调整优化农业产业结构、生产结构和区域结构，提高农产品质量和安全，加快提升农业竞争力，也是在更深层次、更大范围补短板。

从供给侧改革补"三农"短板，根本原因是农产品市场竞争力不强。当前农业受到农产品价格"天花板"和生产成本"地板"抬升的双重制约，主要是因为农产品供求结构失衡、生产成本过高、劳动生产率底。数据表明，

我国大宗农产品的生产成本比美国、澳大利亚等国高出很多，这是农产品内外价差不断扩大的根本原因。受内外价差驱动，造成"国货入库、洋货入市"和"边进口、边积压"现象。四川人均耕地不足1亩，一个农民生产的农产品只能养活1.5个人，而国际标准是一个农民养活10个人。劳动生产率低，"川粮""川猪""川菜""川花""川果"在入世后自然面临严峻挑战。推进农业供给侧结构性改革，核心是围绕市场需求进行生产，优化资源配置，提高农产品市场竞争力。还是这句话：跑田坎不如跑市场，优质不如优价；产品跟着市场走，市场跟着价格走，价格跟着成本走，成本跟着劳动生产率走！

从供给侧改革补"三农"短板，根本出路是转变农业发展方式。经济发展进入新常态，农业自身的需求结构已经发生深刻变化：一是城乡居民对大米、小麦等粮食类产品消费比较稳定，对肉类水产品、水果以及奶制品等附加值高的产品需求日益旺盛；二是不同收入水平的消费者对农产品质量安全的要求表现出差异化分层态势，总体上对农产品质量安全的要求都越来越高。与此同时，农产品供给模式也在发生变化，依靠国内国际两个市场、两种资源的供给模式越来越明显。更重要的是，与生产或贸易挂钩的"黄箱"支持力度已接近我国加入世贸组织承诺的上限，靠继续提高最低收购价和临时收储价、增加补贴来刺激农业生产的空间明显收窄。也就是说，补齐"三农"短板，根本出路是加快转变农业发展方式，以放活土地经营权为重点，创新农业经营体系，发展适度规模经营，这是四川新一轮农村改革的主攻方向。

从供给侧改革补齐"三农"短板，根本取向是绿色发展。农业是典型的生态产业，不论是植物性还是动物性农产品的生产过程都是自然的生长过程，自然条件是基础，产品和质量对自然环境的依赖性特别强。"橘生淮南则为橘，生于淮北则为枳。"尊重自然、尊重生态规律、尊重天时地利，农业需要走向现代化，但不是愈现代愈好，"绿色化"是新阶段农业发展的根本取向。君不见当前人们对绿色食品的需求之大？君不见国际市场对出口农产品的"绿色壁垒"之高？

总而言之，补齐"三农"短板，最重要的是"把水浇到根上"，核心是用新的发展理念引领农业现代化，进一步提升农业质量效益和市场竞争力，推动农业转型升级。此时此刻，我们要统筹考虑和根本解决农业、农村、农民问题，更多地从供给侧结构性改革补齐"三农"短板。

（《四川日报》2016 年 2 月 18 日 1 版）

# 规模经营贵在"适度"

新春走基层，看到春耕备耕新气象，农业规模经营成为大势所趋。

正如我们看到的那样，当前四川农业规模经营发展较多聚集在成都平原和盆周部分丘陵地区，特别是在粮食、畜禽、水果、蔬菜、药材等劳动密集型产业具有比较优势。据报道，全省家庭农场已发展到1.7万个，经营面积161.5万亩，成为"谁来种地"的中坚力量；规模种养大户45万户，30亩以上种粮大户1.3万户，工商登记农民合作社5.8万个，规模以上农业产业化龙头企业8703家。洪雅农民集约化养殖奶牛已形成规模优势；以洪雅为核心，以新阳坪乳业有限公司为龙头，眉山—乐山—雅安奶牛产业带已经形成。洪雅农民说："一家两头牛，三年一幢楼！"

据农业部调查，当前农业规模经营主要有以下路径：

——土地集中型规模经营。主要是指单一农户或不同农户联合形成的集体组织、合作社、股份制组织，通过土地流转、入股和地块互换、归并等方式，提高单一经营主体土地经营规模和连片水平。

——组织引领型规模经营。主要是指在家庭承包、分散经营基础上，在一定区域范围内，根据当地生产传统和市场需求，有组织地推动农产品生产基地和园区建设，发展一村一品、一乡一业，推进农业主导产业专业化区域布局，提高农业生产的区域规模化水平。

——产业联结型规模经营。主要是指一定区域范围内，通过"龙头企业

＋合作社＋基地＋农户""合作社＋龙头企业＋基地＋农户"等运作模式，建立健全产业分工、协作和利益联结机制，延长农业产业链，提高农户家庭经营的外部规模化水平。

——服务带动型规模经营。主要是指在家庭承包、分散经营基础上，针对目前农业劳动力非农就业比例大、雇工成本高、农户不愿放弃土地的现实，农民合作社、大户、家庭农场以及社会化组织接受农户委托，提供全程或部分农业生产经营服务，形成新的统分结合的规模经营。

来自四川各地的实践表明，推进规模经营是发展现代农业的必然趋势，但农业规模经营是发展现代农业的手段而不是目的；不同的规模经营模式有不同的收益和风险特点，发展条件不尽相同；不同区域的规模经营有不同的侧重点和关键点，发展路径也不尽相同。需要引起高度重视的是"适度"和"适当"，即从各地自然经济条件和农村劳动力转移实际出发，因地制宜、因势利导、统筹兼顾，合理确定农业经营规模，适当选择规模经营形式。也就是说，农业规模经营不是越大越好，土地流转不能过度激励，规模经营不能单项突进。农业规模经营既不能一味求大，也不能追求一律，应该兼顾效率与公平，防止脱离实际、违背农民意愿片面追求超大规模的倾向。

农业规模经营贵在"适度"，关键是要统筹兼顾。用专家的话说，规模经营是指经营三要素——劳动力、劳动手段、劳动对象的集中和组合程度，当目标效益达到最佳时，各要素的集中和组合就达到适度规模经营。经营规模是否适度，就是看效益是否达到最佳程度。就农业规模经营效益而言，一是确保农业生产稳定发展，二是提高土地产出率，三是提高农业劳动生产率，四是提高资源利用率，五是提高农业经营主体收入。适度规模经营是一个变动的概念，适度的标准在不同地区、不同情况下是不同的。是否适度，要从国家宏观经济效益、农户微观经济效益和生态环境效益等方面进行综合评价和统筹兼顾。

农业规模经营贵在"适度"，基础是家庭经营。正如专家指出的那样，农业主要是实行自然人为基础的家庭经营体制，公司制农场只占很小的比例。

以美国为例，10 个农场中有 9 个是家庭农场，而且公司制农场中 85％是家族公司。家庭经营成为最普遍的农业经营形式，是由农业的产业特征决定的。我国农业现代化过程中不存在生产力水平提高后改变家庭经营主体地位的问题，家庭经营现在是将来也是我国农业最基本的经营形式。现阶段，我们适度发展农业规模经营，鼓励和引导农民依法有序流转土地承包经营权，千万不能忘记"让农民种自己的地、让更少的农民种更多的地"！

（《四川日报》2016 年 2 月 9 日 2 版）

# 春耕时节念什么"经"

又到春耕大忙时节，农业生产念什么"经"？

清明前夕到农村调查研究，发现四川农村当前旱情严重，春耕生产面临很多困难。一是不少地方冬春连旱，农田干涸，人畜饮水困难，无水育苗，无水备耕，抗旱夺丰收的难度很大；二是生猪价格一路走低，农民的养猪积极性被挫伤，春节过后不愿补栏，新一轮猪贱伤农值得警惕；三是春节后大部分青壮劳动力外出打工，留下来种地的农民（多数是老人和妇女）对新的惠农政策和农产品市场信息缺乏了解，不知道种什么赚钱，正处于观望或困惑中；四是《食品中农药最大残留限量》国家标准开始实施，农民科学用药难度加大。如此种种困难交织，成为当前春耕的不利因素，也对今年粮食"十连增"埋下了隐忧。

分析当前春耕面临的种种困难，既有极端天气变化引发的不可抗拒的环境因素，也有长期以来农业基础薄弱积淀下来的历史因素；既有市场竞争和市场变化带来的市场风险问题，也有工业化、信息化、城镇化、农业现代化进程中出现的不同步、不协调、不平衡问题。如：水土流失，环境污染，人才流失，分散的土地承包经营形式难以适应现代农业技术、装备和大资本的进入，这些问题的解决都需要统筹兼顾、综合治理。由此看来，现在的"三农"问题越来越复杂，一旦遇到像今年这样的旱情，特别是在春耕大忙的特殊时节往往会表现出多种矛盾多种困难叠加的"新农情"。

实现"四化"同步，农业是短板；实现全面小康，农村是难点；实现共同富裕，农民是重点。用全面建成小康社会的思路破解"三农"问题，党的十八大指出了四条路径：一是增强农业综合生产能力，确保国家粮食安全和重要农产品有效供给；二是深入推进新农村建设和扶贫开发，全面改善农村生产生活条件；三是加大政策扶持力度，改善征地制度，提高农民在土地增值收益中的分配比例，着力促进农民增收；四是坚持和完善农村基本经营制度，加快完善城乡发展一体化机制，促进城乡要素平等交换和公共资源均衡配置。这四条路径既是解决好"三农"问题的大方向，也是当前抓好春耕生产必须念念不忘的大政策。

着眼长远，春耕要念好"政策经"。与党的十六大以来粮食生产实现"九连增"的辉煌成就紧密相联，党中央在这个阶段出台了一系列在我国农业农村发展史上具有里程碑意义的重大政策，减轻了广大农民种田的负担，使农民得到了最多实惠。今年中央一号文件继续聚焦"三农"，进一步出台了提高农业生产集约化程度、构建新型社会化服务体系等惠农政策。同时，加大补贴力度，支持科技下乡，发展家庭农场，推动土地流转，为粮食增产提供政策保障。用农民的话说："春耕好不好，要看政策行不行。"这就需要我们念好"政策经"，充分发挥政策四两拨千斤的杠杆作用。最重要的是，农村基层干部要扎根基层，沉下心来办实事，真正让各项惠农政策惠及农民。

立足当前，春耕要念好"抗旱经""科技经""市场经"。据省气象部门提供的信息，去年 11 月以来，全省平均降水偏少 52%，为历年同期最少。而开春以来，干暖天气继续唱主角，我省多个地区发生冬春连旱，盆地部分地区极有可能春夏连旱。为此，省委、省政府要求各地始终把"三农"工作摆在重中之重的位置，全力以赴打好抗旱减灾攻坚战，多措并举缓解旱情，千方百计抓好春耕。现在的关键问题是，打井找水、安全饮水、高效节水、保苗保墒、标准化种植、规模化养殖、病虫害统防统治无不与科学技术的推广应用紧密相关，种什么种多少、养什么养多少也必须以坚持市场需求为导向适时调整，这就需要念好"科技经""市场经"。

　　春耕时节,百花盛开,万象更新。家庭经营迫切需要有农民相互间的合作与联合以及完善的农业社会化服务体系来解决一家一户办不了、办不好的事情。面对抗旱减灾的严峻形势,面对科技下乡的迫切需要,面对瞬息万变的市场竞争,我们期待着农村经济结构的调整、农业生产方式的转变和农业经营体系的创新开放出更加灿烂的花朵!

(《四川日报》2013 年 4 月 3 日 1 版)

# 送你一颗"定心丸"

户籍改革，好事多磨；农民进城，喜中有忧。

与户籍制度改革的舆论热点有所不同，大多数农民工虽然对取消农业户口与非农业户口性质区分表示赞同，但却不愿意轻易放弃农村户籍。

来自中国青年报社会调查中心最近对 21742 人进行的一项调查显示，60％受访者表示自己更愿意在农村落户，68％受访者认为当下土地权益更有价值。不少农民工担忧的是，取消了农业户口，农民工是不是就有机会享受和城市居民同样的社保待遇，农民工的孩子是不是就有机会参加异地高考？

在成都，在上海，在北京，在许多大中城市，不少农民工已在城市打拼多年，深感在城市生活艰辛，工作不稳定，也对转变为城市户口持保留态度。用他们的话说：农村有地有房子，我们迟早要回去。

"户口转不转，关键看土改。"土地是农民最大的财富，也是农民最后的保障。中国社科院曾经对 11 万人进行的一项调查也显示，"80 前"农民工不愿意转变为非农户口的达 80％；"80 后"农民工不愿意转变为非农户口的达 75％。如果要交回承包地才能转户口，不愿意转变为非农户口的农民工达 90％。调查还发现，相当多来自农村的大学毕业生也不转户籍，而且年龄越小这种倾向越明显，"90 后"大学毕业生中不转农村户口的达到50％以上。

户籍改革牵动着亿万农民的心，引发了农民工进城落户的多种选择和利益权衡。无论从户籍改革的顶层设计看，还是从改革的突破难度看，各类群体发展愿望和利益诉求的多元多样，决定了我们必须让群众吃一颗长效"定心丸"。

送你一颗"定心丸"！正是在广泛深入调查研究和多年改革试验的基础上，看准了农民工市民化的困难所在，看准了户籍改革的关键所在，党的十八大以来，党中央、国务院进一步推进户籍制度改革，出台了一系列切实保障农业转移人口及其他常住人口合法权益的配套改革政策。在四川，农民工对户籍改革还存在不少担心和疑虑，当前最重要的是凝聚各方共识，合理引导农民工落户城镇的预期和选择。

送你一颗"定心丸"！

——谁的户籍谁做主。从户籍改革的顶层设计看，户籍改革是一个复杂的系统工程，既要因城而异、因群而异，实行差别化落户政策，又要坚持以人为本，充分尊重城乡居民自主定居意愿，让他们自主选择自己的人生道路和职业发展方向。特别是农民群众，要不要进城、何时进城、进哪个城，都要让农民群众自己选择，由农民群众自主决定，坚决防止把农民"拉进城""被落户""被市民化"。也就是说，谁的户籍谁做主，谁也不能强迫谁进城落户。各级政府要做的主要是构建一个让农民自由流动的制度环境，既让进城农民真正在城市扎根，也让留村农民生活更幸福，更有尊严。

——土地确权有保障。农村户籍上附着土地承包权、宅基地使用权、各种涉农补贴等较多经济利益，这是法律赋予农民的合法权益，不能随意剥夺。在城镇化进程中，必须在推进城镇基本公共服务全覆盖的同时，维护好农业转移人口的土地承包经营权、宅基地使用权、集体收益分配权。大部分农民工的工作和收入不稳定，土地是最后的依靠。在成都，在眉山，我们欣喜地看到农村土地流转不仅给农民带来更多收入，而且通过土地确权登记颁证，切切实实维护了农业转移人口的合法权益。

——公共服务均等化。住房、就业、社保、子女教育，这些既是农民工落户城市的最大期盼，也是农民工市民化的最大困难。急农民工所急，解农

民工所难，四川在全国率先推行"农民工住房保障行动"、城乡居民养老保险和医疗保险"全覆盖"，已经取得实效，农民进城落户的一道道门槛正在破除。

户籍改革贵在顺应民心，贵在排忧解难，贵在好事办好！

（《四川日报》2014 年 10 月 27 日 2 版）

# 春节归来话"乡愁"

春风春雨春潮急，巴山蜀水迎新春！

春节归来话乡愁，年味浓淡总相宜，别有一种喜悦在心头。总的感觉是，农业发展方式在转变，农村基础设施在改善，农民思想观念在创新。村村通公路，乡村旅游越来越火，返乡创业农民工越来越多，工商资本下乡一路绿灯。网络进农家，微信拜年越来越盛行，"互联网＋农业"前景美好。家庭农场、种养大户、农业合作社、农业产业化龙头企业如雨后春笋般涌现，"补贴"红包丰厚，土地红利实惠，梦想在希望的田野放飞。"小康不小康，关键看老乡"；"小康全家福，一个不能少"。农民说："这是最好的发展时期！"

春节归来话乡愁，一枝一叶总关情，别有一种忧虑在心头。总的感觉是，村里人气越来越淡，回乡越来越待不住，撂荒土地越来越多，农业兼业化、农村空心化、农民老龄化现象越来越突出。听农民谈新年心愿，不愿种地的不知道干什么活，到哪里打工；种地的人普遍担心增产不增收，不知道种什么种多少，种什么才能赚钱。据调查，现在不少农村留不住年轻人，种地农民只剩下老年人，空巢老人加留守儿童成为当前农村普遍的家庭结构。农村养老、医疗、社保、教育成为农民的"心病"。尤其是文化娱乐活动相对贫乏，传统风俗被逐渐淡忘，打牌、赌博等不良风气抬头，请客送礼负担沉重。令人忧虑的是："好山好水好无聊"，怎样留住乡村"精气神"？

春节归来话乡愁，不是乡愁胜似乡愁，别有一种困惑在心头。总的感觉

是，农业资源环境制约日益突出，农业生产结构失衡问题日益突出，农业发展质量效益不高问题日益突出。令人困惑的是，农业生产成本处于"上升通道"，国际大宗农产品价格已经不同程度低于国内，在成本"地板"和价格"天花板"的双重挤压下，农业比较效益持续下降，"谁来种地""如何种地"问题越来越突出。一边是粮食产量"十二连增"，一边是粮食进口量创历史新高；一边是价格低廉的国内农产品销路不畅，一边是高端高价的进口农产品被抢购；一边是农药化肥过量使用推高农民种植成本，一边是土地水源已经难以承受污染之重。与乡村干部交谈，乡村干部在思考：靠什么确保粮食安全？种田成本为什么降不下来？谁来投资农业？"三农"短板怎么补？

春节归来话乡愁，亦喜亦忧亦困惑，真是"横看成岭侧成峰，远近高低各不同"。

推进新型城镇化，建设新农村，习近平总书记提出新的要求："让居民望得见山、看得见水、记得住乡愁。"乡愁是什么？有人说："乡愁就是孩提时牵牛吃草的一脉青山，是夏日中供我们嬉闹的一方绿水，是夕阳里炊烟袅袅的一片屋瓦，是世代相传的共同记忆。"这样的乡愁具有诗情画意，尽管很值得期待，但却因时因地因人而异，恐怕很难在现代社会形成共识。对于城市居民而言，梦里依稀故乡美，万水千山总是情。节假日到城市周边小城镇的"农家乐"走一走，也算是"记得住乡愁"吗？对于农民工而言，走南闯北历尽千辛万苦，"曾经沧海难为水，除却巫山不是云"，谁不说咱家乡好？君不见每年春运潮起潮落，亿万农民工候鸟般来去匆匆，那样一种归心似箭的思乡之情与远走高飞的离别之愁交织，怎不令人感动？怎不令人忧虑？怎不令人困惑？

透过乡愁看"三农"，现代化的过程就是农业社会向工业社会转变、农村人口逐步向城市转移的过程。在中国，人多地少的基本国情决定了我们的现代化，基础在农业，重点在农村，难点在农民；发展不平衡、不协调的城乡差距决定了我们的"全面小康"，重点在农村，难点在增加农民收入，决战决胜在脱贫攻坚。用现代化的视野看，"三农"问题的核心是农民问题，农民问题的核心是收入问题，当前正是"三农"变化最大的时期，正是农民收入增长最多的时期，同时也是矛盾最集中、挑战最严峻的转型时期。不同的人站在不同的角度、用不同的视野看"三农"，往往有不同的喜悦、不同的忧虑、不同的困惑。这样的乡愁寄托着我们新年的期盼和祝福！

（《四川日报》2016年2月16日1版，此稿被《人民日报》2月18日5版转载）

# "三把尺子"量政绩

春节后上班第一天，成都市召开深入推进农村工作"四大基础工程"大会，会上通报了近期对未正确履职或认真履职、干部作用发挥不充分、不胜任现职岗位的一批领导干部分别给予撤职、免职或党内警告处分的情况。成都市委领导表示，这只是一个开头，要进一步完善工作和干部的考核机制，树立正确的工作导向和干部导向，"绝不能干好干坏一个样、干和不干一个样"。

成都市委这个开头开得好！好就好在为深入学习实践科学发展观、扎实推进中心工作、加强行政效能建设，形成了严格问责的组织保障，鲜明了崇尚实干的用人导向！"不尽责就是失职，无作为就是过错。"爬坡上坎，蓄势突破，成都市广大干部群众的发展观、政绩观在深入推进城乡一体化的实践中升华。

干部队伍建设最棘手的问题就是政绩考核。为官一任，干什么，怎么干？政绩考核就是一根指挥棒。在深入学习实践科学发展观活动中，我省各地各级干部切实转变发展观念，对什么是政绩、为谁创造政绩、如何创造政绩、怎样衡量政绩有了更加深刻的认识。

胡锦涛总书记强调指出，贯彻落实科学发展观，需要造就一支自觉实践科学发展观、有能力推动科学发展的党员干部队伍，需要党员干部特别是领导干部都坚持正确政绩观，老老实实按客观规律办事，兢兢业业干好本职工作，做出经得起实践、人民、历史检验的实绩。

以实践、人民、历史这"三把尺子"为标准，从唯GDP到注重全面协调可持续发展，从见物不见人到以人为本，我省广大干部群众在"两个加快"的实践中已经形成一种共识：出政绩，关键是看实践，看老百姓是否得实惠！

"三把尺子"量政绩，最根本的是实践。政绩考核主要涉及三个问题：考核什么，怎么考核，谁来考核。就考核的内容而言，实践出政绩，任何政绩都是干出来的，爱岗敬业是最基本的要求。在学习实践科学发展观活动中，各地不断推出符合实践标准的政绩考核新举措，增强了考核的客观性、科学性、可操作性，切实扭转"干部出数字、数字出干部"的现象，促使干部爱岗敬业、崇尚实干。按照以人为本与构建和谐社会的新要求，发展经济是政绩，促进就业是政绩，安全生产是政绩，节能环保是政绩，维护社会稳定也是政绩。"为官一任，谋一方福祉，保一方平安"，谁说只有GDP才是"硬指标"？

"三把尺子"量政绩，最公平的是民心。人民群众是历史的主体，是社会物质文化财富的创造者，当然也是政绩考核最权威的评判者。促使干部树立科学政绩观，关键是要让人民群众参与评价。政绩考核的量化指标也有局限性，同一个指标往往难以适用不同的地区、不同的行业、不同的岗位，考核的统计数据可能失真。干部干得好不好，群众最清楚。"金奖银奖不如老百姓夸奖，金杯银杯不如老百姓口碑。"近年来，各级政府出台的政绩考核办法中引入了民意调查机制，让群众参与政绩评价。当前，政府信息公开的力度还要加大，征求民意的渠道还要增多，尽可能让政绩能得到更广泛的评价、经得起老百姓的考量。

"三把尺子"量政绩，最公正的是历史。为政在人，人在途中。考核一个干部不仅要看他当前的"显绩"，而且要看他长远的"潜绩"，不仅要看他现在做了什么，还要看他为子孙后代留下了什么。看一看那些受人唾骂的"政绩工程""豆腐渣工程""腐败工程"，再看一看那些"一失足成千古恨"的历史罪人，谁能不对历史的评判充满敬畏？

老老实实按客观规律办事，兢兢业业干好本职工作，做出经得起实践、人民、历史检验的实绩。这是深入学习实践科学发展观的必然要求。

（《四川日报》2010年2月23日1版，此稿获2010年度四川新闻奖一等奖）

# "问责制"就在我们身边

明月几时有，把酒问青天。包公今何在，"问责"在身边！

一年一度的中秋与国庆已过，交通安全和食品安全受到各方面高度关注。与那些因发生重大安全事故而辞职、免职的省部级干部被"问责"不同的是，巴中市围绕破解老百姓普遍关心的"行路难、饮水难、上学难、看病难"，加大行政效能建设力度，推行了一种"问事必问人、问人必问责、问责问到底"的"三问"新机制，目前已对 87 个责任单位 233 名责任人实行问责，其中党纪政纪处分 59 人，免职停职 26 人。这种"问责制"被新闻媒体报道后引起广泛议论。有的说："人非圣贤，孰能无过，问责也别矫枉过正。"更多的人说："对官员问责，就是对百姓负责，但愿如此'问责'真正能给机关作风带来新气象。"

向谁问责，问什么责，怎样问责，这些问题还可以深入讨论。最重要的是，有权必有责，用权受监督，"问责制"就在我们身边。按照权责相统一的原则，权力的授予就意味着责任的赋予，行政机关及其公务人员，要对自己的行为负责任。与法律、纪律约束不同，"问责制"具有道义约束的特点，被问责的官员，不一定触犯了法律，也不一定违反了纪律，只要是没有尽力履行职责，或履职能力不足，出现问题后，都在问责的范围内。我们的每个公务员，不论职位的高低，都要对分内之事承担责任。"你该办的事没有办好，出了问题，你不负责谁负责？"

　　问责制度是国家政治制度和国家监督体系的重要组成部分。在我国，大范围的行政问责始于2003年的非典危机。非典危机过后，"问责制"被纳入法制化轨道。近几年，我们经历了众多矿难、污染、食品安全事故和公共突发事件，也目睹了一系列在重大安全事故和公共突发事件中负有领导责任的干部，特别是一批省部级官员受到追究处理的重大新闻。"问责制"将官员的"乌纱帽"和治理的绩效直接挂钩，进一步强化了政府及其工作人员的责任意识，使他们对于违法或不当行使权力的后果有了更加明确的警示。老百姓则从我做起，社会监督与民主监督配套，增强了社会责任感。

　　在中国，"问责制"仍在规范中，问责重点在行政机关，问责难点在领导干部。我们党始终强调的是，权力来源于人民，服务于人民；权为民所用，利为民所谋。"问责制"从目标到问责程序的设计，都围绕确保权力的公共属性这一目标，进一步解决权力缺位、越位、错位的问题，对因不作为（有权不用）、乱作为（滥用权力）或不当作为（工作过失）而造成不良后果的，必须严肃追究有关人员的责任。看一看党中央、国务院对山西"9·8"特别重大尾矿溃坝事故和三鹿奶粉事件相关责任人作出的严肃处理，就会发现一个领导干部有多大的权力，就必须对其权力的行使及其后果承担相应的责任。"问责制"既要问"下"，也要问"上"，更要问"德"。人贵有自知之明，官贵有自知之责。"问责"没有救世主，没有保护伞，没有替罪羊！

　　在四川，"问责制"正在行政效能建设中深化，在地震灾后恢复重建中创新。君不见《四川省领导干部引咎辞职暂行办法》《四川省党政领导干部选拔任用工作责任认定及责任追究办法（试行）》《四川省行政机关责任追究制度》《四川省汶川特大地震灾后恢复重建行政效能问责规定（试行）》等法规已经颁布实施，自我问责与组织问责并行。正是在这样的背景下，巴中市推行"三问"新机制，问出了干部的压力，问出了发展的动力，促进了"四难"的破解，你说该不该"问责问到底"？

　　　　　　　　　　　　　　（《四川日报》2008年10月12日1版）

# 求真务实治"三浮"

一元复始，又到万象更新时。

认真贯彻落实中央关于改进工作作风、密切联系群众的八项规定，省委、省政府近日出台十项规定，大力弘扬求真务实、艰苦奋斗、勤俭节约的作风。走访省内各地，各种茶话会、联欢会少了，用公款请客送礼的少了，年终总结开短会、说实话的多了，走访慰问轻车简从的多了。老百姓说：中央和省上的新规定体现了亲民、爱民、为民的执政新风，显示了整治浮华、浮夸、浮躁等不正之风的决心。

以求真务实的精神状态改进工作作风，党的十八大有明确部署，人民群众有强烈期待。从上到下比较一致的看法是，当前在个别党员干部中，确实存在较为突出的问题，集中表现在不思进取、得过且过，漠视群众、脱离实际，形式主义、官僚主义，弄虚作假、虚报浮夸，铺张浪费、贪图享受，以权谋私、骄奢淫逸。对此，老百姓议论最多、最为反感的是浮华、浮夸、浮躁的"三浮"之风。

先看浮华之风，铺张浪费，贪图享受，以骄奢淫逸为荣，以迎来送往为盛，以请客送礼为多。在一些高档酒店、楼堂馆所、知名景区，候鸟式的各种会议接待规格越来越高，排场越来越大。特别是每逢岁末年初，那些巧借各种名义突击花钱的"三公消费"和别有深意的请客送礼滋生蔓延，不断升级。

再看浮夸之风，漠视群众，脱离实际，弄虚作假，最突出表现在"官出数字，数字出官"。一些领导干部向上级汇报时尽说好话、大话、空话，对本地区本部门本单位存在的问题和矛盾处处掩盖，对老百姓的疾苦和群众诉求漠不关心。吹牛拍马、虚报浮夸甚至成为某些人从政为官的一种捷径或"潜规则"。

再看浮躁之风，急功近利，急于求成，由急而浮，由急而躁，热衷制造"短、平、快"政绩。有些官员患上了"政绩急躁症"，不顾客观实际，对形象工程、政绩工程快马加鞭，对显而易见的质量问题和安全问题视而不见。有些干部受不得委屈、沉不下身子、干不好实事、却对待遇、升迁、位子存在过早、过高、过多、过急的欲望，甚至跑官、要官、买官。

空谈误国，实干兴邦。以求真务实的精神状态整治"三浮"，是落实中央和省委、省政府新规、切实转作风扬新风的重点。新规针对人民群众长期反映强烈的问题，要求坚持以人为本、执政为民，特别强调坚持求真务实、艰苦奋斗、勤俭节约，自上而下，以身作则，狠抓落实，要求各地区各部门严格执行新规，每年年底对执行情况进行专项检查。特别值得一提的是，新一届中央领导集体从我做起，要求别人做到的自己首先做到，要求别人不做的自己坚决不做，起到了整治浮华、浮夸、浮躁等不良风气的表率作用。从严治党，新规将改进党风政风的行为准则规范化制度化，具有很强的操作性，有助于从源头上遏制腐败，以良好党风带动政风促进民风，真正赢得群众的信任和拥护。

非淡泊无以明志，非宁静无以致远。我们要牢记党和人民的重托，谦虚谨慎，戒骄戒躁，鞠躬尽瘁，以求真务实治"三浮"的实际行动，开创四川科学发展、加快发展的新局面。

（《四川日报》2013 年 1 月 21 日 1 版）

# 修身正己"诚"为本

正心修身立其诚，诚实做人不忘本。

结合"三严三实"专题教育，不少县级以上机关事业单位的党员领导干部走上讲台做党课报告，受到听课者好评。引起社会关注的是，党员领导干部以身作则讲党课，从我做起，在群众中立起修身做人的标杆，这是整风整改的新变化。对照"三严三实"照镜子，我们看到当前有些领导干部身上存在的突出问题表现在：不失权位失权威、不少知识少情感、不缺才干缺修身。正如省委书记王东明5月9日在省"三严三实"专题教育工作座谈会上做党课报告指出的那样：做官先做人，做人必修身；作为党员干部，最要紧的就是加强道德修养，补足精神上的"钙"，这样做事才没有私心杂念，为官才有浩然正气。

践行"三严三实"，"三严"是基础，是根本；"三实"是行为准则，是道德底线。"严"字当头，"实"字托底，"修身"第一，"诚实"为本。"修身"之"严"，最重要的是保持做人的本色，核心是一个"诚"字。从"严以修身"到"做人要实"，我们不能忘记毛泽东同志在《纪念白求恩》中倡导做"五种人"，不能忘记习近平同志与中央党校县委书记研修班学员座谈时强调：清清白白做人，干干净净做事，坦坦荡荡做官。就保持"本色"而言，"修身"就是修养身心，就是做人要诚实，待人要真诚，对党要忠诚，就是坚定理想信念，提升道德境界，追求高尚情操，自觉远离低级趣味，自觉抵制歪

风邪气。

古人讲"修身齐家治国平天下",不仅把修身放在第一位,而且提出立德、立功、立言的三种境界。结合"三严三实"专题教育,我们更加深刻地认识到修身做人首要的是立德,但必须内化于心,外化于行,与立功、立言深度融合。在四川,践行"三严三实"要求,既要在传承与坚守的基础上解决好立德问题,也要集干净与干事于一身、勤政与廉政为一体,在实践中推进"两个跨越"。实践无止境,修身无止境,唯有忠诚、干净、担当的"诚之者"能够达到人生的更高境界。

从"严以修身"视野看,"修辞立其诚"是一种坦坦荡荡的真诚境界。"修辞者,立言也。"也就是说,开口讲话、著书撰文要有诚心,说心里话、真心话,不能说假话、谎言。"修辞立其诚"的反面就是"修辞立其伪",或是曲说阿世、巧言媚俗,或是浮言夸饰、言不由衷,或是故作高深、故弄玄虚,或是装模作样、文过饰非,总之是"无实事求是之意,有哗众取宠之心"。现实中,还有不少为官者说假话、大话、空话,言而无信,待人不真诚。真诚之"真",看似简单,却万分艰难!

从"严以修身"视野看,"修行立其信"是一种规规矩矩的诚信境界。"言必信,行必果";"信则立,不信则废";"无以诚信,何以为人"。修身关乎行为举止,既要读万卷书,行万里路,也要懂规矩,守底线,还要有诺必践,违约必究。古代圣贤修身立信,是从一件件小事做起的,强调"勿以善小而不为,勿以恶小而为之",以自省为重,以慎独为基,以躬行为要,诚实守信,防微杜渐。现代社会,法治是国家的诚信,更应该做到"有法必依、执法必严、违法必究",任何人都不能超越法治的底线。践行"三严三实",我们特别强调心有所畏、行有所戒,为官做人要诚信。

从"严以修身"的视野看,"修心立其志"是一种干干净净的精诚境界。自修之道,莫难于养心。心诚则净,宁静致远;精诚所至,金石为开。没有高远的志向,修不成良好的德行。现实中,一些党员领导干部信念动摇、诚信缺失、品行不端、趣味低俗,往往是志向上出了偏差。面对"名"与"利"

的诱惑，关键是树立正确的权力观，筑牢思想上拒腐防变的堤坝。还是这句话：海纳百川，有容乃大；壁立千仞，无欲则刚；心底无私天地宽，正心修身立其诚。

"诚者，天之道也；诚之者，人之道也。"修身正己，以诚为本，还要博学之，审问之，慎思之，明辨之，笃行之，愿我们以此共勉。

（《四川日报》2015 年 6 月 30 日 1 版）

# 风险管理要"依法问责"

据报道，天津港"8·12"特别重大火灾爆炸事故发生后，各地全面开展安全生产大检查，坚决遏制重特大安全事故发生。在四川，"人防、物防、技防"一起抓，各地区各部门协同行动，集中排查安全生产事故隐患，要求在 9 月 15 日前完成辖区内所有危险化学品和易燃易爆物品生产、经营、仓储、运输企业的摸底调查工作，并建立户籍化电子档案。这是进一步落实安全生产"问责制"的基础，是加强政府风险管理的新举措。

平安是最基本的公共产品，是政府风险管理的"第一责任"。天津港"8·12"特别重大火灾爆炸事故发生后，检察机关积极介入事故调查，分别以涉嫌玩忽职守罪、滥用职权罪对天津市交通运输委员会主任武岱（正厅级）、天津市交通运输和港口管理局原副局长李志刚（副厅级、已退休）、交通运输部水运局副巡视员王金文（副厅级）等 11 名官员依法立案侦查并采取刑事强制措施。同时，公安机关也对涉事企业 12 名犯罪嫌疑人依法予以刑事拘留。接下来，会不会还有更高级别的官员或更多犯罪嫌疑人被依法问责追责，还有待观察。从目前一批担任或曾经担任要职的"厅官"被检方立案侦查来看，有三个细节引起社会关注，一是退休官员未能免责；二是除了天津官员被查外，交通运输部一名官员也被查；三是被问责官员将面临刑事责任。由此可见，无论是谁，无论年限长短，对有关责任人都要"依法严格追责、严厉问责、严肃查处"。这是习近平总书记和李克强总理的明确要求，也是政府风险管理和社会舆论的共同期待。

正如社会舆论聚焦的那样，惨痛的教训，生命的代价，无时无刻不在告诫我们：公共安全，重在预防；预防关键，在于责任。看一看近年发生的一个个震惊全国的公共安全事故，君不见每一起不同的公共安全事件背后总是存在"大事化小、小事化了、不了了之"的相同侥幸心理？君不见反复发生的同类安全事故背后总能找到"责任落实不到位"的老问题。不该发生的事故为什么会发生？已经发生的事故为什么重复发生？这是每次事故发生后人们的追问，是对政府风险管理的反思。"冰冻三尺，非一日之寒"；"千里之堤，毁于蚁穴"；"前事不忘，后事之师"；"警钟长鸣，有备无患"。环境安全如此，生产安全如此，公共安全如此，政府风险管理莫不如此。

政府风险管理的对象主要是那些有可能对社会造成危害的突发性事件，集中表现为应对突发事件、化解社会风险、保障公共安全的应急措施和预防救助机制。在中国，政府风险管理的主要风险是四类突发公共事件，即自然灾害、事故灾难、公共卫生事件和社会安全事件。2003 年抗击 SARS 突发公共卫生事件和 2008 年抗击汶川特大地震灾难的经验告诉我们：越是危急时刻越是需要围绕政府职责开展风险管理；应对突如其来的危机爆发和由此产生的社会后果，政府负有不可推卸的预防和救助责任；政府的应急措施既要以追求人员死伤和财产损失最小化为直接目标，又要以全覆盖、链条式、网格化安全管理体系为保障机制，更要以"群众满意不满意、高兴不高兴、答应不答应"来检验效果。也就是说，政府风险管理既要"纵向到底、横向到边"，也要"社会协同、全员参与"。公共安全，政府为主；社会共治，责无旁贷。这是应对突发事件的长效机制，是保障公共安全的根本途径。

还是回到政府风险管理的视野中来，天津港"8·12"特别重大火灾爆炸事故警示我们：责任心的缺失是公共安全的最大威胁，政府风险管理必须严格依法问责。此时此刻，我们看到四川省去年底已出台《四川省安全生产

"党政同责"暂行规定》，目前正抓紧修订《四川省安全生产条例》《四川省关于重特大安全事故行政责任追究的规定》，这是政府风险管理走向依法问责的新探索。我们祝福"平安四川""平安中国"一路平安！

（《四川日报》2015 年 9 月 15 日 2 版）

# 难就难在"严以用权"

"法正天心顺，官清民自安。"

结合"三严三实"专题教育，从网络上看到一些落马贪官的"忏悔录"，从中发现一种共同的贪腐心理轨迹，那就是第一次收受贿赂时感到特别紧张、甚至恐惧，但伴随着手中权力的不断增大，腐败的胃口也越来越大，进行权钱交易时也越来越坦然。"有权不用，过期作废。"贪官都有侥幸心理、攀比心理、赌博心理，"腐败的闸门一旦打开就很难关上"。

腐败不是今天才产生，更不是只有中国才存在。现在的问题是，"一查就一帮，一动就塌方"，塌方式、链条式、家族式腐败严重危害治国理政的政治生态和社会稳定。分析贪官的落马轨迹，很多贪官刚掌握权力时，并不是现在我们看到的贪腐状态，他们那时也不想腐败，或者也想干出一番事业，有的甚至被称为"能人"，他们为什么会一步步走向不归路？透过落马官员的"忏悔录"，不难发现不少贪官是"双面人"，"台上高调反腐、台下大搞腐败"，分明是"明知山有虎、偏向虎山行"，真可谓权迷心窍、胆大妄为、为虎作伥。

从落马官员"忏悔录"看反腐倡廉，吏治腐败是最大的腐败，从严治党关键是从严治吏；而吏治之难，难就难在"严以用权"。

掌好权、用好权，是我们党治国理政面临的重大考验，是领导干部修身律己、做人做事面临的最大挑战。正如我们看到的那样，权力具有工具性、

功利性，权力的最大诱惑在于：有"权"必有"利"，一旦缺乏严格的监督和制约，很容易蜕变成为个人牟取私利的工具。特别是那些位高权重的"一把手"们，一旦在复杂的社会矛盾中道德信念发生动摇，不但能使权力悄悄地在暗箱中运作，而且会使权力从恶如崩，陷入腐败的万丈深渊。还是这句话："权力产生腐败，绝对的权力产生绝对的腐败。"

从反腐倡廉看"严以用权"，关键是把权力关进制度的笼子里。从落马贪官的"忏悔录"可以看到官员腐败的一个通病，就是手中权力不断增大，腐败的胃口也越来越大。这表明我们的法律和制度对官员手中的权力未能实行有效的监督和制约。所以，解决腐败问题必须从制度上着手，不仅要把权力关进制度的笼子里，而且要把制度的笼子编得又严又实，真正把"老虎""苍蝇"都能关得住。从依法治国的视野看，最重要的是用法治为权力划出边界、为权力定下规矩，坚持"法有授权方可为，法无授权不可为"。在四川，规范和约束行政权力的重点是"议事要有规则、决策要有程序、权力要有清单"，省政府已经在工程项目、政府采购、土地出让等10个腐败易发多发领域制定了"五个规定"和"五个意见"，有针对性地堵塞漏洞，尽可能把权力关进制度的笼子里。

从反腐倡廉看"严以用权"，关键是让权力在阳光下运行。分析贪官腐败行为发生的"潜规则"，最大特点是权力在暗箱中运作，一些权力行使不规范、自由裁量权过大，往往导致行贿受贿、买官卖官的腐败行为发生；当前社会上以"山头""圈子""江湖"为代表的附庸思维严重污染官场生态，唯权是从、唯利是图、见风使舵、见钱眼开，这些都是见不得阳光的官场陋习。"公开透明才是最好的反腐良药。"在四川，省委大力推进"八个务必从严"，认真解决班子队伍中存在的突出问题。我们应该更多通过党务公开、政务公开、网络监督、民主决策等方式，推动形成风清气正的政治生态。

从反腐倡廉看"严以用权"，关键是对权力保持敬畏之心。最重要的是树立正确的权力观，切实破除"官本位"特权思想，敬畏人民、敬畏权力、敬畏法治，时时刻刻对腐败行为保持高度警觉性。

为官一任，守土有责；"大道至简，有权不可任性"。

（《四川日报》2015 年 6 月 19 日 2 版）

# 良好政治生态从哪里来

就像一定的植物只能生长在一定的土壤、气候条件下一样，一定的政治模式、发展战略、思想观念和社会风俗，也只能存在于一定的生态环境之中。用生态学视野观察现实中的从政环境，就形成了政治生态理念。

习近平总书记在中央政治局第十六次集体学习时明确提出："必须营造一个良好从政环境，也就是要有一个好的政治生态。"今年全国两会期间，习近平总书记参加江西代表团审议时再次强调，自然生态要山清水秀，政治生态也要山清水秀。"山清水秀"虽然是一个比喻，却形象地描绘了一个好的政治生态，主要表现在领导干部要严以修身、严以用权、严以律己，谋事要实、创业要实、做人要实。这是新时期全面从严治党的必然要求。

"冰冻三尺非一日之寒。"在四川，一定时期腐败案件多发频发，给四川的政治生态造成了严重污染。党的十八大以来，省委紧密结合四川实际，深入开展群众路线教育实践活动，认真贯彻领导干部"三严三实"要求，专门制定并严格落实全面从严治党《决定》，推进"八个务必从严"，坚决把一定时期遭到破坏的政治生态彻底扭转过来。对此，我们必须保持从严惩治腐败的高压态势，推动形成风清气正、从廉尚实、干事创业、遵纪守法的良好政治生态。

"诚欲正朝廷以正百官，当以激浊扬清为第一要义。"现在的问题是，营造良好政治生态不可能一蹴而就、毕其功于一役。山清水秀的政治生态从哪里来？

从政治生态视野看，政治会受到自然地理条件、经济发展水平和社会传统、文化习俗的影响，不同的政治模式、政治环境也塑造着不同的人群和文化，影响着人们的思维方式和生活方式，从而形成与特定的经济制度、社会结构与历史文化传统相适应的政治生态。也就是说，政治生态如同具有生命力的植物，必须适应于其赖以生存与成长的环境，是在内外生态因素的综合作用下形成的。在中国，封建专制传统至今仍然对我们的政治生态具有不可忽视的影响。用邓小平的话说："旧中国留给我们的，封建专制传统比较多，民主法制传统比较少。"现实生活中，多少贪官污吏权迷心窍、财迷心窍、色迷心窍、鬼迷心窍，深受"官本位""家长制"、官僚主义、拜金主义和封建迷信毒害。激浊扬清，反腐倡廉，任重道远！

从政治生态视野看，政治上层建筑的独立性以及人的主观能动性，使政治发展中的学习和借鉴往往成为促进政治发展的重要路径。我国从 20 世纪 80 年代开始，就提出了"建设中国特色社会主义现代化"的目标，明确了依法治国的政治发展路径。党的十八大以来，以习近平同志为总书记的党中央一如既往地强调：坚定不移走改革开放以来逐渐形成的中国特色社会主义现代化之路，这是当代中国最大的政治共识。特别是政治文明建设，我们强调"绝不照搬西方政治制度模式"，同时提出"积极借鉴人类政治文明有益成果"，将民主、自由、平等、公正、法治这些人类共同的基本价值确立为社会主义核心价值。毫无疑问，党的领导、人民当家作主、依法治国的有机统一，是中国政治制度的特色所在，是中国政治发展的道路所在，是中国政治生态的根基所在！

政治生态是治国理政的新理念。任何政治生态背后都隐藏着深刻的经济动因。分析当前社会稳定与政治民主、经济增长与公平正义等焦点、难点问题，我们更加深刻认识到，市场经济产生效率，但不会自发导致公平。实现公平正义，实现全面建成小康社会奋斗目标，必须在保持经济发展的基础上，更多依靠国家的制度性调节，更好发挥政府的统筹、协调、服务职能。从全

球化视野看，我们的政府还需要进一步简政放权，我们的从政环境还需要进一步改革开放，我们的政治生态还需要进一步激浊扬清！

（《四川日报》2015 年 5 月 27 日 2 版）

# 治"懒政"也要出重拳

"当官不为民做主，不如回家卖红薯。"

近段时期，我省正在深入开展"三严三实"专题教育，着力解决领导干部"不严不实"的作风问题。受到社会关注的是，党政机关单位和政府部门向"庸懒散浮拖"开刀，年前开展为期 40 天专项整治，上万个督察组随机暗访调查，查处 425 名遇事"梭边边""混天天""磨洋工"的懒官、庸官。在四川，治"懒政"确实动了真格！

治"懒政"一直是党风廉政建设的重要内容，我们党执政以来从来没有停止过对"懒政""庸政"的整治，为什么久治不愈？前几年深入贯彻落实科学发展观，全国范围内推行"机关效能建设"，对机关干部办事拖拉、工作推诿、纪律涣散和政令不畅等现象实施整治，当时受到告诫、警告和记过等处分的懒官、庸官也不少，为什么现在仍然存在为官不为、为官不力的懒官、庸官？用纪检部门的话说，"乱作为"好整治，"不作为"往往令人徒唤奈何，根子在于对"为官不为"缺少"硬邦邦"的制度约束。

值得高度重视的是，党的十八大以来，"重拳治贪""铁拳打虎"势如破竹，反腐成绩有目共睹，为什么治懒治庸却进展缓慢，效果不尽理想？今年全国两会期间，代表委员频频发声敲打"为官不为"，严厉批评那些不敢抓、不敢管、尸位素餐、碌碌无为的干部。李克强总理作政府工作报告时两度提及"为官不为"，指出"有的为官不为，在其位不谋其政，该办的事不办"，

强调"对为官不为、懒政怠政的，要公开曝光、坚决追究责任"。参加四川代表团审议时，李克强再批"为官不为"，还进一步举例说，一些地方给了钱、批了项目、供了土地却没有用，就是因为不作为。由此可见，懒政庸政问题之严重，确实非出重拳不可！

"懒政"也是腐败。长期以来，说到干部作风问题，人们往往对贪污腐败反映最为强烈，认为以权谋私、大肆索贿受贿的贪官对政权和社会危害极大；而对于懒官、庸官，往往不以为然，觉得他们只不过平庸一些、懒惰一些，为官不力，不伤大局。一些懒官、庸官玩忽职守、渎职犯罪后，甚至还有人为之说情、开脱罪责。实际上，有的庸官、懒官往往同贪官是合而为一的"双面人"，往往是同流合污的"圈内人"，同是从懒庸走到贪腐的"沦落人"。看一看执法者"有偿不作为"的职务犯罪，看一看医药食品检验、监督和市场监管中"有偿不作为"的渎职犯罪，再看一看安全生产、生态环保、基础设施建设领域玩忽职守造成的重特大事故和人民生命财产重大损失，谁能说懒政、庸政不是腐败？谁能说懒官、庸官不该重拳治理？贪污是犯罪，渎职也是犯罪！

治"懒政"也要出重拳。重拳之"重"，关键是执法要"严"、底线要"明"、问责要"实"、查处要"真"，最重要是责任追究制度化、"动真格"常态化。据报道，当前不少地方已经出台相关规定，为"为官不为"行为画"红线"，提"底线"要求，采取将不胜任现职干部召回等多种问责方式，督促官员为官有为、为官敢为。从责任追究形式看，对"为官不为"情节严重的，除给予通报批评或书面告诫外，将视情况调离工作岗位、责令离岗培训、建议引咎辞职、降职和辞退等。行为涉及违纪违法，则移送纪检监察机关、司法机关处理，追究纪律和法律责任，造成严重后果的还要追究相关领导责任。由此看来，治"懒政"，说到底还是一个依法办事的问题。在健全的法治环境下，对哪些不能为、哪些必须为应该有一套明确的规定，一旦违反就有相应的惩罚措施跟进，这是整治懒政、庸政的更高境界。

治"懒政"也要出重拳，还有"三严三实"的专题教育要跟上，还有简政放权的改革措施要落实,还有职能转变、效能建设和绩效考核的一系列制度要完善。此时此刻,重拳之"重",重在协调推进"四个全面"战略布局的历史使命,重在"为官一任,谋一方福祉,保一方平安"的时代责任!

(《四川日报》2015年6月8日2版)

# 别把官当得"太像官"

随着党的群众路线教育实践活动深入推进，各地对转变作风作出了一系列规定，引起社会广泛关注。用老百姓的话说：别把官当得"太像官"，"官气"不去，"民气"难聚！

当官责任重，莫忘老百姓；民是衣食父母，官是管家公仆。在四川，彭山县对党员干部的行为进行约束，今年2月出台了党员干部"去官气"十条"不准"，还设立举报电话，鼓励公众监督落实。例如，不准对上级刻意逢迎、溜须拍马，要讲自己的真实意见；不准在群众和服务对象面前背着手讲话、用手指着群众讲话、爆粗口、说脏话；不准对基层和群众反映的问题乱表态、放空炮，不准说"不晓得""别找我"……仔细看一看这十条"不准"，大多从细节着手，从群众看得见的反感问题抓起，可看可查可监督，基本取向是别把官当得"太像官"。

老子说："天下之物生于有，有生于无。"任何事物都有一个来龙去脉，都是要发展变化的，祸福相随，有无相生，生生不息。比如，我们共产党的执政地位，既不是与生俱来的，也不是一劳永逸的。同样道理，今天这个官位属于你，明天可能属于别人，就要做好能上能下、能官能民的思想准备。一切功名利禄都是身外之物，生不带来，死不带去。因此，做官不是目的，做一个全心全意为人民服务的公仆才是目的，"做官就是为老百姓做事"，党员干部特别是领导干部要把公务员身份当成一份必须尽责的职业，在思想上把职位当成一份不可懈怠的责任，在行为上养成遵纪守法、用心做事的职业习惯。人的价值在于创造价值，生命的意义就在于无中生有、生生不息的过程，就是我们常说的"与时俱进"。如果不能堂堂正正做人，如果不能踏踏实实为老百姓做事，官越大面临的挑战与风险越大。官气太盛者容易脱离群众，官迷心窍者往往作恶多端。官无大小，一旦贪图财色，一旦贪图权势，便会走向身败名裂的不归路！

治道有常，以利民为本；廉政之要，以身正为本。孔子说："政者，正也。子帅以正，孰敢不正？"孔子还说："其身正，不令而行；其身不正，虽令不从。"从正人先正己的角度看，别把官当得"太像官"不是提倡无为而治，当一个"不晓得""别找我"的闲官庸官。"官者，管也"，天下从来没有不管事的官。无论官大官小，总要管物、管事、管人，这是基本职责。问题在于怎么管，用什么方式管。就管物管事而言，最重要的是公开、公平、公正，绝不能以权谋私。就管人而言，最重要的是知人善任，与人为善，以情为本，以身作则。还是老百姓说得好：身正不怕影子歪，打铁先要本身硬，别把官当得"不像官"！

总而言之，既不能把官当得"太像官"，也不能把官当得"不像官"，根本要求是严以修身、严以用权、严以律己，谋事要实、创业要实、做人要实，永远保持人民公仆的本色。党和人民的事业在发展，官还是需要有人来当的，该当则当，能当则当，当仁不让。关键是当官之后，要爱岗敬业，敢做敢为，能上能下，能官能民，千万不能忘了自己来自老百姓，千万别把官当得"太像官"。我们期待着各地"去官气"的行为规范更加严格、更加习俗化！

（《四川日报》2014 年 5 月 8 日 2 版）

# 透过数字看什么

统计中的数字枯燥无味，却能看到变幻莫测的大千世界；生活中的数字千奇百怪，却能看到形式主义的思维定势。

用数字说话，本来是最令人信服的，但如果没有实事求是的科学态度，没有感同身受的现实基础，数字说得越多，指标说得越具体，反而会越说越糊涂，越说越离谱，往往令人难以置信，无所适从。深入开展党的群众路线教育实践活动，许多干部群众对玩弄"数字游戏"的形式主义和虚报浮夸之风展开严肃批评，不少地方明确提出"不能以平均数代替大多数，不能以统计数代替直观感受，不能以 GDP 指标代替政绩考核"!

最近有两条新闻与数字有关，引起社会广泛质疑。

据媒体报道，北方有个单位的一名同志向群众路线教育实践活动督导组汇报成果，说本单位有一位领导 10 年来找部下谈心多达 3268 次。督导组的同志反问道："这个数字是怎么统计出来的?"汇报者一脸尴尬，半天说不清楚。这是一个玩弄"数字游戏"的典型。

且不说领导找部下谈心 10 年之久，很难做到谈一次记一次，即使记下来了，也只能说明领导找部下谈心的动机或方法有问题。谈心者，说说心里话也，贵在沟通，贵在理解，你记那么清楚干什么? 你要是真把与部下的每次谈心都记下来了，谁还敢与你谈心啊!

还有一则新闻与"摊派精神病人防治指标"有关。

据媒体报道，北方某市卫生局按照国家卫计委有关文件要求，提出按照常住人口比例对"重性精神病人进行筛查管理"的指导性指标（2‰）进行分解摊派，闹出了"没病找病"的黑色幽默。针对社会质疑，国家卫计委新闻发言人说，原卫生部在2012年7月印发了《重性精神疾病管理治疗工作考核评估方案》，要求以省或地市为单位，重性精神疾病患者的检出率应达到2.5‰，这个指标不能简单地层层分解，摊派到社区，该市将这个指标简单摊派分解到社区的做法既不科学，也不符合关于重性精神疾病相关工作规范的要求。尽管如此，需要继续追问的是：一个考核评估重性精神疾病治疗管理效果的指导性指标，为什么会转化为摊派精神病人指标的"数字游戏"？这与长期以来存在的形式主义和官僚主义作风难道没有关系吗？"上有指标，下有压力"，层层分解、摊派到社区的精神病人指标"不科学"，难道以省市为单位提出的"检出率"就科学吗？

以上两则新闻引发的社会质疑，反映出当前某些领导干部和领导机关存在着严重的脱离实际、脱离群众的形式主义、官僚主义作风。汇报工作，总结经验，部署工作，考评绩效，当然离不开数字，但数字一旦"说走了嘴"，就变成了"数字游戏"，既不可信也不可行，最终损害自己的形象。

透过数字看形势，透过数字看政绩，透过数字看作风，透过数字看党心民心，我们在深入开展党的群众路线教育实践活动中，千万不能以形式主义反对形式主义，千万不能以统计数字代替直观感受。用数字说话既要科学也要感同身受，贵在实事求是，贵在恰到好处！

说到生活中的数字，突然想到践行群众路线的好干部兰辉的事迹。兰辉走遍了北川的大小道路，哪里有困难，哪里就有兰辉的身影，当地人管兰辉叫"车轮子县长"。生命最后一天，兰辉仍在路上，车上里程表已经累计了24万多公里，平均每天200多公里，相当于每个月要把北川跑三遍以上。看到这些数字，谁能不向兰辉"三鞠躬"？谁能不说数字是最令人信服的事实？

（《四川日报》2013年10月21日1版）

# 官贵有自知之"责"

人贵有自知之明，官贵有自知之责。

按照"照镜子、正衣冠、洗洗澡、治治病"的总要求，党的群众路线教育实践活动正在我省深入推进，省委明确要求各级党员干部深入基层找差距、查问题，从群众最期盼的方面入手，从群众最不满意的地方改起，务求改变作风取得实效。

开展党的群众路线教育实践活动，人们最担心的是，能不能切实解决问题，会不会走过场。怎样解决这个问题？习近平总书记在河北调研时为我们指明了方向，那就是党员干部特别是领导干部要"着力增强思想自觉和行动自觉"。习近平总书记近日在一份材料上批示强调，"一把手是关键。一把手以身作则并有力推动班子切实贯彻中央精神很重要"。也就是说，教育实践活动本身就是一个自我净化、自我完善、自我革新、自我提高的过程，增强领导干部的思想自觉和行动自觉至关重要。就说"照镜子"吧，这是搞好教育实践活动的第一步，这一步走好了，才能把"衣冠"理正，才能把"污垢"洗净，才能把"病根"找准。所以，人贵有自知之明，官贵有自知之责，"照镜子"首先是照自己，一定要照出真实的自己，以身作则，千万不能照成"哈哈镜"。

官贵有自知之责，关键是以党章为镜。党章是党的根本大法和行为规范，是党员、干部言行的标准和尺度。在群众路线教育实践活动中，党员、干部首先要以党章为镜子，对照党的纪律，查不足，找差距，看看自己思想正不正，宗旨意识强不强，工作作风实不实，特别是在遵守党的政治纪律、保持清正廉洁等方面存在哪些突出问题。以党章为镜，照的是政治责任，知的是为人民服务的宗旨，查的是执政为民、廉洁自律的差距，找的是形式主义、官僚主义、享乐主义和奢靡之风（简称"四风"）的思想根源。对照党章"照镜子"，要敢于正视自己身上存在的问题，坚定自己的政治信仰，增强立党为公、执政为民的自觉性。

官贵有自知之责，关键是以人民为镜。人民群众是历史的主体，是物质文化财富的创造者。为官一任，谋一方福祉，保一方平安，干什么，怎么干，要从人民群众最期盼的方面入手，要从群众最不满意的地方改起；谋发展，作决策，要从群众中来，到群众中去，到基层听真话摸实情，聚集群众智慧，顺应群众期盼，凝聚群众力量，经受群众检验。坚持以人民为镜，就是要心里装着群众，凡事想着群众，工作依靠群众，为群众诚心诚意办实事，使我们的工作获得最广泛、最可靠、最牢固的群众基础和力量源泉。"视群众为亲人，问需于民；视群众为老师，问计于民；视群众为裁判，问效于民"。这是成都市委总结出来的行之有效的"三视三问"群众工作法，体现了以人民为镜的群众观和以人为本的科学发展观，值得各地借鉴。

官贵有自知之责，关键是以历史为镜。"历览前贤国与家，成由勤俭破由奢"。以历史为镜，就不会忘记李自成的悲剧，就不会忘记历史上那些形形色色的贪官污吏"一失足成千古恨"的教训，就不会忘记当年毛泽东同志在西柏坡倡导的"两个务必"。还是这句话："执政党的党风问题，是关系党的生死存亡的问题。""四风"不除，害人害己，误党误国！

总之，"照镜子"主要是"三面镜子"：以历史为镜，可以知兴衰存亡；以人民为镜，可以知人心向背；以党章为镜，可以知修身养性。"自重者，人恒重之。"从自重、自省、自警、自励做起，领导干部要增强破除"四风"的思想自觉和行动自觉。"内正其心，外正其形"；"己身不正，焉能正人"。这难道不是领导干部的自知之责吗？

（《四川日报》2013年8月16日1版）

# 领导讲话"难"在哪里

中共中央政治局关于改进工作作风、密切联系群众的八项规定，提倡开短会、讲短话，力戒空话、套话。各级领导干部以身作则，深入基层调查研究的多了，与群众座谈讲真话的多了，开会讲话限时的多了。现在的问题是，有些领导干部仍然"不会说话"，与新的社会群体说话，说不上去；与困难群众说话，说不下去；与青年学生说话，说不进去；面对电视镜头说话，更是语无伦次。由此看来，"冰冻三尺，非一日之寒"，领导干部要"学会说话"，真难啊！

文风是党风的体现，话风是政风的折射。老百姓经常批评一些官员不说"人话"，这是因为很多官员都习惯于说官话、套话、大话、假话造成的。别的不说，就以我们在新闻采访中经常看到听到遇到的而言，一些领导干部讲话套话连篇、废话满纸，令人昏昏欲睡，转身就忘。最难采访的往往是那些"官架子"很大的领导干部，他们夸夸其谈，能洋洋洒洒说半天，最后却发现他们实际上什么都没说。相比之下，有时听到一些没有"官架子"的领导干部讲话则让人如获至宝，他们讲话总是有感而发，妙语连珠，句句说到群众心里去。重读《东方风来满眼春》，回忆当年邓小平同志南方谈话情景，其语言之生动、思想之深刻、影响之深远，谁不为之感动，谁不为之振奋，谁不为之刻骨铭心？

领导干部讲话贵在有真情实感，关键是要扎根于人民群众之中。那些装腔作势的大话，那些套话连篇的空话，固然与文字水平有关，本质上却是对待群众、对待听众的态度和感情问题。没有真感情哪有真心话？没有真心话哪有"一点通"？有"官本位"情结的干部总是高高在上，目中无人，唯我独尊，往往对群众的诉求不闻不问，对群众的疾苦漠不关心，对基层实际情况一无所知，开口讲话怎么能不说空话、大话、套话甚至假话呢？与群众对话话不投机，与记者对话文不对题，说明其心里不仅缺少那么一点以人为本的"灵犀"，而且缺少问需于民、问计于民的真情。也就是说，改进文风话风，首先要树立正确的群众观和实践观，深入基层群众，认真调查研究，全面掌握实情。多了解基层实情，方能言之有据；多集中群众智慧，方能言之有物。

领导干部讲话贵在有真知灼见，关键是要善于独立思考。"语言是思想的直接现实"，善于独立思考，才能思维活跃、思路清晰、思想深刻，才能讲出"人人心里所想、人人口中所无"的真知灼见。当今时代，中国特色社会主义建设的总体布局已扩展为包括生态文明在内的"五位一体"，群众中有许许多多新的问题、新的探索、新的经验、新的变化需要领导干部去发现去关注，实践中有许许多多热点、难点、焦点甚至是痛点问题期待着领导干部去破解去思考。处在这样一个大有可为的新时代，无论为官为人为文，无论立德立功立言，都要真实可信才有存在价值。

总而言之，领导干部改进文风话风既是一个语言问题，也是一个感情问题，更是一个思想问题，归根到底是一个以德修身的问题。文如其人，言为心声；君子立言，以诚为本。领导干部讲话之难，难就难在"墙上芦苇，头重脚轻根底浅"；难就难在"山间竹笋，嘴尖皮厚腹中空"；难就难在不懂装懂，缺乏修养，缺乏诚信，缺乏独立人格。

（《四川日报》2013年2月24日1版）

# "中国道路"点燃爱国激情

　　庆祝新中国成立 60 周年的盛典极大地振奋了党心民心军心，点燃了每一个中国人的爱国激情。最近一段时间，很多人仍然沉浸在国庆盛典的激情中，讨论"中国奇迹"时都不约而同地把目光聚焦于"中国道路"，进一步看到了"中国奇迹"背后的"中国使命"和"中国精神"。

　　新中国成立 60 周年之际，国内外关于"中国道路"的讨论十分热烈，越来越多的人认为：中国发展道路是在中国人民追求民族独立和现代化的历史背景下，在最终选择了马克思主义的条件下实现的，其本质就是在中国共产党领导下坚定不移地走中国特色社会主义道路。在讨论"中国道路"时，海外学者也越来越认识到中国发展道路的独特性和世界意义。在走向现代化过程中，中国道路的成功进一步证明了世界文明的多样性。回顾新中国成立 60 年的发展历程，放眼世界的风云变幻，中国不仅在没有接受西方发展模式的条件下，通过对西方发展经验独立自主的借鉴和消化，找到了一条适合中国国情的发展道路，而且把社会主义基本制度与市场经济结合起来，建立起社会主义市场经济体制，这是对社会主义认识的历史性飞跃，是人类历史上从未有过的创举。中国道路开辟了中国历史的新纪元，丰富了人类的社会实践，对中国未来的发展具有深远意义，对世界的发展尤其是对发展中国家的发展也具有借鉴意义。

　　"中国道路"具有鲜明的时代特征。新中国成立 60 年来所取得的巨大成就，充分表明我国已经走上了一条持续快速发展的道路，形成了维护和平、营造和谐、保障发展的特定方式，开创了不同于传统模式的社会主义的中国发展模式。特别是改革开放30年来，我国经济增长速度加快，经济增长更加平稳。从1978年到2008年，我国GDP年均增长9.9%，大大快于前30年的6.5%。在一个13亿人口的多民族、多区域、多种经济成分共同发展的社会主义国家，我们的经济连续30年高速增长，这在人类历史上绝无仅有，是名副其实的"中国奇迹"。

"中国道路"具有鲜明的实践特征。新中国成立后，从经济发展目标模式和所有制的探索看，我们坚持从中国的实际出发，努力探索适合中国自己特点的社会主义建设道路。探索实践中，前30年走过不少弯路，但也为后30年的改革开放积累了非常丰富的经验，奠定了坚实的基础。粉碎"四人帮"后，在总结前30年经验教训的基础上，我们的党和国家对中国特色社会主义道路进行新的探索，提倡一部分人和一部分地区先富裕起来，引入和鼓励民营、合资、外资等多种形式的所有制共同发展，开创了改革开放的新局面。"贫穷不是社会主义"，"市场经济不等于资本主义"。改革开放以来，我们在社会主义基本制度的基础上将计划与市场结合起来，初步建立了"社会主义市场经济"体制，激发了亿万人民创造、创新、创业的激情，保证了经济平稳持续快速增长，解决了世界75%贫困人口的脱贫问题，将世界1/6的人口带上了实现全面小康的现代化道路。历史经验告诉我们，建设社会主义最重要的是认清社会主义的方向，最重要的是坚定不移地沿着社会主义方向"走自己的路"。

"中国道路"具有海纳百川的全球视野。改革开放以来，中国是世界上最善于学习的国家，一直致力于建设和谐社会、环境友好型社会和学习型社会，在大开放的国际环境中虚心学习国际先进经验，不断丰富和深化中国道路的认识和实践。特别是当改革开放进入一个新阶段时，面对城市和农村发展不平衡、东西部地区发展不协调和保护环境、扩大内需等一系列新的矛盾、挑战和困难，以胡锦涛同志为总书记的党中央提出了以人为本、全面协调可持

续发展的科学发展观，这是马克思主义中国化的最新成果。"沧海横流，方显出英雄本色。"在这次金融危机中，中国道路显现出独特的优势，更是引起国际社会的广泛关注和认同。

总而言之，"中国道路"点燃了我们的爱国激情！在经济全球化背景下，"中国道路"的崛起将改变现有国际规则和全球发展观念。正是这个意义上，国庆盛典给我们的启示是深刻的，极大地振奋了党心民心军心。

（《四川日报》2009 年 11 月 19 日 C2 版）

# 越是深化改革越要解放思想

"思之深，则行之远"，解放思想是改革开放的"总开关"。

用改革共识凝聚改革合力，实事求是是最大共识，解放思想是基本前提。

党的十八届三中全会绘就全面深化改革的蓝图，明确提出了在新的历史条件下全面深化改革的目标和条件，特别强调"进一步解放思想、解放和发展社会生产力、解放和增强社会活力"。认认真真学习三中全会文件，我们更加清楚地看到《中共中央关于全面深化改革若干重大问题的决定》在理论上的一系列重大创新和实践上的一系列重大突破，贯穿着一条主线，这就是进一步解放思想。正如习近平总书记指出的那样，冲破思想观念的障碍、突破利益固化的藩篱，解放思想是首要的。如果思想不解放，我们就很难看清各种利益固化的症结所在，很难找准突破的方向和着力点，很难拿出创造性的改革举措。

越是深化改革越要解放思想，集中表现为实事求是的思想品格和与时俱进、锐意创新、勇于突破的精神状态。改革开放 35 年来的实践证明，解放思想是改革开放的"先导工程"，思想解放的程度决定理论创新的深度，决定改革开放的力度。想一想吧，没有真理标准大讨论的思想解放，哪有改革开放的启动？没有"让一部分人先富起来"的观念转变，哪有深圳等经济特区的设立？没有"姓社姓资"的思想交锋，哪有社会主义市场经济体制改革目标的确立？正是在深刻认识社会主义初级阶段这个最大的实际基础上，我们靠

解放思想来振奋精神、凝聚力量，不断增强推进改革的信心和勇气，最大限度地激发人民群众的创造精神和创造活力，推动改革开放在实践中获得新突破。而改革在更大范围的突破，又为进一步解放思想拓宽了视野，提供了取之不竭的源泉，使我们能够以更大的政治勇气和智慧推进改革。学习三中全会《决定》，把握全面深化改革的总目标，我们看到了"推进国家治理体系和治理能力现代化"等一系列理论创新，看到了"使市场在资源配置中起决定性作用"等一系列重大突破，这是从历史经验和现实需要的高度进一步解放思想的共识，也是在更大范围、更深层次统筹谋划、协同推进改革的必然选择。还是这句话：开弓没有回头箭，解放思想永无止境，改革开放也永无止境！

越是深化改革越要解放思想，核心是处理好政府和市场的关系，关键是转变政府职能，难点是突破利益固化的藩篱。从经济全球化的宏观视野进一步审视我国改革开放所处的历史方位，不能不看到，国内外环境都在发生极为广泛而深刻的变化，改革开放面临一系列突出矛盾和挑战，深化改革的难度和风险越来越大。特别是基于传统计划经济体制模式的效率困境，我们的改革是从"包产到户"和"企业放权"破冰的，走的是"摸着石头过河"的改革路径，表现为从计划经济体制转向市场经济体制、从传统农业社会转向工业社会的"双重转型"。从经济体制改革的内在逻辑看，作为资源配置方式的根本变革，市场决定资源配置是市场经济的一般规律，核心问题仍然是处理好政府和市场的关系，使市场在资源配置中起决定性作用和更好发挥政府作用。分析当前改革发展存在的一些突出问题，原因不是改革的市场取向不对，而是市场取向的改革还不够坚决、不够彻底，突出表现在政府支配资源的权力太大，政府自身的改革和职能转变滞后，导致形式主义、官僚主义、享乐主义和奢靡之风盛行，一些领域消极腐败现象易发多发，反腐败斗争形势严峻。如果说过去的解放思想更多地表现为"头脑风暴"，今天的思想解放则既要冲破思想观念的障碍，也要面对"四风"的考验，更要突破利益固化的藩篱。从这个意义上讲，全面深化改革的目标能否实现，关键是各级政府和各级领导干部要有自我革新的勇气和胸怀，跳出条条框框限制，克服部门利益掣肘，坚持从大局出发推进改革。

"雄关漫道真如铁，而今迈步从头越。"让我们进一步解放思想，振奋精神，用改革共识凝聚改革力量，以更大的政治勇气和智慧、更有力的措施和办法推进改革！

（《四川日报》2013 年 12 月 12 日 1 版）

# 用改革共识凝聚改革合力

人心齐，泰山移，改革攻坚正当时。

站在历史和未来的交汇点，肩负中华民族复兴的伟大使命，党的十八届三中全会一致通过了《中共中央关于全面深化改革若干重大问题的决定》。认认真真阅读《决定》全文，涵盖 15 个领域、60 个具体任务，句句是改革，字字有力度，我们看到了全面深化改革的路线图和时间表，看到了改革开放在理论上的一系列重大创新和实践上的一系列重大突破，进一步增强了我们坚持和发展中国特色社会主义的道路自信、理论自信、制度自信。落实好《决定》的各项部署，当前最重要的是把思想和行动统一到三中全会《决定》的精神上来，切实做好《决定》以及有关改革方案和改革政策的宣传、解读，最大限度地凝聚改革共识，最大限度地集中群众智慧，最大限度地调动一切积极因素，进一步形成改革合力。

用改革共识凝聚改革合力，需要更加深刻认识改革开放的历史必然。改革开放 35 年的伟大实践证明，改革开放是决定当代中国命运的关键一招，是实现中华民族伟大复兴的必由之路。想一想 1978 年党的十一届三中全会作出把党和国家工作中心转移到经济建设上来、实行改革开放的历史性决策，当时生产力水平之低，"大锅饭"之"困"，人民生活之"穷"，粮票、布票、肉票之"贵"，农民进城之"难"，谁不说"包产到户好"，谁不说"改革开放好"，谁不说"小平，您好"！再看一看改革开放 35 年来，我国经济总量不断迈上新台阶，综合国力和国际竞争力由弱变强，成功实现由低收入经济体向上中等收入经济体的历史性跨越，谁不为"社会主义市场经济"喝彩，谁不为"全面小康"自豪，谁不为民族复兴的"中国梦"憧憬！正如习近平同志所说："没有改革开放，就没有中国的今天，也就没有中国的明天。"我们要更加自觉地承担改革开放的历史责任，坚定不移地沿着改革开放这条富民强国之路走下去！

用改革共识凝聚改革合力，需要牢牢把握改革开放的正确方向。全面深化改革，涉及经济体制、政治体制、文化体制、社会体制、生态文明体制和党的建设制度改革，其广泛性、深刻性前所未有。特别是随着我国发展面临的国际国内环境发生深刻复杂变化，各种思想文化相互激荡，各种矛盾相互交织，各种诉求相互碰撞，各种力量竞相发声，开出各式各样的"改革药方"，推进改革的敏感程度、复杂程度前所未有。面对复杂形势和各种风险考验，我们既要有敢于创新、敢于突破的勇气和胆识，更要有坚持和发展中国特色社会主义的战略定力和底线思维，牢牢把握改革开放的正确方向。回首35年的改革历程，我们的改革之所以能够顺利推进并取得历史性成就，根本原因在于我们党始终坚持正确的改革方向和改革立场，既不走封闭僵化的老路，也不走改旗易帜的邪路，排除各种干扰，确保改革不变质、不走样。正如十八届三中全会《决定》指出的那样，全面深化改革的总目标是完善和发展中国特色社会主义制度，推进国家治理体系和治理能力现代化。对此，我们必须始终保持清醒头脑，坚持一切从实际出发，该改的坚决改，不能改的坚决守住，正确处理发展稳定的关系，更加注重改革的系统性、整体性、协同性，把改革开放不断引向深入。

用改革共识凝聚改革合力，需要更加重视人民群众的主体地位和首创精神。人民是改革的主体，群众是真正的英雄，基层是最好的课堂。总结改革开放35年的宝贵经验，最重要的是紧紧依靠人民推动改革，让群众从改革中得到更多实惠。从家庭联产承包责任制到股份制，从"民工潮"到城镇化，从农业产业化到城乡一体化，最大的创造力在基层，最根本的动力在群众。

正是基层和群众的探索实践、创新创造，推动着改革不断深化；正是改革的不断深化，让一切创造财富的源泉充分涌流，让发展成果更多更公平惠及全体人民。这是我们的改革取得成功的关键所在、共识所在、合力所在！

"长风破浪会有时，直挂云帆济沧海。"让我们高高举起改革的旗帜，用改革共识凝聚改革合力，以更大的政治勇气和智慧、更有力的措施和办法推进改革！

（《四川日报》2013年11月22日1版）

# 真抓实改看行动

"一分部署，九分落实"，真抓实改看行动。

用改革共识凝聚改革合力，关键在于加强和改善党的领导，关键在于各级政府和领导干部真抓实改。

在四川，引起社会广泛关注的是，省委理论中心组集中学习三中全会精神时，紧密结合四川实际，研究把握深化改革有关工作，对10月上旬省委提前部署的若干专题开展讨论，体现了理论联系实际的良好学风，使我们看到了真抓实改的新举措。用省委书记王东明的话说：学习贯彻三中全会精神，关键是要强化问题意识，沉下心来研究具体问题，以求真务实、真抓实干的作风推进改革，推动各项改革举措在四川落地见效。

改革开放35年的实践经验表明，越是深化改革，越要加强和改善党的领导，越要以求真务实的作风狠抓落实。站在新的起点谋划和推进改革，十八届三中全会描绘了全面深化改革的新蓝图、新愿景、新目标，凝聚了全党全社会关于深化改革的共识和智慧。与过去相比，现在的改革任务更重、难度更多，全面深化改革的关联性、互动性明显增强，必须处理好解放思想和实事求是、整体推进和重点突破、顶层设计和摸着石头过河、胆子要大和步子要稳、改革发展稳定的关系，特别是要进一步增强改革的信心和勇气，以"啃硬骨头"的决心和"抓铁有痕"的过硬作风打好改革之"铁"。打铁还需自身硬，行动最有说服力。正如习近平总书记指出的那样，我们党领导改革

的能力如何，体现在行动上；人民群众对改革评判如何，体现在行动上；改革任务一经确定，就要一步一个脚印、稳扎稳打向前走！

真抓实改看行动，最根本的是树立进取意识、机遇意识、责任意识，敢于在波澜壮阔的改革大潮中抢占先机。改革开放是新的伟大革命，是新时期推动经济社会发展的最大动力和最大机遇。机不可失，时不我待；责无旁贷，舍我其谁？看一看改革开放以来沿海经济特区先富起来的发展奇迹，就会发现四川与东部发达地区的发展差距所在和改革开放差距所在！在四川，我们也曾在农村改革和企业改革的大潮中"敢为天下先"，但我们的不少改革经验是"墙内开花墙外香"，没有像沿海经济特区那样在改革的更宽领域、更高层次、更大范围产生集聚效应。面对全面深化改革的新蓝图，我们要与时俱进，敢于抢抓国家在更大范围推进改革开放、以更大力度实施西部大开发战略给四川发展带来的新机遇。特别是要高度重视国家规划长江流域经济带和丝绸之路经济带、加快自由贸易区建设等战略决策为我们进一步深化改革开放拓展的新空间，精心谋划、积极争取、主动作为，抢占未来发展制高点！

真抓实改看行动，最重要的是坚持以人为本、实事求是，一切从实际出发，善于从群众的创造性实践中开拓创新。全面深化改革是一项复杂的系统工程，往往"牵一发而动全身"，我们要更加重视改革的系统性、整体性、协同性，也要从实际出发，根据不同领域的改革任务，分门别类制定深化改革的规划意见和具体措施，把群众满意与否作为衡量改革工作进展的重要尺度，努力使我们的改革符合客观实际、经得起群众检验。在四川，我们要充分认识四川地处西部内陆、调结构转方式任务重、发展效益不高、贫困落后面大等发展难题，敢于直面群众最不满意的突出问题，聚焦妨碍科学发展的体制弊端，找准重点突破的方向和着力点，为实施多点多极支撑发展战略提供体制机制保障。

真抓实改看行动，最困难的是突破利益固化的藩篱，最紧迫的是克服部门利益掣肘，最受老百姓好评的是反对形式主义、官僚主义、享乐主义和奢靡之风。我们要扭住"四风"问题不放松，以加快政府职能转变促进作风转变，用真抓实改的实际行动取信于民。

"没有比人更高的山，没有比脚更长的路。"深入学习贯彻三中全会精神，让我们用改革共识凝聚改革合力，脚踏实地、真抓实改，以更大的政治勇气和智慧、更有力的措施和办法推进改革！

（《四川日报》2013 年 12 月 22 日 1 版）

# "四个全面"在实践中升华

据报道，全国两会期间，全国人大代表、四川省委书记王东明接受《瞭望》新闻周刊专访时强调：四川作为西部大省，贯彻中央决策部署，坚持用"四个全面"引领全省工作，呈现出经济平稳健康发展、民生持续改善、社会和谐稳定、干部奋发有为的良好局面。"四个全面"战略布局，每一个"全面"都具有重大战略意义，是我们做好一切工作的总方略。我们必须深刻认识和把握"四个全面"深刻内涵，找准结合点，把住着力点，并以此引领和推动四川各项工作。

协调推进全面建成小康社会、全面深化改革、全面依法治国、全面从严治党，已经成为今年全国两会上代表、委员的最大共识。紧密结合四川实际，四川代表团在讨论政府工作报告过程中，进一步深刻认识到"四个全面"的战略内涵和对四川各项工作的引领作用。大家认为，省委坚持把学习习近平总书记系列重要讲话精神作为重大政治任务，认真贯彻落实党的十八大以来中央重大决策，立足四川省情实际和发展阶段，作出了做好四川工作的"六个基本判断"，确立了"贯彻落实党的十八大精神、与全国同步全面建成小康社会"的全省工作主题，提出实施"三大发展战略"，明确推进"两个跨越"奋斗目标，对全面建成小康社会、全面深化改革、全面推进依法治省、全面从严治党作出决定。这些部署确定了当前和今后一个时期全省工作总的格局，是"四个全面"战略布局在四川的具体化。用省委书记王东明的话说，"源头既清，波澜自阔"，今后做好四川工作，我们都必须自觉把握这个大局、紧紧围绕这个大局、始终服务这个大局，举全省之力、集全省之智，共同为之不懈奋斗。

用"四个全面"引领四川各项工作，我们看到"四个全面"在实践中升华。

正如我们看到的那样，"四个全面"战略布局是以习近平同志为总书记的党中央治国理政的总方略，是一个有机联系的整体。其中，全面建成小康社会是我们的战略目标，决定着发展方向；全面深化改革、全面依法治国、全面从严治党是三大战略举措，犹如支撑战略目标的三根支柱，缺一不可。"四个全面"相辅相成、相得益彰，统一于党治国理政的伟大实践，统一于建设中国特色社会主义的伟大实践。深刻理解战略目标，系统把握战略举措，协调推进"四个全面"，我们看到了新一代中央领导治国理政的全局视野、战略眼光和问题意识，进一步增强了建设中国特色社会主义的道路自信、理论自信、制度自信。

正如我们看到的那样，"四个全面"是在总结我国改革开放历史经验基础上，从我国现实发展需要和人民群众的热切期待中提出来的，是马克思主义与中国实践相结合的新飞跃。深入分析我国处于重要战略机遇期，推动解决改革发展进入新阶段的突出矛盾和问题，以习近平同志为总书记的党中央接过历史的接力棒，第一次将全面建成小康社会，定位为"实现中华民族伟大复兴的关键一步"；第一次将全面深化改革的总目标，确定为"完善和发展中国特色社会主义制度、推进国家治理体系和治理能力现代化"；第一次将全面依法治国，论述为全面深化改革的"姐妹篇"，形成"鸟之两翼、车之双轮"；第一次为全面从严治党定路径，要求"增强从严治党的系统性、预见性、创造性、实效性"，锻造我们事业更加坚强的领导核心。"四个全面"既有全局又有重点，既注重总体规划又注重牵"牛鼻子"，每一个"全面"都是一个结合实际、继往开来、勇于创新的系统工程，每一个"全面"都具有协调推进、科学统筹的实践特征。我们要紧密结合四川实际，深刻认识和把握"四个全

面"深刻内涵，找准结合点，把住着力点，让"四个全面"在实践中协调推进。

　　总而言之，用"四个全面"引领四川各项工作，既是治蜀兴川的重大创新，也是思想观念的深刻变化，应该成为四川人民的最大共识。空谈误国，实干兴邦。我们要把思想和行动统一到协调推进"四个全面"的伟大实践中来，举全省之力、集全省之智，共同为之不懈奋斗！

（《四川日报》2015 年 3 月 19 日 1 版）

# 用法治方式凝聚改革共识

金秋十月，登高望远，万山红遍！

学习贯彻党的十八届四中全会精神，是当前和今后一个时期的重大政治任务。按照党中央和省委的要求和部署，各级各部门要组织干部群众认真学习《中共中央关于全面推进依法治国若干重大问题的决定》和习近平总书记重要讲话精神，深刻认识全面建成小康社会、全面深化改革、全面推进依法治国"三个全面"的逻辑关系，切实提高运用法治思维和法治方式推进改革的能力和水平。正如习近平总书记指出的那样，全面深化改革需要法治保障，全面推进依法治国也需要深化改革。要把党的十八届四中全会提出的180多项对依法治国具有重要意义的改革举措，纳入改革任务总台账，一体部署、一体落实、一体督办。

党的十八大提出了全面建成小康社会、实现中华民族伟大复兴"两个一百年"的奋斗目标。全面深化改革与全面推进依法治国，如车之两轮、鸟之两翼，共同推进全面建成小康社会滚滚向前，共同放飞实现中华民族伟大复兴的中国梦。在全面建成小康社会进入决定性阶段、改革进入攻坚期和深水区的新时期，我们党面对的改革发展稳定任务之重前所未有，矛盾风险挑战之多前所未有，依法治国在党和国家工作全局中的地位更加突出。党的十八届四中全会通过了全面推进依法治国的决定，与十八届三中全会通过的全面深化改革的决定形成了姊妹篇，体现了用法治方式化解社会矛盾的新思路，

在法治轨道上推进各项领域改革发展的新要求。认真学习领会四中全会精神，我们清楚地看到，在我国现行宪法和法律体系内，在和谐统一的体制下，全面推进依法治国，实现科学立法、严格执法、公正司法、全民守法，共同建设法治国家、法治政府、法治社会，既是各项体制改革的重要组成部分和主要依赖途径，也是全面深化改革的法治引领、法治促进、法治规范和法治保障。

用法治方式凝聚改革共识，我们更加清楚地看到，科学立法是处理改革和法治关系的重要环节。改革开放以来，我们坚持改革决策与立法决策相结合的原则，及时把改革决策纳入法制化轨道，已经在立法实践中取得巨大成就，积累了成功经验，形成诸多共识。最突出的是，全国人大及其常委会加快推进法律的立、改、废工作，及时多次地修改完善 1982 年宪法，为许多重大改革提供重要法律依据。实践告诉我们，改革离不开法治的引领和保障，否则就可能引起混乱；法治必须紧跟改革的进程和步伐，否则就可能被废弃淘汰。凡属重大改革都要于法有据，需要修改法律的应当先修改法律，先立后改；可以通过解释法律来解决问题的应当及时解释法律，先释后改；需要废止法律的要坚决废止法律，先废后改，以保障各项改革依法有序进行。对于执政党的改革决策来说，应当按照依法执政和领导立法的要求，把党有关改革的决策与立法决策紧密结合，通过立法把党的重大决策及时合理地法律化、规范化。

用法治方式凝聚改革共识，我们更加清楚地看到，实践发展永无止境，法治应当主动适应改革发展需要，体现与时俱进的时代精神。在法治轨道上推进全面深化改革，既要坚持在现有宪法和法律框架内进行改革，充分利用宪法和法律预留的改革空间和制度条件，大胆探索，勇于创新，又要坚持改革方向、问题导向，敢于直面法治建设领域突出问题，回应人民群众期待，及时提出立法需求和立法建议，增强立法时效性，提高司法公信力，加快建设法治政府，适应国家治理体系和治理能力现代化的改革要求。也就是说，当我们需要用法治方式推进改革的时候，法治本身也面临着改革与完善的问题；当我们需要用法治方式凝聚改革共识的时候，我们比过去任何时候都更加需要形成全面推进依法治国的共识。

法律是治国之重器，法律的生命在于实施，法律的权威来自人民的内心拥护和真诚信仰。让我们用法治方式凝聚改革共识，建设"法治四川"，拥抱"法治中国"！

（《四川日报》2014 年 11 月 3 日 1 版，获 2014 年度四川新闻奖二等奖）

# 用宪法权威凝聚法治共识

来自网络媒体的调查表明，党的十八届四中全会通过的《中共中央关于全面推进依法治国若干重大问题的决定》引起社会强烈反响，好评如潮。设立"国家宪法日"和建立宪法宣誓制度被"朋友圈"广为转发，网友纷纷"点赞"。用网民的话说，"国家宪法日"和宪法宣誓制度好就好在顺应民心，凸显宪法权威，让所有人对宪法产生敬畏！

引起网民喝彩的是，设立"国家宪法日"的改革决策已经通过立法程序实现法律化。11月1日上午，十二届全国人大常委会第十一次会议通过了关于设立"国家宪法日"的决定，明确将12月4日设立为"国家宪法日"。这是改革决策与立法决策紧密结合的范例。我们期待"国家宪法日"通过多种形式开展宪法宣传教育活动，让宪法的权威深入人心，内化为"有法必依"的公民道德，外化为"执法必严"的社会习俗，凝聚为"违法必究"的法治共识。

宪法是国家的根本法，是治国安邦的总章程，具有最高的法律地位、法律权威、法律效力。1982年12月4日，第五届全国人大第五次会议通过了现行的《中华人民共和国宪法》。现行宪法以根本法的形式，确立了中国特色社会主义道路、中国特色社会主义理论体系、中国特色社会主义制度的发展成果，反映了我国各族人民的共同愿望和根本利益，成为新时期党和国家的中心工作、基本原则、重大方针、重要政策在国家法制上的最高体现，是中国特色社会主义法律体系的核心。认真学习领会四中全会精神，我们清楚地看到，坚持依法治国，首先是坚持依宪治国；坚持依法执政，首先是坚持依宪执政；法治权威能不能树立起来，首先要看宪法有没有权威。为此，四中全会决定设立"国家宪法日"，建立宪法宣誓制度，这是彰显宪法权威、加强宪法实施的改革举措。我们期待改革举措早日落地，让法治成为国家信仰。

用宪法权威凝聚法治共识，我们更加清楚地看到，宪法的最高法律效力不仅表现在它是一般立法的基础，还表现在它是一切组织和公民必须遵守的最高行为准则。正如法学专家指出的那样，强调宪法是制定一般法律的依据，对于维护宪法的根本大法地位，具有十分重要的意义。同时，也必须强调宪法是人们所必须遵守的最高法律行为准则。否认或忽视宪法在行为准则方面的最高法律效力，势必导致否认或忽视宪法对人们的直接约束力和强制力，对于宪法的实施也是十分不利的。正是因为对宪法实施的高度重视，世界上142个有成文宪法的国家中，规定相关国家公职人员必须宣誓拥护或效忠宪法的有97个，也有相当多法治国家同时设立了"国家宪法日"。借鉴国外法治有益经验，深刻领会四中全会精神，法律的生命在于实施，法治的精义在于"治"，健全宪法实施和监督制度贵在一个"严"字。"任何组织或者个人都不得有超越宪法和法律的特权，一切违反宪法和法律的行为都必须予以追究"。形成这样的共识，我们怎么能不为"国家宪法日"和宪法宣誓制度喝彩呢？

用宪法权威凝聚法治共识，我们更加清楚地看到，法律的权威源自人民的内心拥护和真诚信仰，宪法精神与社会主义核心价值观具有高度的一致性。在社会主义核心价值观中，自由、平等、公正、法治是"关键词"，而全社会的法治共识既是建设法治国家的最强大动力，也是践行核心价值观的重要保障。现行宪法不仅为社会主义核心价值观提供了最重要的文本基础，而且为践行核心价值观提供了最重要的法治基础和法治规范。比如，严格执法、公正司法、全民守法，本身就是建立法治国家、法治政府、法治社会的重要环节，同时也是践行社会主义核心价值观的法治基础。早在2001年，12月4日就被确定为全国法制宣传日。如今，全国人大常委会决定将12月4日设立为

"国家宪法日"，充分体现了用宪法权威凝聚法治共识的时代精神。

国家信仰宪法，民族才有希望！我们从"国家宪法日"和宪法宣誓制度看到了依法治国大势所趋！

（《四川日报》2014 年 11 月 5 日 1 版）

# 用依法行政凝聚市场共识

《中共中央关于全面推进依法治国若干重大问题的决定》公布后，受到国内资本市场积极评价，也受到国际舆论密切关注。国内股市突破走高，房市企稳回暖，表明国内外投资者看好"法治中国"的市场前景。国际舆论比较有代表性的观点是，中国在发展过程中始终走自己的路，目前大力推行的改革和法治将不断提升中国的"软实力"。

引起国内外关注的还有，全国人大常委会 11 月 1 日上午通过关于设立"国家宪法日"的决定时，还通过了关于修改行政诉讼法的决定，进一步扩大了公民起诉政府的权利，让"民告官"变得更容易。从行政诉讼法的修改，我们看到了有法必依、执法必严、违法必究的法治规则，增强了依法办事、公平公正、诚实守信的市场共识！

市场经济本质上是法治经济。社会主义市场经济的发展与全面深化改革和全面推进依法治国，既是同步的也是互动的。经济体制改革是全面深化改革的重点，核心问题是处理好政府和市场的关系，使市场在资源配置中起决定性作用和更好发挥政府作用。全面推进依法治国，一大重点是深入推进依法行政，加快建设职能科学、权责法定、执法严明、公开公正、廉洁高效、守法诚信的法治政府。学习贯彻党的十八届四中全会精神，我们清楚地看到，使市场在资源配置中起决定性作用和更好发挥政府作用，既要以保护产权、维护契约、统一市场、平等交换、公平竞争、有效监管为基本导向，完善社

会主义经济法律制度，建立公平开放透明的市场规则，也要加快政府职能转变，创新执法体制，完善执法程序，推进综合执法，严格执法责任，提高执法效率，保证司法公正，为市场经济发展提供安全、规范、高效的法治保障。也就是说，法治是政府与市场的平衡器，法治是政府与市场的最大共识。

用依法行政凝聚市场共识，我们更加清楚地看到，政府与市场是现代市场经济体系中两个重要手段，都能对资源配置产生作用，但资源配置和利益调节的功能、机理、手段、方式不同。市场方式主要是通过供求、价格、竞争等机制功能配置资源，调节利益关系，市场主体自主决策、自主经营和自担风险。政府则主要根据全局和公益性需求，依靠行政权力和体制，进行重要资源配置，调节重要利益关系。市场决定资源配置是市场经济的一般规律。政府应当尊重市场经济规律，自觉按经济规律办事，依法实施宏观调控，通过依法行政提供公平竞争的市场环境。为此，四中全会决定强调指出，行政机关要坚持法定职责必须为、法无授权不可为，勇于负责、敢于担当，坚决纠正不作为、乱作为，坚决克服懒政、怠政，坚决惩处失职、渎职。如此斩钉截铁的"三个坚决"，凸显了"把权力关进笼子"的坚定信心，体现了市场主体对依法行政的共同期盼。

用依法行政凝聚市场共识，我们更加清楚地看到，有效的政府治理是发挥市场经济体制优势的内在要求，简政放权是建设法治政府和服务型政府的突破口。党的十八大以来，党中央、国务院已经出台一系列推进市场化改革和行政体制改革的新举措，进一步简政放权，切实减少行政审批事项，向企业放权、向市场放权、向社会放权，激发市场和社会主体的创造活力，增强了市场经济发展的内生动力。受到国内外市场广泛好评的是，各级政府按照公开、公平、公正的原则，将适合市场化方式提供的公共服务事项，交由具备条件且信誉良好的社会组织、机构和企业承担，推动政府职能转变，更好地发挥了市场配置资源的决定性作用。正如我们看到的那样，国务院已经取消和下放600多项行政审批事项，这是壮士断腕的"自我革命"。在四川，简政放权不打折扣、不作选择、不搞变通，民间投资风起云涌，依法行政展现出前所未有的市场魅力。

　　总而言之，法治是市场经济的基础，是市场经济的保障，是最好的投资环境，是最大的市场共识！

　　　　　　　　　　　　　　（《四川日报》2014 年 11 月 10 日 1 版）

# 用公正司法凝聚和谐共识

大道之行，天下为公；公平正义，法治为本。

学习贯彻十八届四中全会精神，老百姓有一个最大心愿，就是对公平正义和社会和谐的期盼。来自网络媒体的调查表明，大多数网民认为四中全会决定顺应民心，体现民情，能给公正司法带来更大保障，能让社会变得更加和谐稳定。用网民的话说：公平正义有时候比财富更重要，只有法治才能遏制权力的滥用，才能遏制和消除腐败，才能真正实现公平正义。

公平正义是法治追求的目标，也是构建和谐社会的内在需要。从依法治国的视野看，法律作为行为规范，以调整社会关系为目的，必然以公平正义为其基本价值；依法治国的关键是严格执法，难点是公正司法，基础是全民守法。认真学习领会四中全会精神，我们清楚地看到，公正是法治的生命线，司法公正对社会公正具有重要引领作用，司法不公对社会公正具有致命破坏作用。正如习近平总书记指出的那样，司法是维护社会公平正义的最后一道防线，如果司法这道防线缺乏公信力，社会公正就会受到普遍质疑，社会和谐稳定就难以保障。

用公正司法凝聚和谐共识，我们更加清楚地看到，法治的真谛是规则公正，司法机关的基本功能是权利救济、定纷止争、制约公权、维护社会公平正义，让人民群众在每一个司法案件中感受到公平正义。当前我国调处社会矛盾的方式，由于人民调解和行政调解的公正性往往引起质疑或争议，因而通过诉讼裁决方式的司法调解便成为解决纠纷最普遍的方式或最后的选择，这就是我们常说的"打官司"，用法治方式化解社会矛盾、维护社会公正。正如我们看到的那样，法治不能消灭犯罪，但它让罪犯受到了应有的惩处；法治无法杜绝纠纷，但它为解决纠纷提供了规则和程序；法治无法消除社会怨气，但它可以使社会怨气减到最低限度。也就是说，法治是社会公正的最后防线，公正司法是社会和谐的根本保障。

用公正司法凝聚和谐共识，我们更加清楚地看到，当前司法领域存在的主要问题是司法不公，群众反映最强烈的问题是司法腐败。正如四中全会决定指出的那样，同人民群众期待相比，法治建设还存在许多不适应、不符合的问题，主要表现在有法不依、执法不严、违法不究现象比较严重，一些国家工作人员特别是领导干部知法犯法、以言代法、以权压法、徇私枉法现象依然存在。老百姓不满的是，一些司法人员办金钱案、关系案、人情案，"吃了原告吃被告"，甚至造成人命关天的冤假错案，严重伤害了社会公正的底线。为此，四中全会决定把保证公正司法提高到前所未有的高度，明确规定坚决破除各种潜规则，坚决反对和克服特权思想、衙门作风、霸道作风，坚决反对和惩治粗暴执法、野蛮执法行为，坚决清除司法领域的"害群之马"。最受好评的是，实行办案质量终身负责制和错案责任倒查问责制，对因违法违纪被开除公职的司法人员"终身禁止从事法律职业"。如此严厉的"四个坚决"，如此彻底的"责任追究"，体现了对司法腐败的"零容忍"，使我们增强了对公正司法的信心！

用司法公正凝聚和谐共识，我们更加清楚地看到，司法不公的深层次原因在于司法体制不完善，司法职权配置和权力运行机制不科学，人权司法保障不健全。着眼于保证公正司法、提高司法公信力，十八届四中全会决定从人民群众最期盼的领域改起，从制约司法公正最突出的问题改起，提出了一系列完善司法管理体制和司法权力运行机制的重大措施。受到广泛关注的是，通过设立跨行政区划人民法院和最高人民法院巡回法庭来解决司法地方化问题；通过对领导干部干预司法活动、插手具体案件，建立记录、通报和责任

追究制度来解决独立审判问题；通过加强人民群众监督、社会监督来解决司法"不透明、不公开、不公正"的问题。

总而言之，法律面前人人平等，法治面前人人有责。这是法治国家最重要的人格尊严，是法治政府最基本的公平正义，是法治社会最大的和谐共识！

（《四川日报》2014 年 11 月 14 日 1 版）

# 用全民守法凝聚诚信共识

依法治国，道德同行；全民守法，诚信为本。

学习贯彻十八届四中全会精神，我们有一种强烈的使命感和责任感，这就是坚持依法治国与以德治国相结合，大力弘扬社会主义核心价值观，培育全民守法、诚实守信的社会道德。正如四中全会决定指出的那样，要牢固树立有权力就有责任、有权利就有义务的观念，加强社会诚信建设，健全公民和组织守法信用褒奖机制和违法失信行为惩戒机制，使尊法守法成为全体人民的共同追求和自觉行动。

"天下之事，不难于立法，而难于法之必行。"汲取我国古代为政以德、礼法相依、德主刑辅、管权治吏、正心修身等历史经验和思想，我们深刻地认识到坚持依法治国与以德治国相结合，解决的是全面推进依法治国的精神支撑问题。道德和法律具有天然的联系和共同的价值取向，道德是法律的精神内涵，法律是道德的制度底线。法律和道德都是行为规范，而最高境界的守法是恪守社会公德、职业道德和家庭美德，最低限度的守法是做到法律的底线不能逾越、道德的红线不能触碰。深入学习十八届四中全会精神，我们清楚地看到，适应国家治理体系和治理能力现代化的需要，既要重视法律的规范作用，又要重视发挥道德的教化作用，实现法律和道德相辅相成、法治与德治相得益彰。正如我们看到的那样，治理国家不能只靠法律，法律法规再健全再完备，最终还是要靠人来实施。言必信，行必果。法立，有范而必

施；令出，唯行而不返。无以诚信，何以为人。这些难道不是严格执法、公正司法、全民守法最需要遵守的诚信共识吗？

用全民守法凝聚诚信共识，我们更加清楚地看到，现代信用制度是社会主义市场经济体制的重要支柱，诚信是市场经济最基本的行为规范和道德基础。在经济全球化背景下，诚信是一个国家的国际形象，是一个地区投资环境的核心竞争力，是一个企业发展的立身之本。正如我们看到的那样，市场经济是法治经济，经济合同是一种现代的契约形态，具有"有约必践、违约必究"的法律效率。在市场竞争中，诚信既是一个企业履行合同的道德基础，也是一个企业获得信誉的第一法宝。信则立，不信则废。当前经济活动中存在的制假贩假、坑蒙拐骗、不正当竞争、贪污腐化等问题，不仅严重违反市场经济的诚信规则，而且严重损害企业的信誉、政府的形象，在群众中造成诚信缺失的信任危机，已经到了非重拳治理不可的时候，我们期待法律信用规范"硬约束"与诚信道德规范"软约束"相得益彰，让全民守法内化于心、外化于行，真正成为市场经济的道德基础和诚信共识。

用全民守法凝聚诚信共识，我们更加清楚地看到，诚信既是调整和规范社会秩序的道德基础，也是依法行政、公正司法的法律原则，但诚信道德和诚信原则不是自然生成的，必须依靠全民守法的行为培养，必须依靠法律的信用规范。正如我们看到的那样，诚信是民法中的一项基本原则。2012年8月31日，第十一届全国人民代表大会常务委员会第28次会议通过的关于修改《民事诉讼法》的决定明确规定：民事诉讼应当遵循诚实信用原则。由此，诚实信用这样一个原本属于道德领域中的基本概念，不仅被引入到法律领域，而且从适用于私法领域扩展到适用于民事诉讼这样一个公法领域，从而使诚信被认可为一项法律基本原则和法律规范，这是"道德规范法律化"的成功实践。深入学习四中全会精神，我们期待诚实信用的法治原则进一步在全民守法的法治实践中升华，真正成为有法必依、执法必严、违法必究的公民道德规范。

总而言之，诚信是中华民族传统美德中最核心的价值理念，是当代社会最基本的人格操守和职业道德，是做人做事做官必须遵守的法治原则。全面推进依法治国是国家治理领域一场广泛而深刻的革命，唯有坚持依法治国与以德治国相结合，唯有坚持全民守法与社会诚信相统一，才能走出一条法治国家、法治政府、法治社会一体建设的中国道路！

（《四川日报》2014 年 11 月 19 日 1 版）

# 用发展新理念提升发展信心

刚刚闭幕的十八届五中全会通过了《中共中央关于制定国民经济和社会发展第十三个五年规划的建议》，使我们看到了全面建成小康社会决胜阶段的形势和指导思想，明确了"十三五"时期经济社会发展的主要目标和基本理念，坚定了实现我们党确定的"两个一百年"奋斗目标的必胜信心。深入学习贯彻五中全会精神，最重要的是进一步解放思想，转变发展观念，牢固树立"创新、协调、绿色、开放、共享"发展理念，用新的发展理念推动发展。在四川，省委已经作出安排部署，要求把"创新、协调、绿色、开放、共享"理念贯穿四川"十三五"发展始终，以发展理念转变引领发展方式转变，以发展方式转变推动发展质量效益提高。此时此刻，深入学习贯彻五中全会精神，不但有助于克服部分干部群众中存在的"转型焦虑"，而且能进一步加深对新常态的认识，振奋精神，增强发展信心。

思路决定出路，规划明确方向，信心汇聚力量。深入学习习近平总书记在五中全会上关于"创新、协调、绿色、开放、共享"发展理念的重要说明和系统论述，我们对改革开放30多年的发展经验有了更加深刻的认识，对中国特色社会主义发展道路、发展规律、发展方向有了更加全面的把握。正如国内外舆论聚焦的那样，"五大发展理念"是以习近平同志为总书记的党中央治国理政的新理念，是协调推进"四个全面"战略布局和"五位一体"总体布局的思想指引，是全面建成小康社会的行动指南，是"十三五"规划建议的灵魂和主线。"五大发展理念"相互贯通、相互促进，是具有内在联系的集合体。其中，创新是引领发展的第一动力，协调是持续健康发展的内在要求，绿色是永续发展的必要条件，开放是国家繁荣发展的必由之路，共享是中国特色社会主义的本质要求。用"十三五"规划建议的话说，坚持创新发展、协调发展、绿色发展、开放发展、共享发展，是关系我国发展全局的一场深刻变革。我们要充分认识这场变革的重大现实意义和深远历史意义，坚持用"五大发展理念"来统一思想，协调行动，提升信心。无论为官为民，无论创新创业，都要把握好发展方向，都要增强发展信心。顺势而为，应时而动，锐意进取，艰苦奋斗，我们对全面建成小康社会满怀信心！

用发展新理念提升发展信心，有一个最重要的综合判断不能忘记，这就是我国发展仍处于大有可为的战略机遇期，也面临诸多矛盾叠加、风险隐患增多的严峻挑战。我们要准确把握战略机遇期内涵的深刻变化，更加有效地应对各种风险和挑战，坚持以新的发展理念推动发展，着力提高发展的协调性和平衡性。学习贯彻五中全会精神，我们更加清楚地看到"创新、协调、绿色、开放、共享"发展理念，致力于破解发展难题、增强发展动力、厚植发展优势。创新发展注重的是解决发展动力问题，协调发展注重的是解决发展不平衡问题，绿色发展注重的是解决人与自然和谐问题，开放发展注重的是解决内外联动问题，共享发展注重的是解决社会公平正义问题。受到广泛好评的是，"十三五"规划建议坚持问题导向，聚焦突出问题和明显短板，对人民群众普遍关心的就业、教育、社保、住房、医疗、环保和人口老龄化、户籍人口城镇化、贫困县全部摘帽等问题提出了更具操作性、约束性的硬指标。这是一个以人为本、与时俱进的规划建议，这是一个"人人参与、人人尽力、人人共享"的全面小康新境界，我们怎么能不满怀信心地为之奋斗呢？

"问题是时代的声音，人心是最大的政治。"面对当前经济下行的风险隐患，针对我国发展中的突出矛盾和问题，回应人民群众诉求和期盼，五中全会通过了一个顺应时代、顺应民心的"十三五"规划建议，这是解放思想、

观念创新的结晶，反映出我们党对发展规律的新认识。此时此刻，我们期待"十三五"规划为四川带来更多更大更好的发展机遇！

（《四川日报》2015 年 11 月 6 日 1 版）

# 以全面创新驱动转型发展

创新是引领发展的"第一动力",创新是创业的制胜法宝,创新是追求卓越的精神境界。

深入学习贯彻党的十八届五中全会精神,谋划"十三五"发展蓝图,必须把创新摆在国家发展全局的核心位置,不断推进理论创新、制度创新、科技创新、文化创新等各方面创新,让创新贯穿党和国家一切工作,让创新在全社会蔚然成风。学习贯彻十八届五中全会精神,我们正面临国家把四川列为系统推进全面创新改革试验区域、依托成德绵地区开展先行先试的重大历史机遇,省委要求把"三大发展战略"与中央"十三五"总体部署相衔接,以发展理念转变引领发展方式转变,以全面创新改革驱动转型发展。

以全面创新驱动转型发展是加快形成新的经济发展方式的必然选择。新常态下,我国经济发展表现出速度变化、结构优化、动力转换三大特点。党的十八大以来,"创新驱动发展"呈现出"五个更多依靠"新特征,即更多依靠内需特别是消费需求拉动,更多依靠现代服务业和战略性新兴产业带动,更多依靠科技进步、劳动者素质提高、管理创新驱动,更多依靠节约资源和循环经济推动,更多依靠城乡区域发展协调互动。我省当前正在实施的"三大发展战略"与十八届五中全会精神是一致的,体现了以全面创新驱动转型发展的新思路。

以全面创新驱动转型发展,科技创新是根本途径。在国际发展竞争日趋

激烈和我国发展动力转换的形势下，必须进一步深化"科学技术是第一生产力"的认识，推动科技创新与经济社会发展深度融合，关键是提升自主创新能力，基础是提高全民科学素质水平。为此，"十三五"规划建议特别强调，发挥科技创新在全面创新中的引领作用，加强基础研究，强化原始创新、集成创新和引进消化吸收再创新。就四川而言，我们在科技创新方面具有人才优势和资源优势，关键是要加快创新主体、创新机制、创新平台与创新发展深度融合，强化企业创新主体地位和主导作用，依托天府新区、成都高新区自主创新试验区、绵阳科技城、攀西战略资源创新开发试验区，培育一批具有国际竞争力的创新型领军企业，大力支持科技型中小企业健康发展，大力推动"大众创业、万众创新"，形成具有强大带动力的创新型城市和区域创新中心。

以全面创新驱动转型发展，制度创新是根本保障。改革开放是推动转型发展的最大动力，实质是破除制约发展的体制机制障碍和结构障碍，推动社会主义制度自我完善和发展，突出表现在以渐进的方式逐步从计划经济体制转变为社会主义市场经济体制。党的十八大以来，以市场创新为基础，以完善和发展中国特色社会主义制度、推进国家治理体系和治理能力现代化为总目标，充分发挥市场在资源配置中的决定性作用，更好地发挥政府作用，加快形成有利于创新发展的市场环境、产权制度、投融资体制、分配制度、人才培养引进使用机制，新一轮改革在"五位一体"的总体布局中全面深化，这是全面建成小康社会的根本保障。对四川而言，我们要紧紧抓住国家把四川列为系统推进全面创新改革试验区域、依托成德绵地区开展先行先试的重大历史机遇，勇于创新、敢于突破，加快形成统一开放、竞争有效的市场体系，加快构建城乡一体化的发展新体制。

以全面创新驱动转型发展，理论创新是根本指导。理论创新引领观念创新，核心是"解放思想、实事求是、与时俱进"。从"实践是检验真理的唯一标准""发展是第一要务"到"创新、协调、绿色、开放、共享"五大发展理念，理论创新为改革、开放、发展鸣锣开道，功在拨乱反正，功在凝心聚力，功在协调推进"四个全面"战略布局！

　　以全面创新驱动转型发展，还需要文化创新、大众创新、管理创新、产业创新等各方面创新形成强大合力。我们要特别强调的是，用全面创新引领未来发展，不同领域、不同环节、不同主体、不同环境需要不同的创新条件，应该有不同的创新路径和创新目标。最重要的是以人为本，教育为本；尊重知识，尊重人才；实践无止境，创新无止境！

　　　　　　　　　　　　　　（《四川日报》2015 年 11 月 11 日 1 版）

# 以协调发展促进发展平衡

　　协调是持续健康发展的内在要求，是推进"四个全面"战略布局的核心理念。

　　深入学习贯彻党的十八届五中全会精神，谋划"十三五"发展蓝图，必须牢牢把握中国特色社会主义事业总体布局，正确处理发展中的重大关系，重点促进城乡区域协调发展，促进经济社会协调发展，促进新型工业化、信息化、城镇化、农业现代化同步发展，注重解决发展不平衡问题。在四川，"三大发展战略"与"同步全面建成小康社会"相适应，省委要求准确把握协调发展理念和重要部署，在协调发展中拓展发展空间，在加强薄弱领域中增强发展后劲，着力形成平衡发展结构，构建统筹联动新格局。

　　正如"十三五"规划建议指出的那样，"十二五"时期我国发展取得重大成就，但发展不平衡、不协调、不可持续问题仍然突出。四川地处西部，总体发展滞后，人均地区生产总值、人均收入、城镇化水平都明显低于全国。立足四川省情，面对"十三五"全面建成小康社会的新要求，我们不能不坚持"两个跨越"发展目标，不能不把"三大发展战略"与协调推进"四个全面"战略布局相衔接，以协调发展理念引领未来发展，以协调发展促进发展平衡。

　　以协调发展促进发展平衡，重点是推动城乡区域协调发展。学习贯彻十八届五中全会精神，我们更加清楚地看到推动区域协调发展的新要求，即塑造要素有序自由流动、主体功能约束有效、基本公共服务均等、资源环境可承载的区域协同发展新格局。新格局中，要深入实施西部大开发战略，支持西部地区改善基础设施，发展特色优势产业，强化生态环境保护，加快民族地区、贫困地区发展，加大对资源枯竭、产业衰退、生态退化等困难地区的支持力度，这些都是推动四川城乡区域协调发展的新机遇。我们要高度重视推进长江经济带建设、改善长江流域生态环境、高起点建设综合立体交通走廊、引导产业优化布局和分工协作等千载难逢的历史机遇，牢牢抓住机遇，坚持实施多点多极支撑发展战略，以天府新区为新的增长极，加快与长江经济带协同发展，继续走在西部大开发前列。

以协调发展促进发展平衡，关键是推动"四化"同步发展。适应协调发展的新要求，"十三五"规划建议特别强调，坚持深度融合、良性互动、相互协调，促进新型工业化、信息化、城镇化、农业现代化同步发展。协调推进"四化"同步发展，既要以信息化牵引产业结构升级，通过信息技术和产业深度融合，推动技术创新、产品创新、商业模式创新和管理创新；也要以新型工业化、城镇化带动农业现代化，以农业现代化保障国家粮食安全，夯实工业化、城镇化基础。在四川，我们正处于工业化城镇化"双加速"时期，应该在实施"两化"互动、城乡统筹发展战略基础上，更多关注"人的城镇化"，更加重视城市群的协同发展，更加重视工业化的转型升级与农业现代化的深度融合，更加重视信息化的牵引和带动。从"两化"互动到"四化"同步，从"城乡统筹"到"城乡一体化"，我们在协调发展中还有很大的发展空间。

以协调发展促进发展平衡，难点是补齐农村短板。老少边穷地区是"三农"问题最为集中、最为突出的薄弱环节，农村贫困人口脱贫是全面建成小康社会最艰巨的任务。在四川，高原藏区、大小凉山彝区、秦巴山区、乌蒙山区等集中连片特困地区脱贫攻坚任重道远。实现农村人口脱贫、贫困县全部摘帽、解决区域性整体贫困，迫切需要在协调发展中补齐农村短板。

以协调发展促进发展平衡，还要解决产业结构不合理、经济社会发展

"一条腿长、一条腿短"等方面的突出问题。在四川，我们要特别强调的是，用协调理念引领未来发展，注重解决发展不平衡问题，在加强薄弱领域中增强发展后劲，挑战与机遇并存，机遇大于挑战！

（《四川日报》2015 年 11 月 12 日 2 版）

# 从绿色发展走向绿色生活

绿色是永续发展的必要条件，绿色是人民对美好生活的追求。

深入学习贯彻十八届五中全会精神，谋划"十三五"规划，必须坚持节约资源和保护环境的基本国策，坚持可持续发展，坚定走生产发展、生活富裕、生态良好的文明发展道路，加快建设资源节约型、环境友好型社会，形成人与自然和谐发展现代化建设新格局。四川肩负建设长江上游生态屏障的历史使命，省委要求准确把握绿色发展理念和重要部署，着力改善生态环境，构筑生态文明新家园。

走向生态文明建设新时代，建设美丽中国是实现中华民族伟大复兴中国梦的重要内容。"十三五"规划建议提出绿色发展新理念，注重的是解决人与自然和谐问题，核心目标是加快形成人与自然和谐发展新格局，推进美丽中国建设，为全球生态安全作出新贡献。正如我们看到的那样，我国资源约束趋紧，环境污染严重，生态系统退化，发展与人口资源环境之间的矛盾日益突出，已经成为经济社会可持续发展的重大瓶颈制约，不能不把节约资源和保护环境作为基本国策，不能不加快建设资源节约型、环境友好型社会，不能不坚持走生产发展、生活富裕、生态良好的文明发展道路。"既要金山银山，也要绿水青山"；"绿水青山就是金山银山"。就四川而言，建设长江上游生态屏障关系到长江经济带的可持续发展，关系到美丽中国建设的发展全局，我们要更加重视绿色发展在协调推进"四个全面"战略布局和"五位一体"

总体布局中的特殊地位，坚持以绿色的平衡保障绿色的发展，从绿色发展走向绿色生活。

从绿色发展走向绿色生活，关键是促进人与自然和谐共生。按照人口资源环境相均衡、经济社会生态效益相统一的原则，"十三五"规划建议高度重视控制人对自然的索取行为和开发强度，调整优化空间结构，划定农业空间和生态空间保护"红线"；特别强调落实主体功能区规划，推动各地区依据主体功能定位发展，同时强化约束性指标，对能源和水资源消耗、建设用地等实行总量和强度双控，加强高耗能行业能耗管控，实施全民节能、节水、节地、节材、节矿，全面提高资源利用效率，推动低碳循环发展。建设长江上游生态屏障，引起我们更多关注的是，加强生态保护和修复，坚持保护优先、自然修复优先，实施山水林田湖生态保护和修复工程，构建生态廊道和生物多样性保护网络，这是构筑生态安全屏障的新思路。特别是在地震灾区、盆周山区和川西北高原，构筑生态文明新家园，对重要生态区、脆弱区，应该合理退出人口和产业，降低经济活动强度。

从绿色发展走向绿色生活，关键是加大环境治理力度。面对越来越严重的环境污染，"十三五"规划建议提出了一系列更具操作性、约束性的环境治理措施，主要表现在以提高环境质量为核心，实行最严格的环境保护制度，形成政府、企业、公众共治的环境治理体系。受到广泛好评的是，推进多污染物综合防治和环境治理，实施联防联控和流域共治，打好大气、水、土壤污染防治"三大战役"。特别强调的是，坚持城乡环境治理并重，工业污染源必须全面达标排放，加大农业面源污染防治力度，千方百计确保食品安全，加快解决人民群众反映强烈的环境问题，适应人民群众对美好生活的追求。

从绿色发展走向绿色生活，关键是健全生态文明制度体系。用制度保护生态环境，用绿色理念引领未来发展，"十三五"规划建议在体制机制方面提出了一系列改革措施，具有突破性的新举措是建立自然资源资产产权制度和用途管理制度，推行生态保护补偿机制，严格生态环境监管制度和政绩考核制度，引导、规范和约束各类开发、利用、保护自然资源的行为。

从绿色发展走向绿色生活，还需要生态文化、生态道德进一步升华。此时此刻，我们要特别强调的是，生态平衡是不可抗拒的自然规律，保护生态环境就是保护我们自己，厚德载物者生生不息！

（《四川日报》2015 年 11 月 13 日 2 版）

# 以开放发展拓展新空间

开放是国家繁荣发展的必由之路，开放是参与全球经济发展的新空间。

深入学习贯彻党的十八届五中全会精神，谋划"十三五"发展蓝图，必须顺应我国经济深度融入世界经济的趋势，奉行互利共赢的开放战略，坚持内外需协调、进出口平衡，引进来和走出去并重、引资和引技并举，发展更高层次的开放型经济。四川地处内陆，扩大开放合作刻不容缓，省委要求准确把握开放发展理念和重要部署，着力实现合作共赢，开创对外开放新局面。

学习贯彻五中全会精神，我们更加清楚地看到，坚持开放发展，注重解决的是发展内外联动问题。改革开放以来，我国坚持对外开放的基本国策，形成了全方位、多层次、宽领域的对外开放格局，建立了中国特色开放型经济体系。顺应我国经济深度融入世界经济的趋势，我们必须紧密联系四川对外开放水平落后于东部发达地区的实际，充分考虑国内国际经济联动效应，积极应对外部环境变化，更好利用两个市场、两种资源，采取更加有力的措施，以更大的决心发展开放型经济，以开放发展拓展新的发展空间。

以开放发展拓展新空间，关键是牢牢把握对外开放新机遇。党的十八大以来，党中央、国务院高度重视对外开放，实行更加主动积极的开放战略，最突出的是推进"丝绸之路经济带"和"21世纪海上丝绸之路"建设，坚持共商共建共享原则，完善双边和多边合作机制，以企业为主体，实行市场化运作，推进同有关国家和地区多领域互利共赢的务实合作，打造陆海内外联动、东西双向开放的全面开放新格局。同时，推进"长江经济带"建设，这是一条横跨东中西部的经济走廊，是前所未有的区域经济合作战略机遇。四川位于"一带一路"和"长江经济带"建设的交汇处，是连接中西、沟通中亚、南亚、东南亚的重要交通走廊，通道建设十分迅速，正从过去的开放腹地跃升到开放前沿。我们要紧紧抓住对外开放新机遇，依托"一带一路"和"长江经济带"建设，加快建设西部开放高地，当好西部大开发的"领头羊"。要加大招商引资力度，主动对接世界500强和国内知名企业，积极承接重大产业转移，形成新的经济增长点。

以开放发展拓展发展空间，关键是鼓励企业走出去。企业是市场主体，也是对外经济合作的主体。对外经济合作和多层次区域合作是"一带一路"和"长江经济带"建设的最大特征，必须充分发挥市场在资源配置中的决定性作用，鼓励企业走出四川、走向世界，在更高层次分享发展机遇，在更大范围扩大对外贸易。"一带一路"沿线国家的农业占全球的比重高达50％，工业、贸易和投资占比在20％—40％，涉及60多个国家和40多亿人口。我们的基础设施、资源和能源相关产业、设备制造、电子信息、交通运输等产业将在"一带一路"沿线国家获得更多市场机遇。四川企业有很强的装备制造、工程承包实力，在"一带一路"沿线国家将获得更广阔的发展机遇。重要的是天府新区已成功获批国家级新区，成都高新综合保税区是目前国内开放程度高、政策全、功能优的海关特殊监管区域，成德绵"一条线"已建成一批国家级经济开发区和出口加工区，四川应该顺势而动、借势而为，鼓励企业走出四川，深度融入全球经济发展趋势。

以开放发展拓展发展空间，关键是以开放促进政府职能转变。经济全球化背景下，开放也是改革，开放是促进政府职能转变的加速器。学习贯彻五中全会精神，我们更加清楚地看到政府在改善投资环境、完善对外开放战略布局和形成对外开放新体制等方面还有很多工作要做，最紧迫的是完善法治化、国际化、便捷化营商环境，健全有利于合作共赢并同国际贸易投资规则相适应的体制机制，全面实行准入前国民待遇加负面清单管理制度，促进内

外企业一视同仁、公平竞争。此时此刻，四川的各级政府需要更加开放的全球视野，需要更加务实的服务精神，需要以更大力度简政放权，这是开放发展必由之路，这是经济全球化大势所趋！

（《四川日报》2015 年 11 月 14 日 2 版）

# 以共享发展增进人民福祉

　　共享是中国特色社会主义的本质要求，共享是增进人民福祉的新期待。

　　深入学习贯彻十八届五中全会精神，谋划"十三五"发展蓝图，必须坚持发展为了人民、发展依靠人民、发展成果由人民共享，作出更有效的制度安排，使全体人民在共建共享发展中有更多获得感，增强发展动力，增进人民团结，朝着共同富裕方向稳步前进。在四川，顺应人民生活新期待，省委要求准确把握共享发展新理念和重要部署，着力增进人民福祉，大力推进脱贫攻坚，以共享发展实现"与全国同步全面建成小康社会"奋斗目标。

　　"坚持人民主体地位"是"十三五"时期我国发展必须遵循的第一原则。正如习近平总书记指出的那样："中国梦归根到底是人民的梦，必须紧紧依靠人民来实现，必须不断为人民造福。"为此，"十三五"规划建议强调，人民是推动发展的根本力量，实现好、维护好、发展好最广大人民根本利益是发展的根本目的。按照"人人参与、人人尽力、人人享有"的要求，"十三五"规划建议提出了共享发展新理念，注重解决社会公平正义，着力增进人民福祉，对人民群众普遍关心的就业、教育、社保、住房、医疗、环保和人口老龄化、户籍人口城镇化、7000多万农村贫困人口脱贫等问题提出了更具操作性、约束性的"硬指标"和社会保障措施。这是以共享发展增进人民福祉的新思路。

　　以共享发展增进人民福祉，重点是保障基本民生。"十三五"规划建议强

调，坚持普惠性、保基本、均等化、可持续方向，从解决人民群众最关心最直接最现实的利益问题入手，增强政府职责，提高公共服务共建能力和共享水平。关键是完善基本公共服务体系，努力实现基本公共服务全覆盖；加快社会事业改革发展，坚持教育优先发展，促进起点公平和机会公平；增加财政转移支付，重点向中西部、农村和贫困地区倾斜；完善社会保障制度，兜住兜牢人民群众生活底线；坚持计划生育的基本国策，全面实施一对夫妇可生育两个孩子政策，促进人口均衡发展。引起社会关注的是，创新公共服务提供方式，能由政府购买服务提供的，政府不再直接承办；能由政府和社会资本合作提供的，广泛吸引社会资本参与。在保障基本民生方面，四川已经出台一系列改革措施，应该结合"十三五"规划进一步抓紧落实。

以共享发展增进人民福祉，重点是实施脱贫攻坚工程。全面建成小康社会，最艰巨的任务是农村贫困人口脱贫。"十三五"规划建议强调，要根据各地区的不同情况，因人因地施策，实施精准扶贫、精准脱贫，提高扶贫实效。总结四川扶贫攻坚经验，我们要坚持区域扶贫与精准扶贫"双轮"驱动，深入推进秦巴山片区、乌蒙山片区、大小凉山彝区、高原涉藏地区"四大片区扶贫攻坚行动""五大扶贫工程"；扩大贫困地区基础设施覆盖面，因地制宜解决通路、通水、通电、通网络等问题；实行低保政策和扶贫政策衔接，对贫困人口应保尽保。

以共享发展增进人民福祉，重点是持续增加城乡居民收入。"十三五"规划建议强调，坚持居民收入增长和经济增长同步、劳动报酬提高和劳动生产率提高同步，完善市场评价要素贡献并按贡献分配的机制，形成合理的收入分配格局。健全再分配调节机制，实行有利于缩小收入差距的政策，明显增加低收入劳动者收入，扩大中等收入者比重，形成两头小、中间大的橄榄形收入分配结构。最重要的是，实施更加积极的就业政策，鼓励以创业带动就业，大力推进"大众创业、万众创新"，从根本上保障以共享发展增进人民福祉。

总而言之，坚持创新发展、协调发展、绿色发展、开放发展、共享发展，是关系我国发展全局的一场深刻变革。深入学习贯彻十八届五中全会精神，要牢固树立"创新、协调、绿色、开放、共享"五大发展理念，坚持用新的发展理念引领未来发展，坚持用新的发展理念统一思想、协调行动。让我们振奋精神，坚定信心，同心同德，为实现全面建成小康社会目标而奋斗！

（《四川日报》2015 年 11 月 15 日 2 版）

# 从政治生态看党内监督

党的十八届六中全会通过的《关于新形势下党内政治生活的若干准则》和《中国共产党党内监督条例》，抓住了全面从严治党的关键问题，强化了全面从严治党的制度保障，明确了全面从严治党的规范准则，展示出营造良好政治生态的政治智慧和政治勇气，标志着我们党在全面从严治党新的长征路上达到了新的高度。学习贯彻十八届六中全会精神，要牢固树立政治意识、大局意识、核心意识、看齐意识，深刻认识加强和规范党内政治生活、加强党内监督的重要性、紧迫性，牢记共产党员这个第一身份，自觉遵守党内政治生活准则，永葆共产党人政治本色。

政治生态是党和国家政治生活的价值取向和法治基础。不以规矩，无以成方圆。治国必先治党，治党务必从严。党的十八大确立了"两个一百年"奋斗目标，开启了中华民族伟大复兴的新征程。实现奋斗目标，完成历史使命，协调推进"四个全面"战略布局，关键在党，关键在党要管党、从严治党。新形势下，以习近平同志为核心的党中央坚定不移推进全面从严治党，采取一系列新的举措加大管党治党力度，坚持正风肃纪、标本兼治，严明政治纪律和政治规矩，坚决遏制腐败蔓延势头，着力构建不敢腐、不能腐、不想腐的体制机制，层层落实全面从严治党主体责任和监督责任，着力解决党内存在的突出问题，党内政治生活出现许多新气象，党内政治生态明显好转。

正如我们看到的那样，涤荡"四风"，党风政风为之一新；铁腕反腐，党心民心为之一振；强调"四个意识"，加强党的团结统一，维护坚强领导核心；践行群众路线，倡导"三严三实"，推动"两学一做"，严肃党内政治生活，净化党内政治生态。在四川，省委坚决贯彻中央全面从严治党战略，坚持把净化政治生态摆在突出位置来抓，集中打一场惩贪治腐、正风肃纪、刷新吏治的攻坚战持久战，努力使全省形成风清气正、崇廉尚实、干事创业、遵纪守法的良好政治生态。实践表明，良好的政治生态是我们党创造力、凝聚力、战斗力生成的基础，是新形势下加强党的建设十分重要的课题。

从政治生态视野看，党内监督是党的建设的重要基础性工程，是营造风清气正政治生态的重要保障。回顾历史，我们党自诞生之日起，就把理想和纪律写在自己的旗帜上，这始终是我们党战胜一切艰难险阻，从胜利走向胜利的坚强保证。新形势下，全面从严治党，必须从根本上解决主体责任缺失、监督责任缺位，管党治党失之于宽、失之于松、失之于软的问题，最重要的是依靠理想信念宗旨的指引，依靠加强和规范党内政治生活、加强党内监督。党内监督的主要内容与党内政治生活准则内在统一，共同营造风清气正的政治生态，确保党始终成为中国特色社会主义事业的坚强领导核心。党内监督没有禁区、没有例外。有权必有责、有责要担当，用权受监督、失责必追究。深入学习贯彻《准则》和《条例》，我们对营造风清气正的良好政治生态满怀信心！

从政治生态视野看，党的执政地位决定了党内监督在党和国家各种监督形式中是最基本的、第一位的。在中国，党的领导是中国特色社会主义的最大特色和最本质特征。新形势下，我们党面临的执政考验、改革开放考验、市场经济考验、外部环境考验是长期的、复杂的、严峻的，精神懈怠危险、能力不足危险、脱离群众危险、消极腐败危险更加尖锐地摆在全党面前。"打铁还需自身硬。"深入学习贯彻《准则》和《条例》，我们深刻认识到，党面临的形势越复杂、肩负的任务越艰巨，就越要坚持从严治党、严明纪律，越要加强和规范党内政治生活，越要加强党内监督；唯有持之以恒地进行自我

净化、自我完善、自我革新、自我提高，才能有效应对新形势下各种考验和挑战。

全面从严治党永远在路上，政治生态关乎党的兴衰存亡。

（《四川日报》2016 年 11 月 7 日 2 版）

# 党纪严于国法

## ——再论从政治生态看党内监督

从政治生态看党内监督，党纪严于国法。

党的十八届六中全会通过的《关于新形势下党内政治生活的若干准则》和《中国共产党党内监督条例》坚持以党章为根本依据，聚焦党内政治生活和党内监督存在的薄弱环节，着力解决党内政治生活庸俗化、随意化、平淡化和党内监督制度不健全、覆盖不到位、责任不明晰、执行不力等问题，以严的要求、严的标准、严的措施推动全党增强从严治党意识、落实管党治党责任，体现了纪严于法、纪在法前的管党治党重大原则，深化了"依规治党"与"依法治国"关系的新认识，是党的十八大以来理论创新、制度创新、实践创新的重大成果。"国有国法，党有党规。"依法治国、依法执政，既要求党依据宪法法律治国理政，也要求党依据党内法规管党治党。新形势下，依规管党治党是依法治国的重要前提和政治保障。正如我们看到的那样，国家法律是全体公民必须遵循的行为底线。党是肩负神圣使命的政治组织，党员是有着特殊政治职责的公民。我们党的先锋队性质和执政党地位，决定了党规党纪对党员的要求应该严于国家法律对普通公民的要求。如果党员都退守到公民的底线上，就降低了党员标准，全面从严治党便无从谈起。如果执政党连自己的党规党纪都守不住、执行不下去，依法治国、依法执政就是一句空话。

推进全面从严治党是推进全面依法治国的根本要求。学习贯彻十八届六

中全会精神，我们清楚地看到：全面从严治党，基础是"全面"，关键是"从严"，核心是"治吏"。从政治生态视野看，从严治党之"严"，主要体现在三个方面：一是从严落实管党治党责任，明确管党治党的责任主体；二是严明党的纪律，从严管理党员、干部，重点是高级领导机关和领导干部；三是严肃党内政治生活，净化党内政治生态，以纪律为戒尺，加强党内监督。《准则》和《条例》对党员提出的要求很多地方比法律的要求更严格，党内监督的主要内容与党内政治生活准则内在统一、相辅相成，具有继承与创新有机统一的鲜明特色。新形势下，必须把纪律和规矩挺在法律的前面，坚持纪严于法、纪在法前，实现纪法分开，这是管党治党的理念创新。"职位越高越要自觉按照党提出的标准严格要求自己，越要做到党性坚强、党纪严明，做到对党始终忠诚、永不叛党。""坚决防止党的各级组织和领导干部以言代法、以权压法、徇私枉法。"《准则》和《条例》提出的政治纪律要求之"严"前所未有！

从政治生态视野看，遵守党的政治纪律是遵守党的全部纪律的基础。政治纪律是党最重要、最根本的纪律，严明党的纪律首先要严明政治纪律。按照《准则》和《条例》的严格要求，严明政治纪律，除了坚定的政治立场，还包括鲜明的政治原则、正确的言论观点、规范的行为准则、严格的政治规矩。每一个党员对党的纪律都要心存敬畏、严格遵守，不准散布违背党的理论和路线方针政策的言论，不准公开发表违背党中央决定的言论，不准泄漏党和国家秘密，不准参与非法组织和非法活动，不准制造、传播政治谣言及丑化党和国家形象的言论。党员不准搞封建迷信，不准信仰宗教，不准参与邪教，不准纵容和支持宗教极端势力、民族分裂势力、暴力恐怖势力及其活动。如此等等，虽然不一定构成违法犯罪，但却是党内监督重点所在、难点所在。

从政治生态视野看，党的作风与政治生态休戚相关。政党作风包括思想作风、学风、工作作风、生活作风和领导作风，从根本上讲都属于政治作风。解放思想，实事求是、与时俱进、求真务实，是我们党的思想路线，也是思想作风的集中表现；理论联系实际，密切联系群众，开展批评与自我批评，是我们党的优良传统和优良作风。新形势下，党员干部必须保持谦虚谨慎、戒骄戒躁、艰苦奋斗的作风，反对拜金主义、享乐主义、极端个人主义。党风不正虽不一定违法，但却是党内政治生态的污染源，也是党内监督重点所在、难点所在。

全面从严治党永远在路上，党纪严于国法，党内监督没有禁区！

（《四川日报》2016 年 11 月 11 日 2 版）

# 党内监督没有禁区

——三论从政治生态看党内监督

从政治生态看党内监督，党纪面前一律平等，遵守纪律没有特权，执行纪律没有例外。

学习贯彻党的十八届六中全会精神，我们更加深刻认识到：纪律严明是全党统一意志、统一行动、步调一致的重要保障，是党内政治生活的重要内容，同时也是净化党内政治生态的必然要求。坚持用铁的纪律从严治党，《关于新形势下党内政治生活的若干准则》和《中国共产党党内监督条例》旗帜鲜明地把纪律挺在法律前面，特别强调"党内决不允许存在不受纪律约束的特殊组织和特殊党员"，喊响了"党内监督没有禁区、没有例外"。这是党心所向、民心所趋，是全面从严治党的新境界！

党内监督是党的建设的重要内容。党的十八大以来，以习近平同志为核心的党中央高度重视党内监督，采取了一系列有力措施，建章立制，严明纪律，强化监督，取得了明显成效。据报道，党中央已经对建国以来党的 2.3万件"红头文件"进行全面筛选清理，涉及规范党自身的组织工作、党的活动和党员行为的党内法规有 1178 件，分别对其中与宪法精神和法律法规不衔接或文件之间相互冲突的 691 件宣布失效或废止处理，而继续有效的 487 件中有 42 件须根据需要进行适时修订，目前已经出台或修订党内法规 50 多部，超过现行 150 多部中央党内法规的三分之一。特别是去年修订出台的《中国共产党廉洁自律准则》《中国共产党纪律处分条例》《中国共产党巡视工作条例》有机统一，把党的纪律归纳为政治纪律、组织纪律、廉洁纪律、群众纪律、工作纪律、生活纪律等六大纪律，体现了依规治党规律的认识深化，是"正面清单""负面清单""专项清单"三位一体的系列组合创新。十八届六中全会突出全面从严治党这个主题，对1980年制定的《关于党内政治生活的若干准则》和2003年颁布实施的《中国共产党党内监督条例（试行）》进行修订，进一步明确了新形势下加强和规范党内政治生活、加强党内监督的方向、目标、原则、任务、举措，这是净化党内政治生态的基础性工程，是加强党内监督的制度保障。

从政治生态视野看，党内监督是党的领导的重要内容。党的领导包含着管理和监督，离开了监督就谈不上管理。党内监督有广义和狭义之分。广义监督是党委履行主体责任的监督，是党内全体党员参与的监督工作，主要是通过民主生活会方式，开展批评与自我批评，坚持惩前毖后、治病救人，抓早抓小、防微杜渐。狭义监督是纪委监督执纪问责，也叫专门性监督。党内监督条例把党委监督作为重点，规范党的工作部门监督职责，体现了权力和责任的统一。党内监督必须贯彻民主集中制，依规依级进行，强化自上而下的组织监督，改进自下而上的民主监督，发挥同级相互监督作用，形成"有权必有责、有责要担当，用权受监督、失责必追究"的良好政治生态。

从政治生态视野看，搞好党内监督，在实行专门性监督的过程中，不但需要加强各级党委对各级纪委的监督检查工作的领导，而且必须认真贯彻落实党务公开原则、党内民主原则、党内平等原则、党员权利原则。党务公开是实行党内监督的先决条件，如果没有党务公开，党内同志就无从了解党的活动情况，当然也就无法进行监督工作。党内监督属于民主监督的范畴，本身就构成党内民主不可分割的一部分。党内平等原则是实行党内监督的基本条件，它表明中国共产党所有党员不论其职位高低、资格深浅、权力大小，一律都是平等的。这意味着，在党内没有特殊的、可以不受监督的党员。党员要成为党内监督的主体，必须享有充分的民主权利。不能保障党员民主权利，不能尊重党员主体地位，党内监督就是烧不燃的"冷灶"。

从政治生态视野看，绝对的权力导致绝对的腐败，不受监督的权力是极其危险的，这是一条铁律。新形势下，加强党内监督必须与外部监督相结合，更好发挥法律监督、社会监督、舆论监督的作用，确保权力行使到哪里，监督就跟进到哪里。

全面从严治党永远在路上，信任不能代替监督，党内监督没有禁区！

（《四川日报》2016 年 11 月 15 日 1 版，此稿是梅松武在 2016 年底退休前为《川江评论》专栏写的最后一篇评论）

附　录

# 新闻创新需要激情

——2010 年 3 月 24 日在川报集团新闻创新大会上的演讲

　　我今年春节上班第一天写的川江评论《"三把尺子"量政绩》得到了省委主要领导的好评，四川日报集团党委已经为我颁发了 5000 元奖金，还希望我在今天的会议上与大家交流一下撰写这篇评论的体会。说实话，我写这篇评论的时候，根本没有想到会有什么领导表扬，也根本没有想到要刻意去追求什么新闻创新，我写的每一句话都是我心里想说的话，都是自然而然而又迫不及待地从我的手指下一个字一个字敲出来的。也许正是这样一种一吐为快的激情和自然流露的真情成就了这篇评论，它说出了省委主要领导想说而没有说或想说而不便于说的话，从而打动了省委主要领导的心，引起了他的共鸣。从这个意义上讲，《"三把尺子"量政绩》这篇评论和省委主要领导的批示都是可遇不可求的，我认为省委主要领导的批示不仅是对这篇评论的表扬，也是对川江评论的鼓励，是对《四川日报》新闻创新的肯定。我下面谈的心得体会如果有"泡沫"的话，还请大家多多谅解和批评。

　　首先，我要说明的是，没有谁指令我写这样一篇评论，是我自己很想写这样一篇评论。这篇评论见报已经一个月了，我至今仍然有一种一吐为快的激情。不怕大家笑话，我对自己写作的作品就像母亲对待婴儿那样有一种特殊的爱，评论理论部的同志都知道，我的文章见报后我都要反反复复看了又看，还要留几份报纸作为原始资料保存，完全是一种敝帚自珍、自得其乐的神态。同志们不知道的是，我认为自己写得好的东西见报后，我还要拿回家

让老婆孩子看，让他们分享我的快乐，我认为如果得到了家人的好评那就是真的好作品，我会更加珍惜，如果家人觉得不好自然也免不了要被讥笑或挖苦几句，我会更加清醒。

说实话，家里的人平时很少看我们的《四川日报》，也不了解我写了些什么，我在他们面前缺少成就感，所以特别希望他们对我的文章予以好评。说来很不好意思，《"三把尺子"量政绩》见报当天晚上，我把它特意推荐给我爱人看了，她是中学语文教师，她也说这篇评论写得好。不知同志们是否还记得，这篇评论见报当天，本报新闻阅评也说这篇评论评得好。巧就巧在，省委主要领导也在当天的一份《四川日报》上批示说："这篇评论写得好。"由此看来，这篇评论获得多方面好评既在预料之外，又在情理之中。我认为，一篇作品写得好不好，领导的评价固然重要，同事的评价固然重要，但最重要的是首先自己要满意。如果自己都不满意的作品，如果家人都不愿看不敢看的作品，那一定是假话废话连篇的作品，绝不是什么好作品。新闻创新的第一要素是真实、真诚、真情，只有首先感动自己才能感动他人。新闻创新需要自我追求、自得其乐，这是最基本的要求。新闻创新应该是新闻记者自然而然的真情表白，需要一种一吐为快的激情和舍我其谁的使命感。就新闻创新的主体而言，我的创新我做主，谁也不能强迫记者创新，谁也不能代替记者创新。

接下来，我想说的是光有激情不行，还有一个因时而动、顺时而生的时机问题。我们常说，"好雨知时节，当春乃发生"；"路见不平一声吼，该出手时就出手"。就新闻创新的大环境而言，时机总是在天时、地利、人和这三种因素的互动中产生的，也只能在天时、地利、人和这三种因素的统筹中把握。新闻记者的本能就是与时俱进，因时而动，在恰当的时机用恰当的方式把恰当的新闻实事或新闻观点报道出来，恰到好处地挠到社会舆论的痒处，引起更多的人关注或共鸣。进入《四川日报》工作以来，我先后有10多篇新闻作品获得省委领导和中宣部新闻阅评表扬，至少有五六十篇作品获得省级以上新闻奖，这些作品有一个共同特点就是顺时而动、因时而生。

就像春天的第一声春雷和第一场春雨更容易引起人们关注那样，我受到三位省委领导表扬的三篇新闻作品都是在春节上班后写出的第一篇作品。

第一篇是1987年春节上班后写的，2月16日《四川日报》头版头条见报，题目是《把思想和行动统一到两个基本点上》。当时，正在反对资产阶级自由化思潮，许多同志对反对资产阶级自由化思潮的斗争感到突然，缺乏思想准备，害怕在改革、开放、搞活的探索中犯错误。为了消除大家的思想疑虑，中央主要领导人在1987年的春节团拜会上首次明确提出了全面理解和掌握三中全会路线的两个基本点。我在电视台新闻联播中听到中央领导的这段讲话，当时就感到非常重要，受到很大启示。我当年34岁，在总编室编辑一版《七日谈》评论专栏，春节后上班便主动写了这篇不署名的本报评论员文章。这篇评论见报当天，省委主要领导就对本报总编辑姚志能说："这篇评论很及时，写得好！"7天后，《人民日报》才推出了与本报评论主题相同的评论。

第二篇就是大家熟知的2000年2月17日见报的那篇不署名的本报评论员文章《以什么样的精神状态投入西部大开发》。评论见报当天，省委主要领导在一份《四川日报》上作了重要批示："这篇评论文章写得不错。伟大的创业实践，需要伟大的创业精神。思想领先是我党一大优势。望认真组织好思想解放的讨论，并把它引向实干。"这篇评论引发了一场全省性的"西部大开发，四川怎么办"的思想解放大讨论。在这里，我要说明的是，这篇评论是我和当时的经济部主任罗晓岗和当时的总编辑唐小强共同讨论后由我执笔写出来的，不是我一个人的功劳。但为了抓住时机，收到先声夺人的效果，我接受任务后熬了一个通宵。

第三篇就是省委主要领导批示的这篇《"三把尺子"量政绩》，也是春节上班后写的第一篇，写得非常顺手顺心，上午11点左右动笔，下午5点钟左右就传到了总编辑罗晓岗的稿箱。由于第二天一版刊载省委一号文件，这篇评论在第三天也就是23号见报。迄今为止，我受到省委书记表扬的三篇作品都是春节上班后写的第一篇作品，春天对我而言真的是福音，是万象更新的

好时机，是新闻创新的突破口。在这里，我想提醒大家思考的问题是，这难道真的是巧合吗？偶然性中有没有必然性呢？你们新闻创新的春天和突破口又在哪里呢？你抓住了机遇吗？

接下来，我想谈的是，情到深处是理性，理性是最真诚最持久的激情。我们常常说情深意长、情投意合、合情合理，其中就闪耀着理性的光辉。就新闻创新特别是新闻评论创新而言，文章的价值主要取决于思想，而思想的深度取决于思考。正如我在评论中已经指出的那样，干部队伍建设最棘手的问题就是政绩考核。为官一任，干什么，怎么干，政绩考核就是一根指挥棒，我对这个问题的关注和思考已经很久了。去年春天，我从《人民日报》看到胡锦涛总书记讲政绩观时特别强调，老老实实按客观规律办事，兢兢业业干好本职工作，做出经得起实践、人民、历史检验的实绩。当时我就感到这是"三把尺子"量政绩的新观点，很想写一篇《川江评论》。但是查一查这方面的参考资料，却很少有这方面的论述。当时，我很难讲清楚的是这"三把尺子"的内在关系，我们比较通常的说法是"实践是检验真理的唯一标准"，这个"唯一标准"为什么可以转化为检验政绩的"三把尺子"呢？我感到还需要深入思考，便放了下来。经过半年多时间的独立思考和理论积累，我终于想明白了"三把尺子"之间的内在联系，找到了"三把尺子"的理论突破口，这就是今天的实践就是明天的历史，而人民群众是实践的主体，是历史的主体，当然也是政绩考核的主体。因此，就理论与实践的关系而言，实践是检验真理的唯一标准，这是不能动摇的；就实践与政绩的关系而言，实践标准可以转化为实践、人民、历史这"三把尺子"，都是在实践基础上进一步深化和拓展开来的，这是深入学习实践科学发展观的必然要求，是以人为本和构建和谐社会的新要求。由于有了这样的独立思考和理论准备，今年春节一上班就在《四川日报》上看到了成都市委严格问责的新举措，我突然眼睛一亮，蓦然心动，产生了写一篇《"三把尺子"量政绩》的强烈激情。我立即把《成都日报》拿来看了，《成都日报》在1版用了整版篇幅报道严格问责的新举措，但只停留在整顿干部作风的层面，还把评论重点放在"反对好人主义"，我感到还有很大的创新空间。于是，我把评论的重点放在科学政绩观上，着力阐述"三把尺子"的内在联系，这就是我在评论中提出的三个观点："三把尺子"量政绩，最根本的是实践，最公平的是民心，最公正的是历史。写完这篇评论，我真的有一种一吐为快的感觉。请大家想一想，我思考了快一年的问题，终于抓住了一个机会告白于天下，还引起了省委书记的关注，你说我能不激动吗？

最后，我想说的是，新闻创新是一个因时因地因人而异的学习过程，既没有什么模式化的标本，也没有什么包打天下的绝技。实践没有止境，创新没有止境，学习也没有止境。演艺圈内常说，"台上三分钟，台下十年功"。在新闻创新的舞台上，新闻记者必须练好三个基本功，一是独立思考，二是笨鸟先飞，三是推陈出新。特别是新闻评论，无论怎么创新，总是在新闻事实发生之后的独立思考，既要善于在像雨像雾又像风的各种信息中见人所未见，又要善于在仁者见仁、智者见智的各种意见中言人所未言，更要善于惜墨如金，用最平常的语言表述最精彩的观点，深入浅出，让读者一看就懂。作为一个新闻评论员，既要有一双新闻记者分辨真假的慧眼，也要有一个能明辨是非的独立思考的大脑，还必须有一种鲁迅那样的"横眉冷对千夫指，俯首甘为孺子牛"的情怀。这三种素质、三种能力、三种境界兼而有之，方能以新动人、以情感人、以理服人，写出有血有肉、情深意长的好评论。

就川江评论的创新而言，在创新的内容方面，我们追求的仍然是贴近实际、贴近生活、贴近群众这"三贴近"；在创新的形式方面，我们追求的仍然是说明白话、说家常话、说真心话这"三种话"；在创新的突破口方面，我们的选题主要是中央、省委和老百姓共同关注这"三结合"；在新闻创新的理念方面，我们坚持的仍然是用史家笔写新闻，新闻不朽；用史家笔写评论，评论不朽！

今天在这里，我们要大声疾呼：新闻创新需要激情。就新闻创新的实效而言，是不是也可以用胡锦涛总书记提出的"三把尺子"来量一量呢？我期盼与大家展开深入讨论。

# 我们怎样唱响主旋律

### ——2012 年 8 月 28 日与省委书记刘奇葆在川报集团座谈时发言

尊敬的奇葆书记、各位领导：

在《四川日报》创刊六十周年这样一个特殊的时刻，奇葆书记亲临川报与编采人员座谈，我们非常高兴、备受鼓舞。

我与奇葆书记神交已久。奇葆书记比我年长半岁，我们属于同龄人，还因为奇葆书记在人民日报社工作过，与我们在唱响主旋律方面有着相同的体验。我把奇葆书记当作心有灵犀的知音，很想与书记面对面说说心里话。我今天发言的主题是"我们怎样唱响主旋律"。

2010 年 2 月 23 日，《四川日报》头版《川江评论》刊出了我写的署名评论，题目是《"三把尺子"量政绩》。奇葆书记看到了这篇评论，在当天的《四川日报》上作出批示："这篇评论写得好！"省委宣传部为此发了一个表彰通报，报社奖励我 5000 元，还让我在集团的新闻创新大会上交流了经验。

《"三把尺子"量政绩》是我担任首席评论员以来精心撰写的一篇思想评论。2009 年春，我从《人民日报》看到胡锦涛总书记讲政绩观时特别强调，老老实实按客观规律办事，兢兢业业干好本职工作，做出经得起实践、人民、历史检验的实绩。当时我就感到这是"三把尺子"量政绩的新观点，很想写一篇《川江评论》，但当时自己觉得很难讲清楚"三把尺子"的内在联系，感到还需要深入思考。经过半年多时间的独立思考和理论准备，终于想明白了"三把尺子"的内在联系，找到了"三把尺子"的理论突破口，这就是今天的实践就是明天的历史，而人民群众是实践的主体，是历史的主体，当然也是政绩考核的主体。2012年2月春节后上班，看到成都市委整顿干部作风的新闻，突然眼睛一亮，立即产生了写一篇评论的激情。当天上午11点左右动笔，写得顺心顺手，下午5点钟左右成稿。今天在这里，我要对奇葆书记的鼓励和肯定说一声谢谢，我们会再接再厉，撰写更多的好作品，把《川江评论》办得更好。

创办《川江评论》是我的一种新闻追求，也是《四川日报》新闻创新的一种探索。2007年9月，我辞去了《四川日报》时政·评论理论部主任的行政职务，受聘《四川日报》首席评论员的岗位，当时的主要考虑是想发挥自己在新闻评论和深度报道方面的长处，集中精力在退休之前把我多年积累的有关四川改革发展的观察与思考写出来。《四川日报》在奇葆书记到四川两个月后推出了《川江评论》专栏，我们的追求是"以深刻思辩聚焦社会热点，反映主流声音；以独到观点解析宏观大势，引导社会舆论"。过去我写过大量不署名的本报评论员文章，从来没有感到有什么压力。现在明明白白写上"梅松武"三个字，不仅把我这个幕后的本报评论员推上了前台，而且加大了我的责任和风险。我怕在《川江评论》的创新和探索中说了错话、大话、废话，为《四川日报》带来损害。也就是说，《川江评论》创办后一直在"摸着石头过河"。集团党委和编委会对我比较尊重和宽容，鼓励我写一篇就写好写深写透。现在看，正是这种高度的责任意识、高度的把关意识、高度的精品意识确保了《川江评论》的质量，不少评论被网络媒体广泛转载，特别是《以人为本：抗震救灾的一面旗帜》和《敢问"川猪"路在何方》见报后，分别获得中宣部阅评表扬。现在，我已经写了近100篇署名评论，我们办好《川江评论》的底气和信心更足了。

接下来，我想说我是一个农民的儿子，7岁就死了父亲，从小学到大学全靠党和人民政府助学金度过了学生时代。1982年，我从四川大学历史系1977级毕业分配到四川日报社工作时，《四川日报》刚好进入"而立之年"。转瞬之间，现在是《四川日报》六十周年大庆，我也到了快要"残阳如血"的退

休之年。回首 30 年新闻实践之路，我认为新时期的新型党报在唱响主旋律方面应该紧紧抓住以下关键问题。

关键之一：见微知著，先入为主。任何主旋律的形成和传播都有一个因时而动、顺时而生的时机问题。我们常说，"好雨知时节，当春乃发生"；"路见不平一声吼，该出手时就出手"。新闻记者的本能就是与时俱进，因时而动，在恰当的时机用恰当的方式把恰当的新闻事实或新闻观点报道出来，恰到好处地挠到社会舆论的痒处。进入四川日报社工作以来，我先后有 10 多篇新闻评论或深度报道获得省委领导和中宣部新闻阅评表扬，至少有五六十篇作品获得省级以上新闻奖。这些作品有一个共同特点，就是见微知著，因时而动，先入为主。我有一篇得到省委领导表扬的评论员文章，题目是《以什么样的精神状态投入西部大开发》。这篇评论见报后，引发了一场全省性的"西部大开发，四川怎么办"的思想解放大讨论。特别令人振奋的是，奇葆书记来到四川后提出了建设西部经济发展高地的新思路，我感到这是四川在新一轮西部大开发中的主旋律，便在 2008 年 4 月的《川江评论》连续推出了三论"用'高地'建设引领四川未来发展"系列评论，第一篇题目是《"高地"建设"高"在哪里》，第二篇题目是《最重要的是思想解放》，第三篇题目是《最大的动力是改革开放》。当时，报社也想围绕高地建设进一步展开思想解放讨论的，但突如其来的"5·12"汶川特大地震发生后，我们把注意力转向了抗震救灾。

关键之二：厚积薄发，重点突破。根深才能叶茂，厚积才能薄发，登高才能望远。我在四川日报社 30 年，经过多岗锻炼，担任过 12 年经济部副主任、4 年时政·评论理论部主任，在新闻采访、新闻编辑、新闻评论和深度报道方面有着多方面的积累，因而能够在西部大开发和汶川特大地震抗震救灾的宣传报道中抓住机遇，抓住重点，蓄势突破。2002 年，我写了一组深度报道，题目是《关于建设长江上游生态屏障》的思考，上篇是《绿色的平衡》、中篇是《绿色的发展》、下篇是《绿色的生活》。这组报道获得中国新闻奖，被收入中国人民大学出版的新闻学教材。在宣传报道汶川特大地震抗震救灾和灾后重建过程中，我先后牵头撰写了三篇全景式深度报道，分别是写在抗震救灾一月之际的《四川告诉世界：中国的伟大力量》、写在抗震救灾一周年之际的《世界关注四川：科学重建的强大力量》，影响最大的是那篇写在抗震救灾三周年之际的两万多字的本报编辑部文章《从悲壮走向豪迈的中国奇迹》。这几篇抗震救灾和灾后重建的深度报道，基本思路主要是来自奇葆书记的重要讲话和省委的重大决策，我们只不过是从新闻创新的角度进行了转化和融合的工作，当然也加入了一些我们自己的观察与思考。省委带领四川人民创造的一个又一个奇迹激励着我，能够为四川豪迈征程鼓与呼，我作为新闻工作者由衷地感到自豪。我欠党和人民太多太多的情，我要满怀新闻创新的激情为党为人民为中国特色社会主义唱响主旋律。

如何唱响主旋律是一个大题目，还有一些关键问题。如新闻记者队伍的人才培养和"双通道"建设问题，"三贴近"与主旋律报道落地问题，网络舆论与党报主旋律接轨问题，这些都是《四川日报》正在探索的问题，我们期盼得到奇葆书记的鼓励与指导。

谢谢奇葆书记！谢谢各位领导！我的发言结束了。

# 走好自己的路

——在 2015 年春节前夕川报集团专业技术人才座谈会上的发言

今天参加集团党委召开的这个座谈会，我感到很高兴，也感到机会难得。因为我已经到了国家规定的退休年龄，由于工作需要，受到集团党委特别关爱，还以集团专家委员会成员的身份留在首席评论员岗位上继续发挥余热。为此，我很珍惜参加这次座谈会的机会，首先对集团党委对我的关爱和信任说一声谢谢，祝福今天参加座谈会的长久、晓岗、陈岚等集团领导和每一位同人新年快乐、平安吉祥、全家安好！

接下来，我想说一说当初选择走首席评论员业务通道的初衷，同时也谈一谈《川江评论》的宗旨和追求。我发言的题目是"走好自己的路"。

在我的记忆中，我选择走首席评论员的业务通道的时间好像是 2007 年 9 月。当时，我刚满 54 岁，已经在时政·评论理论部主任岗位上干了三年又十个月，正处于年富力强的黄金时期，还有三个月才面临新一轮竞聘的选择。与 2008 年的新一轮竞聘相适应，集团党委提前谋划新一轮改版方案，准备将时政·评论理论部一分为二，建立时政部和评论理论部。总编辑罗晓岗征求我的意见时，委婉地问到我的去留，我没有任何犹豫就明确表态完全支持时政·评论理论部"分家"，同时表示不再担任这两个部门的行政管理职务。对于我的工作安排，我表示愿意到评论理论部从事评论业务。于是，集团党委很快就作出了对四川日报社机构进行调整的决定，任命陈岚担任时政新闻部主任（后来又提拔方小虎担任时政新闻部主任）、提拔向军担任评论理论部主任，还特别为我增设了一个首席评论员岗位，让我心安理得、水到渠成地从行政管理通道转到业务通道。也就是说，我提前三个月完成了新一轮竞聘转岗。说出这一段经历，主要是要说明集团党委对《四川日报》的人才培养高度重视，既有先见之明，又有危机之急，既有果断之策，又尽培育之责，既大胆启用新人，又能妥善用好老人，既呕心沥血，又以身作则，这是非常难能可贵的。当然，我们这些人也有自知之明，知足常乐，乐于为年轻人让路，走自己的业务通道，也算是各得其所吧。

在这里，我想特别强调的是，选择走首席评论员这条业务通道，既不是别无选择的无奈之举，也不是心血来潮的一时冲动，更不是退居二线的应变之策。我不是当不下那个部主任，我已经当过 12 年经济部副主任、近 4 年时政·评论理论部主任了，而且在部主任的岗位上既当"人梯"，又当"导演"，多次在策划和采写深度报道过程中担纲"责任编辑"和"首席记者"，我是脚踏"三只船"的"杂家"，自认为能够"双肩挑"。确实是因为部主任当得太累了，"无名英雄"当得太久了，我想换一个岗位，换一种活法，在新闻评论方面开辟一块属于我自己的新天地，在新闻创新中走出一条属于我自己的路。实际上，这也是我大学毕业时选择《四川日报》的初衷，也是我在《四川日报》30 年来一直追求的目标。不知道人事部门的同志还能不能看到当年我填写的毕业分配志愿表，我是明明白白地填写了希望到《四川日报》从事评论理论宣传编辑工作这样一个第一志愿。到了四川日报社后，我也是先后在政治生活部、总编室、评论部担任过有关言论专栏的编辑，也是独立撰写过不少获奖评论的。只是当时积累不够，资历不够，我写的大部分是不署名的本报评论员文章，既没有形成自己的风格，也没有多少人知道是谁写的。因此，我很不满足，很想在新闻评论方面取得新突破。于是，当机会来临的时候，我毫不犹豫地选择了走首席评论员这条属于我自己的路。

接下来，说一说开辟《川江评论》的初衷，她既是为我"量身定制"的署名评论专栏，也是我精心培育的一个属于我自己的"独生子"。因为我写的每一篇《川江评论》都落下了"本报评论员梅松武"这个响当当的名字。像这样由一个本报评论员在一版独立撰写的署名评论专栏，不知道目前全国新闻界是不是还有第二个。我敢说的是，由总编辑亲自担任责任编辑的署名评论专栏可能只有这一个。通过《川江评论》，我把自己的命运、自己的追求与总编辑的命运和《四川日报》的新闻创新紧紧地联系在一起，这就是《川江评论》的初衷和特色，这就是《川江评论》能够坚持下来的关键所在。我撰写的每一篇署名评论都是我自己选择的题目，都是由罗晓岗和陈岚亲自编发的，既能代表编辑部的意图，又能体现主旋律的声音，还具有我自己的独立思考，她是"三个代表"的产物，也是"三个贴近"和"三个结合"的独家评论。"你中有我，我中有你；你就是我，我就是你；你不是我，我不是你，你就是你，我就是我"，这就是《川江评论》中追求的三种境界。

我自己认为，《川江评论》有三个特色：第一，属于主旋律的选题，尽可能在理论联系实际的结合点上把问题抓准，在时政新闻与评论、理论的互动中寻求突破，用流行的话叫"三贴近""三结合"。用我自己的话说，就是打"擦边球""你中有我，我中有你"，也可以叫"大处着眼，小处着笔"。第二，独立思考的问题意识。以独到观点解析宏观大势，要善于小中见大，以小见大，从一滴露珠里看见太阳的光辉，以深刻的思辩聚集社会热点，反映时代的声音和民心所向，引导社会舆论，也就是"你就是我，我就是你"，这是党报评论的生命所在，也是《川江评论》的价值所在。第三，追求个性化的表达方式，深入浅出的独特风格，既区别于不署名的评论员文章，也区别于七嘴八舌的读者言论，让别人一看到《川江评论》就知道是谁写的，这就是"你不是我，我不是你，你就是你，我就是我"。简而言之，鲜明的主旋律选题——独立思考的问题意识和深思熟虑的专题研究——深入浅出的个性化表达方式，我自己走的是思想评论的路子。

再过20多天，《川江评论》就满7岁了！记得2008年2月19日，《四川日报》在1版推出了我为《川江评论》撰写的开篇评论，题目是《跳出四川看"米袋子"》。罗晓岗亲自撰写了"开栏的话"，旗帜鲜明地告诉读者：高度体现观点，观点创造影响。"把观点喊响，体现党报独到而高人一筹的思辩力，影响读者，引导舆论"，是新闻竞争中党报宣传的着力点，也是新一轮改版我们努力的方向。特别强调推出《川江评论》，旨在对近期全国范围内发生的重大新闻事件、百姓关注度高的社会热点、焦点、难点问题进行梳理，及时展开个性化评论。按照这样一种目标，7年来我撰写了100多篇署名评论，每一年的四川新闻奖评论类一等奖中都有一篇来自《川江评论》。中宣部新闻阅评分别对《川江评论》中的两篇评论发出了两期点评简报，一篇是《敢问"川猪"路在何方》，一篇是《以人为本：抗震救灾的一面旗帜》。至于那篇《"三把尺子"量政绩》，虽然得到了刘奇葆书记的批示表扬，但推荐参加中国新闻奖评选却名落孙山。也就是说，《川江评论》还没有冲出四川，这主要是我的努力不够，我为此感到一种遗憾！

最后，我想说的是，尽管有遗憾，但我绝不后悔，我为自己选择的这条业务通道感到满意。我虽然少当了几年部主任，但我多写了那么多《川江评论》，这是我的一笔珍贵财富。我感到最欣慰的是，集团党委高度重视《四川日报》的人才培养，已经为集团聚集了这么多专业技术骨干人才、复合型人才和拔尖人才，这是集团最大的财富，当然也是集团党委最大的政绩。我要祝愿在座的诸位同人，特别是后来居上、后劲十足的中青年骨干一定要有一颗感恩之心，心中有党，心中有民，心中有责，心中有戒，再接再厉，走好自己的路！

# 新闻创新与新闻评论专题讲座

## ‖第一讲： 新闻评论是什么

新闻创新与新闻评论是一个理论性、实践性、专业性很强的课题，教科书上讲的那些东西不仅与当前的新闻创新和新闻实践相脱离，而且讲的多是外行话，很不适应新闻创新和新闻评论的实践要求。我今天讲这个题目是我自己选择的，主要目的是要通过分析新闻创新的大趋势，让更多的新闻记者看到新闻评论在新闻创新中的特殊作用和主攻方向，为有志于投入新闻评论工作的编辑记者鼓劲提神。更重要的是，因为我自己的工作岗位是首席评论员，我想把自己的探索与实践做一个总结，用我们四川人的话说，也叫做"王婆卖瓜、自卖自夸"。

今天讲的题目：新闻评论是什么？

### 一、 新闻评论是新闻传播的论说文体

从事新闻工作的人都知道，消息、通讯、评论是新闻传播的三种形式，也就是三种文体。按传统的定义，消息和通讯叫新闻报道，为新闻报道配发的言论就是新闻评论；新闻报道是主体，是基础；新闻评论是对新闻报道的

进一步分析、解释和提升，代表编辑部的观点，是媒体的旗帜和灵魂。有人说，新闻报道和新闻评论一实一虚，虚实结合，浑然一体，如同车之两轮、鸟之两翼，构成报纸的两大文体。也有人说，新闻以事实说话，是无形的意见；评论以理服人，是有形的意见。作为新闻传播中主要的两种文体，新闻报道以报道新闻事实为主，向受众提供事实信息，虽然这些事实让受众有所思考，但这一作用是间接实现的，是因人因时因地而异的。对于特别复杂的新闻事件，不同的受众可能会产生不同的甚至截然相反的看法，在一定程度上形成思想上的混乱。在这种情况下，为了消除误解，以正视听，引导受众按照官方或编者的意图统一认识，就需要画龙点睛，配发评论，如编者按、编后、短评、评论员文章、社论等。这种评论以说理为主，具有很强的思辨性，通过分析说理，向受众提供明确的意见信息，明确指出新闻事实的思想意义，进一步深化报道的主题，帮助受众深入了解新闻事件或某些问题发生的根源、性质、影响，更加全面准确充分地认识新闻事实。这就是新闻评论不可避免的倾向性、针对性、主观性，也就是我们常说的"旗帜"和"灵魂"。

从新闻创新的视野看，新闻报道追求的是更多更快地传播信息，快中求新，用事实说话，原汁原味，尽可能客观真实，最好是第一时间、第一地点，独家发布，现场直播。新闻评论则不同，"仁者见仁，智者见智"；"横看成岭侧成峰，远近高低各不同"；"一百个读者就有一百个哈姆雷特"。新闻评论追求的是更深入、更准确、更全面，深中求新，既要摆事实更要讲道理，既要多样多辩多角度，又要独到深刻解疑释惑，具有"先入为主、先声夺人"的舆论引领作用。也就是说，新闻评论比新闻报道具有更多更大的创新空间。新闻评论可以超越时空、超越自我、超越媒体，形成独特的新闻价值，具有主旋律的社会影响力。

二、 新闻评论是新闻观点的深度阐释

从新闻创新看新闻评论，新的观点也是新闻，这就是我们常说的观点新

闻。新闻创新的实践和理论研究表明，新闻不仅仅是最近发生的时事，还包括人们最近提出的"观点"，人们最近产生的"思想"，以及最近才被发现的新思想和新观点，而独家新闻的含义也不仅仅是独家的新闻事实的报道，还包括具有创见性的新闻评论。也就是说，新的观点、新的思想、新的观念也是新闻，这是对传统的新闻定义的扩展和创新。

从新闻创新看新闻评论，新闻评论创新已经成为新闻媒体改革创新的主攻方向。体现在各类媒体版面上，就是各种各样的时评专栏、专版或记者观察如雨后春笋般涌现，署名评论多姿多彩，展现出新闻评论越来越大的社会影响力。引起社会广泛关注的是，新闻记者写评论的越来越多，本报评论员署名文章越来越多，不仅体现了新闻记者对当前新闻事实的深度观察，而且表现出新闻媒体对社会、民生、改革开放、参政议政等热点话题的主动关注和积极回应。最明显的变化是评论题材新闻化，评论专栏时评化，评论写作记者化。现在有一种说法，叫做"杂文已死，时评当道"。这种说法比较形象地反映了当前新闻评论创新的走向和趋势。

说到杂文，大家都知道鲁迅的杂文、周作人的小品文，还有解放后邓拓、吴晗、廖沫沙的《燕山夜话》和《三家村札记》，还有粉碎"四人帮"后出现的像巴金那样在拨乱反正过程中控诉极左伤害的"说真话"的随笔。从鲁迅杂文到巴金随笔，尽管其中也有不少时评，但总的看来是题材比较繁杂，表现形式比较文雅，与个人经历相关者多，常常在文艺副刊或报纸的不那么突出位置刊出。即使像鲁迅杂文，以思想深刻见长，有匕首投枪的力度，但由于常常借古讽今、借题发挥、含沙射影，曲笔太多，用典太多，骂人太多，一般人都读不懂更学不像。鲁迅杂文作为一种民族精神遗产具有深深的时代烙印和特立独行的人格魅力。

新闻评论也要与时俱进。适应新闻创新和大众传播的时代要求，我们的评论观念在变，新闻评论的出发点是"围绕中心、服务大局"，贴近群众、贴近实践、贴近改革开放，新闻评论的形式也要不断创新，于是时评从杂文中脱颖而出，从配角走向新闻评论的主角。所谓"时评当道"，就是说现在正是新闻评论创新的大好时机，时评正是评论创新的突破口和主攻方向。时评是什么？时评之"时"，一是时代，二是时事，三是时弊。时评之评，既指社论、本报评论员文章、短评、编后之类代表编辑部的观点和态度，也包括只代表作者个人意见或态度的一家之言、一孔之见。同一件事情可以多方评论，各抒己见，甚至可以有不同观点，展开讨论，引起争辩。这是时评的创新空间所在、创新魅力所在，也是新闻记者对新闻时事深度观察的新的视野、新的境界！

第一时间发布新闻与第一时间发表评论同等重要。以前的评论是"配"，现在的时评是"当头炮"，是"冲锋号"，是"主旋律"，是深度报道的"开篇锣鼓"和"压轴大戏"。最新的观点是新闻，不同的观点也是新闻。时评现在做得最好的是新华社的"新华时评"和《人民日报》的"今日谈""人民论坛""人民时评"，还有《中国青年报》的"青年话题"，还有《南方周末》的时评。你看《每日新华电讯》，"新华时评"往往是一个新闻由头，后面接着评论。据说，"新华时评"创办以来的经验和应遵循的原则，就是遵循新闻新闻性、时效性、思想性、针对性，不能坐而论道，必须有鲜活的新闻事实。我们越来越清楚地看到，好的时评是从深入采访中产生的，是有价值的信息和有价值的观点的结合点。据调查，"新华时评"发表的评论中，由新华社记者调查发现新闻并以此为由头撰写的评论约占 2/3。《人民日报》的"人民论坛"，由记者自己调查发现新闻并以此为由头撰写的评论约占一半。在中央媒体、地方媒体和都市报、晚报的众多评论专栏或评论专版中，我们可以看到越来越多的本报评论员和本报记者在深入采访基础上撰写的时评，这是新闻评论创新的骨干队伍和主流趋势。

一篇好的新闻评论，最重要的是观点创新，"言人所未言，发人所未发"。实践表明，新闻评论的创新出彩是合乎民众的期盼，是时代的呼唤，是对社会事物认识的深化，是对客观规律的揭示，是对历史和现实问题的破解，是科学新命题的提出，是对真善美的发现与褒扬，是对假丑恶的识别与鞭挞，是针砭时弊、匡谬纠错、扬弃超越。有创见有新意的新闻评论，为文明长河

贡献了真理的颗粒，被人乐道而传播，特别优秀的新闻评论往往被人奉为经典，流芳百世。最经典的就是《为人民服务》《纪念白求恩》《实践是检验真理的唯一标准》等评论，它们似火炬，如灯塔，引领我们前进的方向；如春风化雨，似江河行地，滋润着我们的心田。正如曹丕所赞叹："盖文章，经国之大业，不朽之盛事！"

一篇好的新闻评论本身就是新闻，她是人类的精神之花、智慧之果，能使人眼睛一亮，豁然开朗，天地一宽，境界升华！能引导人们走出误区、盲区，解放思想，转变观念，破除牢笼。能在滚滚红尘中净化人的心灵，唤醒良知，提高理性；能在漫漫征途上确立信念，增强意志，激发无穷创造力，振奋千万人的精神状态。特别重要的新闻评论，甚至能够影响一个时期的追求，形成一股思潮，引发一场变革，促成某些社会问题的解决。就《四川日报》而言，我撰写的《把思想和行动统一到两个基本点上》《全面认识基本路线的一把钥匙》《以什么样的精神状态投入西部大开发》等新闻评论也起到了引领社会舆论的导向作用。

从新闻创新的视野看，时代在变迁，但媒体作为瞭望者、守望者，其维护社会良性运行的职责不能变。在这个意义上，媒体不管怎么融合，求真、引导、扶正、祛邪的本能不能变，新闻评论解疑释惑、以理服人的本领不能丢。当前和今后一个时期，我国社会结构调整、不同群体和阶层的社会冲突和社会矛盾进入了一个常态化阶段，我们应该更多地把社会心理引导和社会心态培育纳入新闻创新的视野，更多地通过新闻评论创新，进一步提升主流媒体的舆论引导力。


三、 新闻评论是新闻竞争的独门绝技

从新闻创新的视野看，新闻竞争已经进入观点时代。新闻竞争的内容，正由信息量多少之争转入优劣好坏之争。目前，中国传媒产业旧的一轮市场竞争已经大体完成，正在孕育新一轮新的大规模的竞争，而新一轮竞争的本质或者说目的，就是媒体被社会、市场选择的必然性，提升影响力。媒体间的竞争，除了经营、营销、发行等经济学意义上的竞争外，最根本的是其文化属性的竞争、内容的竞争，即对内容的采掘、生产和传播。由此，媒体要在新一轮竞争中立于不败之地，就必须在传媒产业的核心资源——内容创新上下功夫，通过内容的整合，达到做大做强的目的。

新闻界流行一种说法：三流媒体卖绯闻，二流媒体卖信息，一流媒体卖思想。从新闻创新视野看，新闻评论的价值就是生产思想、分析趋势、转变观念，这就是我们提出的"把观点喊响，把趋势说透"。新闻创新和新闻竞争的实践表明，媒体在提供给受众一个观点表达平台的时候，实际上也提升了自身所提供的内容的品质。从这个意义上讲，"观点""思想"已经成为新闻本身，新闻评论不仅与新闻报道同等重要，而且更能体现一个媒体的品质、风格和气质，更能彰显一个媒体的舆论引导能力、人才优势和社会影响力。

从内容竞争的角度看，传媒产业的传统竞争方式，主要是产品的竞争，表现为"有和没有""多和少"的竞争。这种竞争格局下，人无我有的独家新闻成为竞争最强有力的武器，但随着互联网、电视等新兴媒体的兴起，人们获取信息的方式越来越快捷有效，从一个信息匮乏的时代进入了信息过剩的时代，获得独家新闻的难度越来越大。特别是同域同城媒体中，获取独家新闻难度越来越大。也就是说，信息资源的社会共享程度急剧提升，使得媒体在内容服务的提供方面出现了同质化的尴尬局面。正是在这样的情况下，许多受众看到的是媒体采访相同、内容相同、表现手法相同，新闻个性弱化甚至完全丧失了。于是，媒体竞争主要不是有无之争、多少之争，而是品质优劣、格调高低之争。媒体之间如何在提供内容的质量上高出一筹，从而在同质化的困境中突围，便成为新一轮竞争取胜的关键。正是在这样一种背景下，权威、公正、具有独到见解的新闻评论，以思想的高度、分析的深度和个性化的角度取胜，呈现出受众喜闻乐见的竞争优势，成为媒体参与新闻竞争的独门绝技。独家新闻不常有，独家评论层出不穷，本报、本台、本网评论员和各种时评则成为吸引受众眼球的"名片"。例如，《四川日报》对新农村建设的系列评论以及对《创新创业需要什么样的政务环境》深入讨论，就比别

的媒体高出一筹。

再从新闻竞争与受众的关系看，网络时代的阅读习惯是"从网上看信息、报上看解释"，拓宽了新闻评论的创新空间。处于多媒体网络时代，受众已经不再仅仅是满足于知道世界发生了什么，他们还渴望了解发生这些变化的有关背景，同时也想知道人们对已经发生的新闻事实有什么样的反应和评论。受众不但要了解新闻，同时也要解读新闻。当新闻信息不再稀缺或者说已经泛滥的时候，客观、清醒、独到的判断就显示出它的特殊价值。如股市走势、房价走势、物价走势，以及各种民生热点难点痛点问题的分析评论，难道不是最广大受众普遍关心和关注的吗？看一看《人民日报》和权威财经类媒体有关这方面的时评影响之大，那是我们地方媒体望尘莫及的。再看一看我撰写的《大城市治堵需要大智慧》《成都限车"三问"》也是别的媒体没有说透的。

改革开放的时代要求和民主化浪潮使"公民意识"或"公民表达"成为现代化的一种标志，"公民写作"已经成为现代社会不可抗拒的潮流。有话要说，想说就说，各说各话，实话实说，畅所欲言。互联网多元化言论的挑战，使每一个人的观点都有可能引发各种各样的分歧或议论，任何人都很难将自己的观点强加于人，这就需要以一种平等、平和的心态参与讨论，进行对话。"主帖不重要，跟帖最重要"。

进入新世纪、新阶段，我国发展呈现出一系列新的阶段性特征，一个重要的特征就是人民精神文化需求日益旺盛，人们的思想活动的独立性、选择性、多变性、差异性明显增强。我国当前正处于一个思想大活跃、观念大碰撞、文化大交融的时代，当前所有热点话题的激辩都有无数潜在的分歧，如改革开放快与慢之争，《劳动合同法》是否损害劳动者利益之争、小产权房是否转正之争、贫富差别之争，等等，至今很难形成共识，也不必形成共识。观念碰撞中，思想交锋中，公民辩论中，谁能在新闻评论中"先声夺人"，谁就能在新闻竞争中"先入为主"；谁能为"公民写作"提供一个观点表达平台，谁就在新闻竞争中抢占先机，谁就能立于不败之地。

现在，电视媒体、网络媒体特别是微博、微信或手机各户端等传播方式的发展变化，带来了评论的繁荣，形成了评论热的新趋向。中央电视台在20世纪80年代初期、中期，只在《新闻联播》节目中设简短的编前编后，连配发小言论都很少。直到1987年后才开辟《观点论坛》和《观察与思考》等栏目，但影响有限。《焦点访谈》从1994年创办以来，可以说20多年一直很火，现在还有《新闻1＋1》，还有凤凰卫视的访谈节目，涌现出像白岩松、陈鲁豫、杨澜那样的一大批访谈节目主持人和评论"名嘴"，可见新闻评论在新闻竞争、新闻创新中的影响之大。

正如喻国明等学者指出的那样，媒体竞争从"信息量竞争"阶段进入了"观点竞争"阶段，像社评、时评这样的题材，在现代报纸竞争当中，实际地位越来越提升了。受到网络媒体公民言论平台的倒逼，报纸等传统媒体的新闻创新和新闻改革都不约而同、不同程度加重了新闻评论的版面分量和创新力度，《四川日报》和《人民日报》都推出了评论专版。最突出的是，《南方都市报》自2002年第一家创办时评版以来，便在业内引发关注，声名远播。期间经过2003年8月第一次扩版，由每天一个评论版的规模扩大为两个版（社论版和来论版）；2004年3月再次进行重大改版，将来论版改为专栏版，实行专栏作者制；2006年10月第三次扩版，形成每天三个版的规模（社论版、个论版、众论版），从而逐渐形成了自身独特气质的时评风格，不仅成为最受欢迎的版面，而且在国内外拥有了相当的影响力。

四、 新闻评论是新闻记者的基本功

新闻评论最重要的价值在于观点新颖、立意深远，要有独特的见解，能够关注重大社会现象，或者关注表面上看似微小事件背后涉及的重大命题，然后就重大现象或命题发言。新闻评论要体现理性之美，要善于以小见大，要有前瞻性，要跳出新闻事件进行拓展性、解释性评价，这就要求撰写评论的编辑记者不仅要具有宏观的视野、开放的思维、深厚的知识积累，而且要求记者具有独立思考的能力，掌握评论写作的基本技能。

新闻评论写作是新闻记者的基本功，新闻评论人才培养是党报新闻创新和新闻改革的重中之重。党报媒体担负着引导主流舆论的使命和责任，主要表现在用社会主义核心价值体系引导社会潮流，用中国特色社会主义理论引导多元化的社会舆论，用全面建成小康社会的奋斗目标凝聚社会共识，用创新、协调、绿色、开放、共享五大发展理念提升发展信心。

近年来，随着社会转型，各种意识形态领域、价值多元多变的情况下，主流媒体引导主流舆论的主要途径是做大做强正面宣传。什么叫正面宣传？正面宣传的重点在哪里？新闻创新的实践表明，正面宣传有五个重点：第一是新闻评论，第二是主题报道，第三是典型报道，第四是热点引导，第五是公众服务。实践中，我们在主题报道、典型报道、公众服务方面取得较大突破，唯独新闻评论和热点引导方面还没有取得明显成效。特别是一些地方媒体和市场类媒体出现了思想短缺、理性短缺现象，过多追求娱乐化的元素，比较多的是"快餐文化"，编辑记者会写评论的不多，新闻评论人才奇缺。尽管不少媒体采取了向社会高薪招聘评论人才的措施，但收获不大。

新闻评论写作到底有多难？新闻评论写作既需要具有深入浅出的写作技能和专门的知识积累，也需要独特的新闻敏感和新闻创新意识，更需要深厚的理论素养、独立思考的辩证思维能力和全方位、多层次的历史视野。评论、新闻、理论三者深度融合，才能写出好评论，才能成长为优秀的评论员。

从新闻创新的视野看，新闻评论写作是新闻人才培养的基本功。新闻评论人才培养应该走本土化、职业化、复合型的培养路径。就新闻记者而言，不会写新闻评论不能算是一个合格的新闻记者，也很难成为新闻大家，但如果只能写评论也不能算是一个合格的本报评论员，也很难成为评论大家。

从"杂家"走向"专家"，从"专家"走向"大家"，新闻创新之路又宽又广！

## 第二讲： 用 "史家笔" 写 《川江评论》

2001 年 11 月 9 日，《四川日报》《天府周末》版推出"记者节专辑"，刊出了我写的一篇短文，题目是《记者的追求与史笔》。当时，我已获得"四川省十佳新闻工作者"称号，主编戴善奎特约我为纪念记者节撰写了这篇感想，第一次向社会公开阐释了我的新闻理念："以史家笔写新闻，新闻不朽！"

2003 年年底，四川日报社深化干部人事制度改革，对中层干部实行竞聘上岗，当时我来不及准备竞争演讲稿，便把两年前发表的《记者的追求与史笔》拿出来宣读了一遍，居然获得满堂喝彩，引起所有评委的好评，结果是我以出乎预料的高分胜出，走上《四川日报》时政·评论理论部主任岗位。由于当时竞聘岗位是时政·评论理论部主任岗位，我在宣读《记者的追求与史笔》时，特别在结尾处加上了一句："用史家笔写评论，评论不朽！"

实际上，写评论与写新闻都是新闻记者的职责所在，用"史家笔"写评论已经包含在用"史家笔"写新闻的理念之中，因为新的思想、新的观点也是新闻。今天在这里，我想特别指出的是，2007 年 9 月我辞去了《四川日报》时政·评论理论部主任职务，受聘走上《四川日报》首席评论员岗位，用"史家笔"写评的新闻理念对我撰写《川江评论》产生了更直接的影响。8 年多来，我已经为《川江评论》专栏撰写了大约 170 篇署名评论，这些评论能否经受得住实践、人民、历史"三把尺子"的检验我不能肯定，但这些评论都是按照"史家笔"的理念撰写的，体现了正义直言的新闻追求，具有与时俱进的时代精神和独立思考的问题意识，这是我感到欣慰的。

下面重点讲用"史家笔"写评论的新闻理念对我撰写《川江评论》的影响。

一、 正义直言的新闻追求

我的书房里挂着一条横幅，"正义直言史家笔"，常常引起来访者的赞美。这是当代著名书法家、四川日报社老社长李半黎（1913 年 11 月—2004 年 3 月）书赠我的，落款时间"庚午秋"。那是 1990 年秋天，我从四川大学毕业分配到《四川日报》工作快 10 年了，我向李老求字作纪念。李老爽快地答应了我，而且亲自拟定横幅内容。我如获至宝，把它看作是老一辈新闻工作者对我的期望和鼓励。

新闻的生命在于真实，记者的天职在于直言。记者的作品不仅要敢于说真话，而且要显善惩恶，使真善美及其创造者名垂青史，使假丑恶及其创造者无所遁形。在国家和民族艰难曲折的发展道路上，记者是侦察兵，新闻是冲锋号，无论为人为事为文，都要真实可信，才有存在价值。以此，我把"正义直言史家笔"挂在书房墙上，当作自己的"座右铭"。

今天的新闻就是昨天的历史。正是在这一点上，新闻与历史在本质上是一样的事物。新闻以事实说话，历史以史实昭示后人，两者都要求事实准确，陈述真实，记者之"笔"与史家之"笔"并重。我在大学里学的是历史专业，对于南史氏的故事、董狐的故事、司马迁的故事并不陌生。我能够掂量"史家笔"的分量有多重，也能够体会"正义直言"的意味有多深。实际上，从当记者的第一天起，我就立下誓言：一定要当一名说真话的记者。我看重记者的独立人格，看重时代赋予我们的历史使命，看重党和人民对我的培养教育，我不想为自己留下遗憾。每写一篇新闻、评论、深度报道，我都要问一问自己：它经得起历史的检验吗？对于"假、大、空"的东西，我自己不写，也劝别人少写。在别人看来，我也许是一个不识时务的"书呆子"，但我至今不悔。

作为记者的一种追求，"正义直言史家笔"是一种崇高的境界。良史以实录直书为贵，不掩恶，不虚美，具有"史才""史学""史识"三长。范文澜写史，博学卓识，文如其人，令人钦敬，他有一句名言："板凳需坐十年冷，文章不写一句空。"陈寅恪治史，纵贯古今，横通中外，"合中西新旧学问"以求通解通识，为学为人都达到了很高的境界。新闻记者若能兼备史家的

"才、学、识"，他的宏观视野、他的求实态度、他的新闻敏感、他的新闻成就、他的人格与人生，都将进入一个新的境界。

　　创办《川江评论》是我的一种追求，也是《四川日报》新闻创新的一种探索。2007 年 9 月，我辞去了四川日报时政·评论理论部主任的行政职务，受聘四川日报首席评论员的岗位，当时的考虑主要是想发挥自己在新闻评论和深度报道方面的长处，集中精力在退休之前把我多年积累的有关四川改革发展的思考写出来。《四川日报》于 2008 年 2 月 19 日在 1 版推出《川江评论》专栏，"旨在对近期全国范围内发生的重大新闻事件，百姓关注的社会热点、焦点、难点问题进行梳理，及时展开个性化评论"，明确宣示本栏目追求：以深刻思辨聚焦社会热点，反映主流声音；以独到观点解析宏观大势，引导社会舆论。

　　今天在这里，我想特别强调的是，过去我写过大量不署名的本报评论员文章，从来没有感到有什么压力。现在《川江评论》推出我撰写的每一篇评论都要明明白白写上"梅松武"的名字，不仅把我这个幕后的本报评论员推上了前台，而且加大了我的责任和风险。好在集团党委和编委会对我比较尊重和宽容，鼓励我写一篇就写好写深写透，写出自己独到的观察与思考，写出《川江评论》独特的风格。现在看来，正是"正义直言史家笔"的新闻理念和高度的责任意识、高度的把关意识、高度的精品意识确保了《川江评论》质量。

　　《川江评论》的风格和成绩是大家有目共睹的。我想说的是，用"史家笔"写评论，最基本的要求是正义直言，最难做到的也是正义直言。但无论多难，我们都要喊响这样一个理念，树立这样一个目标，守住这样一条底线。否则，就没有《川江评论》的存在价值，就不配首席评论员这个名号！

　　二、　与时俱进的历史视野
　　用史家笔写《川江评论》，核心是要有与时俱进的历史视野。

　　从新闻创新看新闻评论，历史视野之所以重要，不仅是因为历史就像一面镜子，通过"向后看"，可以总结出影响事业兴衰成败的经验教训，而且更

重要的是"向前看"，像历史学家那样"究天人之际，通古今之变，成一家之言"。因为今天的新闻就是明天的历史，我们撰写的每一篇新闻评论本身也在书写甚至创造历史。与时俱进，以史为鉴，新闻评论员应当具有更强烈的历史责任感，署名评论应当具有更深远的历史视野。

所谓"与时俱进"，最初的内涵是《大学》中提到的"苟日新，又日新，日日新"，后来演化为一种随时间、时事、时代而变化的历史观念，核心理念是随着时间之流，世界必定从低级向高级、由简单到复杂、由野蛮向文明进展，与此相伴的是人类的知识、幸福、力量和德性也在不断增长，最终将进入到一个高度完善的理想社会。历史是一个动态的概念，是一个普遍联系和永恒发展的创新创造过程。昨天发生的固然已经成为历史，而人们今天所做的和明天将要做的也必将随着时间的流逝而成为历史。也就是说，历史、现实和未来，昨天、今天和明天，既是紧密相连的，也是相对而言的。

所谓历史视野，不仅意味着"向后看"，而且意味着"向前看"，也就是要把今天的实践看作正在形成的历史，高度重视并努力把握其对未来的影响和作用。长江后浪推前浪，不尽长江滚滚来；沉舟侧畔千帆过，病树前头万木春。"穷则变，变则通，通则久。"作为创造历史的主体，我们经常问自己：我是谁，从哪里来，到哪里去？作为借鉴历史的后人，我们常常说，历史有惊人的相似之处和神秘之处，历史有不同的发展模式和时代精神，也有相同的发展趋势和发展规律。作为现代中国的炎黄子孙，我们自强不息，厚德载物，穷则思变，鼎故革新，不但以富强、民主、文明、和谐、自由、平等、公正、法治、爱国、敬业、诚信、友善为社会主义核心价值观，而且以时不我待的历史责任感和与时俱进的创新精神，坚定不移推进改革、开放、发展，坚定不移地建设社会主义物质文明、精神文明、政治文明、社会文明、生态文明，这是全面建成小康社会的必由之路，这是实现中华民族伟大复兴的必由之路。正是在这样一种历史视野中，我们的《川江评论》特别重视与时俱进，以史为鉴，尽可能站在历史与现实的交汇点上，从历史中引出对现实的分析，从现实中把握未来的走向。《川江评论》的探索与实践表明：愈是站在历史的高度，愈能获得历史的滋养，愈能把握今天的现实，愈能看清未来的走向。

《川江评论》推出的有关汶川特大地震抗震救灾的评论，一开始就是站在历史的高度，既有与时俱进的宏观视野，又有以人为本的核心理念。2008年6月2日，《人民日报》发表了那篇影响很大的任仲平文章《灾难中挺起不屈的中国》，而《川江评论》在此之前已经喊响了《最顽强的坚持需要最坚强的信心》（5月22日），《以人为本：抗震救灾的一面旗帜》（5月25日），《大爱无疆：抗震救灾的不朽丰碑》（5月28日）。正是以这三篇"先声夺人"的评论为主旋律，我后来一鼓作气写出了《由灾后重建想到"抗震兴川"》《灾后重建话机遇》《对口支援话机制》《抓重建就是抓发展》等一系列署名评论，受到省委领导和中宣部《新闻阅评》关注。影响较大的是抗震救灾三周年之际撰写的那一篇两万多字编辑部文章，题目是《从悲壮走向豪迈的中国奇迹》，率先提出再生性跨越的"四川模式"，站在历史与时代的高度揭示出抗震救灾"四川经验"的内在动力和创新路径，被称为抗震救灾宣传报道具有"史诗般"意义的标志性作品。

还有《"高地"建设"高"在哪里》《最重要的是解放思想》《最大的动力是改革开放》这三篇《川江评论》，分别是《论用"高地"建设引领四川未来发展》这个主题的系列评论，不仅具有与时俱进的历史视野，而且体现了新时期最鲜明的改革开放和思想解放新观念。当时，新一届省委领导刚刚提出建设西部经济发展高地的战略思路，这三篇评论提出的观点起到了引导舆论的作用。

至于《从全面小康看多点多极支撑战略》这组评论，所具有的"主旋律"作用更为明显！党的十八大召开后新一届省委领导提出了多点多极支撑发展战略的新思路，《四川日报》在2013年2月16日春节上班第一天便以《从全面小康看多点多极支撑战略》开篇，连续推出这组系列评论，再论是《"五位一体"在统筹中推进》，三论是《"新四化"在互动中提升》，四论是《"三驾马车"在协调中驱动》，五论是《"两大红利"在创新中释放》，六论是《"一个梦想"在跨越中实现》。值得一提的是，2月19日，省委常委会专题研究实施多点多极支

撑发展战略的问题，我们的独家评论起到了独特的舆论引领作用。

还有《转型发展是新机遇》《城镇化要转型升级》等系列评论也是紧跟时代脉搏的重大主题，体现了历史与现实深度融合的宏观视野。新闻记者不能生活在"桃花源"里，也没有"桃花源"可去，你可以超越自我，但你不能超越时代，你只能与时代同行、与祖国一起发展、与社会共同进步，只能与党和人民同呼吸、共命运。面对汹涌澎湃、浩浩荡荡的时代潮流，你只能顺应潮流，勇于担当，奋勇前进。


三、 独立思考的问题意识

用"史家笔"写《川江评论》，关键是树立独立思考的问题意识。历史是问题的源头，问题是时代的声音，独立思考是提出问题、分析问题、解决问题的"金钥匙"。我撰写《川江评论》，走的是思想评论的路子，往往从问题入手，大部分属于主旋律的选题，尽可能有自己的独立思考。我的构思和写作技巧是：在理论联系实际的结合点上把问题抓准，在时事与评论、理论的互动中拓宽思路，用流行的话说叫"三贴近""三结合"，用我自己的话说，就是善于打"擦边球"，也可以叫"大处着眼、小处着笔"，"小中见大、以小见大"，"见微知著、借题发挥"。

有一句流行的话，叫做"实践出真知"。实际上，如果在实践中不善于动脑筋，不善于独立思考，恐怕是出不了真知的。有的人当了一辈子记者，写了一辈子新闻报道、新闻评论，也没有写出一篇像样的新闻报道、新闻评论，这里就有一个能不能独立思考的问题。当一个聪明的记者，既要实践更要思考，边实践边思考，在实践中思考，在思考中实践，才能出真知。就撰写《川江评论》而言，我更深刻的体会是：思考出真知，思考出智慧，深思熟虑才能去粗取精、去伪存真、由此及彼、由表及里，独立思考才能透过现象看本质，才能见微知著把趋势说透。

前面已经说过，"把观点喊响、把趋势说透"，这是《川江评论》的价值追求，我的路径是，从独立思考走向独立人格，从独立思考走向自我超越，从独立思考走向"正义直言"，从独立思考走向融会贯通！对于《川江评论》而言，文章的价值取决于思想，而思想的深度取决于独立思考。

"是非之心，智之端也。"从历史思维的层面看，独立思考的问题意识就是唯物辩证的眼光，即从事物的普遍联系和永恒发展中来认识和分析问题。历史由无数事件和问题组成，对于这些历史事件和当前问题，不能用孤立、静止、片面的眼光来看待，必须将其放到历史发展的长河中去考察，放到具体的历史背景、历史条件中去分析，这样才能看得更全面、更准确、更深透。

我写《"三把尺子"量政绩》这篇评论，从选题、构思到见报的独立思考时间长达达一年，可以说是"深思熟虑、九九为功"。正如我在评论中已经指出的那样，干部队伍建设最棘手的问题就是政绩考核。为官一任，干什么，怎么干，政绩考核就是一根指挥棒，我对这个问题的关注已经很久了。2009年春天，我从《人民日报》看到胡锦涛总书记讲政绩观时特别强调，老老实实按客观规律办事，兢兢业业干好本职工作，做出经得起实践、人民、历史检验的政绩。当时我就感到这是"三把尺子"量政绩的新观点，很想写一篇川江评论。但是查一查这方面的参考材料，却很少这方面的论述。当时，我很难讲清楚的是这"三把尺子"的内在联系，我们比较通常的说法是"实践是检验真理的唯一标准"，这个"唯一标准"为什么可以转化为检验政绩的"三把尺子"呢？我感到还需要深入思考，便放了下来。经过半年多时间的独立思考和理论积累，我终于想明白了"三把尺子"的内在联系，找到了"三把尺子"的理论突破口，这就是今天的实践就是明天的历史，而人民群众是实践的主体，是历史的主体，当然也是政绩考核的主体。因此，就理论与实践的关系而言，实践是经验真理的唯一标准，这是不能动摇的；就实践与政绩的关系而言，实践标准可以转化为实践、人民、历史"三把尺子"，都是在实践基础上进一步深化和拓展来的，这是深入学习实践科学发展观的必然要求，是以人为本构建和谐社会的新要求。由于有了这样的独立思考和理论准备，2010年春节后上班第一天，就在《四川日报》上看到了成都市委严格问责的新举措，我突然眼睛一亮，蓦然心动，产生了写一篇《"三把尺子"量政

绩》的强烈激情。写得顺手顺心，上午 11 点左右动笔，下午 5 点左右就传稿到总编辑罗晓岗的稿箱，第三天也就是 2 月 23 日见报。写完这篇评论，我真的有一种一吐为快的通透感。

我对"三农"问题的思考也是持之以恒的。《川江评论》的开篇就是《跳出四川看"米袋子"》，第二篇是《立足市场肉价波动》。后来又陆续写了《敢问"川猪"路在何方》《冷静观察农村消费升温》《农民工市民化"难"在哪里》《返乡创业是新趋势》等一系列评论，对"三农"问题展示出全方位、多层次、长时期的独立思考。今年春节一上班，又一口气写了五篇有关"三农"问题的评论，题目是《春节归来话"乡愁"》《从供给侧改革补"三农"短板》《规模经营贵在"适度"》《靠什么保障粮食安全》《从统筹城乡走向"一体化"》，每一个题目都是深层次的敏感问题，都是农民普遍关心的热点难点问题，都是经过深思熟虑提出来的。

四、 厚积薄发的集束效应

用"史家笔"写《川江评论》，不仅要求作者顺应潮流，具有强烈的历史责任感，而且要求作者厚积薄发，具有穿越历史的爆发力。

对新闻记者而言，求真务实的独立人格与历史责任感是一个问题的两个方面。用历史学家陈寅恪的话说：一代学术，总有它的新材料，新问题，并形成一代学术的新潮流。治学的人参与其中，叫做预流。未得预者，谓之未入流。对于撰写《川江评论》而言，我们身处千载难逢的全面建设小康社会的战略机遇期，身处中华民族复兴的新时代，有许许多多新的探索、新的经验、新的变化期待我们去发现、去评论，有许许多多热点、难点、焦点甚至是痛点问题需要我们去思考、去关注。生在一个大有作为的时代，你却无所作为，本来可以留下史诗般的不朽之作，你却擦肩而过，对于一个有责任感的新闻记者来说，既是一种耻辱，也是一种罪过。

根深才能叶茂，厚积才能薄发，登高才能望远。用"史家笔"写《川江评论》，厚积薄发的知识积淀越久，独立思考的爆发力越大。正是在厚积薄发的基础上，经过一段时期比较系统的独立思考，我撰写的《川江评论》表现出比较明显的专题化特征，往往是一个题目出手，便接二连三推出系列评论，形成"先声夺人、先入为主"的连锁效应、热点效应，表现出专题评论的集束效应。好比武林高手的太极拳和降龙十八掌，没有厚积的内功，哪有环环相扣的雷霆般爆发力？

《生态文明是什么》这组系列评论见报时间正是 2013 年春天全国两会期间，3 月 9 日至 3 月 26 日一口气推出"五论"，再论是《重塑生态价值观》，三论是《生态补偿不能缺位》，四论是《生态系统要休养生息》，五论是《谁说"老天爷"没有情感》。当时，党的十八大刚刚明确提出建设社会主义生态文明的战略目标，引起国内外广泛关注，但社会舆论对建设生态文明的内涵和体制机制问题还存在不少分歧和争议。我撰写的这组评论提出了一系列新的观念和政策建议，与党中央、国务院后来出台的有关加快建设生态文明建设的政策思路和改革举措基本一致，表现出相当的理论深度和前瞻性。在此之前，我对生态文明知识积淀和观察思考长达 10 年之久，早在 2001 年就撰写过《关于建设长江上游生态屏障的思考》三部曲，上篇是《绿色的平衡》，中篇是《绿色的发展》，下篇是《绿色的生活》，那是率先提出绿色发展理念的系列深度报道，获得中国新闻奖。还写过《用什么思路治水》《"荒漠化"就在我们脚下》、《从全球视野看节能减排》等有关生态环境治理的系列评论，打开了前瞻性、多层次独立思考的闸门。

《用什么视野看民生》这组系列评论见报时间是 2013 年全国"两会"期间，也是一口气推出"五论"，再论是《敢问民生"谁做主"》，三论是《把民生还"社会"》，四论是《谁说"公正"不是民生》，五论是《民生就是"历史"》。这组评论的针对性很强，分别从以人为本的视野、全面小康的视野、社会保障的视野、公平正义的视野看民生，强调民生问题既是一个现实问题，也是一个非常复杂的历史问题和社会问题，对民生问题进行了全方位、多层次思考，表现出理论联系实际、新闻与评论融合的历史深度和创新视野。

值得一提的是，还有两组有关《财富》全球论坛的评论。第一组系列评

论发表在《财富》全球论坛开幕前半年的 2012 年 10 月，题目是《成都与"财富"有个约定》《为统筹城乡发展提供示范》《为"西部硅谷"夯实基础》《为"天府新区"插上翅膀》《为"田园城市"浇灌"和谐之根"》，集中分析《财富》全球论坛落户成都的原因和意义，深入评述成都建设西部经济发展高地和国际化大都市的创造性实践经验和改革发展成就。《财富》全球论坛在成都落下帷幕后，2013 年 6 月 20 日起又推出了第二组系列评论，题目是《从〈财富〉论坛看企业创新》，也是"五论"，再论是《战略决定成败》，三论是《品牌决定价值》，四论是《诚信决定未来》，五论是《企业家托起"中国梦"》，比较集中地评述了财富论坛带来的启示。所谓"思维盛宴"和"头脑风暴"，正是由于《川江评论》这样前后两组 10 篇评论的推出而得到进一步展现和升华。

五、深入浅出的个性化表达

用"史家笔"写《川江评论》，在表达方式上追求的目标是深入浅出，尽可能具有个性化语言风格。

我的想法是，既然《川江评论》栏目是为梅松武量身定做的，那就应该有明显的"梅式风格"，既要区别于不署名的评论员文章，又要区别于七嘴八舌的读者言论，让别人一看到《川江评论》就知道是谁写的。我在这方面做了一些探索，但由于文化底蕴不够，文化修养不够，至今仍在探索途中，没有取得期待的效果。

从新闻创新的视野看，我对个性化表达方式的探索，比较偏爱"立体结构""排比气势""平铺直叙"。例如《春节归来话"乡愁"》，那是我写得比较有个性的一篇评论，曾经被《人民日报》转载。

**松武按**：2016 年夏，四川日报报业集团对中级以上编采骨干进行业务培训，特邀梅松武结合自己的新闻实践，举办了两次"新闻创新与新闻评论专题讲座"，以上是当时的讲课提纲。

# 后 记

直到四川人民出版社的编辑通知我到出版社签订出版合同的那一刻，我对自己的新闻作品汇集出版还没有足够的信心。因为在新闻出版"一条线"上摸爬滚打了30多年，我虽与出版部门的同人没有多少交往接触，但对新闻出版行业当前面临的网络媒体和电子出版的激烈竞争和严峻挑战还是深有感触的。尤其是在专业类、学术类书籍出版越来越"冷"的情况下，我把自己30多年来为《四川日报》采写的深度报道和新闻评论汇集为《"天府"三问》《川江评论》《记者观潮》三本书稿，由四川日报报业集团党委书记陈岚推荐给四川人民出版社，并如愿以偿得到了四川人民出版社的鼎力相助而顺利出版，这是我的幸运！他们看重的是这三本书稿真实地记录了四川作为改革策源地的"中国特色"和敢闯敢试的"四川经验"，留下了《四川日报》新闻创新和新闻改革的"足迹"，表现出川报人"正义直言史家笔"的新闻追求和优良传统。我不能不对四川日报报业集团党委书记陈岚同志和四川人民出版社社长黄立新同志以及相关领导和责任编辑说一声"谢谢"，对你们的鼎力相助致以真诚的敬意！

接下来，我想说一说出版这三本书的初衷。

那是2012年8月30日（农历七月十四日）上午，《四川日报》60周年庆典在成都市龙泉星光花苑宾馆隆重举行。巧得很，这一天刚好是我59岁生日。

当时，我早早地驾车到了星光花苑宾馆，在庆典主席台前正中前几排找了个位置坐下来，认认真真观看了开幕前播放的《川跃六十年》宣传片。

《川跃六十年》集纳了许多有关《四川日报》发展的历史图片，展示了不少《四川日报》刊载的具有重大影响的精品力作。其中，我撰写的评论员文章《以什么样的精神状态投入西部大开发》和编辑部文章《从悲壮走向豪迈的中国奇迹——写在汶川特大地震抗震救灾三周年之际》闪亮登场，引人注目。整个宣传片中有三个特写人物镜头，我作为《四川日报》首席评论员和1982年进入四川日报社的在职老同志代表出现在特写镜头中，还说了这样一段话："改革开放以来，川报人与时俱进，更新观念，锐意创新，彰显以人为本理念，始终坚持中国特色社会主义核心价值观，凝聚起党的事业、集团发展与个人理想相统一的价值追求。"看到宣传片中的镜头，听到自己的声音，我顿时感到一种从来没过的快乐与幸福！

"我是川报人，我是一个老川报人！我是一个即将退休的川报老人！"

我是1982年1月13日到四川日报社报到的，当时还是一个而立之年的小伙子，是"文化大革命"后恢复高考招生的1977级大学毕业生。30年过去了，我在成都市红星中路二段70号大院与《四川日报》同舟共济，风雨兼程，多少往事堪回首？多少见闻可评说？多少忧思凝笔端？多少真情担道义？多少遗憾复又生？多少是非转头空？

《四川日报》60周年庆典结束的时候，我特意请摄影记者尹刚为我照了一张照片作为纪念。

30年来，我在四川日报社成家立业，靠《四川日报》养家糊口，按传统习俗也该是到了"60大寿"庆典的日子，能与《四川日报》同时庆祝生日，也算是缘分所致、命运所赐、恩惠所泽！

更感幸运的是，8月30日这天出版的《四川日报》1版刊登了省委书记刘奇葆28日在四川日报报业集团调研的长篇通讯《奋力做强传媒旗舰》。这篇通讯中有一段写到刘奇葆书记在与我座谈时站起来特别提议为我鼓掌的一个感人情景，原文如下：

"我与奇葆书记神交已久。因为我们属于同龄人，还因为您在人民日报社工作过，与我们在唱响主旋律方面有着相同的体验。"老报人代表梅松武发言的第一句话，引来阵阵掌声、笑声。

得知梅松武为了写出那篇优秀的署名评论员文章《"三把尺子"量政绩》，用了很长时间精心准备，刘奇葆称赞道："你水平非常高！对业务精益求精的追求非常可贵！我提议，再次为梅老师鼓掌！"

"我很激动，知音难觅！"梅松武响亮回应。

对话间，气氛变得既热烈又轻松，其乐融融。

这篇必将载入《四川日报》史册的通讯，也为我的"60大寿"纪念献上了一份无可替代的特殊礼物。

我至今还清清楚楚地记得，8月28日那天刘奇葆书记与四川日报社的编采人员座谈，地点就在四川日报社综合大楼二楼活动中心，参加座谈会的人员主要是四川日报报业集团中层以上干部和部分骨干编采人员，以及省级新闻单位和成都市新闻媒体的主要负责同志。陪同刘奇葆座谈的有省委宣传部部长吴靖平、省委秘书长陈光志以及省委宣传部副部长侯雄飞等领导同志。座谈会由吴靖平部长主持。我与准备发言的五位同事坐在刘奇葆等领导同志对面。我坐在四川日报报业集团党委书记、董事长余长久右边。长久同志简要汇报工作后，我作为老报人代表第一个发言，题目是"我们怎样唱响主旋律"，发言时间大约15分钟。我发言时，奇葆书记听得非常专注，还不时做笔记。

座谈会上，我还告诉奇葆书记，我是一个农民的儿子，7岁就死了父亲，是母亲含辛茹苦把我养育成人。从小学到大学全靠党和人民政府助学金度过了学生时代。1982年初，我从四川大学历史系1977级毕业分配到四川日报社工作时，《四川日报》刚好进入"而立之年"。转瞬之间，现在是《四川日报》60周年大庆，我也到了快要"残阳如血"的退休之年。

座谈会结束时，刘奇葆作了重要讲话，对我们五位代表的发言表示感谢，

原话是"我觉得都讲得非常好,我是深受启迪,也深受感染"。临别时,奇葆书记紧紧地握住我的手说:"你是松武啊,不是武松!你要把你的经验传给年轻同志!"奇葆书记这个幽默是针对吴靖平部长主持会议时两次把我的名字报成"梅武松"而说的,嘱咐中别有一番深情与关爱,不失为一个省委书记(后来担任中宣部部长)之风范!

说实话,整个《四川日报》60周年庆典活动似乎与我心有灵犀,我自然非常乐意参加报社组织的各种纪念活动。作为记录《四川日报》60年发展创新历史的《足迹》一书的编委,我牵头撰写了《四川日报》新闻创新篇,9万多字,其中主要思路和写作提纲是由我提出来的,各章节基本内容是按照我的要求分别由各部门负责人提供初稿,最后由我统稿定稿的。正是在牵头撰写《足迹》一书的过程中,受到《四川日报》60周年庆典活动的启迪,我产生了要将自己采写的新闻作品汇集出版的念头。我想为自己在此30多年的新闻人生画上一个圆圆的句号,也想为老一辈川报人对我的培育之恩留下不能忘却的纪念,更想把四川30多年改革开放的"足迹"流传后人。这就是我出版这三本书的初衷。

事在人为,人在途中。在四川日报社工作30多年,我在并不那么宽松的舆论环境中,居然能够在新闻评论和深度报道方面形成自己的"一技之长",立身于"专业技术人才"和"有突出贡献的优秀专家"之列,除了遇到四川日报业集团有一批知人善任的好领导和鼓励专业技术人才创新创业的"双通道"外,最重要的是我的身边有一批志同道合的好老师好同事。我非常感谢姚志能、唐小强、李之侠、余长久等主要领导对我的知遇之恩和信任之情,也非常感谢李半黎、彭雨、石克勋、罗运钧、白丁、黄文香、陈佩传等老一辈川报人对我的鼓励、关心和引导。还有席文举、何光斑、熊端颜等"老大哥"的关爱也使我受益匪浅。尤其是在记者部、政治生活部、总编室、评论部、经济部和"时政·评论"理论部工作的日子里,与罗晓岗、罗天鹏、杨文镒、刘为民、朱启渝、雷健、林卫、刘传建、王沛、汪继元、刘成安、陈岚、韩梅、钟岚、黄远流、赵仁贵、向军、孙琳、陈露耘、范英、胡敏、栾静、李兰、夏光平、赵坚等同学同事的精诚合作、和衷共济、和谐共进更是终生难忘。我在经济部协助罗晓岗主任工作 14 年之久，兄弟情深，相得益彰，我在经济部所写稿件基本上是由罗晓岗直接编发的。担任首席评论员后所写稿件则全部由罗晓岗和陈岚编发。罗晓岗、陈岚在担任总编辑、副总编辑的同时，实际上兼任着《川江评论》的责任编辑，我在新闻评论和深度报道方面的探索离不开他们的把关、引导和扶持。

我们都是"川报人"！"川报人"之间的默契、信任、包容、尊重是建立在相互学习、和而不同、求真务实的独立人格基础上的，能够经受实践、人民、历史"三把尺子"的检验。今年正值《四川日报》70 周年大庆的好日子，我把《"天府"三问》《川江评论》《记者观潮》献给所有关心爱护我的"川报人"和"川报读者"，感谢你们与我同行！有你们的参与，才会有现在的"足迹"！

最后，我要感谢我的母亲和妻子。我的母亲一字不识，是她含辛茹苦，送我读书，使我成长为一名吃笔墨饭的记者。我的妻子是一名中学语文教师和成都市的优秀班主任，她为自己的事业和学生操碎了心，也为我的事业和孩子承担了全部的家务，是默默奉献的贤妻良母。这三本书的出版也算是对我的母亲和妻子的感恩和感谢！

梅松武

2022 年 3 月于成都